スピリット・リング

ロイス・マクマスター・ビジョルド

内に秘めた魔法の力は本物でも，しょせんフィアメッタは女の子だった。父親はモンテフォーリア公に金細工師として仕える大魔術師。娘が魔術の道に進むことも許さなければ，父を信頼しろというだけで嫁にもだしてくれない。あの日，宴の席で君主がロジモ公に討たれるまでは。振り上げられた拳には“死霊の指輪《スピリット・リング》”が怪しく光り，櫃からは塩漬けの嬰児の死体が転がる……。とっさにロジモ公の術を断ち切った父も，やがて病に息絶えた。“指輪”に父の霊を封じこめんとする異国の領主を，阻止できるのはフィアメッタだけ！　ルネサンスのイタリアを舞台に，ビジョルドが贈る初のファンタジイ。

登場人物

プロスペロ・ベネフォルテ……モンテフォーリア公の金細工師。大魔術師
フィアメッタ・ベネフォルテ……その娘
ルベルタ……プロスペロの家政婦
ウーリ・オクス……モンテフォーリア近衛隊長。スイス人
トゥール・オクス……その弟。鉱夫
サンドリノ……モンテフォーリア公
レティティア……同公爵夫人
アスカニオ……サンドリノの嗣子
ピア……サンドリノの城代
ウベルト・フェランテ……ロジモ公
ニッコロ・ヴィテルリ……その書記官
ユリア……フェランテの婚約者。サンドリノの娘
モンレアレ……司教兼聖ヒエロニムス修道院長。魔術師
ブラザー・アンブローズ……その書記官
ピコ……騾馬隊商の長
ティッチ、ツィリオ……ピコの息子たち

スピリット・リング

ロイス・マクマスター・ビジョルド
鍛　治　靖　子　訳

創元推理文庫

THE SPIRIT RING

by

Lois McMaster Bujord

This book is published in Japan
by TOKYO SOGENSHA Co., Ltd.
arranged with The Spectrum Agency, New York
through Japan UNI Agency, Inc., Tokyo

スピリット・リング

ジムとトルーディに

第一章

温かな赤い粘土《ねんど》の塊《かたまり》を手の中で転がしながら、フィアメッタはもどかしげにたずねた。

「ねえお父さま、これ、まだかしら？　もうひらいてもいい？」

温度をたしかめようと、父が手を重ねてくる。

「まだだな。おいておきなさい。いじりまわせばはやく冷めるというものでもあるまい」

フィアメッタはいらだちをこめて吐息をつき、作業テーブルの、鉄格子の窓から射《さ》しこんでくる朝の光の中に粘土の塊をおいた。

「ひやしの術をかけてはだめ？」

父が小さな笑い声をあげる。

「ひやしの術はおまえにかけたほうがよさそうだ。おまえには火の気がありすぎる。母さんもいつもそう言っていたがな」

死者を語るときのつねとして、ベネフォルテは反射的に十字を切り、頭《こうべ》をたれた。その目からわずかに笑いの影が消えている。

「燃えいそぐでない。ひと晩じゅう燃えつづけていられるのは、灰をかぶせた炭だけだ」

「でも暗かったら足もとが見えないわよ」フィアメッタは反論した。「燃えつきるのははやくても、その分明るいわ」

そしてテーブルに肘《ひじ》をつき、床の敷石《しきいし》に上靴をこすりつけながら、おのが作品をじっと見つめた。黄金を秘めた粘土。モンレアレ司教は日曜日の礼拝で、よく人は土であるとお説教をなさる。自我が流れ溶け、外側はごつごつしているが――またため息が出た――あふれんばかりの約束を内に秘めたこの茶色い塊と、混じり合ってしまいそうな気がする。フィアメッタはそわそわと言葉をつづけた。

「もしかしたら失敗したかもしれないわ。空気か……ごみがはいったかもしれないし……」

お父さまには聞こえないのかしら。小さな小さな鼓動のような、この透き通った高いハミングが？

だがベネフォルテは肩をすくめた。

「ならばまた熔かして、うまくいくまでやりなおせばいい。ことをせいて、わたしの確認を待たずに型入れしてしまったのだからな。失敗したとしても自業自得だ。金は減りはしないし、また減ってはならぬものだ――もしおまえが金をくすねるような真似をしたら、ほんものの徒《と》弟《てい》と同じように罰をくらわせてやるからな」

そして恐ろしいしかめっ面をしてみせたが、どうせ本気ではないのだ。

心配なのは金が失われることではない。でも秘密を打ち明けて、叱《しか》られたり笑われたりするのはいやだった。今朝、父の足音が廊下に聞こえたとき、フィアメッタはあわててチョーク描《が》きの魔法陣に唾《つば》をかけて袖《そで》でこすり、細心の注意をこめて筆写した術式の紙と、ひろげた象徴の品――塩、乾燥花、未加工の金の欠片《かけら》、小麦の種――をテーブルから片づけた。それらはいまエプロンにくるんでテーブルの端においてあるが、やたらと目立つように思えるのは気のせいだろうか。父が許可してくれたのは、つまるところ金の鋳造《ちゅうぞう》だけなのだ。灰色の毛織《けおり》のドレスにかけた革エプロンで手をこすり、背の高いスツールの上でもぞもぞしながら、フィアメッタはガラスのない窓から工房にはいりこんでくるつめたい春風に鼻をうごめかせた。

〈でもうまくいったじゃないの！　はじめての施術《せじゅつ》が成功した。少なくとも……術の返しはこなかったわ〉

そのとき、玄関の分厚い樫《かし》の扉がはげしくたたかれ、男の声が響きわたった。

「ベネフォルテ親方！　ごめんください！　プロスペロ・ベネフォルテ殿、もうお目覚めでしょうか？」

フィアメッタはテーブルの上に這《は》いあがり、格子に顔をおしつけて、窓枠の隅から表の通りをうかがった。

「男の人がふたり――公爵さまの家令、クィステッリ閣下と、もうひとりは」そこでぱっと顔を輝かせて、「スイス人の近衛《このえ》隊長さんだわ」

ベネフォルテはいそいで革エプロンをはずし、チュニックの裾《すそ》を整えた。

「それはそれは！　おそらくブロンズをもってきてくれたのだろうよ、ようやくな！　そろそろだと思っていたのだ。今朝はまだ誰も玄関のかんぬきをはずしていないのか？」

　そして内庭に面した窓から首をつきだし、

「テセーオ！　玄関の扉をあけろ！」

　灰色の混じった髭《ひげ》のさきが左右に揺れている。

「あの役立たずめ、どこにいったのだ？　フィアメッタ、いそいで扉をあけてきなさい。だがその前に髪をキャップの中にいれてな。洗濯女みたいにだらしがないぞ」

　フィアメッタはテーブルからとびおり、質素な白いリンネルのキャップの紐《ひも》を解いて、朝の作業に没頭しているあいだにほつれてしまった黒い巻き毛の房《ふさ》を、指で梳《と》かしなでつけた。そしてもう一度キャップをかぶりなおしたが、頑固な巻き毛はこぞって命令に逆らい、うなじからこぼれて背中の三分の一ほどをおおってしまった。今朝は、父が起きて階下《した》におりてくるよりさきに工房の隅にある小さな灰吹き炉に火をいれようと、夜明け前に部屋をとびだしてきたのだ。その前にちゃんと三つ編みにしておけばよかった。さらにいえば、去年の春、十五の誕生日に父からもらった、ブリュージュ産のほんもののレースのキャップをかぶっておけば文句なしだったのに。

　客がまた扉をたたきはじめた。

「ごめんください！」

　フィアメッタは石畳の廊下に躍り出て玄関のかんぬきをはずし、優雅に腰をかがめた。

「おはようございます、クィステッリ閣下」それからほんの少しばかり恥じらいながら、「オクス隊長も」

「ああ、フィアメッタ」クィステッリが会釈《えしやく》を返した。

「親方にお会いしたいのだが」

クィステッリは学者のような黒いローブをまとっている。近衛隊長ウーリ・オクスは、袖に赤と金のストライプのはいった短い黒のチュニックに黒のタイツという、公家の軍服姿だ。この平和な朝には金属の胸当ても槍《やり》も兜《かぶと》もなく、腰に剣を佩《は》いただけで、茶色い頭にはモンテフォーリア公の紋章をつけた黒いヴェルヴェットの帽子をかぶっている。蜜蜂《みつばち》と花をあしらったこの紋章はベネフォルテじきじきの作で、純金のように見えるが実は銅メッキにすぎず、近衛隊長の経済的な不如意《ふにょい》を物語っている。あのスイス人は給料の半分を故郷《くに》のお袋さんに送っているのだと、いつだったかベネフォルテが首をふりながらささやいたことがある。あれは孝行息子に感心した言葉なのか、それとも経済観念のなさにあきれていたのか、どちらだったのだろう。それでもとにかくオクス隊長の脚は、がりがりの若い徒弟や枯れはてた老人のたるんだレギンズとはちがい、タイツの下でぴったりとはりつめているのだ。

「公爵さまの御用でしょうか?」たずねる声に期待がこもった。

クィステッリの腰で、眼鏡の隣にぶらさがった革袋が、いかにも期待してくれといわんばかりにふくらんでいる。だが父がいつも言うことだが、公爵はいつだって期待だけはもたせてくれるのだ。表の工房に案内すると、ベネフォルテがいかにも愛想よくふたりを出迎えた。

「おはようございます、おふたかた! 今日こそはわが大作のためにお約束くださったブロンズのことで、吉報をおもちくださったのでしょうな? よろしいか、銅塊十六個、それ以下はなりませぬぞ。手配がなったのですかな？」

しつこい請求にクィステッリが肩をすくめた。

「それはまだだ。だが親方の準備が整うまでには必ず用意させる」

軽く片眉をあげたクィステッリに皮肉を感じとったのだろう、ベネフォルテが顔をしかめた。フィアメッタははっと息をのんだ。父は猟犬のような鋭敏さで、ほんのわずかな侮蔑や嘲笑にも反応するのだ。だがクィステッリはベルトにさげた革袋に触れながら話をつづけた。

「サンドリノさまより、薪《まき》と蠟《ろう》と職人のための手当てをあずかってきている」

「いかにわたしとて、蠟と薪からブロンズをつくることはできませんぞ」

文句を言いながらも、結局は革袋を受けとる。クィステッリがわずかに顔をそむけた。

「親方の技量に関してはなんの心配もないが、進みぐあいについてはサンドリノさまもいろいろと懸念しておられる。ほかの仕事を引き受けすぎて、支障をきたしているのではあるまいな？」

ベネフォルテの声がこわばった。

「家族を養おうと思えば時間は有効に使わねばなりませぬからな。だが、奥方さまの宝飾品の注文をやめさせたいとお考えなら、わたしにではなく、奥方さまじきじきに言ってくださらんか」

「あの塩入れのことだが」クィステッリがさらに言いつのった。

「休まずつづけておりますよ。以前にも申しあげたと思いますが」

「ああ、それでしあがったのかな？」

「あとはエナメルだけです」

「それと術だろう」クィステッリが指摘する。「まだかけてはおらんのだろう？」

ベネフォルテがいたく尊厳を傷つけられたような声で答えた。

「あの術はかけるものではありません。サンドリノさまがわたしに求めておられるのは、三流魔法使いのような見せかけではありますまい。わたしの術は鑿《のみ》のひと打ちひと打ちに刻みこまれ、品全体に内在しておるのですよ」

「その進度を見とどけてこいとの、サンドリノさまの仰せだ」そこでわずかなためらいをこめて、「内々の話で、まだ公表されてはいないのだが、まもなく姫君のご婚約があいととのう。その宴までに塩入れを完成させてほしいとのご要望だ」

ベネフォルテはぱっと表情を明るくした。

「なるほど。わが作品のお披露目《ひろめ》にふさわしい舞台ですな。その宴とやらはいつになりましょう？」

「今月の末だ」

「それはまた気のはやい！　それで、幸運な花婿《はなむこ》はどなたなのです？」

「ロジモ公ウベルト・フェランテ殿だ」

あからさまな沈黙ののちに、ベネフォルテはつぶやいた。

「なるほど、公がおいそぎになられるわけだ」

クィステッリがきっぱりとした身振りでそれ以上の論評を禁じる。ベネフォルテは帯から鍵束をはずし、フィアメッタをふり返った。

「フィアメッタ、わたしの部屋にいって、櫃《ひつ》の中から金の塩入れをとってきなさい。もどってくる前に、櫃と部屋の鍵をたしかめるのだぞ」

フィアメッタは鍵を受けとり、子供じみたスキップではなく貴婦人のようにしずしずと部屋を出たが、スイス人隊長の目がとどかない中庭までくるとすぐさま、二階の柱廊《ちゅうろう》へつづく階段を一段抜かしに駆けあがっていった。

父の寝台の足もとには鉄の帯をかけた大きな櫃があって、その中には十数冊もの革装丁の本と、いく束ものノートと、リボンでくくった紙と、磨かれた胡桃《くるみ》材の箱がはいっている――この前ここをのぞいたあと、ちゃんともとどおりの場所にもどせただろうかと、フィアメッタはふと心配になった。蓋《ふた》をあけると、紙と革とインクと魔法の香りがどっとあふれ出てくる。重たい箱をとりだし、複雑で繊細な模様のはいった鉄の鍵で櫃と部屋に錠をおろした。鍵がかかると同時に、防禦《ぼうぎょ》の術がもとどおりにはりめぐらされ、かすかな衝撃が手の神経を駆けあがる。ベネフォルテの術はつねに精妙を極《きわ》め、感知できる痕跡といえば強くてもせいぜいがこの程度なのだ。それでは、階下の工房にもどろうか。軽やかな革の上靴は、板石の上でもほとんど足音をたてない。ふと近衛隊長の声が耳にはいり、フィアメッタは工房の外で身体《からだ》をこわばらせ、耳をかたむけた。

「――ではお嬢さんの母上はムーア人だと――アフリカ黒人だったというのですか？」

つづけてクィステッリの声が、

「たしかエチオピア人だとか。親方の奴隷《どれい》だったのかな？」

「いやいや、れっきとしたキリスト教徒でしたよ。ブリンディジの生まれでね」

答えるベネフォルテの声にはどことなく皮肉がこもっている。あれは〝キリスト教徒〟に対する皮肉なのだろうか、それとも〝ブリンディジ〟に対するものだろうか。

「さぞや美しい女性だったのでしょうね」スイス人が礼儀正しく称賛する。

「そうですな。それにわたしだとて、鼻がつぶれて髪が灰色になる前は、いまのように乾ききった老いぼれではありませんでしたしな」

あるじの顔をつぶすつもりではなかったのだと、オクス隊長が謝罪する。やはり初老にむかいつつあるクィステッリが、おもしろそうな笑い声をあげてたずねた。

「鼻の形はともかくとして、お嬢さんも親方の技を受け継いでおられるのかな？」

「薪運びしか能のない不器用な徒弟よりははるかにましですな。素描も原型づくりも、なかなかのものです。むろんそんなことは、本人に言いやしませんがね――高慢な女ほど鼻持ちならないものはありませんからな。銀細工は以前よりやらせておりますが、先日金細工をはじめさせたところですよ」

クィステッリはほどよい感嘆のこもった声をあげてから、

「いやいや、わたしが言いたかったのは、親方のもうひとつの技のことなのだが」

ベネフォルテははっきりと答えないまま、話題をそらした。

「娘を鍛《きた》えてもむなしいだけですよ――いずれは嫁にいって、どんな努力も秘密も、よその男のものになってしまうのですからな。しかし、どこぞの貴族さまが偉大なる芸術家に見合うだけの報酬を滞《とどこお》るようですと、持参金としてもたせられるのはその知識だけということにもなりかねませんがね」

そこでクィステッリのほうにあてつけがましく大きなため息をついて、

「教皇猊下《げいか》の大外衣《コープ》のために黄金製メダリオンをおつくり申し上げたときのことですが、そのすばらしい出来ばえに猊下が感激のあまり、倍額の報酬をお支払いくださった話はしたことがありましたかな？」

「ああ、何度も聞いている」クィステッリが即答する。

「猊下はほかならぬわたしを造幣局長にと推してくださったのですが、ちょうどそのころ、敵どもの中傷で黒呪術の濡《ぬ》れ衣《ぎぬ》を着せられましてね、結局は一年ものあいだ、サンタンジェロ城の地下牢《ろう》でくすぶるはめにおちいったのですよ――」

フィアメッタもその話は聞いたことがある。彼女は二、三歩もとにもどって敷石の上でわざと足音をたててから工房にはいり、胡桃材の箱をそっと父の前において、鍵を返した。ベネフォルテが微笑とともにチュニックに両手をこすりつけ、小さく呪文を唱えて箱をひらく。それから絹のおおいをはがして中の品物をとりあげ、テーブルの上で縞模様を描いている陽光の中心においた。

黄金の塩入れが光を浴びてまばゆいきらめきを放ち、ふたりの客がはっと息をのんだ。さまざまな装飾をほどこした楕円形の黒檀《こくたん》の台に、彫刻がのっている。手のひらの高さほどの黄金の像——美しい裸の女とほら貝を抱えたたくましい髭の男が脚をからめてすわっている。ベネフォルテが熱っぽくその象徴性を説明した。

「たとえるならば、入江と岬ですな」

〈海の王〉の手のそばにある繊細な細工の船——フィアメッタにはどちらかといえばボートのように見える——が塩入れで、優雅にのばされた〈大地の女王〉の手の下にある小さなギリシャ神殿が胡椒入れだ。男のまわりには海馬《かいば》や魚や奇妙な形の甲殻類が遊び戯れ、女のまわりでは美しい大地の生き物たちが幸せそうに群れつどっている。

スイス人の隊長はぽかんと口をあけているし、クィステッリはベルトから眼鏡をとりだして鼻にのせ、むさぼるようにすばらしい細工をながめている。ベネフォルテは得意満面で男たちの驚愕《きょうがく》を満喫しながら、細部にこめられた象徴的意味合いを説明した。

まずクィステッリが衝撃から立ちなおり、くり返したずねた。

「だが、実際に効果はあるのか？」

ベネフォルテが指を鳴らした。

「フィアメッタ！　ワイングラスをふたつ、葡萄《ぶどう》酒を一本もってきなさい——上等のキャンティではなく、ルベルタが料理に使っている酸っぱいやつでいいぞ。それから、食品貯蔵室のネズミ退治に使う白い粉だ。いそげ！」

フィアメッタは駆け出しながら、心の中で誇らしげにさけんだ。

〈海豚《いるか》の意匠をしたのはわたしよ、それとあの小さなウサギもね〉

背後ではベネフォルテがまた徒弟のテセーオを大声で呼びつけている。フィアメッタは中庭をつっきって旋風のように厨房《ちゅうぼう》にとびこみ、ルベルタの小言を息を切らせたひと言で黙らせた。

「お父さまのご用なの！」

「そうでしょうとも。でも旦那さまだってお食事は召しあがりますよ。だのに焜炉《こんろ》の火が消えてしまったじゃありませんか」

ルベルタは木の匙《さじ》で青いタイル張りの火室を示している。

「あら、そう？」

フィアメッタはかがみこんで鉄の扉の掛け金をはずし、暗い箱の中をのぞきこんだ。それから一瞬の精神集中とともにささやいた。

「燃《ピロ》」

火の消えた炭の上で、青と黄色の鮮やかな炎が踊り子のように燃えあがる。

「これで大丈夫でしょ」

舌に残る術の熱気を誇らしげに味わう。少なくともフィアメッタにも、上手にできる術がひとつはあるのだ。それは父も認めている。そしてひとつの術ができるのなら、ほかのものだって不可能ではないだろう。

「ありがとう、お嬢さま」

ルベルタはふり返って鉄鍋をとりあげた。まな板から漂ってくる匂いから察するに、タマネギとニンニクとローズマリーと小羊の肉を材料として、すばらしい奇跡が起ころうとしているらしい。

「どういたしまして」

フィアメッタはいそいで実演に必要な品を集めた。ワイングラスは五年前このモンテフォーリアに引っ越してくるとき荷馬車屋が割って二脚だけになってしまった透明なヴェネツィアガラスだ。それから、父が命じ忘れた塩と胡椒の壺を高い棚からおろして盆にならべ、背筋をまっすぐにのばして工房にもどった。

ベネフォルテは微笑を浮かべ、空洞になった船の中に少量の塩をいれた。その顔が一瞬、神秘的な表情をおびる。それから何かをつぶやきながら十字を切った。クィステッリが口をひらきかけたが、フィアメッタは大切な瞬間が邪魔されないよう、彼の腕に手をかけて黙らせた。ベネフォルテのつぶやきに応え、塩入れから深く豊かな美しい音楽がかすかに流れてきた。一年前だったらフィアメッタにも感じとれなかっただろうし、いまもクィステッリには聞こえていないはずだ。

「お父さま、胡椒は？」

フィアメッタのさしだした胡椒を、だがベネフォルテは首をふってことわった。

「今日は使わない」

スプーン山盛りの殺鼠剤《ねこいらず》を片方のワイングラスにいれ、そちらの脚に紐を結びつけて目印にする。両方のグラスに葡萄酒をそそぐと、かすかな泡をたてながらゆっくりと粉が溶けていった。さらに数分待って、ベネフォルテがつぶやいた。

「小僧はいったいどこにいったんだ？」

ありがたいことに、親方の忍耐が切れる前に玄関の扉がばたんとひらき、不安そうにタオルを両手で握りしめて、テセーオが工房にはいってきた。

「ごみためでやっと一匹つかまえたんだけどね、親方。もう一匹はおいらに嚙みついて、逃げちまったよ」

弁解するテセーオの頭にのせた帽子はゆがんだまま、片方のタイツは留め紐がほどけてたるんでいる。

「ふん！　ではおまえがその代わりをつとめるか」

ベネフォルテのしかめっ面に、テセーオが青ざめた。

タオルの中にはいかにも人馴れしない不潔な大ネズミがくるまれて、折れた黄色い歯をむきだしにしている。テセーオが血の流れる親指をくわえた。ネズミはすばやく逃げ出そうと威嚇の音をたて、身をよじりながら甲高《かんだか》い声で鳴いた。ベネフォルテがその首根っこをしっかりととらえ、手にした細いガラス管で、紐を巻いたグラスから濁ったピンクの液体を吸いあげ、ネズミののどにおしこんだ。ややあって敷石の上におろされたネズミは、もう一度とびはね走り出したが、ぐるぐる円を描くように自分の脇腹に嚙みつき、やがて痙攣《けいれん》を起こして息絶えた。

「それではみなさん、ご覧ください」

ふたりの客が身をのりだすその前で、ベネフォルテがしるしのないワイングラスにひとつまみの塩を落としいれた。何事も起こらない。もう一度、さっきより多めの塩をつまみあげて、毒入りの葡萄酒にいれる。塩の粒がゆらゆらとオレンジ色にひらめき、ブランデーを燃やしたような青い炎が、液体の表面にひろがって丸々一分間燃えつづけた。ピペットでゆっくりかき混ぜると、さっきまで濁っていた葡萄酒が、もう一方のグラスと同じ透明なルビー色に変化した。ベネフォルテが紐を巻いたグラスをとりあげ、テセーオに視線をむけた。

「さあ……」

その意味に気づき、テセーオがネズミのような悲鳴をあげてあとずさった。

「ふん、役に立たぬ小僧だ」

ベネフォルテは軽蔑をこめて言い放つと、今度はフィアメッタに目をむけ、いいことを思いついたとでも言いたげに、奇妙な形にくちびるをゆがめた。

「フィアメッタ、これを飲みなさい」

クイステッリがはっと息をのみ、近衛隊長が驚きに手を握りしめたが、フィアメッタは背筋をのばしたまま誇りと自信にあふれた微笑をふたりに投げかけ、ベネフォルテの手からワイングラスを受けとった。くちびるにあて、ひと息に飲み干す。顔をしかめると、オクス隊長がまた身じろぎし、父の目にも一瞬かすかな懸念が浮かんだ。フィアメッタは安心させるように片手をあげて、舌で歯をなぞりながら小さなげっぷをこらえた。

「朝御飯にしては酸っぱすぎるし、塩辛いわ」

ベネフォルテが公爵の家令に勝ち誇った微笑をむけた。

「効果はあるのか、ですと？　ご覧のとおりです。見たままのことをサンドリノさまにご報告くださるでしょうな」

「すばらしい！」

　クィステッリは喝采しながらも、横目でちらちらとフィアメッタのようすをうかがっている。いっそ腹に手をあて、悲鳴をあげながら床に倒れてやろうかとも考えたが、かろうじて我慢した。その一瞬はおそらくすばらしく楽しいだろうが、ベネフォルテのユーモアセンスは自分に向けられたものにはおよばないし、自分は平気で他人を侮辱するくせに、他人の所業には報復を忘れないのだ。〝娘を鍛えてもむなしいだけですよ……〟か。ため息がこぼれる。

　クィステッリが美しい金細工に手を触れてたずねた。

「これはどのくらいの期間もつのだ？」

「塩入れは永久に。朽ちないのが金の特性ですからな。浄化の術は――細工に損傷がくわえられず、無益な使いかたをされなければ、おそらく二十年ほどでしょう。とうぜんわたしの寿命がさきにつきるでしょうから、作動の呪文は台座に刻んでおくことにしましょう」

　クィステッリが感銘を受けたように眉をあげた。

「そんなに長くもつのか！」

「わたしはつねに最高級を心掛けておりますからな」

　クィステッリが意を汲《く》んで、公爵からの今月分の手当てを作業テーブルにのせた。フィアメッタはもう一度、塩入れと革袋を頑丈な櫃にしまいにいかされた。

工房にもどると、クィステッリはすでに辞去したあとで、いつものようにあとに残ったオクス隊長に、ベネフォルテが声をかけていた。

「ウーリ、中庭に出よう。粘土のチュニックを着せてしまう前に、きみの双子の戦士を見ておくがいい。二日前にしあげたばかりだ。粘土はもう何カ月も前から準備してあるというのにな」

「終わったのですか！　そんなにはかどっているとは思ってもいませんでした。それでは公をお招きして、新しい戦士を紹介するのですか？」

ベネフォルテは意地の悪い微笑を浮かべて、くちびるに指をあてた。

「きみにも知らせるつもりはなかったのだが、二、三こまかい修正が必要になったのでな。型どりも鋳造も内緒ですませ、せっかちなモンテフォーリア公には完成したブロンズ像をお見せして、驚かせてさしあげようと思っている。そのときになればさしもの政敵どもも、わたしの仕事ぶりにけちはつけられまいさ！」

「親方はこれに三年以上もとり組んでおいででしたからね」それからためらいがちに、「それでも、約束はひかえめにして期待以上の成果をあげるほうが、その逆よりよいのではありませんか」

「そうだな」

ベネフォルテは若者を屋根のない中庭に案内した。まだ石畳は影におおわれたままだが、早朝の太陽がのぼるにつれて、明暗をわける光の筋がしだいに壁を伝いおりていく。気づかれれば面倒な雑用を言いつけられ話が聞けなくなってしまうと、フィアメッタは忍び足でふたりのあとについていった。

帆布を張った天幕の薄暗がりの中に、大人の一倍半はありそうな巨大な塊が、リンネルを巻きつけ、幽霊のようにぼんやりとたたずんでいる。ベネフォルテがスツールにあがり、慎重な手つきでリンネルのおおいをはずすと、たくましい男の手があらわれた。高く掲げているのは、不気味な蛇の髪を生やし、死の苦痛に顔をゆがめた首だ。それから翼のついた兜と、穏やかな雄々しい顔が——そして最後に、なめらかな裸の全身があらわれた。右手は美しい湾曲した剣を握っている。誇らしげにふりかざしたおぞましい戦利品の下で、しなやかな筋肉におおわれた全身が、ばねを秘めていまにも動き出しそうだ。半透明の表面は金茶色の蠟で、かすかに蜂《はち》蜜《みつ》の芳香が漂っている。

像に近づいて、ウーリがため息をもらした。

「まさしくこれは魔法ですね、プロスペロ親方！　いまにも台座から飛びおりてきそうですよ。石膏型よりずっとすばらしい！」

ベネフォルテは嬉《うれ》しそうに微笑した。

「これは魔法ではなく、純粋な芸術作品だよ。鋳造のあかつきには、永久にわたしの名をとどめてくれることだろう。彫刻の巨匠プロスペロ・ベネフォルテ。広場でこれが披露される日、わたしのことを鋳掛《いか》け屋だの金細工師だのと軽んじた愚かな者どもは、驚愕にたたきのめされることだろうよ。ふん、〝公爵さまの飾り職人〟か！」

ウーリは魅せられたように、英雄の蠟の顔に見入っている。

「ほんとうにわたしはこんな顔をしているのですか？　かなり美化してあるのではありませんか？」

ベネフォルテは肩をすくめた。

「顔は理想化してある。ペルセウスはスイス人ではなくギリシア人なのだし、チーズのようなあばたもないからな。モデルとして計り知れぬほど貴重なのは、きみのその身体だよ。たくましくはあっても、力自慢の男たちのようにごつごつしていない、均整のとれた身体だ」

ウーリがぶるっと身体をふるわせてみせる。

「光栄かどうかはともかく、毛皮にくるまってすわっている親方の前で、真冬に裸のモデルをするのはもう二度とごめんですね」

「火鉢いっぱい炭を燃やしてやったではないか。それにきみたち山育ちの者は、寒さなど平気だと思っていたのだがな」

「動きまわっているのでしたらね。冬のあいだ、わたしたちは勤勉に働くのですよ。とにかく閉口したのは、身体じゅうをロープのように縒《よ》りあわせてじっと立っていなくてはならなかったことです。わたしはあのあとひと月もひどい風邪をひいたのですよ」

ベネフォルテがそっけなく手をふった。

「それだけの価値はあったさ。ところでせっかくきてくれたのだ、右のブーツを脱いでくれんか。足がいささか心もとないのでな。鋳造のさいにはブロンズを五キュービット近くも流しおとすことになる。火は上にあがるから、首は両方とも大丈夫だろう。ともかくこれはペルセウスであって、アキレウスではないのだからな」

スイス人隊長はおとなしくブーツを脱ぎ、彫刻師の凝視の下で爪先を動かしてみせた。ベネフォルテは生身の足と蠟の足とを見くらべ、やがて満足のうなり声をあげた。

「ふむ、必要となればどうにか修正できるだろう」

ウーリがまた像に顔を近づけた。

「蠟でできた肉の中に血管まで見えそうですね。さかむけやたこがあっても不思議ではないほどだ。粘土から出てくるブロンズも、これと同じくらいすばらしいものになるのですか？　こんなにも繊細で優雅な像に？」

それから彼は片足跳びでブーツをひろい、履きなおした。

「ふむ。ならばちょっとした実演を見せてあげよう。ちょうどきれいな金細工の小物を鋳造したところなのだが——きみの目の前でその粘土をひらいてみせよう。さかむけが像にもつけられるかどうか、自分の目でたしかめてみるがいい」

フィアメッタはいそいで口をはさんだ。

「まあ、お父さま。型をひらくのなら、わたしにやらせてちょうだい。せっかくここまでひとりでやってきたのよ」

できたてのほやほやに手を触れれば、父のことだ、まちがいなく新しくかけられた術を見抜かれてしまう。

「なんだ、まだうろうろしていたのか。何か用事はないのか？　それともまた裸の男を盗み見するつもりだったのか？」

ベネフォルテが蠟製のペルセウスへあごをしゃくってみせる。

「だってお父さま、あれは町の広場に飾られるのでしょう？　町じゅうの娘が見ることになるのよ」

フィアメッタは自己弁護をはかった。近衛隊長がモデルをしているあいだ、ときどきのぞき見していたことに、父は気づいているのだろうか？

生きているペルセウス、ウーリは、その思いがけない見解に不安をおぼえたらしく、ブロンズの腰布をつけてくれとでも言いだしそうな表情で、ふたたび彫像に視線を走らせている。ベネフォルテが娘の狼狽《ろうばい》をおもしろがるように、小さな笑い声をあげた。

「なるほどな。だがフィアメッタ、今日のおまえは実に勇敢だった。疑り深いクィステッリ殿を言い負かすため、朝食がわりに塩辛い葡萄酒を飲んだ褒美をやらねばなるまいな。おいで」

そしてベネフォルテは、ふたりに先立って、表の工房にもどっていった。

「いいかな、オクス隊長。蠟原型法《ロストワックス》そのものは実に簡単で、子供にでもできるものだ」

「わたしはもう子供じゃないわよ」

フィアメッタの抗議に、ベネフォルテが穏やかな微笑を浮かべる。

「まあそのようではあるな」

粘土の塊はさっきのまま、作業テーブルの上にのっている。フィアメッタは壁の棚からいちばん小さな鑿をいくつかとりだし、塊を両手に包んで、心の中で祈禱を唱えた。術によって生じる可聴域を超えたハミングが、静かな震動となって伝わってくる。ベネフォルテと近衛隊長がテーブルに肘をつき、両側からじっと見つめている。鑿をあてると、軽い音とともに粘土の欠片が飛び散り、鋳型の中から黄金のきらめきがのぞいた。

「ああ！　指輪なんですね」

身をのりだしてきたウーリに、フィアメッタはにっこり笑いかけた。

「小さな獅子の顔だ」

興味深げな近衛隊長の声を聞きながら、さらに針のような鑿をふるい、粘土の欠片をはらいおとしていく。

ウーリが笑い声をあげた。

「すごい！　小さな牙《きば》までそろっている！　いまにも吠え出しそうだ！」

「牙にルビーをくわえさせるつもりなの」フィアメッタは説明した。

「ガーネットだ」ベネフォルテが訂正する。

「ルビーのほうがきれいだわ」

「だが高価だ」

「どこの領主の指にはめても遜色《そんしょく》のない指輪ですね」とウーリ。「ルビーの代価くらい、すぐにとりもどせますよ」

「この指輪は売らないわ、わたしのよ」

「ああ、そうなの？　でもこの大きさは男性用じゃないのかな」

「親指にはめるのよ」とフィアメッタ。

「こいつにはふつうの指輪の二倍も金《きん》がいった」ベネフォルテが口をはさんだ。「何かを約束するときは、慎重にせねばならんな」

「それでお嬢さん、これは魔法の指輪なの？」

ベネフォルテがあご髭をなでながら、娘にかわって答えた。

「いや、ちがう」

フィアメッタは濃い睫《まつ》毛《げ》の下からこっそり父をうかがった。笑ってもいないし、眉をひそめてもいないが、穏やかな表情の下で抜け目なく彼女を観察している。フィアメッタはすばやく指輪を近衛隊長の手に握らせ、期待をこめて息をこらした。

ウーリはためつすがめつ指輪をながめ、小さなウェーヴを描く獅子のたてがみをなでていたが、指にはめようとしないまま、両眼に当惑の色を浮かべた。

「ベネフォルテ親方、親方はいつも、怠け者で不器用な職人のことを愚痴《ぐち》っておいでですよね。いま思いついたのですが——わたしにはブルーインヴァルトにトゥールという弟がいます。それを手紙で呼び寄せるというのはどうでしょうか。まだ十七ですが、子供のころから鉱山と鍛冶場で働いてきて、ありとあらゆる仕事を経験しています。なかなかに聡明ですし、炉をあずかるクンツ親方の手伝いもしていますから、無知な若い徒弟を仕込むよりはずっと楽でしょう。金属に関して——とくに銅に関しては、すでにかなりのことを心得ています。それにいままでは、わたしが故郷を出たときより、ずいぶん大きく、たくましくなっているでしょう。〈栄光のペルセウス〉のために、まさしくふさわしい人材だと思うのですが」

指輪をいじりまわす近衛隊長を見つめながら、ベネフォルテがたずねた。

「きみはよく弟さんに手紙を書いているのか？」

「いえ……なんてこった！　そういえばもう四年も故郷に帰っていない。鉱山での暮らしはつらくきびしいものです。あの暗くてせまい坑道を思い出すと、いまでも発作的に身体がふるえてきますよ。トゥールにはこれまでも二度ほど、公の近衛にはいらないかと声をかけたことがあるのですが、軍人になるのはどうしてもいやだと言いましてね。何が自分のためになるのか、わかっていないのですよ。公の栄えある近衛勤務も、あれをあの穴蔵からひきずりだすことはできませんでしたが、親方のすばらしい技ならば、それをなしとげられるかもしれません」

ウーリはふたたび指輪を握りしめた。それからフィアメッタに返し、ぼんやりと手のひらをこすった。

「銅製錬の仕事をしたことがあるのだな？」ベネフォルテが確認した。「ふむ、いいだろう。手紙を書いてくれ。どうなるか見てみよう」

「いますぐ宿舎にもどって書いてきます」

近衛隊長は微笑を浮かべたまま、フィアメッタに優雅な一礼をし、ベネフォルテに別れの挨《あい》拶《さつ》をして、そそくさと帰っていった。

フィアメッタはスツールに腰掛け、両手で指輪を包んだまま大きな失望のため息をついた。

「お父さまの言うとおり。無駄だったわ。わたしには魔法の才能がないのね」

「そうかな？」ベネフォルテが穏やかにたずね返す。

「術が効かなかったもの！　全身全霊をこめたのに、何も起こらなかったわ！　ほんのちょっと指輪をはめようとさえしてくれなかったじゃないの」

自分で秘密を白状してしまった――顔をあげてみたが、ベネフォルテは怒っているというより、何か考えこんでいるみたいだ。

「べつに言いつけにそむいたわけじゃないでしょ。お父さまは指輪に術をかけちゃいけないとは言わなかったもの」

「おまえは術をかけていいかとたずねもしなかったからな」ベネフォルテが言い返す。「わかっておろうが、わたしはおまえに金属魔法を勧めたことは一度もない。あれは女が扱うには危険すぎるしろものなのだ。少なくとも、わたしはいつもそう考えてきた。だがいまは、正しい訓練なしにおまえを放置しておくほうがよほど危険なのではないかと思いはじめているよ」

「この指輪にはとっても気をつけて、神聖な術しか使っていないわ」

「ああ、それはわかっている――おまえ、自分のしていることがすべて筒抜けだとは気づいていないのか？」そこで彼女の不安そうな表情に、「わたしは大魔術師なのだぞ。わたしに気づかれずにわたしの本や道具を使うことは、ほかの大魔術師にだってできぬことなのだよ」

フィアメッタはがっくりと力を落とした。

「でもわたしの魔法は失敗したもの」

ベネフォルテが指輪をとりあげ、光の中でひっくり返した。

「ここそ内緒ごとをした罰を与えねばならんところだが……」

それからテーブルの隅に丸めてあったエプロンをひろげて中身を調べ、くちびるをすぼめた。

「クリューニの大魔術師による真《まこと》の愛の術だな？」

フィアメッタはみじめな気持ちでうなずいた。

「あれは真の愛をつくりだす術ではないぞ。魔法によって強いられた感情は真のものではないのだから、そんなことをすれば矛盾が生じるではないか。あれはただ、真の愛を明らかにするだけだ」

「まあ、そうなの」

「クリューニの大魔術師による魔法は一介の徒弟の手に負えるものではないが、おまえの指輪は正しく働いていたのかもしれん。つまり、あばたはあるがハンサムなオクス隊長は、おまえの真の恋人ではないということだな」

「でも……わたしはウーリが好きなのよ。やさしいし、親切だし。そこいらの兵隊みたいに乱暴じゃなくて、紳士だわ」

「はじめて見た――というか、はじめて目にとめた男が彼だったというだけのことだ。もちろん、あの男のすべてをのぞき見したわけだしな？」

「でもそれはわたしのせいじゃないわ」フィアメッタは不機嫌に答えた。

「おまえをそそのかし、あるまじき振る舞いにおよばせたのは、あのおしゃべりな友人どもだな」

「わたし、あと何週間かで十六になるのよ。マッダレーナが先月婚約したのはお父さまだって知っているでしょう？　彼女はもうドレスの仮縫いをしているわ。そして今朝の話よ――公爵さまのユリア姫はまだたったの十二じゃないの！」

「あれは純然たる政略結婚だ」ベネフォルテが答えた。「おまけに、薔薇の香の漂う結婚というわけでもない。いいか、この話はまだほかにもらしてはならんぞ。わたしには噂の出所をつきとめることなど、わけもないのだからな。ロジモ公フェランテ殿はすでに三十五で、怪しげな噂の持ち主でもある。二度目の奥方さまは二カ月前に出産で亡くなられたばかりだが、まだ十六にもなっておられなかった――おまえと同い年だぞ、考えてもみろ！　おまえだって、その運命を羨《うらや》ましいとは思わんだろう」

「まあ、もちろんよ！　でも……急にみんなが結婚し出して、わたしひとりがとり残されてしまったみたいなんだもの。すてきな殿方はみんな相手が決まっていて、わたしは歳をとって太ってしまって、でもお父さまは術のために必要だからって、いつまでも手放そうとしないのよ。『この新しいエニシダの鉢に血をいれてくれ、少しでいいからな』――それでわたしは血をいれるのよ。処女《おとめ》の血、処女の髪、処女の唾、処女の小水。それってきっと、魔法のための乳牛みたいな気分でしょうね」

「おまえの話はめちゃめちゃだぞ、フィア＝ミーア」

「お父さまにだってわかってるはずよ！　そしてそのうち、脚なんかがりがりで、卵みたいに禿《は》げ頭の、すけべ爺《じじい》と婚約させられるんだわ」

ベネフォルテは苦笑をこらえている。

「そうだな、裕福な未亡人の暮らしもそれほど悪いものではないからな」

「笑いごとじゃないわよ！」フィアメッタは言葉をとぎらせ、いくぶん落ちついた声で話しつづけた。「もしかしたらもう物色してみたのかしら。でもきっと、色が黒すぎるからとか、持参金が少なすぎるからって、話がまとまらなかったのよね」

さっきからフィアメッタをいらだたせていた、からかうような余裕をついにかなぐりすてて、ベネフォルテがきびしい声で言い返した。

「わたしの娘に持参金が少なすぎるなどと言わせはせんぞ！」

だがすぐにまた落ちつきをとりもどし、

「いましばらくは魂の炎に灰をかぶせておとなしくしていなさい、フィアメッタ。偉大なるペルセウスの鋳造が終わり、公がそれにふさわしい報酬を支払ってくれるまでだ。そのときおまえの横にならぶのは、貧しい軍人などではないぞ。おまえの友人たちもおしゃべりをやめ——どう考えても不可能なことかもしれんがな——羨望のあまりぽかんと口をひらいて、プロスペロ・ベネフォルテの娘の婚礼をながめることだろうよ」

そして指輪が彼女の手にもどされた。

「この黄金の飾りは、おのが無知にすがる前に父を信頼せよという教訓として、大事にしまっておきなさい。おまえの結婚式には、この小さな獅子も吠えたてることだろうよ」

〈わたしはお父さまのために毒入りの葡萄酒を飲んだのよ。それ以上にどんな信頼が必要だというの？〉

そしてフィアメッタはポケットの奥に指輪をおしこみ、テーブルの上の粘土を片づけるため、手箒《てぼうき》をとりにいった。

第二章

ブーツが雪ですべる。ブルーインヴァルトの谷間の小村から鉱山入口の昇降機小屋にむかう坂道をのぼりながら、トゥール・オクスは思わず小道のわきに積もった灰白色の小山を蹴とばした。飛び散ったべとつく塊《かたまり》は、数週間前のような細かい粉雪ではなく、かといって春らしい雪解け水でもない。暖かな春の到来を告げる雪解け水だったら嬉《うれ》しいのだが、鉛色の夜明けは今日もまた、永遠に終わることのない鉛色の鬱陶《うっとう》しい冬の日になるだろうことを予告している。だが彼はその陽光すらほとんど目にすることはできないだろう。トゥールはつるはしをかつぎなおし、あいたほうの手を脇の下につっこんだが、さして暖をとることはできなかった。

頭上から降ってきた大声に顔をあげ、いそいでわきによって木の背後に身を隠した。革袋いっぱいの鉱石をのせた木橇《きぞり》が、タタール人の騎手のような雄叫《おたけ》びをあげる少年をてっぺんにまたがらせ、ものすごい勢いで谷底にむかってかたわらを走り抜けていく。つづいてもう一台が、競走するようにすぐそのあとを追う。スピードをゆるめなければ、つぎのカーヴまでに確実に骨を折ってしまうだろう。二台がどうにかカーヴを曲がりきって視界から消えるのを見送り、トゥールはにやりと口もとをほころばせた。二年前まで、冬場に小川まで鉱石の橇を走らせるのは、トゥールにとってもお気にいりの仕事だったのだ。だが成長してこの体格になってからは、誰もが意図せずして、いちばんの重労働をおしつけてくるようになった。

昇降機と換気用ふいごのある木小屋にたどりつくとようやく、岩だらけの山肌を吹きおりてくる夜明けの凍てつくような風から身を隠すことができる。さきに来ていた現場監督が、きっちり一日分の油を計って鉱夫用ランプにいれている。仕事仲間のヘンツィは昇降機の滑車からおおいをはずし、ギアの歯と鼓胴をチェックしている。たぶん来年になれば、この機械をもう少し大きくして、牛か馬を使って心棒をまわせるようにできるかもしれない。そうこうするうちに鉱石があがってきたのだろう、ふたりのたくましい男が車を踏みはじめた。力をこめて足の下の車をまわすのは重労働だが、少なくともこの仕事をしているあいだは陽の光をおがむことができる。

「おはようございます、エントルブーホ親方」

今日は車踏みにまわされるといいなと期待しながら、トゥールは監督に挨拶《あいさつ》した。しかしエントルブーホは彼の足にむかってうなり声をあげただけで、そのままランプをおしつけてきた。つるはしをかついだファレルがはいってきて、足を踏み鳴らしてブーツの雪をおとし、同様に油を足したランプと、黒銅鉱石をいれるための籠《かご》と木の盆を受けとった。

「エントルブーホ親方、地精《コボルト》退治の神父さまには、まだおいでいただけないんですかい？」ファレルが不安そうにたずねた。

「こない」エントルブーホがそっけなく答える。

「やつら、どんどんあつかましくなってきてるんですがね。昨日はランプをふたつ壊されちまったし、それにあの揚水ポンプの鎖が切れたのだって――あれはまだ錆《さ》びちゃいなかったですよ」

「あれは錆びてたんだ」監督はむっつりと答えた。「誰かが油をひくときに手を抜きやがったんだろうさ。ランプのことだって、〝地精《コボルト》〟ってのは結局のところ、〝ぶきっちょ〟の言いわけにすぎんのだろうが。今日こそはみんなが飢え死にする前に、いい鉱石《いし》を見つけてくるんだな。おまえらふたりは上層《うえ》の切羽《きりは》からはじめろ」

トゥールとファレルは鉱石用昇降機の桶《おけ》に採鉱道具をいれ、木製の梯子《はしご》をくだって鉱坑にはいった。

昇降機小屋に声がとどかない場所までおりるとすぐさま、厚板をならべた立坑の中で、ファレルが頭上から話しかけてきた。

「今朝はおやじさん、最低の機嫌だったな。あの調子じゃ、わざわざ金を出してまでして神父さまのお香《こう》を買っちゃくれそうにないぞ」

「まあ無理だろうね」トゥールもため息をついた。

現在採掘がおこなわれているいくつかの鉱脈では、今年にはいってからあまり成果があがっていない。近頃では鉱石を水洗選鉱しても、クンツ親方の製錬炉を動かせるのはせいぜい月に二度というところだ。さもなければトゥールは、今日だって鍛冶場の手伝いにいって、使い古された炉を掃除したり、燃えさかる火に薪《まき》をくべたりしながら、黒い土からきらめき流れる純粋な金属を生み出すクンツ親方の驚異の手練をながめることができたのだ。クンツ親方の仕事を手伝っていれば、身体《からだ》の芯まで暖かくなれる。いっそ炭焼きのもとで職をさがそうかと思ったこともあるが、製練所が開店休業状態では、炭焼きの仕事だって似たようなものだろう。鉱山主はこれ以上利益があがらなければ山を閉鎖すると脅している。叔父の話では、エントルブーホがカリカリして怒りっぽいのは、その可能性が高いからだという。トゥール自身はといえば……そう、地精《コボルト》に用心を怠らずにいるだけだ。

立坑の底で、昇降機からおりてきた道具を受けとり、岩屑《がんせつ》が金色の髪やうなじにかからないよう、フードをひきあげた。オレンジにゆらめくオイルランプを掲げてなだらかな坑道をくだっていくと、石の放つ穏やかな沈黙がひたひたとおしよせてくる。この静寂に不安をかきたてられる者もいるが、トゥールはむしろ母のような、辛抱強く暖かな慰めを感じる。静寂より、岩が動いてふいにあげるうめきのほうがよほど恐ろしい。

道は四十歩ほどさきで二股にわかれ、そのどちらもが、かつては豊かだった銅鉱脈に通じている。片方は急なくだり坂で、ありがたいことに今日は、鉱石をつめた籠をひきずってこの道をのぼる必要はない。ほかにも坑道はいくつかあるが、どれも掘りつくされて遺棄され、支柱もはずされてしまったものばかりだ。ふたりは上層レベルの比較的なだらかな道をたどり、つきあたりの岩壁にたどりついた。

ファレルが破片のあたらない場所にランプをおいて、つるはしをふりあげた。

「それじゃいくぜ」

トゥールも相方にぶつからない位置を選び、失われつつある鉱脈のありかを告げる、わずかに色合いの異なる筋にむかってつるはしをふりあげた。三十分もたつと、さすがにふたりとも息づかいが荒くなる。

「エントルブーホのばか野郎は、まだふいごを動かしていないのか？」ひたいの汗をぬぐいながら、ファレルが言った。

「こっちから怒鳴ってみたらどうだ？」

トゥールは籠半分ほどの鉱石をシャベルでかき集め、ファレルにもたせて送り出した。手を休めると、下層の坑道で岩をたたき砕く音が遠く反響してくる。岩がかたく鉱脈が薄いため、この三カ月をかけて拡張された坑道は、わずか十五フィートにすぎない。母がつくってくれた革の膝あてをつけてかがみこみ、より低い岩肌にとりくんでみた。掘りつづけているうちに息が切れ、かがみこんだ姿勢が苦しくなってくる。また立ちあがってつるはしにもたれ、しばしの休息をとった。

ファレルはまだもどってこない。トゥールは周囲を見まわして岩壁に歩み寄り、疵《きず》だらけのその表面に身体を寄せた。ひろげた指を色ちがいの岩肌にあてて、目を閉じる。ざわめいていた思考が、言葉では表現できない静寂の中に溶けこみ、語らぬ石と一体化する。そして彼は石になった。みずからの体内を走る腱のように、鉱条の存在が感じられる。この鉱脈は十フィートさきで細くなって消えていく……それでもふりおろす剣の軌跡のように、斜め下に数フィートはつづいている。輝きたいと光を求めてさけんでいる、凍《い》てついた川のようにまばゆく誇らしげな、天然銅の豊かな鉱脈……

「金属がおれを呼ぶんだ」トゥールはつぶやいた。「感じる。聞こえる」

だが誰が信じてくれるだろう。そもそも、このヴィジョンはどこから訪れるのか。それともこれは、邪悪な夢、悪魔の誘惑なのだろうか。かつて革なめしのストゥッシは、高熱のためさまざまなヴィジョンを見たとわめきちらし、鼻から長い虫を吐き出して死んでいった。澄みわたった心に〝なぜ……？〟という疑問が影を落とした瞬間、ヴィジョンは腹立たしいほど曖昧《あいまい》な危険の気配を感じて、脈打ち消えてしまった。トゥールは両手で岩を握りしめた。

視野の隅で何かがまたたいている——ランプが消えかけているのか。それともファレルがもどってきたのだろうか。トゥールは赤面してあわてて岩から離れた。だが足音はしないし、ランプも薄暗くはあるが、安定した光を投げかけている。

〈あそこだ〉

揺らめく影の中に、さらに濃い影が潜んでいる——奇妙な形の岩が動いた。トゥールは息さえもこらして、じっと立ちつくした。

その岩が立ちあがった。腰のあたりに鉱夫のような革の前掛けを巻きつけた、身長二フィートほどの節くれだった茶色い小人だ。それがくすくす笑いながら、片隅にとびはねていく。ランプの光を受けて、黒い両眼が磨かれた石のようなきらめきを放つ。それがトゥールの籠に近寄り、鉱石をいれようとしている。

急激な動きをしてはいけない。長年鉱山で過ごしているが、こんなに近くではっきり地霊《ノーム》を見たのははじめてだ。いつだってやつらは視野の隅をかすめるだけで、近づこうとすると岩壁に溶けこんでしまうのだ。小人はまたくすくす笑いながら、問いかけるように細いあごをかたむけた。

「ごきげんよう、小さい人」トゥールは魅せられたようにささやいた。

　この声に驚いて、消えてしまわなければいいのだけれど。

「ごきげんよう、金属を司《つかさど》る人」

　地精《コボルト》はか細い声で答えると、ひょいと籠の中にとびこみ、縁から目だけを出してトゥールを見つめ、それからまたすばやくとびだしてきた。細い手足に、足の指も手の指も長くて、関節は木の根のように節くれだっている。

「おれはべつに司っちゃいないよ」

　トゥールは微笑を浮かべ、少しでも威圧感を与えないようかがみながら、ベルトをさぐり、母が今朝、山羊の乳をいれてくれた革袋をはずした。それからゆっくり手をのばして、平槌《バトー》と呼ばれる良質の鉱石を運ぶための大きな木皿をとりあげ、ひっくり返して中のごみをはらってから、乳を注いだ。それを小さな生き物のほうにおしやり、声をかける。

「よかったら飲まないか」

　地精《コボルト》はまたくすくす笑って、はねるように皿の縁にかじりついた。容器をもちあげるのではなく頭のほうを近づけて、とがった舌をすばやくひらめかせ、猫のように乳をなめる。飲みながらも、トゥールにすえたきらめく両眼は動かない。乳はすぐさまなくなってしまった。地精《コボルト》はすわりこんで、小さく、だがはっきりとげっぷをもらし、小枝のような手首でくちびるをぬぐった。

「うまい！」

「夕飯前にのどが渇いたときのためにと、お袋がもたせてくれたんだ」

反射的に答えながら、軽い自己嫌悪をおぼえる。こんなふうに仲良くお話などしていないで、つかまえるべきではないのか。しめあげて、金や銀の在り処《あか》や、いろんな秘密を吐かせればいいのだ。それでも干し林檎《りんご》のようなしわだらけの顔は、邪悪や脅威とはまるで無縁な、どこかおごそかな雰囲気を漂わせている。

地精《コボルト》がするすると近づいてきたので、トゥールは身体をこわばらせた。節くれだったつめたい指がゆっくりとのばされ、手首に触れる。

〈いまならつかまえられるぞ〉

だがトゥールは動くことができなかったし、動きたくもなかった。地精《コボルト》は石の上を横切って、岩壁に筋を描く鉱条に身体をこすりつけた。全身の輪郭がにじみ、いまにも溶けてしまいそうだ――

〈いってしまう！〉

トゥールは懸命にかすれた声をあげた。

「地精《コボルト》殿。宝の在り処を教えてくれ、どこをさがせばいい？」

地精《コボルト》は立ち止まり、なかば伏せた両眼でまっすぐトゥールを凝視した。そして、重すぎる荷物をもちあげた巻き上げ機がきしみをあげるような、甲高《かんだか》い声で歌った。

「空気と火、空気と火。金属を司る人よ、おまえは土と水。火のもとにいけ。つめたい水がおまえを消す。つめたい土が口をふさぐ。つめたい土は地精《コボルト》のものだが、金属を司る人にはむかない。墓掘りよ、墓掘りよ、火のもとにいって生きるがいい」

そして地精《コボルト》はかすかな笑い声を残して、鉱脈の中に姿を消した。

なんのことだろう。単純で明快な問いにも、いまいましい地精《コボルト》は謎しか返してくれない。そんなことは最初からわかっていたはずじゃないか。歌のようなリズムが言葉に二重の意味を与えている。〝墓掘り〟は——真面目な鉱夫のことだろうか、自分の墓を掘る男のことだろうか。それとも彼、トゥールのことかもしれない。身体じゅうの汗がひえて、骨の芯まで凍えそうだ。トゥールはふるえながら膝をついた。心臓がはげしく脈打ち、クンツ親方の炉でふいごを動かすときのように、耳の中で轟音がとどろく。目の前が暗くなってきた……いや、ランプの炎が小さく、弱くなってきたのだ……まだ油はたっぷり残っているのに……

ファレルの声がずきりと耳につき刺さった。

「聖母さまにかけて、ここの空気はひどいぞ！　おい、トゥール、おい……！」

がっしりした手が腕をつかみ、乱暴に立ちあがらせた。頭がふらふらする。ファレルは罵《のの》りながらトゥールの腕を自分の肩にまわし、坑道をもどりはじめた。

「空気が悪くなってる。ちくしょう！　きっと地精《コボルト》のしわざだぜ」

「換気用のふいごはちゃんと動いてるんだがな。パイプがどこかでつまってるんだろう」

「地精《コボルト》に会ったよ」トゥールは言った。

鼓動はまだ激しいが、どうにか視野はもどってきた。もちろん薄暗い坑道で何かが見えるとしたらの話ではあるが。

「石をぶつけてやればよかったんだ！」

「乳をやったよ。喜んでるみたいだった」

「なんだって！　おい、頼むぜ！　おれたちはあれを追い出そうとしてるんだぜ、餌《え》づけなんかしてどうするんだ！　あんなものに餌《えさ》をやったら、仲間をひき連れてもどってくるじゃないか。やつらがはびこるのもあたりまえだ！」

「会ったのははじめてだよ。なかなかかわいかった」

「ふん」ファレルは首をふった。「空気のせいで悪い夢でも見たんだな」

ようやく分岐点にたどりついた。ここまでくれば空気も清浄だ。坑道の奥まで空気を送りこむ木製パイプのわきにトゥールをすわらせて、ファレルが言った。

「ここにいろ、エントルブーホ親方を呼んでくる。大丈夫だな？」

トゥールがうなずくのをたしかめ、ファレルは足早に去っていった。木製機械のうなりやきしみに重なって、昇降機小屋にむかって怒鳴るファレルの声が聞こえてくる。まだ寒い――腕を身体に巻きつけ、長い脚を引き寄せた。ランプはファレルがもっていってしまっている。暗闇があたりをおし包んだ。

やがてファレルが、エントルブーホを案内してきた。親方はランプをかかげて顔をのぞきこみ、心配そうにぐあいをたずねた。そして木製の通気パイプを棒でこつこつたたきながら、フアレルといっしょに坑道の奥へと進んでいった。しばらくするとファレルが、放置してきたトゥールのランプと道具をもってもどってきた。

「落盤でパイプがつぶれているところがあった。今日はもう上の坑道はやめておけとさ。調子がもどったらできるだけはやく下の切羽へいって、しばらく籠運びをやってくれ」

うなずいて立ちあがると、ファレルが自分のランプから火をわけてくれた。〝空気と火〟か。そして〝生きる〟。身体のふるえがおさまってきたので、仕事にかかろうと、下層にむかう坑道にはいった。くだり坂が急なため、オイルをこぼしたりはねたりしないよう気をつけなくてはならないし、三十フィートも垂直にくだる立坑の梯子では、さらなる注意が必要だ。このいちばん下層にあたる坑道は、螺旋形《らせん》に渦を巻いた鉱脈を追って、いったんくだったあとで、またのぼり坂になっている。そのつきあたりの切羽で、四人の男が働いていた。ひと組ずつ交代しているのだろう、ふたりがかたい岩壁をけずり、ふたりがひと休みしながらけずられた破片を選り分けている。ニクラウスは陽気な大声で、ビアズは憂鬱そうな小声でと、四人がそれぞれの調子で挨拶をしてくれた。

トゥールは良質の鉱石片を籠につめてかつぎあげ、坑道をくだり、またのぼって、立坑まで運んだ。そこでロープにつないだ革袋に中身を移し、からの籠を腕にひっかけて梯子をのぼり、坑の上で巻き上げ機を動かして革袋をひきあげる。また籠にもどした鉱石を、さらに昇降機のある立坑まで運んで大きな木桶《きおけ》に放りこみ、大声で合図をすると、ヘンツィが機械を動かして、荷物が視界から消えていく。そこでまたつぎの荷をとりにもどって、またもう一度もどって……いくどそれをくり返しただろうか。疲労と飢えでいやけがさしてきたころ、ヘンツィがようやく、パンとチーズとエールと大麦重湯をつめた桶をおろしてくれた。下層の坑道で働いている男たちは、トゥールを迎えたとき以上に、その荷物を歓迎した。

食事休憩が終わったころに、ファレルが仲間にくわわった。

「エントルブーホ親方とおれで、壊れたパイプをぜんぶ調べてみた。親方は交換用のパイプをつくらせにいったよ」

仕事仲間たちはいつものように、承認のうなり声をあげてファレルを迎え入れた。トゥールはいちばんかたい岩壁をひきうけ、ハンマーとつるはしを手に、甲高い音をたてながら破片を撒《ま》き散らした。そのうちに腕と背中と首が痛みはじめる。つめたく乾いた粉塵、けずられた金属、熱いオイル、燃える油脂のあげる煙（もちろん上等の油ではないからだ）、毛織物にしみる汗、チーズとタマネギの混じった男たちの息――鉱山の匂いで頭がいっぱいになりそうだ。

ようやく良質な鉱石が充分に集まり、トゥールとファレルはふたりがかりで、ずっしり重い籠を運び出した。梯子まで半分ほどきたあたりで、オレンジ色のランプの光に、坑道の隅を通り抜けていく節くれだった小さな影がひらめいた。

「いやらしい小悪魔め！　消えちまえ！」

ファレルがさけんで籠から手を離し、つるはしをつかんで力いっぱい投げつけた。地精《コボルト》は小さな悲鳴をあげて、岩の中に溶けこんだ。

「ふん！　追いはらってやったぜ」

ファレルが岩につき刺さったつるはしをとりにいったので、トゥールもしかたなく籠をおろし、上にのせたランプをまっすぐにおきなおした。

「あんなこと、しないほうがよかったんじゃないか。地精《コボルト》はやさしい生き物だよ。何も悪さなんかしてないのに、何かまずいことが起きるたびに責任をおしつけられているみたいだ」

「悪さなんかしていない、だって？」

しっかり岩に刺さったつるはしをひき抜こうとしながら、ファレルがうなった。何度かひっぱり、さらに岩壁に足をかけて力をこめているうちに、ふいに大きな石片とともにつるはしがはずれた。ファレルはうしろざまに倒れて支柱にぶつかり、頭をなでながら立ちあがってかなきり声をあげた。

「悪さをしていないだって？　これでも何もしてないっていうのか！」

岩壁に新しくあいた穴からひびがひろがり、見ているあいだにも奇妙な黒みをおびて、水がにじみはじめた。ファレルがトゥールの肩ごしに目を見張り、押し殺した声をあげた。

「おい、なんてこった」

山がうなりをあげた――耳ではなく、腹に響きわたる低い震動だ。はじめはしたたりにすぎなかった水が、しだいに量と勢いを増し、やがてはすさまじい奔流となってむかいの壁にぶつかる。坑道の奥から、何かが壊れる音と悲鳴に混じって、苦悶のうめきが聞こえてきた。

「天井がくずれるぞ！　逃げろ！」

ファレルが恐怖に裏返った声でさけび、つるはしを放り出して飛ぶように駆け出した。トゥールもパニックにかられ、闇の中で落ちてくる支柱を避けようと、両手で頭をおおいながらそのあとを追った。

立坑の底で立ち止まり、手さぐりで梯子をさがす。ふとファレルのとまどいを感じ、トゥールは声をかけた。

「何も落ちてこないじゃないか」

「これから落ちてくるんだ」

どこからともなくファレルの手がのびてきて、トゥールをさぐりあてる。握り返したその手は、汗に濡《ぬ》れてじっとりとつめたい。

「奥で誰かが怪我をしたみたいだ」

ファレルが息をのみ、一瞬後に答えた。

「いそいでエントルブーホ親方のところにいって助けを呼んでくる。おまえはもどって、どうなったのか見てきてくれ」

「わかった」

トゥールは手さぐりで、いまきた坑道をもどっていった。山全体の重みがのしかかってくるようだ。これ以上山が動いたら、いちばん頑丈な支柱でさえ、焚《た》きつけの小枝のようにこっぱみじんになってしまうだろう。

〝つめたい土が口をふさぐ。墓掘りよ……〟

もはや前方からは、蛇のような水音が響いてくるばかりで、悲鳴も泣き声もやんでしまっている。

まだ燃えているランプをのせたまま、かたむいて立っている鉱石の籠が見えてきた。壁から噴き出す水は、低いほうへと流れていく。トゥールはランプをとりあげ、いまやぬかるみとなった坑道を、足をすべらせながらくだっていった。曲がりくねった鉱脈を追ってくだり坂がのぼりに転じるその少し手前で、一面の水がひろがっていた。水面はトゥールの足もとからはじまり、むかい側の天井まで達して渦を巻いている。何も聞こえなくなったのも道理だ。男たちのいる作業場は切り離され、水が彼らの悲鳴をさえぎってしまったのだ。水は抜け目なくわずかな裂け目でも見つけて這《は》いあがり、むこうの空間はどんどんせばまって……

ふいに、きらめきを放つ不透明な水面をわけて濡れた頭があらわれ、水を吐くと同時に、大きな音をたてて空気を吸いこんだ。つづけてそのかたわらに、もうひとつの頭が浮かびあがる。おそるおそる手をのばすと、ふたりめの男を身体にしがみつかせて、最初の男があがってきた。ショックに呆然としたふたりめの男は、ひたいに怪我をしていて、したたる水とあいまって、まるで水もれのする桶のようだ。最初の男は恐怖に白目をむいている。

「あとのふたりもくるのか?」トゥールはたずねた。

「わからん」最初の男、マットがあえぎあえぎ答えた。「ニクラウスは落盤で動けなくなっていたようだが」

「それでビアズがいっしょに残っているのか?」

勇敢なビアズ。トゥールより勇敢なことはまちがいない。もしも六年前、彼のように勇敢な仲間がいたら、父はいまも生きていただろうに。

しかしマットは首をふった。

「おれはビアズもいっしょにくると思ったんだ。だがやつは水が怖いんだよ。昔まじない婆に、おまえは溺死すると予言されてな。それ以来、水を飲むこともやめちまった。もっぱらエールばかり飲んでやがる」

水位があがって爪先を濡らしたので、トゥールはあとずさった。三人でじっと水面を見つめたが、誰もやってこない。怪我をした男の身体が頼りなげに揺れはじめた。

「歩けるようなら、かついで運ばなくてもすむうちに、もどったほうがいい。助けもくるはずだ。おれは……ここで見張っている。上の連中に、換気用ふいごを動かしつづけるように言ってくれ。もしかしたら、水位があがるのをおさえる役に立つかもしれない」

マットがうなずいて、怪我人を支えながらよろめき去った。トゥールは立ちあがり、徐々に増えてくる水をにらみつけた。長く待てば待つほど水は深くなり、救助は困難になる。

〝つめたい水がおまえを消す……〟

誰も脱出してこない。また水が爪先をなめたので、さらにあとずさった。傷ついた地精《コボルト》があげる悲鳴のような、か細い絶望のうめきをのどの奥で押し殺し、トゥールは数フィート背後の地面にランプをおいて、またむきなおり、水の中にはいっていった。

水がブーツを越えて股間まで達すると、凍えそうな衝撃に息がとまった。なおも歩きつづけていくうちに、足が地面を離れた。深く息を吸ってとめ、もぐり、水に浸った天井をたどりながらさきに進む。下へ、下へ……耳がガンガンして何も聞こえない。ようやくくだりが終わった！　ここからは浮上するだけだ。少しでもいそごうと水を掻《か》く。だがもし作業場全体に水がたまっていたら、そのときは――

のばした手がなんの抵抗もなく空《くう》を掻き、つづいて頭がとびだしたので、さきほどのマットのように大きく息を吸いこんだ。ぼんやり明るいのは、だれかのオイルランプがまだ灯っているからだ。ようやく足が底につき、ばしゃばしゃ水をはねながら乾いた地面にあがった。凍え、頭皮はうずき、感覚を失った指は曲がったまま固まっている。それにくらべると、オレンジ色をおびた空気は、実際にはひえきっているのだろうが、まるで蒸し風呂の中のようだ。

水ぎわで、ビアズが立ったまますすり泣いていた。岩壁近くの影の中で、もがきながら怒鳴っているのはニクラウスだ。怒鳴り声がとまった。

「トゥールか？　おまえ、トゥールなのか？」

トゥールはニクラウスのわきに膝をついて、暗がりの中で傷をさぐった。板のような岩が脚を床に縫いとめている。触れてみると、骨が砕け、筋肉もつぶれて腫《は》れあがっているのがわかる。とてつもなく大きな岩だ。トゥールはつるはしをつかみ、先端を岩の下にいれてぐいと力をこめた。ほとんど動かない。

「ビアズ、手伝ってくれ！」

トゥールが声をかけても、ビアズは何も見えず、何も聞こえないかのように泣きつづけている。想像上の危機を恐れるあまり、背後からせまりくる現実の危険に気づくことができないのだ。トゥールはまわりこんで彼の肩をつかみ、はじめはそっと、それから乱暴に揺さぶり、真っ正面から怒鳴りつけた。

「ばか、目を覚ませ！」

相変わらず泣きながらではあるが、ようやくビアズも働きはじめた。歯がゆいくらいわずかずつもちあがっていく岩の下に、つるはしやシャベルや棒や石をつっこむのだ。脚に血が逆流したため悲鳴をあげながらも、ニクラウスが懸命にもがいて岩の下から這い出してきた。

「水はまだ増えているな」トゥールは言った。

「予言のとおりだ！」ビアズがわめいた。

トゥールはこぶしを握りしめて真上からビアズを見おろした。

「まじない婆の予言はたしかにあたるんだ。あんたは溺死するだろうよ。手を貸さないっていうんなら、おれがいまあんたの頭を水の中におしこんでやるからな！」

「まったくだぜ」横たわったままのニクラウスがあえぎながら相槌《あいづち》をうつ。

思わずあとずさりながらも、ようやく恐怖がおさまってきたのだろう、ビアズは泣きやんで小さく鼻を鳴らしはじめた。

「そっちの腕を支えてくれ。とにかく息をとめて、さきに進むだけだ。あとのふたりはちゃんとやりとげたぞ」

ふたりでニクラウスをひきずって、水にはいった。だが底を蹴ってもぐろうとした瞬間、ビアズが腕をふりまわし、すさまじい悲鳴をあげて岸に駆けもどった。

しかたなく、ふたりでさきに進んだ。ニクラウスは賢明にも、あいたほうの手で壁につかまりながら、自分でも前に進もうとつとめてくれる。前回よりも急速に、ずきずき痛む筋肉と骨から体温が奪われていく。ふたたび水面に浮上したとき、ニクラウスの目はショックのあまり裏返っていた。

だがそこでは、エントルブーホとファレルと、あとふたりの男が待機していた。三人がさっそくニクラウスを毛布にくるみ、運び去った。

「まだ誰か残っているのか？」エントルブーホがたずねる。

「ビアズが」荒い息で答えると、全身が激しくふるえた。

「怪我をしているのか？」

「いや。でもくだらない予言のせいで、水を怖がっておかしくなっちまってる」

「もう一度もどって連れてこられないか？」

「そのつもりになれば、自分でこられるはずだよ」

毛織のフードもチュニックもレギンズもずぶ濡れで、たっぷり水を吸って重たく全身にからみついてくる。その不快さに、トゥールは水のしたたるフードを馬の首輪のようにむしりとり、ぺしゃりと地面に投げ捨てた。

山がまた轟《とどろ》いた。太い支柱がバグパイプのような悲鳴をあげ、つづいて木材の内部でぱちぱちとはじける音が聞こえた。

「くずれるぞ」エントルブーホの声が緊張を増した。「いますぐこの坑道をからっぽにせんといかん」

心の奥の悲鳴をこらえ、トゥールは三たび水にはいった。全身がどんどん麻痺《まひ》していくため、さほど寒さは感じない。頭が殴られたように痛み、しっかり閉じた目の前で赤いレース模様が渦を巻きはじめたころ、ようやく水面にたどりついた。水からもがき出てみると、岩だらけの地面はもはや一ヤードほどしか残っていない。ビアズはその水ぎわにうずくまって祈っていた――泣いていた。

「神さま、神さま、神さま、神さま……」

まるで羊がメーメー鳴いているみたいだ。

「こいよ！」トゥールは怒鳴った。「閉じこめられちまうぞ！」

「溺れちまう！」ビアズがかなきり声で答える。

「今日はまだ溺れやしない」

トゥールはうなり、かためたこぶしでビアズのあごを思いきり殴りつけた。たったの一撃で、ビアズは背後の壁まで吹っとび、ぼんやりすわりこんだ。それを見て、むしろトゥールのほうが驚いてしまった。子供のころの小犬のじゃれあいのような喧嘩《けんか》はべつとして、この体格になってから人を殴ったのは、これがはじめてだったのだ。殴られたあごが奇妙にゆがんでいるのではないか。だがしかたがない。ビアズの頭をしっかりかかえこみ、ひきずるように、凍てつく水の中にはいっていく。

頭まで水中に沈むと、なかば意識を手放していたビアズも、トゥールの手をふりほどこうともがきはじめた。トゥールは腕にいっそうの力をこめてさきに進んだ。酷使された肺が、閉ざした口をおしあけようとはげしく脈打っている。しかたなく少しだけ息を吐いた。

〝つめたい水がおまえを消す……〟

だが今日じゃない、今日じゃない、今日じゃない——

〈神さま、いまここで助かるのなら、いずれ縛り首になってもいいですから〉

ようやく頭が水面を割り、トゥールは空気を吸いこみながら当惑した。墨を流したような闇だ。エントルブーホはもどってしまったのだ。しかもランプをもって。宙に放り出されたような心もとなさをおぼえ、床か天井か壁か——何かないかと、あいているほうの腕をふりまわしてみる。やっとのことでのばした指が壁にぶつかり、足が傾斜になった底を踏みしめた。痙攣《けいれん》を起こした身体は海老のように丸まり、腕や脚は胡桃《くるみ》のようにかたくこわばっている。荷物をかかえたまま、水から這い出して横になる。咳きこみ唾《つば》を吐いているということは、ビアズは溺死せずまだ生きているのだ。ビアズが寝返りをうってトゥールの膝に大量の水を吐き出したが、この暗闇の中で手を離すことはできない。トゥールはふらつく足で立ちあがり、ビアズをひきずりながら、坑道をのぼっていった。

正気を失った友人に、下層の立坑の梯子をあがらせるのは、悪夢のような大仕事だった。脅しと励ましの言葉を、かわるがわるに浴びせかける。

「あがれ！　あがれよ！　そら手を動かして！　足を動かして！」

トゥール自身の手は曲がったまま、麻痺したようにほとんど感覚を失っている。やがて足もとの坑道から、木材の引き裂けるリズミカルな音につづいて、すべてをおしつぶす轟音が響きわたった。トゥールの鼻先からビアズのブーツが消えた。

〈――落ちた〉

と、トゥールは一瞬パニックにかられたが、やがて頭の上からぱらぱらと小石が降ってくるのに気づいた。ビアズは狂ったように梯子を駆けあがり、すでに立坑のてっぺんまでたどりついていたのだ。

〈いや、正気に返ったんだ〉

トゥールもいそいであとを追い、立坑を出てからは、ウサギのように身をかがめて上層の坑道を走り抜けた。

昇降機のある立坑の底で、くぐもったようなビアズの悲鳴にあわせて、トゥールも大声をあげた。永遠かと思えるほどの時間が過ぎてようやく、鉱石用の桶がおりてきた。トゥールはビアズを桶におしこみ、自分は梯子にとりついた。なかばまであがったところで気が遠くなりかけたが、頭上で天国を約束している銀色の光に導かれて、どうにかのぼりつづけた。立坑から出ると、ヘンツィが桶からビアズをおろしているところだった。トゥールは昇降機小屋の中に立って、両手を膝につき、ふいごのようにはげしく呼吸をくり返した。

「おい、道具はもちだせなかったのか?」エントルブーホが熱心な声でたずねた。

トゥールは口のきけない牛のように、呆然と監督を見つめた。ようやく立ちあがったビアズが、不明瞭だが明らかに敵意のこもった言葉をわめきながら、殴りかかってきて、空振りして倒れた。小屋の外では、春の氷雨が風に吹かれて斜めに降り注いでいる。

「家に帰りたいんですが」トゥールはつぶやいた。


寒さで朦朧としながら、ようやくわが家にたどりついた。母は恐怖に目を見張ってから、すぐさま凍りついた衣服を脱がし、羽根布団にトゥールと熱した石をおしこみ、蜂蜜《はちみつ》をいれた熱い大麦重湯を飲ませてくれた。道具やなくなったフードのことなど、ひと言もたずねたりはしない。それでも、おこりのようなふるえがひくまでには、たっぷり二時間がかかった。トゥールはぽつりぽつり今日の出来事を話して聞かせたが、適当に省略したにもかかわらず、母は顔をひきつらせ、くちびるを嚙みしめた。そしてトゥールの歯が音をたてなくなるまで、そばを離れようとしなかった。


トゥールの声に力強さがもどり、このまま死ぬことはないと納得してようやく、母は部屋のむこう端にある炉棚から一枚の紙をとってきて、かさかさとひらいた。

「ほら、トゥール。今朝ウーリからきたのよ。あなたにいい職を紹介してくれるって」

兄はまた彼に傭兵の槍《やり》をもたせようとしているのだろうか。赤い封蠟《ふうろう》は心配性の母によってすでに破られている。母は滅多にこない手紙を受けとるたびに、ウーリが病気になったのではないか、ひどい怪我をしたのではないか、手か足を失ったのではないか、賭博で文無しになったのではないか、どこかのふしだらな尻軽と言い交わしたのではないかと、軍人生活につきもののありとあらゆる不安に恐れおののくのだ。

トゥールが軍人という仕事を疎《うと》んじるのは、危険が多いからではない。いかなる職にも危険はつきものだし、それをいうならば、剣をつくるのは好きだ。ミラノの武具師がつくった剣を見て、息がとまりそうなほど感動したこともある。だがその剣を手にして、生きた人間につきたてるのは……まっぴらだ。トゥールは苦しげな長いため息をついて、手紙をとりあげた。

奇妙な衝撃が腕を駆けあがり、指にぬくもりがもどった。読みすすむにつれて疲労が消えたので、床の上に起きあがった。軍への誘いではない。トゥールはすばやく視線を走らせていった。

『……公の金細工師にして大魔術師の弟子として……わが公のためにすばらしいブロンズ像をつくっている……強靭《きょうじん》で聡明な若者が必要……この機会に……』

トゥールはそっと紙をなでた。モンテフォーリアにむかう街道の南側の斜面では、いまごろ太陽が暖かく輝いているだろう。夏になればそれも、炉口のようにまばゆく燃えあがるはずだ。トゥールはくちびるをなめてたずねた。

「母さんはどう思う？」

母は息を吸ってから、心を決めたように答えた。

「いくべきだと思うわよ。父さんのように、悪魔の山に食べられてしまう前にね」

「でも、母さんがひとりになっちまう」

「叔父さんが面倒を見てくれるわよ。わたしだってあなたが、毎日あの恐ろしい鉱山にもぐってるより、モンテフォーリアにいてくれるほうが安心できるもの。ウーリがあなたも兵隊にしようっていうんなら、こんなことは言わないわ。あの子が傭兵になりにいってしまったとき、わたしがどれだけ反対したか、あなたも知っているでしょう。兵隊になった男の子たちはほとんどもどってこないし、もどってきたとしても、怪我をしているか、病気にかかっているか、人が変わったように残忍で冷酷になってしまっているんですもの。でもこのお話なら……」

トゥールは手紙を読みなおした。

「この大魔術師は、おれに魔法の才能なんかないってことがわかっているのかな？」

母がくちびるをすぼめた。

「ほんとの話、そこが心配なのよ。このベネフォルテ親方という人は、フィレンツェの人なんでしょう？　黒魔術に手を染めているかもしれないし、もしかすると、女の子だけじゃなくて男の子にも手を出そうという、ゆがんだ嗜好《しこう》の持ち主かもしれないわ。でも雇い主だというモンテフォーリアの公爵さまは、ウーリの話だと、貴族にしては立派なおかただそうだから」

「モンテフォーリアか」

改めて、その言葉に秘められた温かな響きに気づく。

「あなたはふたつの国の言葉で読み書きができるし、少しならラテン語もわかるんですものね。いつだったか、勉強を教えてくださってた修道士のグラルスさまが、あなたをパドヴァにやって、お医者さまになる勉強をさせないかとおっしゃったことがあるのよ。よくそのことを考えたものだわ。でもちょうどそのころ父さんが死んでしまって、それからは何もかもが悪いほうに転がっていってしまったからねえ」

「おれはラテン語は嫌いだよ」

軍人になるよりもっと悪い運命があったことに気づき、トゥールはおそるおそる告白した。だが母はそれ以上追及せず、火の上でぐつぐつ煮えている豆粥《まめがゆ》を見にいった。そして鉱山から間一髪の脱出をはたした息子のために、ハムを追加してくれた。

トゥールはまた羽根布団にもぐりこんで、手紙を胸に抱きしめた。身体はまだ豚脂のようにひえきっているが、手紙からぬくもりが伝わってくるような気がする。

〝墓掘りよ、墓掘りよ、火のもとにいって……〟

思わず笑い声をあげてしまい、あわてて口をつぐんだ。母がふり返り、何がおかしいのかわからないまま、微笑を返している。それにしてもモンテフォーリアか。

〈神さまとあの地精《コボルト》にかけて、おれはきっと火のもとにいってみせるさ〉

トゥールは仰《あおむ》向けに横たわり、黒い梁《はり》にはさまれた水漆喰《しっくい》の天井で水面《みなも》に反射する光のように躍る火明かりを見つめながら、光輝く夏を夢見た。

第三章

家政婦のルベルタの手を借りて、フィアメッタはどっしりした赤いヴェルヴェットのオーバードレスを頭からかぶり、上等のリンネルのアンダードレスの上にそっとひろげた。贅沢《ぜいたく》なほどたっぷり布を使い、大きくカットしたスカートの襞《ひだ》をなでていると、心から満足のため息がこぼれ出る。どうせかなうまいと思いつつ夢見てきたものより、このドレスはさらにすばらしい。公爵さまの晩餐会にみすぼらしい灰色の毛織《けおり》の服で出るのはいやだと言ったら、驚いたことに父が古い櫃《ひつ》から母のドレスを出してきてくれたのだ。フィアメッタとルベルタは一週間かけて縫いなおし、サイズを縮めた。くらべてみると身長は同じくらいだが、フィアメッタは母よりも細いらしい。妙な気がした。記憶に残る母は、小さいどころか長身だった。背が高くて、浅黒く、温かかった。

のばした両腕にルベルタが袖《そで》を通し、ドレスの肩に結びつけて、アンダードレスの肘《ひじ》をふくらませた。赤いヴェルヴェットの袖には銀糸の刺繍《ししゅう》がほどこされ、スカートの縁にも同じく銀の帯が走っている。

「そんなにとびはねないでくださいましよ、お嬢さま」

穏やかに苦情を言いながら、ルベルタは下くちびるを嚙んで、真剣に紐《ひも》を結んでいる。それから一歩うしろにさがり、誇らしげに出来ばえを検分した。

「ではお髪《ぐし》にかかりましょうか」

「ええ、お願い」

フィアメッタはおとなしくスツールに腰かけた。今日は小さな子供のようにキャップをかぶるのでもないし、三つ編みを背中にたらすのでもない。銀糸に真珠をちりばめたヘアネットが、魔法によるものか、時を経ても変質しないまま、ドレスといっしょに出てきたのだ。ルベルタが波うつ巻き毛をきっちりふたつにわけて後頭部でたばね、ヘアネットをかぶせた。黒い巻き毛がふた房、両耳の前できれいに揺れている。フィアメッタはむさぼるように小さな鏡を見つめ、嬉《うれ》しそうに頭を動かして巻き毛を揺すった。そしてエプロンをかけた家政婦の腰に両手を巻きつけ、しっかりと抱きしめた。

「ありがとう、ルベルタ！　とてもすてきだわ」

「あら、お靴が——まだ厨房《ちゅうぼう》ですわね。とってきましょう」

ルベルタがばたばた出ていってからも、フィアメッタはさまざまな角度で鏡をのぞきこみ、やわらかく豪奢《ごうしゃ》な布地に手をすべらせていた。それから下くちびるをなめながら、ふと立ちあがり、寝台の足もとにおいてある櫃に歩み寄った。

リンネルの下に、たいらな樫《かし》の小箱がはいっている。その中に納めてあるのは、母のデスマスクだ。蠟《ろう》でデスマスクをつくる人は多いが、プロスペロ・ベネフォルテは妻のそれをブロンズで鋳造《ちゅうぞう》し、さらに実際の肌に近い豊かな茶色に染めあげた。やわらかな曲線を描く鼻とやや大きめの口の上で、活気を秘めていた黒い瞳が、いまはどこか悲しげに閉ざされ眠りについている。フィアメッタはマスクをとりあげて目の下にあて、鏡をもった手を精一杯のばしてのぞきこんだ。目をすがめ、かすんだ視野の中で、その顔とドレスをつなげてみる。それから、マスクをあごの下までさげて、ふたつの顔を見くらべてみた。色の薄いほうの顔は、どこまでがプロスペロ・ベネフォルテのもので、どこまでがいまは亡きこの女性のものなのだろう。鼻梁はくっきりしているし、あごの線もこの茶色い仮面よりは鋭いが、でもほかの部分は……

〈わたしは誰なの？　誰のものなの？　そしてどこに属しているの？　ねえ、お母さま〉

柱廊《ちゅうろう》に足音が聞こえたので、あわててデスマスクを小箱にもどし、鍵をかけた。ルベルタがドアごしにピカピカの靴をわたしてうながした。

「おいそぎなさいませ。お父さまが下でお待ちですよ」

フィアメッタは両足を靴につっこみ、踊るように寝室をとびだして、中庭を見おろす二階の柱廊をまわっていった。スカートをたくしあげて階段を駆けおりてから、裾《すそ》を整え、貴婦人らしい髪形にふさわしい、落ちついた足どりで歩き出した。このドレスは奴隷《どれい》やそこいらの下働きに着られるものではない。母はまちがいなく、キリストによって偉大なる巨匠と結ばれた真の妻だったのだ。フィアメッタはきっぱりとあごをもたげた。

石畳の廊下で待っているベネフォルテもまた、すばらしい装いに身を包んでいた。膝丈の黒いヴェルヴェットのマントをはおり、頭を飾る小粋で大きな帽子は、同じ布をターバンのように巻いて片側にたらしたものだ。チュニックは蜂蜜《はちみつ》色のヴェルヴェットで、ハイネックの襟《えり》の上にまっ白なリンネルをのぞかせ、たっぷり襞をとった裾が膝までをおおって、その下にのびる脚は黒いタイツに包まれている。髪に灰色のものをまじえながらも、ベネフォルテは老人用の長いガウンを選ばず、落ちついた色合いで円熟した力強さをあらわしている。そしてチュニックには、おのが技能を誇示するがごとく、自作の金鎖が飾られていた。

足音を聞きつけて、ベネフォルテがふり返った。

「ああ、やっときたな」

そして上から下まで娘をながめながら、ふと遠い目をしたが、やがて鼻を鳴らし、幻をふりはらうように首をふった。

「わたし、きれいかしら？」フィアメッタは心配になってたずねた。

「ああ、きれいだ。さあこれを」

さしだされた手の上には、精巧な銀細工のベルトがのっている。手にとると驚いたことに、それはロープのように細くしなやかな、銀の蛇だった。きらめく鱗《うろこ》が重なって、中の構造を隠している。頭部はほんものそっくりの純銀製で、きらめく緑の目は——エメラルドだろうか、ガラスだろうか。

「つけなさい」ベネフォルテが言った。

「どうやって？　留め金もないけど」

「巻きつけるだけでいい。ちゃんととまる」

「魔法がかかっているのね？」

「ちょっとした護身の術だ」

「ありがとう、お父さま」

腰に巻いて頭部のうしろに尾をまわすと、たしかにそのままちゃんととまる。フィアメッタはほっと気づいてたずねた。

「はずすときはどうするの？」

「はずしたいと思えばいつでもはずれる」

ためしにはずしてみて、また巻きつけた。

「いつつくったの？　最近？」

塩入れをつくるため、昼夜働きどおしだったと思っていたのだけれど。

「いや、ずっと前からあったものだ。わたしは磨いて、術をかけなおしただけだ」

「お母さまのだったの？」

「そうだ」

鱗にそって指を走らせると、耳に聞こえないほどかすかな、音楽のような震動が感じられた。

壁ぎわのベンチに公爵の塩入れがおいてある。台座とおそろいの黒檀《こくたん》でつくられた新しい箱は、内側にサテンを張り、金細工の把手《とって》と留め金がついている。これの組み立てと仕上げには、フィアメッタもひと役買っている。不安になったわけでもないだろうが、ベネフォルテはもう一度箱をひらいて中身をたしかめ、詰め物と留め金をチェックしてから、ふらりと工房にはいって窓の外をながめた。

「ああ、やっときた」

声が漂ってくると同時に、ベネフォルテが玄関にもどって扉のかんぬきをはずし、スイス人隊長とふたりの近衛《このえ》兵を迎え入れた。近衛兵の胸当ては鏡のようにきらめいているし、オクス隊長はいちばん上等でいちばんさっぱりした軍服――婚約を記念して支給された金ボタンつきの新しいダブレットを着ている。

「支度はよろしいでしょうか、プロスペロ親方？」隊長が微笑して、黒檀の小箱をあごで示した。「あれは部下に運ばせましょうか？」

「いや、わたしが自分で運ぼう」ベネフォルテは答えて箱をもちあげた。「ひとりはわたしの前に、もうひとりはうしろについてくださらんか」

「承知いたしました」

ふたりの近衛兵が指示された位置について、隊長とフィアメッタは金細工師の両脇にならんだ。

「わたしがもどるまで、かんぬきをかけておくのだぞ、テセーオ」

ベネフォルテの言葉に徒弟《とてい》はぎごちなく頭をさげ、出発した一行の背後で扉が閉まった。ベネフォルテはかんぬきのかかる音を確認してから、うなずいて、丸石を敷き詰めた通りを進んでいった。

晴れわたってはいるが、聖なる復活祭から二週間が過ぎたばかりなので、ヴェルヴェットのドレスだけではまだ少し肌寒い。数週間前の指輪をつくったあの日から、木々には新芽が萌《も》えはじめている。フィアメッタは左手の親指にはめた獅子の顔を握り、真昼の陽光をガーネットに——結局ガーネットになってしまったのだ——反射させた。陽光は黄色い煉瓦《れんが》や石や、赤い瓦《かわら》屋根にもふりそそいでいる。冬にはわびしい灰色に染まるモンテフォーリアだが、日の長い夏の午後には黄金都市のようになる。一行はベネフォルテ家と工房がある大きな屋敷町を抜けて、より古い、ごみごみした区画へと街路をたどっていった。

水辺に通じる脇道をわたりながら、フィアメッタは桟橋と船に目を走らせた。水鳥が数羽、気だるげに飛びかっては鳴き声をあげている。この夏、父が釣りに連れていってくれたら、今度こそ魚を餌《えさ》に食いつかせる秘密の術を教えてもらおう。細長い湖はモンテフォーリアから北へおよそ十一マイル、アルプスのふもとまでつづいている。その山を越えればオクス隊長の故郷だ。一週間前、今季初の隊商がモンテフォーリア峠を越えてきたという。これは東にむかう有名なブレンナー峠よりけわしく困難ではあるが、この小公国にとっては何より大切なルートだ。モンテフォーリアは実りの少ない山国だから、ときたま訪れる商人相手の交易と、湖での漁がなければ、ひどく貧しい暮らしを強いられることになっていただろう。

町の北、湖の東岸にひろがる葡萄《ぶどう》畑と果樹園、春蒔《ま》き小麦の育つ高台と羊が放牧されている牧場は、聖ヒエロニムス修道院の所有地だ。湖の東岸では、修道院の石壁のすぐそばを本街道が北上しているが、西岸は荒れはてたけわしい岩場で、行き来するものといえば山羊くらいしかない。白いリボンのように連なる埃《ほこり》っぽい街道に、馬にのった数人の人影と、牛のひく荷車が一台、見分けられる。モンテフォーリア公の城は、町はずれの絶壁にそびえている。その図書室には聖ヒエロニムス修道院の筆写室が生み出した彩色写本がおさめられているが、当世はやりの安っぽい印刷物を排除し、みごとな筆跡で写され細かな装飾のはいった革装丁の書籍だけを百冊以上も収集していることが、サンドリノの自慢なのだ。フィアメッタにいわせればきびしすぎる条件だが、おそらく公爵は、読むことはできても自分で書くことをしないから、筆写をそんなにも重視するのだろう。大人はほんとうに奇妙なことに固執するものだ。

「それで、婚約の祝典はどんなぐあいなのだ？」ベネフォルテが近衛隊長にたずねた。

遅れぎみだったフィアメッタは、話を聞こうとあわてて足をはやめた。

「そうですね、昨夜は奥方さまが庭園で花火をあげられました。活人画とマドリガルもありました。すばらしい歌声でしたよ」

「公がこれをいそがせておられなかったら」とベネフォルテは黒檀の箱をもちあげてみせ、「その衣装もわたしの仕事になっていたのだがな。それにしても薄のろディ・リミニがよくぞ台無しにしなかったものだ。ドアノブの意匠すらまともにできんくせに」

装飾の技において、この町でももっとも著名な好敵手を中傷するベネフォルテの言葉に、隊長がさりげない微笑を浮かべる。

「なかなかの出来でしたよ。まあ難を言えば、蠟燭《ろうそく》の火があるご婦人の髪飾りに燃えうつるという事件が起こりましたがね。いそいで水をかけたので、羽根飾りよりほかに被害はありませんでした。絶対楽屋に桶《おけ》を用意しておくべきだと、言い張っておいてよかったと思っています」

「なるほどな。ところで、未来の花婿《はなむこ》殿はようやく今朝方到着なさったのだったな」

「そうです」と、隊長は眉をひそめ、「言わせていただけるならば、あの随行の男どもは気にいりませんね。見るからに荒っぽい連中です。それに、慶事に五十人の武装兵は多すぎるのではありませんか。このように大勢の供を許されるとは、サンドリノさまも何を考えておられるのか。未来の婿殿にはとうぜんの栄誉だとおっしゃっておられますが」

ベネフォルテが考えこむように話をつづけた。

「そもそもウベルト・フェランテ殿は、二年前にロジモ公の地位を手にいれるまでは、傭兵隊長をしていたのだからな。まだ民の信頼を得られるほど、あの国に根をおろしてはおるまい。ひき連れてきたのは、おそらく信頼できる部下なのだろうよ」

「地位を手にいれる——まさしくそうですね。教皇庁を買収することで従兄弟殿の請求を退け、継承権をもった女性と結婚する許可を手にいれたと聞いています。おそらくはボルジア枢機卿が、ヴェネツィアや皇帝党の野望に対抗するため、ロジモに教皇党員を確保したいと思われたのでしょう」（それぞれ教皇を擁護した民衆派と、ドイツ皇帝を擁護した貴族派で、中世イタリアにおいて対立していた）

ベネフォルテが辛辣な微笑を浮かべて、

「教皇庁に関するかぎりは、まあおそらくきみが考えるとおりなのだろう。それにしても不思議なのは、フェランテ殿がどこで金を手にいれたかだ」

「わたしには、野望に燃えるミラノの脅威のほうが深刻ですね。あわれなモンテフォーリア。両側を敵にはさまれ、ただアーモンドのようにじっとつまみあげられるのを待っているばかりとは」

「一軍人がいかにのしあがっていけばいいかを知りたければ、ミラノを手本にすることだな。フェランテ殿は、いまは亡きフランチェスコ・スフォルツァの生涯を、あまりていねいには調べていないようだ。要は娘と結婚してその国を手にいれるのだよ……。おぼえておけよ、ウーリ」

隊長はため息をついた。

「残念ながらわたしは、継承権をもつ女性をひとりも存じあげていませんので」そこで考えこむように言葉をとめて、「しかしフェランテ殿は、ロジモでまさしくそのとおりのことをしてきたのですね。同じことをこのモンテフォーリアでも企《たくら》んでいなければいいのですが」

「公も若君も健在だ、そんな企みは無駄だろう」それから黒檀の箱を軽くたたき、「それにおそらくはこれが、少しはおふたかたの健康を守る役に立ってくれるだろうよ」

隊長は視線を落とし、丸石の上を進む自分のブーツを見つめた。

「わたしにはわからないのです。サンドリノさまはこの婚約を少しも喜んでおられませんし、奥方のレティティアさまはそれ以上に反対しておいでです。フェランテ殿はいったいどのような圧力をかけてきているのでしょう……持参金に関してはさまざまな交渉があったようですが」

「フェランテ殿がもう少し若いか、ユリアさまがもう少し年かさであられたら、それほど悪い話でもないのだがな」

「その両方だったら、でしょうね。奥方さまは婚約の条件として、少なくともあと一年は婚礼をとりおこなわない旨、懸命に主張なさっておいででした」

「うまくすればそのあいだに、馬がフェランテ殿をふり落として、首の骨を折ってくれるかもしれんからな」

「ああ、今度からお祈りにその項目をつけくわえることにしますよ」微笑を浮かべながらも、隊長は真面目な口調で請け合った。

城につづく坂をのぼりきるころには、さすがに息が切れて、会話も途切れがちになった。城門の両脇には、切石《きりいし》の上にモンテフォーリアの新しい建物によく見られる黄色い煉瓦をはりつけた、四角いがっしりした塔がそびえている。城門を抜けた一行は、兵士に案内されて石畳の中庭を横切り、新しい大階段をあがっていった。祖先の築いた無骨で暗い建物の印象をやわらげようと、現公爵がつくらせたその階段を、ベネフォルテがいつもの口調でせせら笑った。

「田舎の石工などではなく、ほんものの彫刻家を雇うべきだったな……」

薄暗い広間をふたつ抜け、さらに扉をくぐると、周囲を壁にかこまれた庭園だった。婚約を祝う宴のテーブルが、花と果樹のあいだに据えつけられている。

すでに大勢の客が着席して、ベネフォルテが期待したとおりの、塩入れの披露にふさわしい場をつくりあげていた。つづれ織りの日除《ひよ》けをはった壇上のテーブルには、公爵一家とフェランテと、モンテフォーリア司教を兼任する聖ヒエロニムス修道院長がすわっている。一段低くなった場所には、それより身分の劣る客たちのために、壇と直角に四つのテーブルがならんでいる。

陽気でたくましく、貴族的な鼻と耳をもった五十がらみのサンドリノ公が、家令クィステッリの捧げもつ、お湯に薔薇の花びらを浮かべた銀の水盤で手を洗った。公爵の右側には、十歳になる嗣子《しし》アスカニオ卿がすわっている。お仕着せ姿のフェランテの家来が、てっぺんに革を張って詰め物をした足台を、あるじのブーツの下にあてがった。フェランテの脚は長さも形も異常がないようだから、ロジモの紋章を彫刻したその櫃には、何か特別な理由があるのだろう。もしかすると絹のタイツの下に、いまも痛む古傷を隠しているのかもしれない。フィアメッタはぽかんと見とれそうな表情を懸命にひきしめて、目の前にくりひろげられるすばらしいヴェルヴェットや絹、帽子や記章や紋章、宝石や髪形を、できるかぎり細かく記憶に焼きつけようとした。

ユリア姫は母上と未来の花婿にはさまれ、金色の縫いとりのはいった新緑色のヴェルヴェットのドレスに、子供っぽいキャップ（！）をかぶっている。とはいえその緑のキャップにも、金糸の刺繍はあるし、小粒の真珠まで縫いつけてあるのだが。髪は三つ編みにして緑のリボンを飾り、金色のロープのように背中にたらしている。公爵夫人レティティアは、故意に令嬢の幼さを強調しようとしたのだろうか。わずかな戸惑いがうかがえるユリアと、隣席のロジモ公はいかにも対照的だ。男盛りで力強く浅黒いフェランテは、まさしく軍神マルスの使徒といえる。口もとを微笑の形にゆがめているが、しっかりとくちびるを閉ざしているのは、きっと歯並びが悪いのだろう。

修道院長であり司教でもあるモンレアレが、フェランテの左隣についているのは、敬意を表すると同時に、もしユリアが恥ずかしがって黙りこんだり子供っぽいおしゃべりをはじめたりした場合に、フェランテの話し相手となってもらうためにちがいない。モンレアレは若かりしころは騎士として華々しく活躍した人で、重傷を負った瀕死の床で、もし神がいま生命永らえさせてくださるならば残る生涯を教会に捧げますと誓約した結果、いさぎよくそれを実行したのだといわれている。髪に白いものの混じるいまでは、学者として、そして一部では神秘主義者として、名を馳せている。今日の装いは修道院長ではなく司教としてのもので、ゆったりした白い立派なガウンに金の縁取りのついた赤いローブをまとい、剃髪《ていはつ》した頭頂に白い絹の紋織りキャップをのせている。モンレアレはまた、プロスペロ・ベネフォルテの工房と魂を監督し、白魔術に関する教会鑑札を毎年更新する役目をも担っている。ベネフォルテは公爵とその一家、およびフェランテに礼をしてから、心より深い敬意をこめて修道院長にむかって頭をさげた。

打ち合わせのとおり、ベネフォルテが膝をついて黒檀の箱をひらき、フィアメッタが優雅に腰をかがめて公爵に塩入れをさしだした。雪のように白いテーブルクロスの上で、黄金のきらめきと鮮やかなエナメルがみごとに映える。テーブルの賓客たちが思わずあげた感嘆の声に、ベネフォルテの顔がほころぶ。家令がすかさず輝く舟形の皿に塩をいれると、サンドリノが満足げな微笑を浮かべて、最初の塩を祝福してくれるよう修道院長に依頼した。

ベネフォルテは固唾《かたず》をのんで待ちかまえている。手順からすれば、公爵が集まった客におのが気前のよさを示すべく、ダカット金貨を彼の手に積みあげてくれるのはこのときになるはずだ――と、打ち合わせをしたときに、父はフィアメッタに語った。その黄金の一瞬を期待して、マントの下にはからっぽの大きな革袋がさがっている。だが公爵は、下のテーブルにつくよう愛想よく手をふっただけだった。示された席につきながら、ベネフォルテが髭《ひげ》の奥で悔しさを隠してつぶやいた。

「なるほど、いまはいろいろと忙しいので、あとでというわけだな」

給仕のもってきた銀の水盤――ベネフォルテの作品だ――で手を洗うと、葡萄酒が注がれて宴がはじまった。最初に出てきたのは、豚肉とハーブとクリームチーズを詰めて油であげ、粉砂糖をまぶしたラヴィオリだった。籠《かご》いっぱいに盛られたパンは、白い小麦粉のみを使って焼かれたものらしい。つづいて子牛肉、鶏肉、ハム、ソーセージ、牛肉の大皿があらわれ、さらに大量の葡萄酒が運びこまれた。ベネフォルテは壇上のテーブルに鋭い視線をむけているが、いまのところ誰の皿からも青い炎はあがっていない。フィアメッタは隣席のぽっちゃりした貴婦人、城代《じょうだい》であるピア卿の奥方と歓談した。

夫君に呼ばれて城代夫人が席をはずしたすきに、ベネフォルテが身をのりだしてきて声をひそめた。また未払い金貨の件だろうと身構えたフィアメッタに、だが父は思いがけないことをたずねてきた。

「フェランテ殿が右手にはめている小さな銀の指輪に気づいたか？　おまえのほうがテーブルのそばまでいっただろう」

フィアメッタはまばたきした。

「そうね、言われてみればはめていたわね」

「どう思った？」

「どうって……」

心の中に問題の指輪を思い浮かべてみる。

「ちっともきれいじゃなかったわ」

「どんな形をしていた？」

「人の顔。子供か、キューピットだったと思うわ。そうね、きれいじゃないっていうより……いやな感じがしたわ」そこで小さく笑って、「もっといいものをつくってくれって、お父さまに依頼がくるかもしれないわね」

だが驚いたことに、ベネフォルテは悪運をはらうように小さく十字を切った。

「黙りなさい。それにしても……修道院長の前で堂々と身につけるとは、いったいどういう了見なのだ？　正体を知らないまま偶然手にいれたのか、それともどうやってか力を消してあるのか」

「あら、古いものには見えなかったわよ。ねえ、何を心配しているの？」

父のはげしい動揺が伝わってくる。

「あれはまちがいなく、死霊の指輪《スピリット・リング》だ。だが、作動しているならばいったいどこに……」

ベネフォルテは言葉をとぎらせて口もとをひきしめ、ひそかに壇上のテーブルをうかがっている。フィアメッタは衝撃を受け、小声でたずねた。

「黒魔術なの？」

「いや……必ずしもそうと決まったわけではない。わたしも以前ああした品を、その……見たことがあるが、それはべつに重罪というわけではなかった。フェランテ殿は領主だ。世の中には、身分の低い者たちに禁じられても支配者には許されるものがあるのだし、ああした方々は気安くそうした力と接するからな。そう、フィレンツェの偉大なるロレンツォさまのようにな」

「わたし、魔法には白魔術と黒魔術しかないのだと思ってたわ」

「わたしの歳になると、この世にはまったき善も、まったき悪もないことがわかるだろうよ」

「モンレアレさまはその意見に賛成なさるかしら」フィアメッタは疑わしげにたずねた。

「ああ、もちろんさ」ため息をつき、肩をすくめるように眉をあげてみせて、「いずれにせよ、一年もあればフェランテ殿の本性も明らかになるだろうよ」

そのときピア卿夫人がもどってきたので、ベネフォルテは指を曲げてその話題を打ち切った。

残り少なくなった肉がさげられ、ナツメヤシやイチジクやはしりのイチゴや焼き菓子の皿が客の前にならべられた。フィアメッタはあれこれ迷ったあげく、ピア卿夫人とふたりして大量のドライチェリータルトを平らげた。おしゃべりや食器のぶつかりあう音をかき消すように、庭園の奥で楽士たちの演奏がはじまる。酒蔵頭《がしら》とその助手たちが甘口の葡萄酒を注いでまわっているのは、おひらきの乾杯のためだろう。

早足で居城から出てきたクィステッリが、つづれ織りの日除けの下にはいってテーブルに近づき、かがみこんで公爵の耳もとにささやきかけた。サンドリノが眉をひそめて質問を返し、クィステッリが肩をすくめる。公爵はいらだたしげに首をふりながらも、身をのりだして奥方に何事か告げ、家令について城内にもどった。

城代夫人がフィアメッタごしに、把手の壊れた小さな銀の水差しを修理してくれないかと、ベネフォルテに頼みはじめた。徒弟むきのつまらない家庭用品の話をされて、父が喜ぶはずもない。と、ベネフォルテがフィアメッタに目をとめて、小さく微笑した。

「それはフィアメッタがお引き受けしましょう。はじめてのひとり仕事だ、やってみるか」

「まあ、あなたがやってくださるの？」

フィアメッタにむけられた視線には、感銘と不安がいりまじっている。フィアメッタは内心で小躍りしながらも、慎重に答えた。

「あの……まずはその水差しを拝見させていただけますか」

ピア卿夫人は壇上のテーブルに視線を走らせた。

「公爵さまがおもどりになるまで乾杯はありませんわね。それにしても何を手間取っておいでなのかしら？　わたくしの部屋においでなさいな、フィアメッタ。お見せするわ」

「はい、奥さま」

ふたりが立ちあがると、またクィステッリがもどってきて、今度はフェランテに話しかけた。ロジモ公は当惑といらだちをこめて顔をしかめたが、あるじの要請をことわるわけにもいかず、席を立った。手のひとふりで、ふたりの部下があとにつづく。街路で見かけたら、けっしてそばに寄りたくないようなごろつきどもだ。いかにもたくましく、髭面《ひげづら》に前歯が何本か欠けた年かさの男は、フェランテの副官だという。下座のテーブルで身をのりだしてご婦人としゃべっていたオクス隊長が、顔をあげて眉をひそめ、大股で一行のあとを追っていった。

殿方たちの姿がすっかり見えなくなるのを待って、城代夫人が城内へと案内してくれた。広間を横切りながら、フィアメッタは興味津々の視線でわきをうかがった。執務室か書斎らしい部屋の扉があいたままで、デスクの前に立った公爵と、旅の埃にまみれたふたりの男——深刻な顔の神父と、怒りもあらわな貴族が見える。だがそのときフェランテと従者たちに視野をさえぎられ、フィアメッタはしかたなく城代夫人についていった。

城代夫妻の居室は、四角い塔の片方にあった。壁が分厚く、寝台と櫃で混み合った小さな寝室で、ピア卿夫人が棚から水差しをおろした。不安もあらわなその視線を意識しながら、細長い窓のそばによって水差しを調べ、心の中で喜びの声をあげる。しなやかな人魚の形をした把手がはずれ、ひびがはいっている。これを修理するには、単なるハンダ細工ではなく、熟練した技術が必要だ。フィアメッタは迅速な修繕を約束し、古いリンネルに水差しをくるんで、庭園にもどることにした。

広間を横切ろうとしたとき、驚いたことに、執務室からサンドリノの怒鳴り声が聞こえてきた。公爵が握りしめた両手をデスクについて身をのりだし、その正面では焼き煉瓦のように真っ赤になったフェランテが、口もとをひきしめ、しっかと腕を組んで立ちはだかっている。フェランテがうなるように短く返事をしたが、声が低すぎるため、内容までは聞きとれない。旅装のふたりは静観している。貴族の顔には悪意に満ちた笑みが浮かび、神父は青ざめている。さりげなく入口にもたれかかったオクス隊長は、剣の柄《つか》に手をかけている。ピア卿夫人が警告するように、フィアメッタの肩をぎゅっとつかんだ。

サンドリノの声がとぎれとぎれに聞こえてきた。

「……嘘つきの人殺し……邪悪な呪術ではないか！　たしかな証拠が……わたしの子供に……わが家に対する侮辱だ！　とっとと消えうせろ。戦いの準備を整えるがいい、その邪悪な首をたたきおとしてやる、このならず者の傭兵め！」

怒りに咳きこみながら、サンドリノが親指を嚙んでフェランテの顔につきつける。フェランテが身をのりだして怒鳴り返した。

「準備などするまでもない！　貴様の戦いはたったいまはじまるのだ！」

フィアメッタが口をあけ目を見はっているその前で、フェランテの左手が短剣を抜き放ち、流れるような一動作で薙《な》ぎあげた。その刃はすさまじい勢いでサンドリノののどを切り裂き、首をなかば切断したあげく、骨にあたって停止した。フェランテ自身もバランスをくずし、犠牲者とふたり、ぐっしょりと朱に染まって抱き合うような恰好でデスクに倒れこむ。

むせび泣くような悲鳴をあげながら、オクス隊長が剣を鞘《さや》走らせて突進した。だがせまい執務室では長剣は役に立たない。ふたりのごろつきが短剣を抜き、歯のない副官があるじの一撃と同じくらいすばやく、怒りに燃える貴族の心臓に強烈なひと突きをくらわせた。武器をもたない年配のクィステッリは、逃げようとしたが間に合わず、もうひとりの短剣に殴られて床にくずおれた。ウーリがすばやくとびこんでその第二撃をはねあげ、そのまま男と取っ組みあう。
片手をあげようとする神父にむかって、フェランテが右のこぶしをふりあげた。銀の指輪からまばゆい光が放たれ、神父が悲鳴をあげて目をおさえる。それと同時に、フェランテの刃が無防備になった胸を貫いた。

「夫を呼んできますわ！」

城代夫人が水差しを落とし、スカートをたくしあげて庭園へと駆け出した。物音に気づいた副官が顔をあげ、眉をひそめながらこちらにむかってくる。その両眼は氷のようにひややかだ。ショックのあまり心臓が激しく脈打ち、めまいがする。それでもフィアメッタはくるりと背をむけ、懸命にピア卿夫人のあとを追った。

陽光に一瞬目がくらんだ。庭園の真ん中あたりで、城代夫人が夫の腕にしがみついて警告の言葉をさけんでいる。フィアメッタには完全に筋の通ったその悲鳴も、城代にはまったく理解できないのだろう、しきりと首をふるばかりだ。フィアメッタは白い午後の光の中で、狂ったように父の黒い大きな帽子をさがした。あそこだ、誰かに会釈《えしゃく》している。副官が首を出し、またひょいとひっこんだ。フィアメッタはベネフォルテの胸にとびこみ、息を切らしてチュニックにしがみついた。

「お父さま、公爵さまがフェランテに殺されたわ！」

ウーリ・オクスがうしろむきにとびだしてきた。

「裏切りだ！　殺人と裏切りだ！　モンテフォーリアよ、武器をとれ！」

剣は血に濡《ぬ》れ、さけぶたびに口から血が飛び散っている。

モンテフォーリアの住民同様あっけにとられていたフェランテの部下たちが、やがて数人ずつ集まりはじめる。副官がオクス隊長を追ってとびだしてきて、加勢を呼びかけた。

「ちくしょう、だがこれも仕事のうちか」

ベネフォルテは吐き捨てると、フィアメッタの腕をしっかりとつかみ、懸命にあたりを見まわした。

「ここにいてはむざむざ殺されるばかりだ。い、ま、す、ぐ逃げ出すぞ」

男たちは剣や短剣を抜き、武器をもたない者もテーブルナイフをとりあげている。ご婦人がたの悲鳴が響きわたる。

ベネフォルテが出口ではなく、壇上のテーブルにむかって走り出した。オクス隊長とフェランテの副官も、転がるように同じ場所をめざしている。副官が壇上にとびあがり、リンネルの布ごしに、幼いアスカニオめがけて剣をふりあげた。あわや少年の首がはねとぶかと思われた瞬間、オクス隊長の剣が副官のそれをはじきとばした。歯欠けのロジモ人が、よろめきながらもつぎの一撃のためにふり返る。モンレアレがそのロジモ人めがけて、テーブルを投げつけた。

ベネフォルテが猛然とダッシュして、きらめきながら宙で弧を描いている塩入れをつかみとり、マントにくるみこむ。

「さあ、フィアメッタ！　出口にむかえ！」

だがスカートの裾が重たいテーブルに縫いとめられてしまっている。フィアメッタは必死で服をひっぱりながら、声をあげた。

「お父さま、手を貸してちょうだい！」

公爵夫人レティティアが娘を抱きかかえ、壇の背後のつづれ織りの中に転がり落ちるようにとびおりた。残されたアスカニオをウーリがつかまえ、モンレアレ院長のほうにおしやってさけぶ。

「若君をお連れしてください！」

修道院長は恐怖にふるえる少年を赤いローブに包みこみ、ごろつきのくりだす突きを司教杖《づえ》ではらいのけている。つぎの瞬間、男の股間に狙いすました強烈な蹴りをくらわしたのは、ほとんど反射神経のなせるわざだろう。

「聖ヒエロニムスよ！　助けたまえ！」モンレアレが吠えた。

書記官でもあるたくましい副院長が、助勢に駆けつけてきた。またべつの男がアスカニオに襲いかかろうとしたが、院長が司教杖で宙に不思議な模様を描くと、男はふいに表情を失い、剣をだらりとたらしたまま壇の端によろめいていって、乱闘にくわわったモンテフォーリアの近衛兵に倒された。庭園のなかばあたりまでたどりついていたベネフォルテが、フィアメッタの悲鳴を聞きつけ、ひき返してきた。

ウーリは修道院長とアスカニオをとりまく一団を守りながら、歯欠けの副官とすさまじい剣技をくりひろげている。だがその呼吸は奇妙に乱れているようだ。敵の剣をかわして突きをいれた拍子に、フェランテの足台が壇上から蹴り落とされた。横むきに転がった箱の蓋《ふた》がひらき、滝のような岩塩がフィアメッタの足もとにこぼれ落ちる。

その塩の中に、しなびた嬰児《えいじ》の死体が丸まって埋もれていた。フィアメッタは悲鳴をあげ、はさまったスカートを引き裂いてあとずさった。ウーリが目を見ひらいて視線をそらした瞬間、フェランテの副官がとびだしてきてウーリの新しいダブレットを貫いた。近衛隊長の背中から、五インチも剣先がつきだしている。身体《からだ》の前からも背中からもどっと血をほとばしらせて、おぞましい音をたてて剣をひき抜く。歯欠けの男がウーリの胴に足をかけて刃をひねり、近衛隊長が倒れた。フィアメッタは泣きわめきながらかがみこみ、ロジモの副官にむかって、力いっぱい重たい大皿を投げつけた。ベネフォルテがその腕をつかみ、出口へとひきずっていった。

出口は戦う男たちで通り抜ける隙間もない。ベネフォルテが当惑したようにあとずさり、マントにくるんだ塩入れをフィアメッタのふるえる両手におしつけて怒鳴った。

「落とすんじゃないぞ！　しっかりついてこい！」

そしてテーブルから瓶《びん》のひとつをとりあげ、柄に宝石を埋めこんだ華やかな短剣を腰からひき抜いた。一度も使われたことのない鏡のように磨かれた刃が、陽光を受けてきらめきを放つ。

そしてベネフォルテはもう一度、唯一の脱出口の強行突破を図った。外から駆けつけたモンテフォーリア兵におされて、出口をふさいでいた男たちがばらばらになる。そのわずかな裂け目を見逃さず、ベネフォルテが突進する。いざ通り抜けようとしたそのとき、フェランテの部下が斬りかかってきた。ベネフォルテは大声をあげて剣をかわし、小さな瓶の中身を男の顔にぶちまけた。ロジモ兵が泣きわめきながら目をこすりはじめる。その手から剣をたたきおとして、ふたりは無事庭園から脱出をはたした。

「魔法、使ったの？」フィアメッタは息をきらしてたずねた。

「酢だ」ベネフォルテが短く答える。

ベネフォルテが軽蔑をあらわにした大理石の階段でも、激しい戦闘がおこなわれていた。ベネフォルテはフィアメッタをかかえあげて欄干を越えさせ、自分もそのあとからとびおりた。脱兎《だっと》のごとく中庭を横切り、両脇に塔をしたがえた城門までくると、そこでもフェランテの手下とモンテフォーリアの男たちが熾烈な戦いをくりひろげていた。

フェランテ自身も剣をふりまわし、大声で部下を叱咤激励している。

「城門をおさえろ、そうすればあとはこっちのものだ！　門をおさえるんだ！」

その拍子に、ふりまわされた剣が、襲いかかってきたモンテフォーリア兵ののどをかすめて切り裂いた。男の帽子にとめられた花と蜜蜂《みつばち》の記章には、今日という日を祝って、ロジモ色のリボンが結びつけられている。そのリボンを大きく揺らして、男が倒れた。

「なんてこった、皆殺しにされてしまうぞ」ベネフォルテがうなる。

ふり返ったフェランテがベネフォルテに気づき、一歩あとずさって目を細めながら、右のこぶしをふりあげて銀の指輪をつきだした。

「愚か者が！」

ベネフォルテはのどの奥でうなり、片手をすばやく動かして指で正確な模様を描いた。魔法と魔法がぶつかり、内臓がゆがんでよじれるような衝撃が起こった。そこには精妙さや細やかさなど微塵もない。銀の指輪が輝きはじめたかと思うと、ふいにまばゆい閃光と、耳をつんざく轟音が襲いかかった。

だが悲鳴をあげたのは、ベネフォルテではなくフェランテのほうだった。ロジモ公が剣を落とし、左手で右手をつかんだ。正体のわからない刺激臭に混じって、肉の焼ける独特の匂いが漂ってくる。

「やつを殺せ！」

苦痛に足を踏みならしてフェランテがさけぶ。しかしベネフォルテと真っ向からむきあった兵士は、混乱と恐怖にかられて道を譲った。ベネフォルテが数歩あとずさって短剣をふりかざしているあいだに、フィアメッタは足をはやめ、ふたりは全速力で城門を駆け抜けていった。

丘のふもとでフィアメッタは背後をふり返った。フェランテがこちらを指さし、革袋をふりあげて何かさけんでいる。ふたりのごろつきが城門からとびだした。家並みが混みあってきたあたりで、ベネフォルテ父娘は二軒の店のあいだをすり抜けて路地にはいり、またべつの路地へと駆けこんでいった。誰かが干した洗濯物をかきわけ、眠っている犬をとび越えてさきをいそぐ。息が苦しい。過剰な労働を強いられた肺と、宴の御馳走をつめこみすぎた胃が、脇腹に短刀をつきたてられたような痛みを訴えている。

「とまれ、フィアメッタ……」

建物が途切れる湖畔までたどりついて、ベネフォルテが灰褐色の煉瓦壁にどさりともたれかかった。彼もまたぜいぜい息をきらし、頭を片方にかしげながら、苦痛をおしもどそうとするかのように右手で胸のすぐ下あたりをおさえている。ようやくもちあげたその顔は、紅潮したフィアメッタとは逆に、灰色に血の気を失い、汗を浮かべている。

「あんなに……つめこむのではなかったな。いくら公の奢《おご》りだとはいえ」

つぶやいたつぎの瞬間、

「もう走れぬ」

と奇妙に小さな声でささやき、ベネフォルテの膝ががくりとくずおれた。

第四章

「お父さま！」

フィアメッタは手をさしのべた。彼女の力では役に立たないかもしれないが、このまま倒れるままにしておくことなどできるはずもない。マントの包みを片腕にかかえなおし、もう一方の手で肩にまわした父の腕をおさえ、全身でその身体《からだ》を支える。信じられないほどの重みがのしかかってきた。

「こんなところでうろうろしていられないのよ。家に帰らなきゃ」

恐怖でのどがおしつぶされそうだ。猟犬のように路地を追ってくるごろつきどもより、灰色で不吉な父の顔色のほうが恐ろしい。

「もしフェランテが……城を……制圧したら……町もやつのものになる。そしてもし町が……やつの手におちたら……あの古い樫《かし》の扉など……兵どもはやすやすと破ってしまうだろう。家の中に宝があると考えずともな。そして町とともに……公国もやつのものになる。逃げ場などない」

「たった五十人の手勢で？」フィアメッタはたずねた。

「五十人……いまはな」と息をついて、「いや。せいぜい町を手にいれるだけだな。援軍を待って、あとはそれからだ」

苦痛に顔がゆがんだ。前かがみになってみずからを抱きしめた身体が、ふらふら揺れている。

「走れ、フィア＝ミーア。けっしてつかまるでない。やつらは血に狂い、数日のあいだ暴れまわるだろう。そんな男たちが何をするか……わたしは見たことがある」

木製の桟橋が何本もつきでた石づくりの船着場で、小さな漁船が一隻、ならんだ杭のほうへ漂ってきた。目の粗い茶色い麻布の帆は、岸に近づいたときに半分おろしてある。日焼けした漁夫がひとり、舟につないだロープを杭に投げかけてから、三角帆の襞《ひだ》を整え、完全にたたみこんだ。それから桟橋にあがり、ロープをつかんでまわりこみ、風下の繋留杭にくくりつける。

「あの舟」フィアメッタはささやいた。「あれに乗りましょう！」

ベネフォルテがすがめた目と髭《ひげ》をそちらにむける。

「そうだな……」

父をかかえてよろめき進みながら、フィアメッタは漁夫に声をかけた。

「船頭さん。その舟をお借りしたいのだけれど」

ふいに、自分も父も、一銭ももっていないことを思い出した。

「なんだって？」

立ち止まった漁夫が麦藁《むぎわら》帽子をあげて、ぼんやりとふたりを見つめる。

「ご覧のとおり、父のぐあいが悪いんです。それで……できるだけ静かに聖ヒエロニムス修道院まで連れていって、治療士のブラザー・マリオに診ていただきたいの」ちらりと肩ごしにふり返って、「大いそぎで」

「それはかまわんが、まず魚をおろさんといかんのでな、お嬢さん。そのあとでなら」

「いえ、いますぐにお願い」

漁夫が顔をしかめたので、フィアメッタは頭から銀のネットをむしりとってさしだした。

「ほら、このネットをあげるわ。あなたの魚と同じくらいたくさん真珠がついているでしょ。悪い取り引きじゃないわよ。だから、言うとおりにしてちょうだい」

漁夫は仰天しながらも髪飾りを受けとった。

「ようがす……！　あっしはこれまでモンテフォーリア湖で真珠を採ったことはありませんや！」

フィアメッタはのどの奥でうめきをこらえながら、父をそっと桟橋の端に腰かけさせた。ベネフォルテがそのまま屋根のない小舟に転がりこみ、ふるえる手をさしのべて、わたされたマントの包みをひしと胸に抱きしめる。苦痛に口をひらき、両脚を引き寄せたそのようすは、さっきよりさらにつらそうだ。フィアメッタも、ヴェルヴェットのスカートをたくしあげて桟橋からとびおりた。小舟が大きく揺れる。ぼんやり立っていた漁夫が、舳先《へさき》につないだロープを舟に投げこみ、手の上で小山を築いている真珠をもう一度ながめて、麦藁帽子も放ってくれた。帽子はくるくる円を描いて舟底に舞い落ちた。フィアメッタはかがみこんで、ずっしり重いオールをとりあげ、ぐいと桟橋につきたてて岸を離れた。

フェランテのお仕着せを着た男がひとり、路地から出てきてふたりに気づき、背後の仲間を大声で呼ばわった。それから剣を抜き放ち、桟橋にむかって走り出す。フィアメッタは岸を指さしてさけんだ。

「気をつけて、船頭さん！　あいつ、真珠を奪いにきたのよ」

ついでに獲物を逃がした怒りにかられ、狼のように無造作に、漁夫の生命まで奪おうとするかもしれない。

「なんだって？」

ふり返った漁夫は手にいれたばかりの宝をしっかりと握りしめたまま、桟橋に駆け寄ってくるふたりのごろつきに恐怖の視線をむけている。

フィアメッタはロープを見つけ、たぐりよせるようにひっぱって帆をあげた。弱くはあるが絶え間ない暖かな午後の風が、何よりありがたいことに南から吹きつづけているため、舵《かじ》を放置して帆と取りくんでいるあいだも、舟は着々と岸から遠ざかっている。ふたりのごろつきがわめきながら桟橋の端までたどりついたとき、両者のあいだにはすでに四十フィートもの距離がひらいていた。

ごろつきどもは剣をふりまわしながら、凶暴で猥雑《わいざつ》な威嚇の言葉をわめきたてている。ふたりがふり返って、フィアメッタを助けた気の毒な男に復讐の一撃をくわえようとしたそのとき、漁夫がぱっとあとずさって長いオールをとりあげ、馬上試合の騎士のように突進した。オールはごろつきの鋼鉄の胸当てを直撃し、剣をふりあげた男は悲鳴をあげながら桟橋から落ちて、水中に沈んだ。漁夫はさらに六尺棒のようにオールをふりまわし、ふたりめの男のあごを殴りつけた。湖じゅうにゴキリという音を轟《とどろ》かせて、ふたりめもよろよろとあとずさり、水しぶきをあげて仲間のあとを追った。

重い金属の武器と鎧《よろい》を湖底に捨てて、ふたりがどうにか溺死をまぬがれ、水をしたたらせながら這《は》いあがってきたときには、漁夫はとっくの昔に姿を消してしまっていた。軽やかな春風が小舟の茶色の帆をいっぱいにふくらませる。岸でこぶしをふりあげ、無益に親指を嚙んでみせる怒り狂ったふたりの姿は、さながら地霊《ノーム》のようにちっぽけで無力だった。

隠しきれない不安をこめてなりゆきを見まもっていたベネフォルテが、握りしめていた船縁《ふなべり》から白くなった手を放し、ため息をついてまた船底に身を横たえた。顔色はまだひどいが、呼吸はいくらか楽になったようだ。それでもほんとうに苦しいのだろう、フィアメッタの操船にひと言の文句もつけてこない。辛辣《しんらつ》な批評でもしてくれれば安心できるのに。ベネフォルテの力をこんなにも弱めたのは、心臓の発作だろうか、フェランテの邪悪な魔法だろうか。それともその両方が混じり合って悪いほうに働いたのだろうか。

やがてベネフォルテが、こぼすともなく淡々とした声で言った。

「あのヘアネットの真珠は、このボロ舟なんかとは比べ物にならんほど高価なのだぞ。一日分の魚なぞいうまでもない」

舳先には、問題の魚と水をいっぱいにいれた木桶《きおけ》があり、そのわきに乾きかけの網が積みあげてある。

「あれはあれでしかたなかったでしょ」フィアメッタはきっぱりと言い返した。

「そのとおり、まさしくそのとおりだ」

ベネフォルテはささやいて枕がわりの帽子を整え、その上にぐったりと頭を落とした。

フィアメッタは船尾にすわって舵を操りながら、帆がまっすぐ追い風を受けられるよう、ロープをゆるめて帆桁の位置を調節した。信じられないほど穏やかな静寂の中、聞こえるものといえばロープのきしみと、うちよせるさざ波や船尾に尾を引く泡の音ばかりだ。このようなピクニック日和《びより》に、おぞましい大虐殺がおこなわれるなんて……

それほど大きな帆ではないし、そんなに足のはやい舟でもない。それに風もさほど強くは吹いていない。東岸ぞいの白い街道を馬でとばせば、すぐにも追いつくことができるだろう。水は豊富にあり、もちろん食糧も不要だが——宴の御馳走で胃がまだひきつれそうに重い——いずれは岸にあがらなくてはならない。するとそこにはきっと、鉄面皮の男どもが待ちかまえていて……。岸辺の緑の景色がこみあげる涙でにじむ。フィアメッタはうつむいて、頰をころがり落ちる不快な筋を袖《そで》でこすった。赤いヴェルヴェットに黒いしみがとんでいる。血の痕——オクス隊長の血だ。もう我慢できない……。フィアメッタは激しく泣きじゃくりはじめた。泣きながらも、舵をまっすぐに固定して、両岸から等しく距離をとっておくことは忘れない。いつもなら泣きやまなければ殴るぞと脅すベネフォルテも、いまは横たわったままじっと見まもってくれている。

しばらくして、フィアメッタはようやく落ちつきをとりもどした。ベネフォルテが仰向《あおむ》けになったまま、疲れてはいるが穏やかな声でたずねた。

「フィアメッタ、おまえは城で何を見たのだ？」

質問の内容はともかくとして、その口調にフィアメッタは安堵《あんど》した。そして城で目撃した男たち、会話、襲撃など、思い出せるかぎりのことを、つかえつかえ説明した。ベネフォルテは考えこむようにくちびるをすぼめた。

「なるほどな。わたしはまた、フェランテが公を亡きものにすべく、周到な計画を立ててきたのかと思っていたのだが――姫と公国を手にいれるためにな。だが考えてみれば、やつはすでに姫を手にいれているのだ。公を殺すつもりならばあとから人知れずこっそりやればいい。おまえの話から推測するに、つまりはその旅人たちのもたらした情報が、婚約破棄を生じさせるほどのものだったので、予定よりはやく裏切りを決行するにいたったのだろう。おのが才覚は――才覚のなさ、かもしれぬが――それはあとで示せばいいというわけだ。いずれにせよいったん動き出した計画は、最後までやりぬかねばならぬ」そこでため息をついて、「モンテフォーリアも気の毒なことだ」

それは公爵のことなのだろうか、それとも公国のことなのだろうか。

「ねえ、これからどうすればいい？　どうやれば家に帰れるかしら？」

ベネフォルテの顔が嫌悪と苦痛にゆがんだ。

「制作中の作品が――宝石も、金も――すべて奪われてしまう！　偉大なるペルセウスもな！　なんという厄日だ。愚かな見栄をはって、宴の席で塩入れを披露するなどと言い張らなければ、いまごろは鳴りをひそめ、領主たちのいさかいが頭上を通りすぎるのを待つこともできたのに。

運命の女神がその車輪をまわせばひとりの公爵が滅び、つぎなる公爵が立ちあがる。おそらくはフェランテだとて、モンテフォーリアの暴君として確固たる地位を築いてしまえば、つづいてわたしに仕事を依頼してきただろうに。だが――やつはわたしを知ってしまった。わたしはやつを傷つけてしまった。なんともまずいことになってしまったものだ」

「でももしかしたら」フィアメッタは慎重に希望的観測を述べてみた。「フェランテが負けるかもしれないわ。もう殺されているかもしれないし」

「ふむ。それにもしかすると、モンレアレがアスカニオさまを連れ出せたかもしれんしな。わたしもモンレアレの力をみくびってはおらんよ。だがその場合は内戦になる。くそっ、領主どもの争いになぞまきこまれるのはまっぴらだ！ しかし領主の庇護《ひご》なくしては、偉大なる作品も生まれ得ぬ。わたしのペルセウス！ わが生涯の最高傑作よ！」

「ルベルタとテセーオはどうしているかしら」

「あれらは逃げ出せる。だが像は逃げられん」

「もしかしたら――ロジモ兵がきても――ペルセウスには気づかないかもしれないわ」

あまり興奮すると、よけいにぐあいが悪くなるのではないだろうか。

「フィアメッタ、あれは七フィートもあるのだぞ！ 見逃すはずがあるまい」

「そういうことじゃなくて。あれはまだ粘土《ねんど》をかぶったままなんだもの、中庭に大きな塊《かたまり》がころがっているようにしか見えないわ。それに、運び出すには大きすぎるし。あいつら、服の中に隠せるような、宝石や金貨をさがすのでしょう？」

でも――たとえば――ブロンズのデスマスクは？　もちろん、あれなら簡単にもちだせるだろう。

「そしてつぎには酒をさがす」とベネフォルテがうなった。「そのあげくに酔っぱらって、あたりのものを壊しはじめるのだ。粘土も、天才のつくりだせるはかなき芸術もな！」いまにも泣き出しそうな口調だ。

「でも塩入れは助かったじゃないの」

「いまいましい。湖に放りこんでやりたいわ。魚どもに不運が訪れるようにな」

だがベネフォルテはマントの包みをしっかり抱きしめたまま、それを実行に移そうとはしていない。

艫のベンチの下にブリキのコップがあったので、フィアメッタは湖のつめたい水をくみあげた。ベネフォルテはその水を飲み、まばゆい午後の光に目をすがめながら、曲げたままの指でしわの寄ったひたいをこすっている。

「光がきつすぎるのね。麦藁帽子をのせて、しばらく目をつぶっていたら？」

ベネフォルテは帽子をとりあげ、ひっくり返し、鼻を鳴らした。

「くさい」

文句をつけながらも帽子を顔にのせ、とがった鼻を隠す。胸をこすり、楽な姿勢を求めて輾《てん》転《てん》と寝返りをうつぎごちない動きを見ていると、その胸の奥深くにまだ痛みが巣くっていることがはっきりとわかる。

「お城を逃げ出すときに、どうして魔法を使わなかったの？」

フィアメッタはそこで、フェランテがこぶしをあげてキューピットの指輪をきらめかせたことを思い出した。

「それとも……魔法、使ったの？」

〈もしわたしが訓練を受けた魔術師だったら、なんとかしてあの勇敢な近衛《このえ》隊長を助けてあげたのに〉

だがほんとうに？　あの瞬間、フィアメッタは混乱と恐怖にわれを忘れていた。スカートをはさまれ、おのが身を救うことすらできなかった。

「暴力に与《くみ》する魔法は非常に危険だ」ベネフォルテがため息をついた。「たしかにわたしは魔法を使ってきたし、暴力をふるったこともある――人を殺したことすらな。その昔かわいそうな弟が死んだとき、警察《バルジエッロ》の下っぱに復讐を果たした話は前にもしたことがあるだろう。あのときわたしは二十歳で、血気にはやり、愚かだった。あれは大きな罪だったが、教皇さまはお許しくださった。だがわたしは、魔法で暴力を働いたことは一度もない。二十歳のあのときですら、そこまで愚かではなく、結局は懐剣を使ったのだ」

「でもフェランテの死霊の指輪《スピリット・リング》は？　あいつは二度も、あれで暴力をふるったわ」

「一度は空振りに終わっているよ」髭の奥に微笑が浮かび、すぐに消えた。「あの指輪は、わたしが恐れていたよりさらに邪悪なものらしい」

「ねえ、死霊の指輪《スピリット・リング》ってなんなの？　一度見たことがあるって言ってたわよね、フィレンツェの公爵さまがもってらしたって。そして、それは罪ではなかったって」

「いま現在メディチ家のロレンツォさまの手にある死霊の指輪《スピリット・リング》は、わたしがつくったものなのだよ」

ベネフォルテが低いため息とともに告白し、麦藁帽子の陰から不安そうに娘をうかがった。

「教会はしかるべき理由にもとづいてああした術を禁じているのだが、あのときのわたしには、これこそが地獄に堕《お》ちることなく強力な指輪をつくる絶好の機会だと思えたのだ。だがいまとなってはわからん……。おまえも知っているように、告解を受けず埋葬もされない（これは教会の掟《おきて》に背くことだが）死者の霊は、離れたばかりの肉体のそばにとどまろうとする。そしてある手続きを用いれば、その霊をあるじたる人間の意志のもとにつなぎとめることができるのだ」

「奴隷《どれい》にするの？」その言葉に鉄をなめたような不快感をおぼえ、フィアメッタは眉をひそめた。

「ああ……というか、絆《きずな》を結ぶのだ。フィレンツェでの事情を説明するとな――ロレンツォさまにはひとりの友があり、その男が莫大な負債をかかえたまま死の床についたのだ。そこでロレンツォさまは、その男と契約を結んだ。自然死を迎えたのち、指輪となって奉仕するならば、残された家族の面倒を見ようとな。わたしの知るかぎり、その約束は今日《こんにち》も守られている。ロレンツォさまはまた、おのが死の近きを悟ったときには、男の霊を解放するとも約束なされた。死霊を使う術は計り知れない力を秘めている。そしてわたしたちはいかなる罪も犯してはいないはずだ。だがもし狭量な審問官が逆の裁定をくだせば、ロレンツォさまとわたしは、背中あわせに杭に縛られ、焼き殺されることになる。だからフィアメッタ、この話は他言無用だぞ」

そこでふと思いついたように、「その男の遺体は、フィレンツェ中心部にある古い枯れ井戸に隠され、その上にメディチ家の新しい建物が建てられた。もとの肉体から離れすぎると、指輪は威力を削《そ》がれてしまうのだよ」

フィアメッタは身ぶるいした。

「櫃《ひつ》がひっくり返ったとき、塩の中に赤ん坊の死体が埋もれていたわ」

ベネフォルテがため息をつく。

「ああ、わたしも見たよ」

「あれは……ささやかな罪なんてものじゃないわ」

「そうだ」ベネフォルテはくちびるをひきしめて、「おまえのほうが近くで見た——あの赤児は、女の子だったか？」

「そうよ」

「ではおそらく……死産したフェランテ自身の娘だろう。きわめて異常な……」

「死産？　それとも殺されたの？」

貧しい者たちはときとして、望まれぬ女児の首をひそかに絞めるというが——。ベネフォルテがうなだれた。

「そこがむずかしいところだな。殺された霊は……特別な力をもつ。特別な怒りをな。洗礼も受けず、埋葬もされず、殺された赤児となれば……」

暑いほどの陽射《ひざ》しの中で、ベネフォルテの全身に戦慄が走る。

「それでもお父さまは、この世には完全な悪なんてないって言うの？」

ベネフォルテは舟底で身体を丸めてつぶやいた。

「そうだな。実を言うと、ウベルト・フェランテの心に関しては、疑問に思いはじめているところだよ」

「そんな赤ん坊の霊に、絆を結ぶかどうかなんて選べるはずがないわ。その子は奴隷にされたのよ。理由もわからず、無理やりにね」

フィアメッタは大きく眉をひそめた。それを見て、ベネフォルテが微笑の形にくちびるの端をもちあげる。

「もう奴隷ではない。わたしが解放してやったからな。おまえもあのすさまじい閃光を見ただろう。あれといっしょに飛んでいったよ」

フィアメッタはぱっと身体を起こした。

「まあ、すごいわ、お父さま！　ありがとう！」

ベネフォルテは眉をあげ、娘の熱烈な感謝の言葉に当惑しながらも、穏やかな表情を浮かべている。

「そうだな……だがほんとうにあれでよかったのかどうか。あの力をおのが意志に縛りつけるために、フェランテは危険な領域の、かなり奥まで足を踏みいれたはずだ。その労苦が一瞬にして水泡と帰したのだ、やつの怒りはすさまじいものになるだろう。失われた力にくらべれば、手の火傷《やけど》など何ほどのこともない。だが火傷を見れば思い出さずにはいられまい。ああ、まったく、やつはけっしてわたしを忘れることはあるまいよ」

「お父さまはいつだって、人の記憶に残りたいって言ってるじゃないの」

ベネフォルテはため息をついた。

「それはそうだがな。だが今度こそ、この名声が最後のものとなるかもしれんな」

午後の時間がのろのろと過ぎていった。ボロ舟は南からのそよ風を受け、徒歩よりわずかにましな速度で、だが停まることなく、少しずつ変化する景色の中を進んだ。右側に農園と葡萄《ぶどう》畑と小さな木立を望みながら、左岸にそびえる石や灌木《かんぼく》や岸壁はしだいに大きく、野性味をおびていく。ありがたいことに、ベネフォルテはしばらく前から眠りに落ちたようだ。目覚めたときにはぐあいがよくなっていてくれるといいのだけれど。

フィアメッタの祈りがとどいたのか、傾きかけた午後の陽射しの中、ぱっと目をあけたベネフォルテは、舟にのって以来はじめて、身体を起こしてすわりこんだ。

「どこまできたのだ？」

「暗くなるころ、岸につくわ」

永久に北岸につかなければいいのに。さっき最後のカーヴを曲がったので、重なっていた丘がわかれ、さらにひろがる湖面と、さざ波のうちよせる湖岸にはりつくチェッキーノの小村が視野にはいっている。

「風がとまらなければ、だな」

「どんどん不安定になってるの、あと少しね」

フィアメッタは答えて帆を調節した。ベネフォルテは丘と丘のあいだに弧をかける、雲ひとつないトルコブルーの蒼穹《そうきゅう》を見つめている。

「今夜は嵐はこないだろう。風がやめば、オールを使えばいい」

フィアメッタは不安げに二本のオールを見やった。いまにもやみそうな風さえとまれば、恐怖が待ち受けている岸に近づかずにすむという最後の希望も、これで消えてしまった。

つづく半時間のうちに、舟の歩みは這うほどにものろく、水面は絹のようになめらかに、船腹に吹き寄せられるさざ波の音もまったく聞こえなくなってしまった。村まではまだ一マイルもある。フィアメッタはついにあきらめ、帆をおろした。そして中央のベンチに腰かけ、オール受けにオールをはめこんだ。

「よこしなさい。おまえの力では暗くなってもたどりつけまい」

ベネフォルテが鼻を鳴らし、手のひとふりでフィアメッタを追いはらった。そして代わってベンチに陣どり、うなり声とともに大きな水音をたててオールを動かしはじめた。しかしなめらかな水面に渦がひろがって二分もすると、ぱたりとその手がとまった。オレンジ色の夕日の中でも、その顔が蒼白になっているのがわかる。ベネフォルテは無言でオールをフィアメッタの手におしつけ、しばらくひと言も口をきこうとしなかった。

薄闇があたりを包むころ、渾身《こんしん》の力をこめたフィアメッタの最後のひと漕《こ》ぎで、舳先が砂利だらけの岸辺にのりあげた。ふたりはこわばった足でよろよろと地面におりたち、波打ちぎわから一フィートほど上まで舟をひきあげた。ロープは、足もとで音をたてている砂利の上に落としたままだ。

「ここで夜明かしするの？」フィアメッタはおそるおそるたずねた。

「馬が手にはいればその必要はなかろう。ここには身を隠す場所もない。国境を越えるまでは安心できんからな。フェランテの手のとどかないところに潜み、事態が落ちつくのを待つとしよう」

「わたしたち……また家にもどれるのかしら？」

ベネフォルテの視線が暗い湖面ごしに南にむけられた。

「わたしの心は粘土にくるまれ、モンテフォーリアのわが家の中庭に立っている。神とあらゆる聖者にかけて、長く引き離しておくことはできぬぞ」

つづく一時間で、ふたりは漁村の住人がよき馬主ではないことをいやというほど思い知らされることになった。つまるところ、舟は高価な飼い葉や穀類を必要としないのだ。ふたりはしきりと首をふる村人から村人へとたらいまわしにされ、しかも夜が更けるにつれて、その応対はどんどんそっけなくなっていった。最後にフィアメッタと父は村はずれの小屋で、頰髯を生やし、かむさびるほどに年老いていまにも倒れそうな、でぶの白馬の前に立っていた。

「まさかわたしたちふたりで、こいつをかついでいけというつもりではあるまいな」

ベネフォルテが当惑をこめて、去勢馬の持ち主にたずねた。フィアメッタは耳をかたむけながら、ビロードのような大きな鼻面をなでてみた。馬をもつのはこれがはじめてだった。村人はこの馬のすばらしい力とさまざまな美点について滔々《とうとう》と語りはじめ、最後に、これは家族の一員なのだと宣言した。

「ああ、あんたの祖父さんなんだろうよ」ベネフォルテが髭の奥でつぶやいた。

さらなる交渉の結果、舟と宝石ひとつを馬と交換することで取り引きが成立した。疑い深げな漁夫の目の前で、ベネフォルテが短剣の柄《つか》から宝石をはずした。だがその後、男が鞍《くら》にも宝石ひとつを要求してきたときには、ベネフォルテの堪忍袋も限度を越え、あわや交渉決裂かと思えるほどはげしい議論が戦わされた。

それでも馬主は最終的に、パンとチーズと葡萄酒をわけてくれた。腹はへっていなかったが、葡萄酒はふたりともがありがたく口にした。パンとチーズは荷物につめてもっていくことにした。

東の丘から明るい月が顔を出すころ、フィアメッタは漁夫の手を借りて、父のうしろから馬の背によじのぼった。暖かく広々として、ゆるやかなカーヴを描く裸の背中が、そのまま鞍のようだ。晴れわたる夜空にのぼった月は満月に近く、前方の道をくっきりと照らし出している。このままいけば無事逃げきれるだろう。ベネフォルテが声をかけて、太った脇腹にかかとを蹴りこんだ。馬はのんびりと歩き出し、村を離れたあたりで見慣れない風景に刺激されたのか、ぴんと首をもたげ、足どりをはやめた……威勢よく、というよりは、これでようやく並足といえるくらいのものだったが。

波瀾万丈の一日のあとで、強い赤葡萄酒を飲んだせいか、まぶたが重くたれさがってきた。フィアメッタは父の背に頭をあずけ、規則正しく歩む馬の背に揺られながら、うとうととまどろんだ。闇の中には悪霊《デーモン》が巣くっていると、馬主は熱心に忠告してくれた。だが今日からのフィアメッタには、人間にくらべれば悪霊《デーモン》のほうが心安く感じられるだろう。暗闇なんか怖くない、その中に人間が潜んでいないかぎりは……


白馬の背がふいに揺れて、フィアメッタは目を覚ました。耳もとで血管が不規則に脈打っている。父が白馬の背を平手で打ち、声をかけながら早駆けさせている。いや、どくんどくんという音は、頭の中ではなく、外から聞こえてくるものだ。背後の道から轟いてくるひづめの音。揺すられてすべり落ちそうになり、フィアメッタはベネフォルテの腰にしがみついて、痛む頭で肩ごしにふり返った。

「何人だ?」ベネフォルテが緊張した声でたずねる。

「わ……わからないわ」

金属につめたい光を反射させて背後から追ってくる黒い影は、もちろん騎馬の兵だ。

「ふたり……よりは多いわ。四人かしら」

「黒い馬にしておけばよかった。こいつはまるで月のように目立つ」ベネフォルテがうなる。

「おまけにこのあたりには、ネズミがもぐりこむほどの隠れ場所もないときている」

そういいながらもベネフォルテは道をはずれ、銀色の霧がたちこめる草地を横切って、ひょろりとした低い木立にむかって馬を走らせている。

だがすでに遅く、背後で歓声があがった。追跡者たちがふたりを見つけ、わめきながら馬を叱咤し、全速力で駆け出したのだ。

草地を四分の三ほどもわたったところで、ベネフォルテが白馬のむきを変え、短剣を抜いた。

「フィアメッタ、おまえは馬をおりて、繁みまで走りなさい」

「だめよ、お父さま！」

「おまえがいても足手まといになって気が散るだけだ。いけ、はやく！」

フィアメッタは抗議しようと息をのんだが、すでになかばすべり落ちかけていたので、しかたなくそのまま馬をおり、はずむようにあとずさった。四人の黒い騎兵は草地に踏みこみ、真っ正面から攻撃しようと展開しはじめている。いや、まだ攻撃する気配はない。ためらいがちに手綱をしぼり、ふつうの駆け足ほどに速度を落としているのは、接近するにつれて、闇の中で大魔術師と戦うという行為が恐ろしくなってきたためだろう。

〈あいつら、お父さまがどれほど弱っているか、気づいてないんだわ〉

リーダーがフィアメッタを指さして大声をあげると、部下のひとりが仲間から離れて自信に満ちた歩調でこちらにむかってきた。フィアメッタはスカートをたくしあげ、繁みにむかって疾走した。あの藪《やぶ》は密生しているから、さきにたどりつけさえすれば、からみあった枝の中に騎馬のままはいってくることはできないはずだ。でももし……。恐怖にかられてふり返った目に、短剣をかざして待ちかまえるベネフォルテと、それにせまる三人の姿が映った。首をたれて草を食べている太っちょの白馬が、活人画のように劇的な雰囲気に水をさしている。「豚め！」ベネフォルテの声が響きわたった。「くずどもが！　さあこい、豚の群れらしく、皆殺しにされるがいい！」

心の中ではいくら怯《おび》えていようと、よい攻撃は最大の防禦《ぼうぎょ》になるというのが、ベネフォルテの信条だ。だがいまは苦しげな呼吸のため、威嚇の言葉も心なしか迫力に欠ける。

フィアメッタを追うよう命じられた男は、だが微塵《みじん》も恐れてはいないようだ。彼女がひと足さきに藪にとびこむと、棹立《さおだ》ちになって馬をとめ、徒歩であとを追ってきた。剣を抜いてさえいない。ブーツは重く、脚は長い。フィアメッタはでこぼこの地面に軽い上靴をとられながら、木の幹を避けて進んだ。男がせまってくる――ふいにつきだしてきた手がひらめくスカートをとらえ、ぐいとひっぱる。思いきりつんのめり、顔から地面に倒れこんで歯をぶつけてしまった。ぺっと土を吐き出したところへ、男がのしかかってきて、地面におさえこまれた。ふり返りざま、目を狙って爪をくりだす。息を切らしながらも、男が笑い声をあげる。影になった顔の中で、目と歯だけがぎらぎら光っている。男の片手が彼女の両手首をとらえた。肺が焼けそうに苦しく、悲鳴をあげることもできない。鼻に嚙みついてやろうとしたが、男はかろうじてそれをかわし、罵声を浴びせた。

つづいて男は、片手で手際《てぎわ》よく宝石をむしりとりはじめた。精巧な細工以外たいして価値のない銀のイアリングとネックレスが、男のダブレットの中に消えていく。幸いにも耳たぶが切れることはなかったが、イアリングをむしりとられた耳が刺すように痛む。男が今度は胸の上にのしかかり、両手を使って右手の親指から獅子の指輪をはずそうとした。懸命に両脚を蹴りあげても効果はない。男は指輪を月光にかざし、どっしりした手応えに満足そうな声をあげている。それがふいにぼんやりと表情を失い、指輪を地面においた。それから両手をついて身体を起こし、フィアメッタを見おろした。木の葉のあいだからふりそそぐ月光に、銀の蛇の切り子面のはいった緑の目がきらめいている。

「こいつはすごい！」

片手がベルトにかかってぐいとひっぱった。はずれない。もう一度、さらに強くひっぱる。腰が地面から浮きあがった。男の関心がふいに対象を変え、ベルトから離れた手が下半身にのびて、分厚いヴェルヴェットごしに身体をまさぐりはじめた。

蛇の目が赤くきらめいた。銀の頭がもちあがって左右に揺れ、くいと曲がったと思うと、大きく口をひらいて、這いまわる手に銀の牙《きば》を深くくいこませる。

地獄に堕ちたかのような悲鳴が響きわたった。男は胸の前で手を抱きしめ、転がるように彼女から離れると、身体を丸め、たくましい身体からは想像もつかないほど甲高《かんだか》い悲鳴をあげつづけた。やがてそのおめきが言葉をつづりはじめた。

「神さま、焼けそうだ、焼けちまう！　黒い魔女め！　ああ、焼けそうだ！」

フィアメッタは身体を起こして、泥と枯れ葉の上にすわりこんだ。男は憑《つ》かれたように転がりながら、背中を丸めて痙攣《けいれん》している。フィアメッタはあたりの地面を手さぐりし、獅子の指輪を見つけてはめなおした。そしてよろよろと立ちあがり、春芽の萌《も》える枝をかきわけ、その場を立ち去った。

もちろんやつらは彼女が遠くへ逃げていくと考えるだろう。だからあえて、大回りをして草地にもどるのだ。古いブナの巨木が根こそぎ斜めに倒れたため、灌木の枝がはらわれてできたらしい空間がある。フィアメッタはその陰の、枯れ葉に埋もれたくぼみにもぐりこんで、粗い呼吸と苦しい胸の許すかぎり、じっと静かにうずくまった。

男たちはたがいに怒鳴りあっているが、ベネフォルテの声は聞こえない。蛇に嚙まれた男も、わめきながらどうにか仲間のもとにたどりついたのだろう、おぞましい悲鳴が静かになった。いずれにせよ、粗野で耳ざわりな男たちの大声は、こちらにはむかってこないようだ。

ゆっくりと呼吸が整い、ついにひづめの音が遠ざかっていった。だが全員がここを離れたのか、それとも残った者がいるのだろうか。フィアメッタは耳をそばだててじっと待った。聞こえてくるものといえば、枝のそよぎ、虫の音、夜啼鳥《よなきどり》のさえずりばかりだ。いまや天頂に達した月が、地面に葉陰の紋織り模様を描いている。

油断なく気を配りながら、そっと草地のはずれまでもどってみた。待ち伏せて襲いかかってくるごろつきはいない。草地のなかほど、乳のような霧の中で白馬がうつむいている。瑞々《みずみず》しい草を嚙み切り、咀嚼《そしゃく》する音が聞こえてくる。フィアメッタはつめたい露に濡《ぬ》れた草の中へと這い出していった。

馬からさほど離れていない場所に、父が横たわっていた。銀色の髭をつきだして倒れたまま、月光を浴びてかっと両眼を見ひらいている。思っていたとおり、ロジモのごろつきどもは、塩入れも、マントも、金鎖も、宝石のついた懐剣と鞘《さや》も、いくつもの指輪も、すべて奪い去っていた。チュニックも帽子も、靴まで奪われ、残されているのは破れたリンネルのシャツと、留め紐《ひも》がほどけかけた黒いタイツだけだ。ひどくみじめな姿だった。寝室にむかう途中で、突然の死にみまわれた老人のようだ。

おそるおそる身体をさぐってみたが、剣による外傷はなかった。フィアメッタはそっと、露に濡れた胸に耳をおしあててみた。もし心臓が破れたのだったら、何が聞こえるのだろう？ もしいまわたしの心臓が張り裂けたら、いったい誰がそれを聞くのだろう？

きっと父は攻撃を受けるまでもなく、病に倒れたのだ。もしかすると、身を守ろうとする行為そのものが、生命を奪ったのかもしれない。この多難な一日の末に何かを感じる余力があるとは思えなかったが、それでもまだ涙は残っていたらしい。人格がふたつに分裂してしまったかのように、気持ちとは関係なく、勝手に涙があふれこぼれた。もう片方のフィアメッタが機械的に、排水のためにつくられた小さな溝の縁まで死体をひきずっていった。それから馬をつかまえ――ロジモ兵はおいぼれ馬と侮《あなど》り、盗みさえしなかったのだ――一段低くなった場所までひっぱっていって、湾曲した背中にベネフォルテをうつ伏せにのせた。これはベネフォルテの脱け殻だ。どこにいったにせよ、父がもはやそこに存在しないことだけはたしかだった。

異様な荷物にとまどったのか、けばだった白い耳がぴくぴく動いた。父の両腕はだらりとたれさがり、長い髪は奇妙に艶《つや》を失っている。フィアメッタは反対側にまわり、脱け殻の足をおさえながら手綱をとった。まだ涙は流れつづけているが奇妙に平静な気持ちで、彼女は馬をあやしあやし街道にもどり、北にむかって歩きはじめた。

第五章

たった二日歩いただけで、冬が夏になった。トゥールは心から満足して、手綱をもった茶色い大きな騾馬《らば》の肩をぽんぽんとたたいた。いま彼がくわわっているピコの隊商は、昨日の朝、足もとが凍りつき、風がきりきり爪をたてる岩だらけのモンテフォーリア峠を越えてきたところだ。なのにこの夕方にはもう、ポプラ並木をのんびり歩きながら、ゆるやかな丘陵地帯に沈みゆくまばゆい夕日が、緑の木陰にさえぎられていることをありがたく思っている。埃《ほこり》まみれのブーツの中で爪先をもぞもぞ動かしてみる。足ももう寒くはない。

頭の両側で揺れていた毛深く長い耳がピンと立ちあがり、とぼとぼと疲れたような足どりもはやくなった。前方で、ピコが立ち止まって横木をはずし、牧草地に騾馬を導きいれている。トゥールには何もかも目新しいことばかりだが、われさきにいそぐ八頭の騾馬には馴染みの宿泊所であるらしい。

牧草地の端に影をおとしている木立を指さして、ピコがふたりの息子とトゥールにむかって大声をあげた。

「あの木立まで歩かせろ。あそこに野営する。まず荷をおろして、それから放してやれ」

トゥールは言われたとおり、緑の草と小川にむかいたがる騾馬を木立までひいていき、木につなぎながら語りかけた。

「さきに荷物をおろしちまいな。そうすればゆっくり転がれるよ」

騾馬が不満げに大きな耳を揺らし、黄色い鼻をふんと鳴らす。トゥールはにやりと笑って、銅塊と毛皮をつめた重い荷をおろした。ロープでつないだもう一頭の荷もはずして解放してやる。二頭は嬉《うれ》しそうにいなながら、どさどさと小川のほうに駆けていった。先客らしい背中の曲がった年老いた白馬が一頭、新たな侵入者に興味と疑惑のいりまじった視線をむけている。その長い灰色の顔はどこか、騒がしい新入生の群れを前にした老師ブラザー・グラルスを思わせる。トゥールはふり返って、重い荷におしつぶされそうなピコの下の息子、ツィリオに手を貸してやった。ツィリオは感謝の微笑を浮かべ、解き放たれた騾馬のようにあたりを飛びまわった。

ピコとふたりの息子とトゥールは、おろした荷を並べ、その上に鮮やかな縞模様の鞍敷《くらしき》を、空気を通して乾かすために裏返しにしてのせた。息子たちがお粗末な野営用具をひろげているあいだに、ピコが地面の黒い燃え跡の上に、手近にあった薪《まき》を積みあげて火をおこす。トゥールは好奇心いっぱいにあたりを見まわした。街道をわたったところに、淡いピンクの化粧漆喰《スタッコ》を塗った大きな二階建ての建物がでんと腰をすえている。裏庭の離れもふくめ、全体を、これまたピンクの化粧漆喰《スタッコ》塗りの高い塀がかこっている。塀のてっぺんのセメントには、割れたガラスや錆《さ》びた釘が植えつけてある。だが道に面した観音開きの大きな木の門は、誘うように大きくひらかれている。

「なんだったら、あの宿で部屋をとってもいいんだぜ」トゥールの視線に気づいて、ピコが道のむこうにあごをしゃくった。「地面で寝るのにうんざりしてるんだったらな。亭主のカッティはとてつもない吝嗇家《りんしょくか》でね、気持ちのいい寝床を用意してくれるが、リンネルに法外な値段をふっかけてくる。それに客のえり好みができるなら、騾馬追いなんかより、神父さまを選ぼうってやつだ」

「親方もあそこに泊まるのかい?」

「いや、雨や雪が降ってないかぎり、おれはいつだって荷と騾馬のそばにいる。ここの草と薪代だけでも、けっこうふっかけられてるんだ。だがここはいい野営地で、草も上等だし、騾馬どもも気にいっている。朝早く出発すりゃあ、夏だったら、暗くなるまでにモンテフォーリアにもどれるしな。雨でうまく火がおこらん夜は宿で飯を食うんだが、女将さんの出してくれる料理はうまいぞ。燻製《くんせい》ハムも絶品だしな。そうそう、留守のあいだ家の面倒を見てくれている隣ん家《ち》に、ひとつ土産に買って帰る約束をしてたんだっけな。支払いにいくとき、忘れないよう思い出させてくれよ」

トゥールはうなずき、手と顔を洗おうと、獣脂石鹸をもって小川の上流にむかった。川の水は氷のようにつめたかったが、さっぱりと気持ちよく、トゥールは夕方の暖かな空気にうながされて頭と上半身を洗い、ついで手早く下半身も洗い流した。ピコの上の息子、十五になるのろまのティッチが見物にやってきた。好奇心にかられてブーツを脱ぎ、おそるおそる片足を水につけたが、あまりのつめたさに悲鳴をあげる。

「そんなにつめたくはないだろう？」トゥールは穏やかに声をかけた。

「山男なんて、とんでもないやつらだ！」

ティッチはぴょんぴょんとびはねながら水をはらい落とし、ブーツに足をつっこんだ。

「鉱山の水はもっとつめたいよ」

「それじゃおいらは鉱山になんか一生近づかないさ」

ティッチは辛辣《しんらつ》に言い返してから、あたりをおしつつむ春の夕暮れが、地平線まですべて自分の所有物であるかのように腕をひろげた。

「何ひとつさえぎるもののない道、それが人生ってもんじゃないか。仲間になれよ、トゥール。薄暗いちんけな店になんかこもっちまわないでさ」

トゥールは微笑して首をふった。

「金属ってやつはさ、おれたちがいま運んでいるあの銅にしたって、どこぞの鍛冶屋の手にわたるまでには、何百っていう男の働きを必要とするんだよ。それが最終的に誰のものになる？細工師だよ。それに……」

〈おれはすばらしいもの、美しいものをつくる術を学びたいんだ〉

だが心の思いを語っても、きっと彼の耳にはとどかないだろう。トゥールは言葉を濁した。

「それに、鉱山より暗くてつらいところなんてどこにもないよ」

「結局、いままでどんな暮らしをしてたかってことなんだよな」人のいいティッチは、議論になるのを避けるように矛先《ほこさき》をおさめた。

そのときピコがやってきて、ティッチの関心をそらしてくれた。

「おい、坊主、騾馬の手入れをしてやれ」

トゥールはまた、埃っぽい毛織《けおり》のチュニックとレギンズを身につけた。いまはこれで我慢するしかないが、モンテフォーリアについたら洗濯屋をさがそう。薪割りか何かで支払いに代えてもらえるだろうか。ピコの隊商と旅をすることで、ささやかなたくわえには手をつけずにすんでいるものの、兄のウーリの好意に全面的に頼らずにいるためには、できるだけ長くこの金をもたさなくてはならない。

ピコに石鹸を貸しているあいだに、ティッチが十歳になるツィリオを脅して言いつけられた仕事を手伝わせようとし、ツィリオが口答えをして喧嘩《けんか》がはじまった。その声を遠く聞きながら、トゥールとピコは街道をわたって宿屋にむかった。太陽がちょうど背後の丘の頂上に触れようとしている時間で、ふたりの前には長い影がのびている。トゥールの足どりがはやくなった。心が正体のわからない予感に疼《うず》き、なぜかピンクの宿屋に引き寄せられる。きっとのどが渇いているせいだと、トゥールは自分に言い聞かせた。

正面扉をすり抜けたピコが、陽気な大声をあげてカッティの名を呼んだ。そこは水漆喰《しっくい》を塗った酒場で、架台に板をのせたテーブルとベンチがいくつかならんでいた。炉のそばには薪がきちんと積みあげてあるし、日が暮れて寒くなってきたらすぐさま点火できるよう、灰の中では熾火《おきび》が燃えている。片方の壁ぎわでは、呑口のついた樽《たる》がさらにいくつかの架台にのって、客たちの期待を誘っている。

薄汚れたリンネルで手をぬぐいながら、奥から亭主のカッティがあらわれた。頭は白髪まじり、豊かな暮らしよりむしろ歳のせいでつきでた腹をかかえ、短い脚でせかせかとよく動きまわる男だ。

「やあ、ピコか。あんたがはいってくるのが見えたよ。モンテフォーリアの事件を聞いたかね？」

挨拶《あいさつ》の言葉は温かく、口もとにも歓迎の微笑が浮かんでいるが、その両眼は緊張にこわばっている。ただならぬ口調に、ピコが樽から亭主へと視線を移した。

「いや。何があったんだ？」

「サンドリノさまが殺されたんだ、四日前にな！」

「なんだって！　いったいどうして？」

ピコがあんぐりと口をひらく。トゥールの腹からは瞬時にして幸福なぬくもりが消え、かわりに氷のようにつめたいしこりが生じた。自分の言葉がひきおこした効果を陰鬱な満足をこめて見つめながら、カッティが身体《からだ》を揺すった。

「ユリア姫の婚約を祝う宴の席で、ロジモ公と諍《いさか》いを起こされたらしい。短剣が抜かれて……あとはもうお定まりのなりゆきさ。街道をやってくる人々の話を聞くかぎりじゃあ、町は大混乱らしい。モンテフォーリアは、少なくともいまのところ、フェランテ軍に制圧されている」

「なんてこった。略奪が起こっているのか？」ピコがたずねる。

「それほどでもないようだ。まだそこまでは手がまわらんのだろう――」

「おれの兄が公爵さまの近衛《このえ》にいるんだが」

思わず口をはさんだトゥールの言葉に、カッティが眉をあげた。

「なんだって？　それじゃあんたの兄さんも、残念ながら失業ということになるな」そこで辛辣な口調をいくらかやわらげ、「近衛兵が何人か、若君アスカニオさまと負傷者を連れて、モンレアレ院長といっしょに聖ヒエロニムス修道院に逃げこんだという話だ」

ということは、逃げきれなかった近衛兵もいるということだ。だがトゥールは、幼い主君を守りながら、安全な修道院の石壁の中に逃げこむウーリの姿を思い浮かべることができた。門をくぐるのは、もちろん最後だったにちがいない。

「塀のまわりじゃあ、フェランテの兵どもがうろつき、目を光らせてるってことだ」カッティがつづけた。「だが連中も修道院を攻撃するつもりはないらしい。いまのところはまだな。フェランテは奥方さまとユリア姫を人質にとって、すぐさま援軍をよこすようロジモに急使を送ったそうだ」

ピコがヒューと口笛を吹いた。

「そいつは深刻だな……！　ふむ、おれの家は町外れにあるし、たいして盗まれるようなものもない。いずれにせよ、この旅にツィリオを連れてきたことをマリアさまに感謝するよ。いつもは隣の家にあずけていたんだ。だが……そうだな、牧草地を使わせてもらえるなら、事態がどうなるかようすがわかるまで、一、二日あんたのところに厄介にならせてもらうか」

「だがいますぐ町にはいって、どっち側にでもいいが、荷を売れば大儲けができるぜ。鎧《よろい》とか武器とか、大砲をつくるブロンズとかが必要になるだろうからな……」

「どっち側にせよ、無理やり奪われるのがおちだろうさ」ピコが暗い声で答える。「いや、丘を越えてミラノにむかったほうがよさそうだ。もっともそうすると、あがりがぜんぶ騾馬の餌《えさ》代に消えちまうがね」それからトゥールにむきなおって、「トゥール、おまえさんはこのまま、モンテフォーリアにむかうがいい。兄さんの消息を知りたいだろう。おまえさんの手がなくなるのは残念だがな」

「おれは……」

不安と懸念にさいなまれて、トゥールは立ちつくした。

「今夜はこのまま泊まって、朝になってから考えな」

カッティの意見に、ピコも同意した。

「ああ、それがいい。それまでにはもっといい報《しら》せがくるかもしれんしな」

そして不器用な思いやりをこめて、慰めるように軽くトゥールの肩をたたいた。トゥールは感謝をこめて、しかたなくうなずいた。

「そういえば、ハムを買うんじゃなかったっけ?」

「いや、いまは……まあいいか。カッティ、女将さんの燻製ソーセージででかいのがあったら、ひとつもらいたいんだが。今夜と、ミラノにむかう旅の途中で、焚《た》き火《び》で焼いて食えるようにな」

「こないだ豚をつぶしたときのが、まだ燻製小屋に残っていると思うが、しかし――」

「じゃあ、トゥール、すまんがひとつとってきてくれんか。おれは息子どもにこのことを知らせてくる」

ピコは苦い顔で宿を離れ、街道をわたって牧草地にもどった。

カッティは肩をすくめてから、さきに立って建物を通り抜け、さらに裏庭を横切っていった。燻製小屋はすぐにわかった——軒下から香り豊かな灰色の煙がこぼれ、人を誘うように静かな黄昏に漂っているのだ。トゥールはカッティについて、煙っぽい薄闇の中にはいりこんだ。土間の中央あたりにくぼみがあって、そこに熾火が燃えている。カッティがかがみこんで、水に浸したリンゴの薪をさらに二本くべる。たちのぼった香ばしい煙に鼻孔をくすぐられて、トゥールはくしゃみをもらした。

カッティが手をのばし、ガーゼに包まれてずらりと垂木《たるき》にぶらさがった細長く茶色いものをつついて揺すった。

「まだ四つ残っているな。好きなのを選びな」

トゥールはふと顔をあげ、垂木の上の影の中に横たえられたものをまじまじと見つめた。垂木と垂直に一枚の板がわたされ、その上に、ソーセージと同じ薄いガーゼを経帷子《きょうかたびら》のように巻きつけて、灰色髭《ひげ》の裸の死体が横たわっていたのだ。煙にいぶされた肌はすでにしなび、茶色く染まっている。

驚愕《きょうがく》の一瞬がすぎると、トゥールは思わず口にしていた。

「ピコの言うとおりだ。おたくの女将さんはなんとも奇妙なハムをつくるんですね」

トゥールの視線をたどったカッティが、嫌悪の声をあげた。

「ああ、あれか。ピコに話そうと思っていたところなんだ。モンテフォーリアから逃げてきて、途中で殺された男だよ。勘定をためたあげく、一文なしだと判明したんでね」

「支払いを滞《とどこお》った客はいつもこんな扱いを受けるんですか？　即刻支払いをすませるよう、ピコにも言っておきますよ」

感慨深げなトゥールの声に、カッティはあわてて弁解した。

「いやいや、あの男はここにきたときすでに死んでいたんだよ。三日前のことだ。だが神父さまはお留守で、告解を聴く者が誰もいなかったうえに、このあたりには、告解を受けていない妖術使いを自分の地所に埋葬してやろうなどという者はおらんのでな。正直な話、わたしもそんなつもりにはなれんかった。おまけに、あのあばずれ娘は一文だって払おうとせん。死体をどうにかせにゃならんというときになって、この燻製小屋のことを思いついたというわけだ。支払いがすむまで、ずっとここにおいておくつもりだ。女房にもそう話してある。かんかんに怒って妹の家にとんでいくのは女房の勝手だが、わたしは絶対に、フィレンツェの犬ごときにだまされはせんぞ」カッティは腕を組んで宣言した。

「だがご亭主、だったらあの男はほとんど飲み食いしてないわけじゃないですか。煙に対して請求書を出すんですか？」トゥールは上を見あげたままたずねた。

「だがあの男を乗せてきた馬が、とんでもない大食らいなんだ」カッティがうなった。「最後の手段としては、その馬を差し押さえてもいいんだがな。だがどうせなら、あの指輪のほうが確実だ。指輪はぽっくりくたばったりせんだろうが、あの老いぼれ馬はどうも信用がならん」

カッティはたちのぼる煙をいらだたしげにはらいのけ、鉤《かぎ》からソーセージをひとつおろして、燻製小屋を出るようトゥールをうながした。そして新鮮な空気を肺いっぱいに吸いこんでから、話をつづけた。

「つまりはこういうことだ。三日前の朝、エチオピアの血の混じった娘っこが、薄汚れたヴェルヴェットを着て、いまあの牧場にいる白い老いぼれ馬の背中に男の死体をのせて、街道をやってきたんだ。モンテフォーリアの虐殺から逃れてきたんだが、チェッキーノを越えたところでフェランテの兵どもに追いつかれ、身ぐるみはがれたうえに男は殺された、と娘っこは説明した。だが男は殺されちゃいなかったし――刀傷がひとつもないんだからな――、娘っこも身ぐるみはがれたわけじゃなかった。親指に、目の見えない山賊だって見逃すはずがないほど、でっかい金の指輪をはめておったからな。

わたしはあやしいとにらんだんだが、女房は頭が弱いもんでな、いかにも気の毒そうな娘っこに同情して家にあげてやり、湯を使わせて落ちつかせてやった。だが考えれば考えるほど妙じゃないか。このカッティさまをかつごうなんざ、百年はやいわ。あの老人はフィレンツェの魔術師で、自分はその娘だとあの雌猫は説明した。フィレンツェの人間だというのはまあいいだろう。だがあの娘っこは男の奴隷《どれい》だな。男が旅の途中に卒中か、おそらくは黒魔術で死んだので、身ぐるみはいでどこかに隠し、自分も泥の中をころがって髪を乱し、ここにやってきてつくり話をでっちあげたというわけだ。わたしの金で死体を片づけ、あとで宝物をとりにもどろうという魂胆なんだろう。その証拠に、あの金の指輪は男物だ。あるじの指から盗んだものに決まっている。そうとも！　わたしはその奸計を見抜き、はっきりと告発してやったんだ」

「それで、どうなったんです？」トゥールはたずねた。

「とんでもないかなきり声でわめきたてて、どうしても盗んだ指輪をわたそうとしなかった。父親が生きていたら、わたしを寝床のシラミに変えてしまうと言いおったが、まああの娘なら、ビールを小便に変えることもできんだろうよ。いまはうちの宿で最上の部屋にたてこもって、宿に火をつけてやるなどと、扉ごしに呪いの言葉をわめきちらしておるわ。なあ、どう思う！　いかにもうさんくさいじゃないか？　頭がおかしいんだとは思わんか？」

「これ以上の盗みにあうのを恐れてるんじゃないですか」トゥールはつぶやいた。

「狂っておるんだ」

カッティは眉をひそめて陰鬱な眼差《まなざ》しでトゥールを見あげ、それからふと両眼に暗い光を躍らせた。

「なあ、おまえさんはがっしりしとるし、力も強そうだ。もし宿いちばんのあの部屋から、ひとつの家具も壊すことなく、娘っこをひっぱりだしてくれたら、エールをいっぱい奢《おご》るぞ。どうだ？」

トゥールはブロンドの眉をあげた。

「なぜ自分でしないんですか？」

カッティは〝老骨が〟とか〝あばずれが〟というような言葉をつぶやいた。シラミに変えられるのが怖いのだろうか。それにしても魔術師は、ほんとうに人間を虫に変えることができるのだろうか。もし変えられるのだとしたら、それは人間の大きさの虫なのだろうか、それとも本来の小さな虫なのだろうか。いずれにしても今夜は、たくわえの金に少しばかり手をつけて、燻製ソーセージといっしょにエールを飲みたいと考えていたのだ。酒場の樽からも、なんともうまそうな匂いが漂っていたし。

「それじゃ、やってみましょう」

慎重に答えると、カッティがのびあがってぽんと肩をたたいた。

「頼むぞ！　案内しよう、こっちだ」

母屋にもどって二階にあがり、カッティが閉ざされた扉を示してささやいた。

「あそこだ！」

「たてこもるって、どうやってるんです？」

「それほど頑丈なやつではないが、かんぬきがある。そのうえに何かもたせかけているようだ。寝台でもひっぱってきたのではないかな」

トゥールが木の扉をじっくり調べていると、階下《した》から男の声が呼びかけてきた。

「カッティ！　おい、太っちょカッティ！　上で寝てるのか？　おりてきて、ビールを注いでくれよ。でなきゃ勝手に飲んじまうぞ」

カッティはいらだたしげに両手をよじり、

「ではがんばってくれ」と言い捨てて、階下へとんでいった。

トゥールはさらにしばらくのあいだ扉をじっと見つめた。のどの渇きにも似た、さっきと同じ、言葉にできない不思議な切望感が、一段と高まって胃の腑をきりきりとしめつけている。口の中がからからに乾く。肩をすくめ、樫《かし》材の扉に身体を寄せてみた。片足を床にふんばり、力をこめる。ひらかないので、いっそうの力をふりしぼる。扉のむこうで、何かが引き裂けるような不吉な音が響いた。心配になって動きをとめる。エールをもらう資格を失してしまったのだろうか。鉱山の巻き上げ機を思わせる木と木がこすれるきしみを気にしながら、さらにもう一度おしてみる。ようやくいくらかひろがった隙間に首をつっこみ、トゥールはぱちくりと目をしばたたかせた。

かんぬき受けを固定していた黒い鉄のネジ釘が何本か戸枠からはずれ、かんぬきがぶらりとたれさがっている。扉をおさえていたのは天蓋《てんがい》つきの四柱寝台で、それも少しだけ内側に移動している。そして三フィートと離れていないところでは、褐色の肌の少女がひとり、リンネルのアンダースリーヴのついた赤いドレスをまとい、陶器でできた花柄の室内便器を両手でつかんで、頭上高くふりあげていた。陶器の蓋《ふた》の下で、中身がちゃぷちゃぷ不穏な音をたてている。

トゥールは息をのんだ。なんて非凡な少女なのだろう。嵐雲のように波うつ髪は真夜中の黒。肌は狐色で、吐く息は真昼の地中海のように熱い。小柄だが均整のとれた敏捷《びんしょう》そうな身体は、ブルーインヴァルトの教会で胡桃《くるみ》材の祭壇に彫られていた天使の像を思わせる。きらめく両眼は、母が大切にしていた肉桂と同じ温かな茶色。そしてその全身が……全身が炎を発しているみたいだ。少女は彼をにらんだままあとずさった。

こいつはまずい。トゥールはさらにきしみをあげてベッドをおしやりながら、扉の隙間から全身をおしこみ、脅かすつもりはないことを示そうと両手を組みあわせた。息を吸い——それから吐かなくてはならないことを思い出した。

「こんにちは」礼儀正しく頭をさげ、咳ばらいをする。

少女はさらに一歩あとずさり、ふりあげていた便器をわずかにおろした。

「実際問題として、ずっとここに閉じこもっているわけにはいかないだろう？　どっちにしろ、永遠ってわけにはいかないよ」

トゥールの言葉に、少女の腕がふるえる。

「あの欲張りな亭主は食事をくれた？」

「いいえ……昨日、女将さんが出かけてからはなんにも。葡萄酒《ぶどう》があったから、ずっともたせてきたのだけれど、それもなくなってしまったわ」

ぽつりぽつり答えながらも、警戒に満ちた視線はじっとトゥールにすえられたままだ。まるで怪物か何かのように、じっとにらみつけている。彼だってそれほど大男というわけではないのだが。無駄と知りながら、なんとか身を縮めようと、膝をかがめて背中を丸めた。この小さな部屋がいけないのだ。もっとひろい部屋か戸外だったら、この身体だってそんなに目立たないはずだ。

便器をつかんだ親指で、金の指輪がきらめいている。赤い宝石をくわえた獅子の顔が、サハラ砂漠のように熱く輝き、火のようにトゥールをひきつけている。

「カッティがとりあげようとしたってのは、その指輪だね？」

あごをしゃくって指輪を示すと、少女は苦々しく微笑した。

「盗ろうとしたけど、無理なの。二度盗ろうとして、二度とももっていることができなかったわ。この指輪をはめられる人はひとりしかいないんだもの。見てみる？」

少女はたてがみのように渦巻く髪を揺すり、便器を床におろした。

「これでカッティの頭をぶんなぐってやろうと思ってたんだけれど、どっちにしてもあなたじゃ手がとどかないわね」

少女は顔をしかめて便器を足でおしやり、親指から指輪を抜きとって、妙にきどったしぐさでさしだした。

「はめてみる？　無理だと思うけど」

きらめく指輪を手のひらにのせた。握ってみると、まるで生き物のような鼓動が感じられる。トゥールは何も考えず、左手の薬指にそれをすべりこませた。沈みゆく太陽の最後の金色の光が、鎧戸《よろいど》の隙間からはいりこんで、壁に鮮やかな縞模様を描いている。その中にかかげると、小さな獅子のたてがみが歌うように揺らめき、小さな宝石が赤く燃えあがった。手のむきを変え、反対側の壁に、赤い光を妖精のように踊らせてみる。ふと顔をあげると、褐色の少女が、なめらかな美しい顔に底知れぬ恐怖を浮かべて、じっと彼を見つめていた。

「ああ――ごめんよ。でも、あんたがはめてみろって言ったんだよ。ほら、返すから」

何に対する謝罪なのか、自分でもよくわからないままに謝り、節の高い指から指輪をはずそうとした。

「騾馬追いですって？」つぶやいた少女の顔は、まだ驚愕を浮かべたままだ。「わたしの指輪が、汗くさくて獣《けもの》くさい騾馬追いを連れてきてくれたっていうの？　間抜けなうどの大木の田舎もののドイツ人を――」

「スイス人だよ」指輪をひっぱりながら訂正する。

間抜けなうどの大木の田舎もののスイス人――たしかにそうだ。きっとこの少女は、ピコの隊商が到着するのを窓から見ていたのだろう。トゥールは指輪の宝石と同じくらい真っ赤になった。指の関節が赤と白に染まり、腫《は》れあがっている。当惑をこめてひねってみたが、やはりはりついたようにはずれない。

「ごめん。なかなか抜けないんだ。たぶん石鹸を使えば大丈夫だよ。荷物の中にはいってるから、いっしょにきてくれないか。あんたのものを盗むつもりはないよ、お嬢さん。おれはモンテフォーリアにいく途中なんだ。兄の紹介で、金細工師の徒弟《とてい》になるんだ。その――なるはずだったんだけど、でも結局どうなっちまうのかな。兄のウーリは公爵さまの近衛隊長なんだけど……それがいまじゃ……生きてるのか死んでるのかも……まったくわからなくて……」

少女の顔が表情を失い、ついでくしゃっとゆがんで涙をこぼしはじめた。トゥールはいっそう必死になって指輪をひねりひっぱった。しかしなんの甲斐もなく、指輪は相変わらずぴたりとはりついたままだ。

「ごめん。その……おれはどうすればいい？　何かあんたにしてあげられることはないかな……？」

トゥールは両手をひらいてさしのべた——そう、つまるところこの両手以外、人に与えられるものなど、何ひとつもってはいないのだ。

少女は顔をおおい、床にすわりこんですすり泣きはじめた。トゥールは不安と当惑にさいなまれ、ぎこちなくその横にしゃがんだ。

「指輪はなんとかしてはずすから。どうしようもなかったら……指を切り落としてもいいから」

無謀な約束に、少女は弱々しく首をふり、ようやく口をひらいた。

「そうじゃないの。何もかもがあんまりだから——」

トゥールはふと口をつぐみ、改めて口調をやわらげた。

「燻製小屋にいれられたお父さんのこと？　気の毒だと思うよ。ここの亭主は怪物だな。あんたが望むなら、あいつの頭をたたきわってやろうか？」

「まあ……」

少女はぺたりと床につけた両手で、弱々しく身体を支えてうつむいていたが、やがて顔をあげ、さぐるようにトゥールを見つめた。

「あなた、ちっともウーリに似てないのね。ウーリの弟がこんな大男だなんて、思ってもみなかったわ。ウーリにくらべたら、髪も淡いし、肌色だって白いし」

「この冬じゅう鉱山で働いていたから、ほとんど日にあたっていないんだ」

この少女にとって、自分はきっと岩の下から這《は》い出してきた白い虫のように気味が悪いにちがいない……だがちょっと待て、いまなんと言った？

「あんた、ウーリを知っているのか？」さらに懸命な声で、「ウーリがどうなったか、わからないか？」

少女はまっすぐに身体を起こし、哀しげな皮肉をこめて、片手をさしだした。

「はじめまして、トゥール・オクス。わたしはフィアメッタ・ベネフォルテ、プロスペロ・ベネフォルテの娘よ。それであなたは、燻製死体の徒弟になりにきたってわけね」

怒りのあまりすすり泣きをもらしそうになって、ぎゅっとくちびるが噛みしめられた。

「ウーリの手紙には、お嬢さんがいるとは書いてなかったけど」

驚きに口をすべらせてしまってから、トゥールは少女がひっこめてしまわないうちにと、あわててさしのべられた手を握って弁解した。

「ウーリの手紙はいつでも簡潔すぎるって、お袋はいつもこぼしてるんだ」

少女は低い声でつづけた。

「わたしが最後に見たとき、オクス隊長はフェランテの人殺しどもからアスカニオさまを守ろうとして、胸を刺されたところだったわ。いま生きてるかどうかは知らない。ほかの怪我人たちといっしょに聖ヒエロニムス修道院に逃げこんで、治療を受けているかもしれないけど――。でもあれは、ちょっとやそっとの怪我ではなかったから」

少女は彼の手を放し、膝の上でしわくちゃになったヴェルヴェットのスカートをぎゅっと握りしめた。

「もっといい、もっと新しい情報をお知らせできなくてごめんなさい。父とわたしも、命からがら逃げ出してきたものだから——逃げようとしたんだけど……」

「何があったんだ?」腹の中がどんどんつめたくなっていく……

飾りけのない言葉で、少女はつかえつかえ、この四日間の悪夢のような出来事を物語った。トゥールは鉱山で父が死んだときの悲しみを思い出した。あの冬の日、彼はブラザー・グラルスの学校にいた。落盤の報せはまたたくまにひろがっていった。数日にわたる懸命の救出作業もむなしく、何人もの男を埋もれさせたまま、神父さまの祈りの言葉とともにその坑道は封鎖され、トゥールは二度と父の顔を見ることができなかった。フィアメッタは死者とふたり、夜の中で戦わなくてはならなかった。だがトゥールは彼女の恐怖を思いやると同時に、奇妙な羨望をおぼえた。同じく父を失いながら、彼女は残された家族として最後の務めをはたすことができたのだ——もっとも、煙にいぶされ燻製にされるというのは、家長にふさわしい弔《とむら》いの儀式とはいえないだろうが。

「……それでまた指輪を抜きとろうとしたから、わたし、あいつの膝を蹴とばして、ここにたてこもったの。それが……それが、昨日のことよ」

ようやく話し終えた少女が、頭を膝にのせて軽く揺すりながら、今度はトゥールに視線をむけてたずねた。

「それで、あなたはどうやってここにきたの?」

トゥールは簡単に、兄の手紙のこと、案内人兼道連れになってもらうかわりに、隊商の仕事を手伝いながらここまで旅してきたことを説明した。

「でも、どうやってここにきたの？　この宿屋で、わたしに会うことができたの？」

　トゥールはまばたきした。たしかに彼は、さがし物をするときになみはずれた勘のよさを発揮することがあるが、ほんものの魔術師の娘を前にして、胃がしめつけられるとか、呼吸が苦しいとかいった症状に、超常的な意味を付与するのは、不遜にすぎるというものだろう。

「ピコはいつもここに宿をとるんだ。国境のベルゴアと、チェッキーノのあいだにあるのはここだけだから」

　少女が手を握りしめて、当惑したようにつぶやいた。

「結局、わたしの術はちゃんとかかっていたのかしら。だって、あなたがこの指輪をはめているのだから……」

　トゥールは指輪をひねった。

「はずすよ。必ず」

　少女はすわりなおし、指をひらいてピンク色の手のひらを床につけた。

「いいのよ。もっていてちょうだい。とりあえずいまはね。太っちょカッティだって、あなたの手からそれをとりあげようとはしないでしょうし」

「そんなわけにはいかないよ、こんな高価なものを！」

　それでも関節がまた細くなるまでは、選択の余地などありそうにない。

「それじゃこうしよう、ベネフォルテのお嬢さん。おれも少しは金をもっている。あのごうつくばりの亭主から、お父さんの死体をひきとれるくらいはね。そうすれば少なくとも、燻製小屋から出してちゃんと埋葬できるよ」

少女はひたいにしわを寄せた。

「それはいいけれど、でもどこに？　このあたりに住んでいる無知な田舎者はみんな、父が魔術師だってだけで、自分の土地に埋められるのを怖がっているわ。でも道の真ん中に埋葬するのはいやよ」

「昨日通ったベルゴアの村には、小さな教会もあったし、神父さまもいらした。きっとお父さんをひきうけてくださるよ。明日、お父さんを運ぶの、手伝うよ」

「ありがとう」

少女はうなだれてささやいた。孤独と恐怖からくる緊張感から解放されて、いまにも疲労でぶったおれそうだ。

「おれは……おれはそれがすんだら、南にむかわなきゃならない。兄がどうなったか、調べなきゃ」

少女が頭をあげた。

「モンテフォーリアに近づくほど危険は大きいわ。フェランテの傭兵たちが好き勝手に略奪しているし、抵抗する人を殺したり……無理やり言うことをきかせたりしているから。それとも、もし聖ヒエロニムス修道院にたてこもった人たちが、まだフェランテに抵抗しているようなら、公爵さまの近衛に志願する？」

　トゥールは首をふった。

「おれは兵隊にはむいてないんだ。ブルーインヴァルトを守るためなら戦うだろうけれど——ビルスの聖ヤーコブの戦いで、シュヴィーツの男たちがアルマニャックを追いはらったときのようにね。でもウーリの消息をたしかめずにお袋のところに帰るわけにはいかない。もし怪我をしているのなら、連れて帰りたいし」

「もし死んでいたら？」

「死んでたにしても……少なくとも、そのことをたしかめなきゃ」と肩をすくめ、「でも、あんたがもどるのはあまりにも危険だよ、お嬢さん。たぶん、ベルゴアの神父さまが安全な場所をご存じだろうから、おれが——もしかしたら兄を連れて——もどるまで、そこで待っていればいい」

「もどってくるの？」

　トゥールは力づけるように微笑してみせた。

「指輪が抵当だよ。はずせないにしても、とにかくあんたのところにもって帰らなきゃいけないだろう？」

　少女のやや大きめの口が、悲しげな当惑をこめてゆがんだ。

「抵当って、そういう意味じゃないと思うけど」

「借りは借りだ。ちゃんと支払わなきゃ」

「魔術師なの？」と眉をあげて、「あなたって変な人ね。騾馬追いで、鉱夫で」

「魔術師だなんてとんでもない。たしかにおれはあんたのお父さんの徒弟になるはずだったけれど、薪や金属を運ぶくらいしかできないよ。ほんとに、ただの下働きだよ」

少女の力強く白い歯が下くちびるを噛んだ。

「父の跡継ぎはわたしひとりよ。あなたの徒弟契約が、もし成立しているのなら、それもわたしが引き継ぐことになるはずだわ。それにしてもいまごろは、ロジモのやつらにどれだけのものが奪われたことやら」

「それじゃそういうことにしようよ」トゥールは陽気な声をあげた。「こんな状況じゃあるけれど、お会いできてよかったよ、ベネフォルテのお嬢さん」

「わたしも嬉しいわ、騾馬追いさん。ほんとに、こんな状況ではあるけれどね」少女がささやいた。

彼に――彼がいるということに慣れてきたのか、口もとがやわらぎ、眉もいたずらっぽい曲線を描いている。トゥールは少女に手を貸して立ちあがらせた。

「さあ。何か食べてこよう。カッティも、おれが支払うなら文句はいわないよ」

「だめよ、女将さんが出かけているから、ろくな食事が出てこないわ」フィアメッタが忠告した。「料理はみんな女将さんがやっているのよ。宿のいろいろな仕事も、ほとんどそうみたいよ」

「それじゃ、ピコの焚き火でソーセージを焼いて食べればいい。いっしょに野営しよう。ピコは気にしないさ」

少女は顔をしかめた。

「もうひと晩カッテイの家にとどまるくらいだったら、木の下で寝たほうがましだわ」

ふたりは表の酒場に通じる階段にむかった。階下から男たちの話し声があがってくる。階段の手前で、フィアメッタがふいに凍りついたように立ち止まり、手をあげてトゥールをおしとどめた。

「静かにして」ささやいて小首をかしげ、懸命に耳をかたむける。「まあ、なんてこと。あの声だわ。唾《つば》を吐くようなあのしゃべりかた……」

「友達なの？」トゥールは期待をこめてたずねた。

「とんでもない。父が殺された夜に、フェランテのごろつきどもを率いていた男よ」

階段の手すりからのぞいて、顔を見わけられる？」

階段の手すりは横木の下に板を張ったものだが、装飾として、三つ葉の形に穴がくり抜かれている。しかし少女は首をふった。

「顔は見ていないわ」

ちょっと考えてから、トゥールはつぶやいた。

「おれは顔を知られていない。あんたはここにいてくれ。どうなってるか、おれが見てくるよ」

「指輪を内側にむけて。あいつら、その指輪のことはおぼえているかもしれないから」

ささやいた少女にうなずきを返し、トゥールは獅子の顔を内側にむけて、指輪を握りこんだ。

少女が床にしゃがんで手すりより身を低くしながら、三つ葉のひとつから下をうかがう。そして結局は男の顔に見おぼえがあったのだろう、はっと息をのみ、両手をかたく握りしめた。トゥールは堂々と酒場におりていった。

地元の男が三、四人、ベンチにすわってマグをかたむけている。汚れたチュニックとレギンズから判断するに、農夫か職人だろう。それとはべつに、ふたりの客がエールのコップを干しながら、カッティと立ち話をしている。騎馬の旅人らしく、ブーツには泥がはねとび、ダブレットと分厚いタイツの上に短いマントを羽織っている。大人がふつうにおびる短剣のほかに、それぞれが鋼《はがね》の剣を吊るしている。フェランテであれどこの領主であれ、所属する家を示す紋章や色リボンはいっさいつけていない。年長の髭面《ひげづら》が最後のひと口を飲み干してマグをおろした拍子に、前歯が何本か欠けているのが目にはいった。トゥールは目立たないよう、地元の農夫たちのあいだにまぎれこんだ。

「ではその男のところに案内してくれ。われわれがさがしている盗賊かどうか、たしかめたい」髭面の騎兵が袖《そで》でくちびるをぬぐいながら言った。

「それなりの代価を支払ってくださるんでしたら、喜んでおひきわたしいたしますとも。あの男、どうもくさいと思っていたんですよ。こっちでさあ」

カッティがぶつぶつ答えながらランプを灯し、店の奥を抜けて、ふたりの旅人を裏庭へ案内した。あとを追ったトゥールに一瞬遅れて、好奇心をたぎらせた男がふたり、席を立つ。残照に映える空では、西の丘陵の上で、宵の明星がきらめいている。

ランプをもったカッティと髭の男が小屋にはいり、またすぐに出てきて、髭面のロジモ人が不精髭の相方に命じた。

「たしかにやつだ。馬を連れてこい」

若い男はせまりつつある夕闇を不安げに見わたした。

「今夜はここに泊まって、あす出発するわけにはいきませんか？」

髭の男が低い声でうなった。

「これ以上遅れたり、もう一度とりのがすようなことにでもなったら、きさま、いたずら小鬼にお願いせねばならなくなるぞ。『一刻もはやく』とのご命令だ。馬を連れてこい」

若い男は肩をすくめ、建物の角を曲がって姿を消した。カッティは嬉しそうに両手をこすりあわせている。歩み寄るトゥールの気配に気づいて、その顔があがった。

「最上等の客室から、あのあばずれを追い出してくれたかね？」

「ええ」

「で、雌猫はいまどこにいる？」

「逃げちまいました」

「夜だってのにか？　ちくしょう！　指輪を手にいれそこねたな。だがまあいい、馬が残っている。いずれにせよいい厄介ばらいだ。面倒がふたつ、一気に片づいたぞ」

若い男が三頭の馬をひいてもどってきた。二頭の背には軽量の騎兵用の鞍《くら》が、三頭めにはからの荷鞍がのせてある。男が大きな古い帆布を地面にひろげ、そのわきにロープの束を投げ出した。

「あの人たちは誰なんですか？」トゥールは小声でカッティにたずねた。

「モンテフォーリアの衛兵だ。燻製小屋にいる灰色髭の死体は、城から貴重な金の塩入れを盗んだ泥棒なんだそうだ。それで、死体を引きとりにきたんだ」

「でもふつうなら、死体じゃなくて、塩入れをさがすんじゃありませんか？　死体を縛り首にもできないでしょうし」

ふたりの男が燻製小屋にはいり、どたどたと大きな音が聞こえた。やがて老人をかかえて出てきた男たちは、下に敷いていた板をはずし、帆布の上に死体をころがした。

「なんのために死体なんかもっていくんです？　それに、衛兵って誰の衛兵です？　公爵さまのですか、それともフェランテのですか？」

「金払いさえちゃんとしていれば、どっちでもかまわんじゃないかね」カッティが面倒くさそうにつぶやく。

帆布を巻き、ロープで縛りあげた細長い荷物ができあがった。ふたりはぶつぶつうなりながら、それを荷鞍の上にひっぱりあげた。髭面が帆布でくるんだ荷物を馬に固定しているあいだに、若い男がもう一度燻製小屋にはいり、二本のハムをもって出てきて、鞍の前輪にくくりつけた。

「そんなこと、まちがってますすよ、ご亭主」トゥールはあわただしくささやいた。「あいつらに死体をもっていかせちゃいけない。おれも金をもっている。いま荷物をとってくるから。おれがあの死体を買いとりますよ」

トゥールの申し出を、カッティはきっぱりと拒絶した。

「いやいや、わたしはあのふたりがいい。あっちのほうが高く買ってくれるからな」

「むこうの申し値がいくらだろうと、おれはそれ以上の金をはらう」

「おまえさんにゃあ無理だろう、騾馬追い風情《ふぜい》が」

カッティは手をふってトゥールを追いはらい、にこにことふたりの騎兵に近づいていった。

「手前どものハムがお気にめしたようで。いや、ぜったいに後悔なさらないこと、請け合いますよ。さてさて、死体の身の代と、エール二杯と、ハム二本で……」と指を折りはじめる。

つづく事態を予測し、トゥールは燻製小屋のわきにはいりこんで、かたわらに積みあげてあった薪の山から長い棒を一本ひろいあげた。

若い男が馬にとびのり、年長の男がまだ勘定をつづけているカッティの肩をつかんでぐいと引き寄せた。

「親父、これがおまえの勘定だ」

マントの襞《ひだ》の内側で鋼の短剣がひらめき、カッティの腹に突き刺さった。

男につきとばされ、カッティが驚愕と苦痛の悲鳴をあげながら、腹をおさえてよろめきすさる。なりゆきを見まもっていたふたりの農夫が駆け寄ったが、その反応もあまりにのろい。髭面が歯のない口を黒くひらいてにやりと笑い、自分の馬にとびのった。部下の若者は荷馬をひっぱり、すでに街道にむかって駆け出している。トゥールは無駄と知りながらも、若いロジモ兵にむかって力いっぱい薪を投げつけた。棒はくるくると宙を飛んで背中にあたったが、マントとダブレットごしではなんの効果もない。ひづめで泥をはね散らしながら、暴漢はせまりくる夕闇の中へと駆け去っていった。

トゥールはふたりのあとを追っていそいで建物の角をまわったが、表門にたどりついたときにはもう、かすかなひづめのこだまも黄昏の中に消えようとしていた。宙を舞う土煙の中、フィアメッタが道につっ立ったまま、男たちの消えた南の方角を凝視していた。ひきつった顔の中で、大きく見ひらかれた両眼が暗い影を宿している。

「やつら、お父さんを盗んでいきやがった」トゥールは息を切らして告げた。「おれにはとめられなかった」

「知ってるわ。見てたもの」

「でもなぜなんだ？　正気の沙汰じゃない！　やつら、ハムも二本もっていったけれど。まさか死体を食うつもりじゃないだろう？」

「そうね……」

フィアメッタはささやき、何を思いついたのか、激しい嫌悪に顔をゆがめた。

「見当はつくわ。とんでもないことだけど。ぜったいにだめ——なんとかしてとめなくちゃ——」

そしてあとを追おうというのか、こぶしを握りしめてふらふらと歩き出す。トゥールはあわてその袖をつかんだ。

「真夜中に、ひとりっきりで走ってくなんて無茶だよ」

フィアメッタは腕をつかまれたままふり返り、牧草地でピコの騾馬にまじってほの白く浮かびあがる馬に目をむけた。

「それじゃ、馬に乗っていくわ」

「だめだ！」

フィアメッタの眉があがり、炎と燃える両眼がトゥールをにらみつけた。

「なんですって？」

「おれが明日いくよ」険悪な息づかいに、あわててつけくわえる。「いっしょにいこう」

フィアメッタはためらい、握りしめたこぶしをほどいた。茫漠とひろがる正体の知れない闇を見まわし、その肩が力を失う。

「わからないのよ、何をすればいいのか……どうすればいいのか……そうよ。あなたの言うとおりよ。わかってるわよ」

心をどこかにさまよわせたまま、それでもフィアメッタはむきを変え、彼について宿へともどった。

第六章

金髪の大きなスイス人と地元の男たちが負傷したカッティを運びこむと同時に、モンテフォーリアから脱出してきたふた家族が到着して、宿の騒ぎは最高潮に達した。あわてふためく隣人に呼ばれて女将がもどってくることで、混乱もようやく終息した。親切にしてくれた女将があわただしく駆けこんでくるのを、フィアメッタはとほうにくれたまま、じっと見まもっていた。きつく眉をひそめながらも、カッティの女房はひと言の非難も口にせず、フィアメッタを仕事に駆り出して、自分が亭主の手当てをしているあいだ、新来の客のための寝具や水や洗面器を運ぶ仕事を任せてくれた。そしてときどき寝室から出てきては、馬丁の仕事を監督し、モンテフォーリアからきた家族の使用人たちに命じて、パンとチーズと燻製《くんせい》ソーセージと葡萄《ぶどう》酒とエールの食事を調《ととの》え、全員に配らせた。フィアメッタは燻製肉だけは口にしなかった。

カッティの女房はまた、ピコの騾《ら》馬《ば》と荷と息子たちを塀の中に招きいれ、夜のあいだしっかりと門を閉ざした。モンテフォーリアからきた客たちは、ようやく逃れてきた当の略奪兵どもが、こんな北にまで手をのばしていることに衝撃を受け、朝になればさらに旅をつづけようと決意したようだった。だがとりあえず今夜は、各家族の父親、息子、使用人、カッティの馬屋番、ピコ一家、それにスイス人をくわえ、武装した男が十四人も塀の中にいる。騎馬の大隊でもこないかぎり、恐れることはない。

〈でもフェランテは、すでに欲しいものを手にいれてしまった。だからもう今夜はもどってこないわ〉

フィアメッタの鈍麻した心でも、そのことは確信できた。そして征服者フェランテが先頭に立って進軍してくるときには、抵抗する宿はひとつとしてないだろう。

フィアメッタはゼンマイ仕掛けの人形のように働きつづけた。働いていれば何も考えず、感じずにいられる。それでもいつかは雑用にも終わりがくる。興奮したおしゃべりもいつしかやみ、人々は蠟燭《ろうそく》を吹き消して寝床にはいった。カッティの女房が血のついた包帯とシャツをもって部屋から出てきたので、フィアメッタは裏庭の井戸からつめたい水を手桶《ておけ》にくんで、裏口の外の、ランタンの下においた。

「ご亭主はいかがですか？」罪の意識にかられてたずねる。

「化膿したりしなきゃ、死にゃしませんよ」カッティの女房が答えた。「お腹がでっぱってる分、そんなに深く刺さらなかったからね。食べ物を欲しがっても、与えないでくださいよ」

女房は束になった布を手桶につっこみ、よっこらしょと身体《からだ》をのばしてエプロンで手をぬぐった。

「わたしのせいでこんなことになってしまってごめんなさい」

「あの業《ごう》つくばりの老いぼれが、二日めの朝にわたしが頼んだとおり、あんたをベルゴアの神父さまのところに送り届けてさえいたら、こんな事件もよそで起こっていたはずなんですよ」

カッティの女房は辛辣《しんらつ》な口調で言って、くちびるの端をひきさげたまま、闇の中にうっそりとたたずむ建物を見あげた。

「死んだ妖術使いの亡霊を心から恐れているんなら、わたしの燻製小屋に放りこんだりしないで、礼にかなった埋葬をしてあげるべきだったんですよ。これでわたしの燻製小屋も呪われてしまったんでしょうね。肉という肉が腐って、蛆《うじ》がわいても驚きゃしませんよ」

「父はたしかに侮辱を見過ごしたりする人間ではなかったけれど」としかたなく認め、「でも――父の霊はいま、もっと重大な問題に直面しているんじゃないかと――それが心配なの」

カッティの女房は鋭い目で、スカートの襞《ひだ》をこねまわすフィアメッタを見つめた。

「おやまあそうなの？　そうだね……今夜はもうお休みなさいな。でも明日にはここを出ていっておくれね」

「わたしの馬、連れていってもいい？」フィアメッタはおそるおそるたずねた。

「馬も、荷物も、みんなもっておいき。正直に言っちまえば、あんたがもってきたものは、何ひとつ残していってほしくないね」

首をふる女房のあとから、フィアメッタも中にもどった。

いつもは物干しに使われている、裏庭を見おろす二階のベランダというか柱廊《ロッジア》が、いまではモンテフォーリアからきたふた家族の、女性使用人たちにわりあてられている。フィアメッタは疲労困憊していびきをかいている女たちをのりこえ、手すりのすぐそばにおいた巻き布団にたどりついた。オーバードレスを脱いで毛布の上にのせ、リンネルのアンダードレスもはだけて、貪欲なカッティの目から隠しておいた蛇のベルトのすぐ上でたばねる。そしてつめたい夜風を気にもとめず、手すりから身をのりだして、裏庭をながめた。

欠けた薄暗い月が、四分の一ほどの高さにまでのぼっている。奥の塀ぞいでは、ピコの騾馬たちが、おとなしくしているよう足もとに飼い葉を積みあげて、繋馬索につながれている。燻製小屋からはまだ煙がたなびき、にぶい月光の中を漂っている。ピコと息子たちとスイス人は、荷鞍《にぐら》を使って騾馬の近くに小さな砦《とりで》を築き、そこで休んでいた。寝袋の中で寝返りをうつたびに、スイス人の短く刈りこんだ金髪がきらめきを放つ。フィアメッタは指輪のなくなった親指を右手で握り、そっとこすった。

〈わたしは何をしたんだろう？　あの人はほんとうに、指輪がわたしのもとに導いてくれたのだろうか？　あの人がわたしの真《まこと》の恋人なのだろうか？　あの人はそれを知っているのだろうか？〉

真の愛の術をかけて指輪をつくった春の最初のあの日、フィアメッタの心にトゥールの存在はなかった。誰かに愛されたいという、漠然とした憧れをこめて思い描いていたものがなんだったのか、いまとなっては自分にもわからない。裏庭の毛布の包みを見おろしながら、心が燃えあがらないかと考えてみた。熱い情熱はたぎらないか？　ではせめてなんらかの感動でも？　何もない。あの人が嫌いだというわけではない。驚くほどたしかな存在感をもって、ただそこにいるだけの人。もちろん親しみは感じるが、でもそれは、懸命になでてもらおうとすりよってくる、一度も怒られたことのない甘ったれたマスティフの仔犬に対する気持ちと同じだ。

真の恋人を愛せないかもしれないなどとは、想像したこともなかった。それでも彼女が思い描いていた相手は……もう少し背が低くて。年上で。洗練されていて。少なくとも身なりがよくて。金持ちで……

〈たしかに騾馬追いにしては、匂いだってましなほうかもしれないけれど〉

いらだたしい思いがこみあげてきた。いますぐにでもあいつの手から指輪を奪い返し、手近のテーブルにたたきつければ、術の中にこびりついたものをはがせないだろうか。いまこんなに離れた場所からでも、あの静かなハミングが感じられる。スイス人が指輪をはめたとき、術はかすかな波紋を起こしただけで、その指を包みこみ、魚とクリームを与えられて満足した猫のようにきどってのどを鳴らした。うまくかけられた術は、訓練をうけた魔術師の内なる目にもほとんど感知されることがない。だが不器用な手で無理やりかけられた魔法は、そのパワーを浪費して、通常の知覚にも明らかなほど騒々しく、目に見える火花まで飛び散らした。テセーオがはじめてかけた術は、頭が痛くなるほど騒々しい不協和音を奏でる。それにひきかえベネフォルテの術は、逆らうことなく自然と一体化して流れ、その存在すらほとんど感知されることがない。

〈告解を受けず埋葬もされない死者の亡霊は、あるじたる人間の意志のもとにつなぎとめることができる……〉

フェランテは新しい死霊の指輪《スピリット・リング》をつくろうとしているのだろうか？　たしかに殺害された大魔術師ならば、莫大なパワーの源となるだろう。指輪を破壊した男をその代わりに使役するという皮肉な符合は、さぞやフェランテをおもしろがらせているにちがいない。あいつはもうベネフォルテ家を荒らしただろうか。力を渇望するその心は、いったいどんな興味深いものを見つけたのだろう。

フィアメッタは心の中で日数をかぞえた。負傷者を連れて城にもどり、魔法の塩入れをあるじに届けるのに丸一昼夜。包囲戦に夢中になっていたフェランテが、より大きな魔力を秘めた宝が野で朽ち果てようとしていることに気づくのに一日。連中がもどってきて、貴重な獲物がなくなっていることに気づくまでにさらに一日。特徴のある死体を求めて街道を歩きまわるのに一日……

痛むこめかみをこすった。本来なら、死を迎えた以上、父の身を危惧する必要などなかったはずなのだ。死者は主イエス・キリストと聖者たちのみもとで安らぎ、苦痛を癒《いや》されるものなのだから。あの最初の夜、フィアメッタは嘆き悲しみながらも、心が奇妙に軽くなるのを感じていた。いままで意識していなかった重荷が肩からとりのぞかれたかのような、ふいに世界がひろがり、自由にのびていってもいい広大な空間が頭上に出現したかのような——。人生が思いがけず、自分で選び定めていけるものになった。のどを涙でつまらせながらも、心はひそかな喜びで脈打っていた。もちろん、それは大いなる罪だ。庇護《ひご》者を失った娘は、嘆き、世界を恐れなくてはならない。ただひたすらに嘆き、だが恨んではならない。

なのにいまベネフォルテの問題が、屍肉食らいのカラスの大群のように舞いもどってきて、背中に重くのしかかり、彼女の人生を定めようとしている。

〈ずるいわよ。お父さまは死んだんじゃないの。もういいかげんわたしを解放してちょうだい〉

いまフィアメッタの前にたちはだかる障壁は、死ではなく魂の破滅であり、彼女にはとうてい歯の立たない危険な黒魔術だ。

〈どうすればいいの？　わたしはちゃんと訓練を受けたわけじゃないのよ。お父さまが教えてくれなかったから。どこからはじめればいいかもわからないのはお父さまのせいよ。わたしは無力な女の子にすぎないんだから〉

明日になれば、モンテフォーリアからきた家族の使用人たちといっしょに、北へ逃げよう。うどの大木のスイス人は、わたしについてきさえしなければ、どこへなりと好きなところへいけばいい。すぐそこのどぶに落ちようと、わたしの知ったことじゃない。フィアメッタは二度とあの男に会いたくなかった。モンテフォーリアなど見たくなかった。これまで暮らしてきたあの家も。こぢんまりと居心地のいい暖かな寝室も……

流れ出る前にとまってしまった涙が鼻をつまらせる。フィアメッタは身ぶるいしながら毛布にくるまって、薄い枕に顔をうずめた。そしてめまぐるしい思考も、やがては眠りの沼に沈んでいった。

フィアメッタは悪夢の中で、奇妙な迷路になったモンテフォーリアのわが家をさまよい歩いていた。荒廃した建物の中は無人で、柱廊《ちゅうろう》の床板は足もとで腐敗しているし、鎧戸《よろいど》はなかばはずれてぶらさがり、壁は崩れかけている。火をおこそうとしたが失敗した。武装した借金とりが、大きな音をたてて玄関の扉をたたいている。ベネフォルテは隠れてしまっていて、部屋から部屋へと懸命に走りまわっても、フィアメッタには見つけることができない……

目覚めると、枕が濡《ぬ》れてつめたく、身体を包むぬくもりをのぞいて毛布も露に湿っていた。細くなった月がいまは天頂までのぼり、青ざめた弱々しい光を裏庭に落としている。夢にかきたてられた不安をぬぐいされないまま、フィアメッタは寝返りをうって、手すりの隙間から、地所をとりまく塀をながめた。塀をのりこえてこようとする者はなく、物音も広大な夜空に吸いこまれている。平和な景色にも恐怖は鎮まらなかったが、つながれて眠っている不恰好な騾馬たちの、獣《けもの》特有のぬくもりが心を慰めてくれた。だが、何か妙だ。フィアメッタは丸々一分間も暗闇を見つめてから、ようやくその原因に気づいた。

燻製小屋からたなびく最後の煙が、上にではなく、下にむかって渦巻き、裏庭の真ん中で、霧のかかった池のようによどんでいるのだ。それがさらに濃くなって……凝縮し……形のない煙が実体をとろうとしている……。肋骨《ろっこつ》の中で心臓が躍りあがった。フィアメッタは息をのみ、寒さも忘れて膝立ちになり、手すりに顔をおしつけた。

銀灰色の煙は人の形をとり、タイツをはいた脚と、襞をとったチュニックと、煙の布地をターバンのように巻いて片側にたらした小粋で大きな帽子が出現した。帽子が仰向《あおむ》き、ロッジアにいるフィアメッタを見あげる。その下でかすかな煙の髭《ひげ》が渦を巻いている。射《さ》しこんだ月光が、煙の両眼を、空の雲の縁のように銀色にきらめかせた。

「お父さまなの?」ささやこうとしたが、言葉がのどにつかえ、唾《つば》をのみこんだ。

人影が、煙を細くたなびかせながら、ゆるゆると腕をもちあげ、手招きする。腹の中のしこりが溶け、奇妙にひねくれた喜びにとってかわった。

〈お父さまに会えてわたしが喜んでいるだなんて……〉

そもそも亡霊とは、恐怖の根源として戦慄すべきものではなかったか? しかしこのプロスペロ・ベネフォルテは……まさしく本人そのままだ。いつものように気短でいらだたしげで――。あれこれ指図し、どじを踏んだり遅れたりしたらぶん殴るぞと脅す、お馴染みの声まで聞こえてきそうだ――もっともその手の脅しは、よほど経済的に逼迫《ひっぱく》しているときにしか実行されることがなく、そういうときにはフィアメッタのほうでも用心を怠らないようにしていたものだが。

半透明の人影がまた手招きした。

フィアメッタは手すりをのりこえ、ベランダの端にぶらさがって裏庭にとびおりた。思慕をこめて駆け寄ろうとしながらも、手を触れるのがためらわれて立ち止まる。煙でこの姿を維持するのはひどく困難なのだろう。微妙な施術《せじゅつ》をおこなうときにお馴染みの、はりつめた精神集中がその顔からもうかがえる。彼女を抱きとめようとするかのように灰色の両手がひろがり、口が言葉をつづった。

「お父さま、聞こえないわ!」

ベネフォルテは首をふり、もう一度口を動かした。やはり聞こえない。彼はつづいて南を指さした。

「何を言おうとしているの？」

父のいらだちが伝染したように、フィアメッタは地団駄《じだんだ》を踏んだ。

〈ばかな子だ〉

長年言われ慣れた言葉は、口の動きで判断できる。だがそのあとは、はやすぎるし複雑すぎる。フィアメッタは父と同じように、両手を握りしめた。

ピコの下の息子が彼女の声で目覚め、目をこすりながら起きあがって、荷鞍の上からこちらをのぞいた。そして煙の幽姿を見たとたんに恐怖の悲鳴をあげ、父の寝袋にとびついて、鼻を鳴らしながらもぐりこんだ。起こされたピコは口をあけたまま、少年をすっぽりくるんであごまで毛布をひきあげた。昨日と同じチュニックとレギンズを着たままのトゥールも、起きあがり、それからはっと目を見はって立ちあがった。ピコの上の息子ティッチは、まだいびきをかきつづけている。

トゥールが深呼吸をし、もともと色白の顔をさらに青ざめさせて、慎重な足どりで近づいてきた。フィアメッタのかたわらに立ち、彼女の顔と、月の光のような影とを交互に見つめる。

「あんたのお父さんなのか？　なんて言ってるんだ？」

夜風がもやを吹き散らしはじめ、ベネフォルテの顔に苦悶が浮かんだ。いまにも消えそうな両腕がのばされ、それにむかってフィアメッタも両手をさしのべる。煙がふいに凝縮し、テニスボールほどの大きさの白い球になった。それが爆発すると同時に、声が響きわたる。

「モンレアレに！」

そよ風が声と煙を運び去り、裏庭はふたたびからっぽになった。

「モンレアレだって？　どういう意味なんだ？」

ぼんやりとくり返すトゥールにむかって、フィアメッタは足を踏みならした。

「モンレアレですって！　もちろん修道院長のモンレアレさまのことよ！　あのかただったらどうすればいいかご存じだわ。どうすればお父さまを救えるか、知ってる人がいるとすれば院長さまよ。ただ……」と口ごもり、「おしゃべりメイドたちの話がほんとうなら、モンレアレさまは包囲された塀の内側にいらっしゃるはずだわ」

それが致命的な問題であることが理解できなかったのか、スイス人は興味深い事実を聞いたかのように重々しくうなずいた。

「修道院はフェランテの兵にかこまれているのよ」

フィアメッタの説明に、トゥールは穏やかに答えた。

「フェランテの兵ってのは、あまり感じがよくないよね」

「でもあいつらだって、このことを知ればびっくりするわ」フィアメッタは威勢よくつづけた。

「きっとすぐさま逃げ出すから、そうすればわたしたち、簡単に中にはいれるわ」

トゥールが当惑の微笑を浮かべて両手をひらいた。

「よく考えてみようよ。まず、とにかく修道院までいかなきゃならないってことだな。少なくともおれはいくつもりだ。でもお嬢さんは明日になったら、モンテフォーリアから逃げてきた人たちといっしょに、北にいったほうが安全なんじゃないか？」

「わたしを厄介ばらいしようったってそうはいかないわよ！」

フィアメッタの激昂に、トゥールは一歩あとずさりながら、否定するように大きな両手を動かした。

「これはわたしの問題なの。でもあなたがどうしてもきたいっていうなら……いっしょにこ、こ、させてあげてもいいわ」

「ぜひごいっしょさせてください」必死の口調だ。

フィアメッタは疑わしげにくちびるをすぼめた。

「わたしをばかにしてるの？」

トゥールは口をひらき、また閉じて、便器をふりあげていた彼女を最終的に落ちつかせた、人畜無害で穏やかなあの表情を浮かべてにっこりと笑った。ふと気づくと、夜風に吹かれ、薄いリンネルをまとっただけの身体が激しくふるえている。

ロッジアで寝ていたメイドたちも目を覚まし、悲鳴をあげたり祈りを捧げたりしはじめた。彼女たちを発端として、カッティが刺されたときと同じくらいの騒動が宿じゅうにひろまり、住人の四分の三が目を覚ました。そのころまでに幽霊譚は、目撃者から目撃しそこなった者たちへと、しだいに尾ひれをつけてくり返し語られ、ついにはカッティの女房が絶望の悲鳴をあげた。

「商売あがったりになってしまうよ！」

「たぶんもうもどってこないわ」フィアメッタは歯をくいしばって答えた。

「神父さまを呼んで、燻製小屋のおはらいをしてもらわなきゃ！」

「その神父さまに、父を埋葬してもらうことはできなかったの？」

ふたりは無言でにらみあった。メイドたちは甲高《かんだか》い声でわけのわからないことをわめき散らしているし、ティッチは誰も起こしてくれなかったため、めったにない見世物を見逃してしまったと怒っている。フィアメッタはひえきった巻き布団にもどり、頭から枕をかぶった。あえて彼女に近づこうとする者は誰もいなかった。

永遠につづくかと思われた夜もようやく終わり、ピンクとオレンジの霧にかすんだ夜明けが訪れた。頭はずきずき痛むし、口の中は綿を詰めたよう、まぶたの裏側は砂がはいったみたいにざらついている。フィアメッタはまた、破れたヴェルヴェットのオーバードレスを身につけた。いまはただひたすら、一刻も早くこの場所から立ち去りたいばかりだ。

少なくともトゥールはのろまではなかった。服は最初から着ているし、寝具も、そこから抜け出した一分後には丸めて荷造りをすませていた。ふたりは酒場のベンチにすわり、エールで乾パンを流しこんだ。だが牧草地にいる白馬をつかまえようという段になって、早立ちの予定は頓挫してしまった。馬を追って露に濡れた草の上を走りまわるふたりを見かねたのか、女将が首をふりながらカラスムギの桶《おけ》をもちだし、馬をおびきよせ、その手でくつわをはめてくれた。女将がトゥールに手綱をわたし、トゥールがさらにそれをフィアメッタにわたした。

「あなた、馬に乗れないの？」

たずねると、騎士になるはずの若者はうなずいた。

「おれんちには山羊が何頭かいただけだから。牛も飼えなかったんだ、馬なんかとてもとても」

気まずい沈黙のあとで、トゥールはさらにつけくわえた。

「でもあんたが乗った馬をひいていくことはできるよ。騾馬と同じだから」

「そうね……まあいいわ」フィアメッタは疑わしげに答えた。

かたわらに立つと、彼女の鼻は馬の肩あたりまでしか届かない。

「柵のところまでひいていってちょうだい。そうしたら乗れると思うわ」

「ああ、だったらこっちのほうが簡単だよ」

言葉と同時に腰をつかんで馬の背に放りあげられた。三歳児のような扱いに激しい怒りがこみあげる。その顔色に気づいたのだろう、トゥールがぼそぼそと言い訳した。

「あんた、鉱石をつめた革袋よりはずっと軽いよ」

フィアメッタは脚にまといつくスカートを整え、トゥールの荷物を前にかかえこみ、油っぽいたてがみをつかむと、息を吸ってうなずいた。

「それじゃいきましょう」

白馬は緑の牧場に未練があるようだったが、いったん街道に出てしまうと、運命を受け入れ、スイス人のかたわらをぼくぼくと進んだ。カッティの女房はふたりと悪運の出発をたしかめようというのか、姿が見えなくなるまでずっと見送っていた。早朝の穏やかな金色の光が、草地に漂う霧の断片を燃えあがらせ、道沿いのポプラや糸杉の黒々とした影を、ナイフのように鋭く足もとに投げかけている。湿りけをおびた暖かな空気が運んでくるのは、春の花の匂いと、街道を横切って谷間に流れこみ、またのぼっていく岩だらけの小川の瑞々《みずみず》しい香りだ。暖かな馬の背で太陽に照らされているうちに、骨にまでしみこんだ昨夜の冷気が消えていった。疲労と身体の痛みがこれほどひどくなかったら、きっと楽しい旅になっていただろう。

トゥールは軽い足どりで馬の横を歩きながら、ときどき首をたたいて励ましてやっている。少なくとも彼には、昨夜の騒動による疲れは見えない。小さな丘をのぼりながら、彼が肩ごしにフィアメッタをふり返った。

「お父さんは〝モンレアレ〟と言っただろ。修道院長だって、あんたは説明してくれたけど──それって、兄貴がときどき手紙に書いてきていた、モンレアレ司教さまのことなのか？」

「そうよ、同じ人よ。ただ父が──以前に、言っていたけれど、ローマの司教さまたちとはちがって、修道院長の職も兼任しておられるんですって。モンレアレさまのお父上はサヴォアの貴族で、ロンバルディアの貴婦人と結婚なさったの。でもモンレアレさまは長子ではなかったから、運試しに指揮官としてフランス軍にはいり、ボルドーからイギリス軍を追い出すのを手伝われたのよ。あなたのお兄さまのウーリは、院長さまからこの話を聞くのが大好きだったわ。いまではそんな経歴を恥じてるようなふりをなさっているけれど、けっこう喜んで話してくださるのよ。院長さまはいつだって、ウーリは出家して、サンドリノさまじゃなく、神さまにお仕えするべきだ、そのほうがずっと幸せになれるって言ってらしたわ。それって、ふたりのあいだじゃお決まりの冗談になっていたんだけれど、でもずいぶん本気も混じっていたのよ」

フィアメッタはくちびるを嚙んだ。いまとなってはたしかに単なる冗談ではなかったとわかる。

「父と院長さまは、おしゃべり友達みたいな関係だったの。最初は、モンテフォーリアでいちばん腕のいい魔術師同士だからだったんだけれど——それに父は、教会の鑑札をもらうためにも、司教としてのモンレアレさまに気にいられてなきゃならなかったのね。でもほんとにいい友達だったのよ。管区の用事で町の聖堂にいらしたときは、いつだってうちの中庭にすわりこんで、葡萄酒を飲みながらおしゃべりをしてらしたし。ふたりで湖まで釣りにいくこともあったわ。父のほうが実際的で、具体的な術の習得に関心があったの。モンレアレさまのほうは、もちろん聖職者として許される範囲でだろうけれど、魔法理論に興味をもっていらしたみたい。新しい術にいきづまると、父はよくモンレアレさまのところに相談にいっていたわ。モンレアレさまなら死霊魔術のこともご存じよ、少なくとも、戦うための方法を考えてくださるはずだわ」

「死霊魔術って？」

「死霊をあつかう黒呪術よ」

フィアメッタはフェランテがはめていたキューピットの指輪と、赤ん坊の塩漬け死体がはいっていた小箱のことを話し、ベネフォルテがその関係を発見して恐怖し、術を断ち切ったことを説明した。

「そんなものすごい魔法の話、おれの頭じゃとてもついていけないよ」トゥールが控えめな感想を述べる。

「まあそうでしょうね」フィアメッタはため息をついてから、そのままでは不公平だろうとつけくわえた。「わたしだって同じよ」

でもモンレアレならそんなことはない。そしてベネフォルテもだ――いまとなっては隠しようもないが、ベネフォルテはおそらく、フィレンツェでの実験について、修道院長・司教にひと言も打ち明けてはいないだろう。そしてもしフィアメッタの漠然とした理解が正しければ、父の霊はいま、フェランテのくりだす糸にからめとられ、破滅の危機に瀕《ひん》している。いまこの瞬間にも、神の恩寵《おんちょう》から切り離されようとしているかもしれないのだ。

「でも、フェランテとの戦いにあまりお忙しいようだと、院長さまも一介の哀れなさまよえる霊になんか、かまっておられる暇はないかもしれないわね」

トゥールがうねうねとつづく街道に視線を落とし、考えこむように顔をしかめた。

「もしフェランテがお父さんの霊を無理やり使役することに成功して、それでもしその死霊魔術がほんとうにあんたが考えているほど強力なものだったとしたら、その院長さまがいま守ろうとしている人たちみんなが、もっと大きな危険にさらされることになる。つまり、お父さんの運命は、院長さまのかかえている問題の、ほぼど真ん中にあるってことじゃないか。きっとなんとかしてくださるよ」そして決意に顔をこわばらせ、「それでおれの仕事は、あんたをそこまで連れていくことだな。よし」

フィアメッタがしっかとつかまった馬をひいて、トゥールは丘のふもとの岩だらけの小川をわたった。障害物をのりこえたところで、フィアメッタはたずねた。

「ねえトゥール、あなたの魔法はなんなの？　ウーリだって、あなたが何かの能力をもってると気づいていたはずよ、でなきゃ魔術師の徒弟《とてい》に推薦しようなんて思いやしないわ」

トゥールはあいまいに口もとをゆがめた。

「おれにもよくわからないんだ。ちゃんとした師匠に調べてもらったことがないからね。でもおれは、ダウジングで水をさがすことができる。それから、失せ物を見つけるのがうまいとも言われている。いつだったか、吹雪の中で迷子になった小さな女の子を——水車大工の娘のヘルガを見つけたことがある。でもあのときは全員が捜索に出ていたんだから、おれはただ運がよかっただけなんだろう。それから、これは昔っから思ってたことなんだけど……」と、当惑をこめて咳ばらいし、「おれは岩の中の鉱脈を感じとることができるみたいなんだ。でももし間違っていたらみんながものすごく怒るだろうと思って、口にしたことはない。誤った鉱条で仕事をすると、とんでもないことになりかねないからね」

そこでためらいがちにつけくわえて、

「地精《コボルト》を見たこともあるよ。ついこのあいだだけれど」

そしてさらに何か言いたげに獅子の指輪をまわしていたが、やがて首をふってたずね返した。

「それでお嬢さん、あんたはどうなんだ？　もちろんあんたはいろんな力をもっているんだろう？」

フィアメッタは眉を寄せた。もちろん、彼女はいろいろな力をもっているはずだ。しかし……

「わたしの得意は火の術よ」しばらくしてフィアメッタは答えた。「父だって、火が必要なときはいつだってわたしを呼ぶの――呼んだの。それから、わたしのラテン語は発音がきれいなんですって」

それで思い出したことがある――フィアメッタは声をはずませてつづけた。

「これまでやった中でいちばん大きな仕事はね、父の手伝いなんだけれど、絹商人テューラの奥さまの不妊治療だったわ。結婚して四年にもなるのに、お子さまに恵まれなかったのね。男女の均衡を必要とする術だから、小さな銀のウサギをたくさんつけた帯をつくることになったんだけれど。それの意匠と型どりをまかせてもらったのよ。ウサギは一羽ずつみんなちがう恰好をしていてね。手本のためにほんもののウサギを二羽飼ったの。白いフランスウサギ。ロレンツォとチェチリアって名前をつけたのよ。赤ちゃんが生まれてね、ほんとにかわいらしくって――やわらかくって！――それも術の一環だったんだけれど。でも子供がどんどん増えて、裏庭の小屋から脱走しては、ルベルタのハーブをぜんぶ食べちゃうし、家じゅうに糞を落とすしで――その掃除はみんなわたしがさせられたんだけれど。それで術が完成したときに、父がウサギをぜんぶ食べてしまうって言いだしたの。そりゃたしかに三十六羽ってのは多すぎるとわたしだって思うけれど、でもわたし、何週間もルベルタを――うちの料理人よ――許せなかったわ。ウサギのシチュー、ウサギのラビオリ、ウサギのソーセージ……わたし、飢え死にするところだったのよ」

だが涙ぐましいペットの受難話も、つづくひと言でだいなしになってしまった。

「でもロレンツォはしっかり食べてやったわ。あいつ、いつだってわたしに嚙みついてばかりいたんだもの」

フィアメッタがにらみつけると、思わずほころびかけたトゥールの顔が、たちまちのうちにひきしまった。

「チェチリアはこっそり町はずれで逃がしてやったわ」

話のとぎれたところで、トゥールがたずねた。

「それで、うまくいったの？」

「なにが？　ああ、術のことね。ええ、テューラの奥さまは先月男の子をお生みになったわ。みんな無事だといいんだけれど」

絹商人は略奪の対象になりやすい。しかしテューラ夫人のことだ、きっと親戚の家にでも身を寄せているだろう。

トゥールが手をあげ、獅子の指輪を陽光にかざしてきらめかせた。

「それで、お嬢さん、これは魔法の指輪なの？」

フィアメッタははっと戦慄した。彼の――死んだ？――兄も、同じことをたずねた。

「その……そのつもりだったんだけれど。でもうまくいかなかったから、ただの飾りにはめていただけよ」

用心深くうかがってみたが、トゥールはあっさりと答えた。

「とてもきれいだ」

フィアメッタはこの数日、未来について考えることもできず、ただその瞬間瞬間を生き延びてきた。そしていま、この荒野を——少なくとも誰かの所有する森の中を——ほとんど見知らぬ男とふたりきりで旅している。一週間前だったら、評判にかかわる恥知らずな行為としか思えなかっただろう。だがいまとなっては、社会が求める慎重な気配りなど、芝居の書き割りのように虚偽に満ちたもろいものに見える。それにしても、自分はいまどんな運命にむかって進んでいるのだろう？

あのブロンズの偉大なるペルセウス像がしあがっていれば、充分な持参金を調えることができたはずだ。しかしベネフォルテはそれを完成させることができず、サンドリノも支払いをすることがなかった。それでもまだ、もう略奪されつくしているだろうが、あの屋敷は残っている。だがそれも、債権者たちがとりあげ分配してしまえば、フィアメッタには何も残らない……。庇護者のない孤児や未亡人は、ときに法廷でもっとひどい目にあうことがある。資産なくして未来にたちむかうのは困難だ。裕福な若い女性は、おのが資産を管理できてはじめて、自分の人生をきりひらくことができる。そして貧しい若い女性も……それは同じだが、きりひらかれた人生はまったく異なるものになるだろう。

いずれにせよ、フェランテがモンテフォーリアを征服してしまえば、すべての希望は水泡に帰する。フェランテが敗北しないかぎり、遺産をとりもどす機会はないのだ。

フィアメッタはかたわらを歩いているトゥールに目をむけた。虫がとびまわる森を出て、ふたたび太陽に照らされた彼の髪は、獅子の指輪より明るく輝いている。彼の兄はいまだ生死がさだかでないというのに、自分は金の心配をしている——そう思うと、ちくりと良心が痛む。それにしても、あのときはできるだけ穏やかに告げたくてああ言ったが、ウーリの生死はほんとうに不明なのだろうか。あの一撃は、致命傷として充分なものだったのではないか。だが少なくとも、彼の生死が不明だからこそ、いまふたりは同じ方角にむかって進んでいる。もし兄の死が確認できたら、トゥールには彼女についてきてくれる理由などないのだ。指輪の力など、フィアメッタは信じていなかった。

〈あなたがわたしの真の恋人なんかであるはずないわ。わたしのことを知りもしないくせに。いまはきっと魔法の幻を見ているだけで、ほんとうのわたしがどんなだか知ったら、きっとわたしのことなんか大嫌いになるのよ〉

両眼にこみあげてきた涙をこらえ、フィアメッタはきびしく自分に言い聞かせた。

〈ばかね。めそめそするんじゃないわよ〉

昼近くになって、ベネフォルテが殺された——死んだ、藪《やぶ》のある草地にたどりついた。馬が草を食べているあいだに、トゥールは脚を休め、フィアメッタはあたりを歩きまわった。しかしそこにはもう父の気配は感じられず、陽光のもとに、美しく平和な草地がひろがっているばかりだった。　ふたりは旅をつづけた。

暖かな真昼の陽射《ひざ》しの中で、トゥールが歩きながら自分のことをぽつりぽつり語った。もともと口が達者というわけではないし、話すこともたいしてありそうにない。村の神父さまからある程度の教育は受けていること――少なくとも読み書きはできるらしいと知ってフィアメッタは胸をなでおろした。妹を疫病で失ったこと――数えてみると、フィアメッタの母が死んだのと同じ、あの疫病大流行の年だ。父が鉱山で死んだので、勉強を打ち切って鉱山での苛酷な労働につき、兄のウーリは傭兵という、より華やかな世界にとびこんでいったこと……。それにしても鉱山というのは、おそろしく単調で退屈な場所らしい。小さなきらめく金属棒が、最終的に父の工房にたどりつくまでに、これほど多くの人手と手間を要し、これほど多くの材木が燃やされているのだとは、想像だにしなかった。そしてまたトゥールは、一度も都市というものを見たことがなかった――実際には、ブルーインヴァルトの谷から出たことすらなかったのだ。フィアメッタがローマにもヴェネツィアにも住んだことがあると聞いて、トゥールは驚嘆と畏怖を示した。波うつ丘陵を見ても、ありふれた小さな農家を見ても、感心したように目を見張っている。実際問題、この若者は赤ん坊も同然なのだと気づき、フィアメッタはうんざりした。

ウーリはすばらしいペルセウスになった。トゥールを観察しながら、彼ならばどんな像になるだろうと考えてみる。ギリシャの英雄では、ふさわしいものが思い浮かばない。アイアスは好戦的すぎるし、ユリシーズは狡猾《こうかつ》で、ヘラクレスはあまりにも鈍重だ。ヘクトルは家族を愛する堅実な男だったが、兄弟運に恵まれなかった……ヘクトルの不幸な最期を考えるとこれはまずい。では北にいって、ローランとかアーサー王の騎士はどうだろう？　聖書の人物や聖人は？　だめだ、もっとまずい。いずれにしても、トゥールに英雄は似合わない。フィアメッタはため息をついた。

正午をすぎてまもなく、谷がひろくなり、湖の北端にあたるチェッキーノの村が近づいてきた。トゥールが、自分は平気だから先をいそごうと主張した。フィアメッタも、いまさら盗まれるものなど何もないし、うろついているごろつきどもから通りすがりの悪意以上の関心をひきだすことはないとわかっていても、身許を気づかれるのが怖くて、村にはいる気にはなれなかった。フィアメッタが手綱をあずかり、街道から見えない場所で馬に草を食《は》ませているあいだに、トゥールが食糧を買いに村にいった。もどってきたトゥールは、チーズとパンとれたてのラディッシュとゆで卵と葡萄酒をかかえていた。こんな状況でなかったら、ピクニック気分になれただろう。勧められるままに食事をすると、たしかに少し気分がよくなった。不安と懸念のおかげで眠気を感じることもなく、ふたりは食後まもなく出発した。

日暮れが近づいても、聖ヒエロニムス修道院まではまだ六、七マイルあった。ふたりは足をとめて残りの食糧をかじり、水でうすめた葡萄酒をわけあった。濃くなる影を見つめながら、フィアメッタは自信なげに言った。

「ここからさきは、もっと危険になると思うわ。フェランテはきっと、修道院までの街道ぞいに見張りをおいているはずよ」

「それでも、散らばって手薄になってるんだろう？」

「はじめは五十人しかいなかったわ。ロジモから騎兵を呼び寄せたかもしれないけれど、でも主力となる歩兵はまだ到着していないはずよ。それに、町にもいくらかは残しておかなきゃならないし」

「それじゃ、今夜のうちに修道院にもぐりこんだほうがいいな。こっちに連中が見えなければ、むこうにもこっちのことは見えないさ」

「どうかしら……。森のそばの東の塀に小さな裏口があるの。そっちのほうが安全だと思うわ。表門はしっかり見張られてるだろうし。羊の牧場と葡萄園を抜けて、迂回しましょう」

「それじゃ案内してくれ」

「いいわ。でもいつ街道を離れればいいかしら。できるだけ街道ぞいに進みたいんだけれど、でも……」

トゥールが空気の匂いを嗅《か》いだ。

「まだ大丈夫だ。焚《た》き火《び》の匂いはしない」

「そうね」

ふたりは疲れきった足どりでとぼとぼと歩きつづけた。右手の木々のむこうには、黒い湖面がひろがっている。左手に点在する小農場はどこも、暗く窓を閉ざし、不吉な沈黙に包まれてじっとしている。葦《あし》の生い繁る湖畔ではカエルが合唱している。つめたい空気が、湖の湿気をおびてじっとりしてきた。老いぼれ馬がこれ以上進むのをいやがりはじめたので、しかたなくトゥールがひっぱった。フィアメッタも馬をおりて、痛む脚で歩きはじめた。行きの舟旅のほうがずっと楽だった。歩きながら、ときどき空気の匂いをたしかめてみる。ふたりはほとんど同時に足をとめ、トゥールがささやいた。

「羊の肉を焼いている。南、風上のほうだ」

「わたしにもわかるわ」フィアメッタはためらった。「あの粗石でできた塀は、修道院の外にひろがっている羊牧場よ。もうここまできてたのね。でもこのばかでかいまぬけ馬を連れて、こっそり森を抜けることができるかしら」

「牧場に放しちまいなよ」トゥールが提案した。「そのほうがこいつだって幸せだろう。まともな神経のもちぬしなら、こいつを盗んで乗っていこうなんて考えやしないし。兵どもだって、羊がなくなるまでこいつを食う気にはなりゃしないよ」

馬がひっぱられて歩くのにうんざりしているのと同じくらい、トゥールのほうでもこれをひっぱって歩くのにいやけがさしているのだろう。だがいずれにしてもいい考えだ。フィアメッタはあたりに気を配りながら街道を離れ、樫《かし》の木陰になった低地を目指した。腰丈の石塀のてっぺんから、トゥールが静かに二段ほどの石をとりのぞき、やっとのことでいやがる馬をのりこえさせる。はずした馬具はトゥールが荷物といっしょにかついだ。馬は羊が食いちぎった草の匂いをうさんくさそうに嗅ぎながら、ぶらぶらと遠ざかっていった。これでずいぶん目立たなくなった。

塀の陰に身をかがめたまま、フィアメッタはさきに立って丘をのぼり、ひろびろとした牧場の周囲をまわっていった。途中でトゥールが石の上からのぞき、無言で遠くの窪地《くぼち》を指さした。ひらめくオレンジ色の火明かりの中で、いくつかの影がうごめき、風にのって煙とともに声が漂ってくる。フェランテの部下どもが聖なる羊を盗んで遅い夕食をとっているのだ。

何度か小さな音をたてたが、無事につぎの塀をのりこえ、より身を隠しやすい葡萄園へとはいりこんだ。細長い葡萄園を抜けると、今度は森になる。それにそって東へと、斜面をのぼっていく。草をかきわけて進む慎重な足音すら、大鎌をふるうほどにも大きく感じられる。木立のあいだを抜ければ、そろそろ聖ヒエロニムスの裏門に出られるのではないだろうか。フィアメッタは底知れない不安をかかえたまま、暗い葉陰をのぞきこんだ。修道院の塀の近くには、さらに多くの見張りが集まっているはずだ。トゥールが落ちた枯れ枝を何本かひろってふりまわし、まだ乾ききっていなくて頑丈な一本を選びとった。

〈マリアさま。なぜわたしは、逃げられるときに北に逃げておかなかったのでしょう？〉

トゥールの空いたほうの手をつかみ、フィアメッタは木立の中へとはいっていった。

第七章

眠っている見張りを踏んづけるまでは、何もかもうまくいっていたのだ。

その男は薄暗い月光と影のもと、フィアメッタがめざしていたあたりをうかがうのに絶好の偵察場所、裏門の周囲を一望に見わたせる森のはずれのくぼみの中で、灰色の毛布にくるまり、まるで倒木のようにころがっていた。小さな扉の上では、ふたつのランタンが石塀におかれてまばゆく輝き、緑の草に光の池をつくっている。修道院側は明らかに、夜襲を警戒しているのだ。こんなにも簡単に目的地が見つかった喜びと期待に、フィアメッタの心はすでに草地を横切り、扉に駆け寄っていた。足もとになど目もくれないまま、もっとよくようすをうかがえるようにと丸太にとびのった瞬間、その踏み台がぐにゃりと沈んで痙攣《けいれん》し、悪態をつきながら起きあがってきたのだ。フィアメッタは恐怖の悲鳴をあげてあとずさった。鋼《はがね》の剣が鞘《さや》から抜かれる不吉な音が、きんと耳につき刺さる。きらめく金属が肉を切り裂く宴での殺戮《さつりく》の光景が、心になだれこんできた。

トゥールが荷物を放り出し、右手で棒を握りしめて、フィアメッタと剣士のあいだに立ちはだかった。

「ロジモ！　ロジモ！」

ロジモ兵が声のかぎりにさけびながら、トゥールの首筋めがけて力いっぱい剣をふりおろす。トゥールは棒でそれを受け止め、くいこんだ剣を男の手からもぎとろうとしたが、なかばまで切れ目のはいった棒がぽきりと折れてしまった。トゥールは相手の懐にとびこみ、両手でその手首をつかんだ。

近くに味方がいるのだろう、男は大声をあげつづけている。トゥールは無言で戦いながら、頭突きをくらわそうとした。ふたりがなんとか優位に立とうとうなりながら取っ組みあっているあいだに、もうひとりの見張りが、木立ぞいに数百ヤードほど南にさがった隠れ場所から駆けつけてきた。そいつは走りながら、カタカタと骨のような音をたてて、石弓のクランクをまわしている。男は射程距離ぎりぎりの場所で立ち止まり、月光にぎらりと光る太く短い矢をつがえて、石弓をかまえた。だが、仲間を傷つけずに発射できる位置が決められない。フィアメッタの警告のさけびを聞いて、トゥールが石弓に気づき、ロジモ兵の身体《からだ》をひき起こして楯《たて》にした。

石弓をかまえている男は、頭も顔も黒い巻き毛におおわれている。獲物にむかってにやりと笑うと、髭《ひげ》もじゃの中で歯がきらめく。いま、あの髭に火をつけてやることくらいならフィアメッタにもできる——。射撃位置を定めようと、男が取っ組みあっているふたりの周囲を移動しはじめる。半眼をとじ両手を握りしめたフィアメッタは、恐怖をこらえながら精神集中し、いくどとなくくり返したお馴染みの呪文を唱えようとした。

「やめなさい、フィアメッタ！　いけない！」耳もとで父の声がささやいた。

フィアメッタはあんぐり口をひらいてふり返ったが、煙でできた人影はもちろん、何ひとつ見えるものはない――

だが石弓をかまえた男の目の前で、土や枯れ葉や枯れ枝が舞いあがり、人の形をつくりはじめたではないか。塵芥《じんかい》や腐ったブナの実が渦を巻いて、両脚を、襞《ひだ》のあるチュニックを、大きな布の帽子をつくりあげていく――

〈お父さま!〉

驚きの声をあげて、男が一歩あとずさり引き金をひいたが、殺傷力をもった矢は大きくそれて木立の中に飛びこんでいった。

ぽきりと手首の折れる音が響き、最初のロジモ兵が剣を落とすと同時に苦痛の悲鳴をあげた。石弓の射手が泣きわめいているのは、亡霊の姿が溶けるように枯れ葉の渦となって頭の周囲を飛びまわり、泥を目の中に、小枝を髭のあいだに、つっこんでくるからだ。トゥールがかがみこんで落ちた剣をひろいあげ、男をつきとばしてぱっとあとずさった。八の字を描いて剣をふりまわすそのさまは、型としては未熟だが、勢いだけでも充分脅威となる。そのあいだも石弓の射手は両眼をかきむしっている。

「走れ!」どこからともなくベネフォルテの声が響いた。

フィアメッタは駆け出し、トゥールの左手をつかんでぐいとひっぱった。

「門まで走るのよ!」

トゥールも息を切らしながらうなずき、ふたりはくぼみをとびだした。脚の長いトゥールがすぐさま先にたち、今度はフィアメッタのほうが、ひと足ごとに宙を飛ぶようにひきずられていく。いまにも石弓の矢がぐさりとつき刺さり、重い鋼が肋骨《ろっこつ》を砕いて肺に深くくいこむのではないかと、肩甲骨のあたりがぞくぞくうずく――

光の中に漂う裏門は、近づけば遠ざかる蜃気楼《しんきろう》のように、永遠に手がとどかないみたいだ。それでもようやくたどりつき、フィアメッタは門をたたきながら、苦しい息の下でさけんだ。

「助けて!」

だが口からこぼれたのはささやくような小声でしかなく、扉にうちつけるこぶしも赤ん坊のように力ない。トゥールが隠れた鉄の蝶番《ちょうつがい》をゆるがすほどの勢いで樫《かし》の扉をたたき、ためらいもなく大声をはりあげた。

「**助けてくれ!**」

「誰だ?」頭上から怒鳴り声がふってきた。

フィアメッタはあとずさって首をのばしたが、明るいランタンの光を背にして、ひとつは剃《てい》髪《はつ》の、ひとつは兜《かぶと》をかぶった頭が、ぼんやりと見わけられただけだった。

「助けて! お願いだからかくまって! モンレアレ院長さまにお会いしたいの!」

兜の男が首をのばした。

「あの娘なら知っているぞ。公おかかえの金細工師の娘だ。男のほうは知らんが」

フィアメッタはいそいでさけび返した。

「この人はトゥール・オクス。スイス人隊長さんの弟よ。怪我をしたお兄さんをさがしにきたの。ねえ、いれてちょうだい、いそいで！　追いかけられているのよ！」

「門をあけることは院長さまに禁じられています」剃髪の男が答える。

「それじゃロープをおろしてくれ」

トゥールは落ちついて言いはじめたが、石弓の矢が一ヤードと離れていない場所で石にあたって闇の中にはね返ったので、最後は悲鳴になってしまった。くっきり照明を浴びたふたりは、絶好の標的となっているにちがいない。トゥールがフィアメッタと闇のあいだに立ちはだかった。

「少なくとも女の子はいれてやろうじゃないか」兜の男が言った。

「女性を修道院にいれるのは罪です。男性のほうがまだましです」

「くだらん！　院の宿舎はいまだって、泣きさけぶご婦人がたでいっぱいじゃないか。言い逃れはやめてくれ」

「はやくして！」

また金属の矢が一本、樫の扉に刺さり、低いうなりをあげて震動する。

ようやく結び目をつけたロープがおろされてきたが、か細いフィアメッタの腕では自分の体重をもちあげることもできない。半分ほどはトゥールがおしあげてくれたものの、はやくしなくては彼が危ない。手のひらの皮をすりむきながら、どうにか腹這《はらば》いになったまま塀の頂上にあがり、からみつくスカートをさばいてわきに身体を転がした。

「トゥール、いそいで！」

兵士と修道士が立っているのは、裏門を見張るためにつくられた、とても頑丈とはいえない急ごしらえの木の台だ。兜の兵士が闇の中をにらんで石弓をかまえ、悪態をつきながら、頭のすぐ上を飛び越えていった矢にお返しの一撃を放つ。

「たぶんいまので、あいつも頭をひっこめるだろう」兵士はうなり、自分も壁の背後にひっこんだ。

台を揺るがす勢いで、トゥールが塀を越えて転がりこんできた。修道士がいそいでロープをたぐりよせるあいだも、兵士は石壁から兜と両眼だけを出して外をにらんでいる。フィアメッタはパニックにかられながら、トゥールの身体に視線を走らせた。背中は大丈夫、どこからも血は流れていない。石弓の射手はきっと、まだ泥でよく目が見えていないのだろう。しかし飛んでくる矢の勢いを見ると、かなり近くまでせまってきているようだ。

「わたし……院長さまにお会いしたいの」フィアメッタはうずくまった修道士に訴えた。「緊急事態なのよ」

「おお、まったくそのとおりだ」

兵士の軽口に、修道士が眉をひそめる。

「無言の行を免除されているからといって、無制限に不愉快なおしゃべりをしてもいいわけではありませんよ」

「おれは無言の行なんか、一度だってしたことはないさ」

修道士は顔をしかめた。きっとこのふたりは、さっきからこんな口論をくり返しているのだろう。修道士がトゥールにふり返ってたずねた。

「この娘は院長さまになんの用があるのです？」

「父のことなの」フィアメッタは自分で答えた。「恐ろしい危険にさらされているのよ。父の魂が。わたしたち、フェランテが黒魔術を使っているのを見てしまったの」

兵士が十字を切り、修道士の顔には不安の色が浮かんだ。

「ならば……この娘に、ついてくるように言ってください」

修道士はトゥールに声をかけ、はすかいに台を支える柱をつたいおりたが、見るとその下は、修道院の共同墓地だった。

「なぜ彼女に直接言わないんです？　おれもいったほうがいいんですか？」

トゥールがとまどったようにたずね、修道士がいらだたしげに答えた。

「ああ、もちろんです」

「わたしが女だから、話しかけたくないのよ」フィアメッタは小声で説明した。

「なるほど」トゥールはまばたきをした。「つまり、院長さまの赦《ゆる》しを信じてないってことなのかな？」

フィアメッタは剃《そ》りあげた頭頂にむかって意地の悪い微笑を投げかけた。

「たぶん、心の中では不信心なんでしょ」

修道士がまっすぐにらみあげてきたが、その目には二重の動揺が浮かんでいた。修道士につづいて、まずはトゥールが台をおり、それから最後の数フィートを飛びおりるフィアメッタに手を貸してくれた。修道士はまた無言の行にもどったのか、ふたりを手招きしただけで、つぎの門を抜けて通廊にはいり、さらに暗い部屋を通って中庭に出た。それから柱廊《ちゅうろう》に通じる階段をあがって扉をノックする。まもなく扉があいて、ひとりの修道士が顔を出した。隙間からオレンジ色の蠟燭《ろうそく》の光があふれてくる。モンレアレの書記官アンブローズ修道士を認めて、フィアメッタはほっと胸をなでおろした。院長・司教といっしょに何度か会ったことがあるし、この大男が猫やウサギやほかの小動物に親切であることもよく知っている。

身につけた習慣はなかなか抜けないものらしく、案内をしてきた修道士は、無言のままトゥールとフィアメッタを指さした。書記官が驚きの声をあげた。

「フィアメッタ・ベネフォルテではありませんか！　いったいどこからきたのです！」

「ブラザー・アンブローズ、助けてちょうだい！」フィアメッタは訴えた。「院長さまにお会いしたいの！」

「はいりなさい、さあ――ご苦労でした、ブラザー、持ち場にもどりなさい」

書記官は寡黙な案内人を返してから、院長の書斎か執務室なのだろう、小さな部屋にふたりを招じ入れた。そこには筆写用のデスクがあり、一対の蜜蠟燭《みつろう》が、たったいま書記官がおいたばかりらしい紙と羽根ペンの上に光を投げかけていた。奥の壁には小さな木彫りの十字架がかかり、その下の小さな祭壇でも燭台《しょくだい》が明るく炎をあげている。彼らがはいっていくと同時に、祭壇の前にひざまずいていたモンレアレが立ちあがった。

モンレアレはいままでは修道士たちと同じく、フードを背後にはねた灰色の修道服を着て、身分を示すものといえば鍵束のさがったベルトをしめているだけだ。いかつい顔には疲労と不安があふれ、剃りあげた頭頂を縁どる髪は衣と同じ灰色だ。ローブを着ていたときはずいぶんがっしりしているように見えたが、実際の身体は禁欲的で穏やかな暮らしから削《そ》ぎおとされたように細くなっている。

ふり返ったモンレアレの灰色の眉が驚きにはねあがった。

「フィアメッタ！　無事だったのか！　なんとありがたいことだ！」

モンレアレが温かな笑みを浮かべて歩み寄り、彼女の手をとった。フィアメッタは腰をかがめて司教の指輪に接吻した。

「お父上もごいっしょか？　いまならたっぷり仕事があるぞ」

「院長さま――」

口をひらくと同時に、枯れたはずの涙がこみあげてきて、顔がくしゃくしゃにゆがんだ。モンレアレを目にして、これでもう大丈夫だと思ったとたん、気がゆるんだのだ――森の中ではしゃんとしていられたのに。フィアメッタは涙をこらえて告げた。

「父は死にました」

モンレアレは衝撃を受けながらも、フィアメッタを壁ぞいの長椅子に導いてすわらせ、それからトゥールに不思議そうな視線をむけて、やはり腰かけるよううながした。

「フィアメッタ、いったい何があったのだ？」

フィアメッタは鼻をすすり、どうにか落ちついた声で話しはじめた。

「わたしたちがお城を逃げ出したのは、たぶん院長さまよりはやかったわよね」

「そうだ」

「わたしたち、舟に乗って逃げたんです。急に父のぐあいが悪くなったものだから。たぶん心臓だと思うのよ――宴のあと、逃亡したり、怖い目にあったりしたから」

モンレアレはうなずいた。彼自身は治療師ではないが、モンテフォーリアの治療師全員を監督する立場の者として、肉体・精神両面における疾患には通じているのだ。

「チェッキーノで馬を買って、夜のあいだそれに乗っていったの。でもフェランテの兵に追いつかれて。父が戦っているあいだ、わたしは隠れていたんだけれど、つぎに見つけたとき、父はもう野原で死んでいたわ――怪我はなかったけれど――たぶん心臓がもたなかったんだと思うわ。しかも身ぐるみはがれていて。それで、死体を運んで宿屋にいったら、そこでトゥールにあって――そうよ、トゥール、お兄さまのことをたずねなさい。院長さま、この人はオクス隊長の弟なのよ」フィアメッタはいそいで説明した。「モンテフォーリアにくる途中だったの、それで――トゥール、たずねなさいったら！」

ここで生死にかかわる不安をかかえているのは彼女ひとりではない。それにしてもこのスイス人は、なんと辛抱強く待っていたのだろう。

「おれの兄をご覧になったでしょうか、神父さま？」獅子の指輪をいじりながら、声だけは平静に、トゥールがたずねた。「兄はここにおりますのでしょうか？」

モンレアレが真っ正面からトゥールにむきなおった。

「すまぬな。わたしはたしかにおまえの兄上が倒れるところを目撃したが、彼はここに運びこまれてはおらぬ。だがあの一撃が……致命傷になったのではないかと思う。もっともあのときはわたしも逃げ出すのに必死で、しかとたしかめたわけではないがな。彼が生きている望みは薄いが、おまえの心の安らぎのために言うならば、彼の魂は必ずや主のみもとに召されていよう——実に高潔な男だった。しかし……城に残された負傷者の中にいるという、わずかな希望もなくはない。昨日の交渉でひきわたされた遺体の中にははいっておらなんだからな。実のところ——わたしにもよくはわからぬのだ。いまは頭をわずらわせる問題があまりにも多いのでな」

「いえ、いいんです。ありがとうございます」

トゥールは放心したように答えた。生にせよ死にせよ、なんらかの決着がつくだろうと期待していたのに、結局この問題は宙ぶらりんのまま、まだしばらく彼を悩ませることになるらしい。トゥールは肩をおとし、右手の親指でぼんやりと指輪をこすった。モンレアレが考えこむようにそれを見つめている。

「交渉って?」フィアメッタはたずねた。「いったいどうなっているの?」

「ああ。あのときは結局、サンドリノさまの近衛兵《このえ》たちがわたしとアスカニオさまを守るようにしてな、城門から脱出したのだが。あとから考えてみれば、あの場に踏みとどまって戦うべきだったのかもしれん……軍略としてみるならばな。とにかく町なかを戦いながら退却し、聖ヒエロニムスまでもどったのだよ。それ以来、かぞえきれぬほどの人間が逃げこんできて、ここはもうあふれそうになっておるよ」そこで首をふり、「あまりにも突然、あまりにも多くの血が流された。天罰かもしれん。あれが疫病のようにモンテフォーリアじゅうにひろまる前に、なんとか阻止せねばならぬ」

「それで、院長さまはいま何をしてらっしゃるの？」

「フェランテ殿もまた、この予期せぬ戦いを鎮めようとしておられる。わたしを気の毒なアスカニオさまの事実上の後見とみなして、交渉の使者を送ってこられたよ。若君はいま、わたしの寝室で眠っておられるがな」

「フェランテと和議を結ぶおつもりなの？」フィアメッタは驚いて問い返した。

「考えねばならぬと思っておるよ。ここにいてもわれわれの立場は弱い。サンドリノさまご自身で率いればロジモなどに負けはせぬだろうが、モンテフォーリアの近衛もいまでは士気がくじけ、指揮官と切り離され散り散りになってしまっているからな」

「どこかに――助けを求めることはできないの？」

モンレアレのくちびるがつめたくひき結ばれた。

「そこが問題なのだ。ここ何年ものあいだ、サンドリノさまはミラノとヴェネツィアのあいだで、薄氷を踏むような綱渡りを演じてこられた。あるじのいない国にそのどちらかをひきいれてごらん、モンテフォーリアなど一瞬のうちにのみこまれてしまう。それを追い出そうともう一方に声をかければ、今度はモンテフォーリアが戦場になってしまう」

「フェランテ公はほんとうに修道院を攻撃してくるのですか？」トゥールが驚愕《きょうがく》をこめてたず

ねた。「いったいどうしてそんな恐ろしいことができるんです?」

モンレアレは肩をすくめた。

「どうということはない。修道院が狼藉者によって荒らされるなど、これまでにいくどとなくあったことだ。そしてこの国を手中におさめてしまえば――いったい誰がそれを罰するというのだ? モンテフォーリア・ロジモ両国の支配者となっては、容易に追い出すこともできまい。ヴェネツィアかミラノに頼めば可能だろうが、今度はやつらがモンテフォーリアを手にいれることになる――ではアスカニオさまの手にはいったい何が残るのだ?」

「教皇さまの軍隊は?」フィアメッタはかすかな希望にすがりついた。

「遠すぎるさ。たとえ長官殿が派遣してくれる気になったとしても、いまはロマーニャのことで手いっぱいだからな」

「でも、レティティアさまは教皇さまの孫じゃないの!」

「いまの猊下《げいか》と血縁はない」モンレアレはため息をついた。「つぎの代になればレティティアさまの一族が力をもりかえすこともあるかもしれぬが、いまの猊下のもとでは無理なことだ。教皇庁では結局、正義よりも道理を優先させるべきだという結論に達するだろうよ。放置しておけば教皇党員として知られる百戦錬磨の男が一国の当主になるというのに、なぜわざわざか弱い女と子供を助けるために軍を派遣せねばならぬのだ?」

「院長さまもそうお考えなの? 正義よりも道理を優先すべきだって?」フィアメッタはかっとなってたずねた。

「それが現実の政治というものなのだよ、フィアメッタ。アスカニオさまの手に公国をおわたしできるかどうかはわたしにもわからぬが、だがお命を救ってさしあげることはできるだろう。フェランテ殿は休戦の条件として、アスカニオさまと母上と姉君を、年金つきでサヴォアに追放することを要求してこられた。思ったより悪くない条件だ。この状況では、寛大とすらいってもいい」

だがその顔は、レモンを嚙みながら礼儀として甘いふりをしているかのような表情を浮かべている。フィアメッタは怒り狂ってさけんだ。

「だめよ！　そんなことをしたら、フェランテが何もかも手にいれることになってしまうじゃないの！」

フィアメッタの激情に、モンレアレが眉をひそめる。

「戦えというのか？　最後の――修道士の生命がつきるまで？　すまぬな、フィアメッタ、だがここのブラザーたちはそのような争いにはむいておらぬのだよ。信仰のための殉教なら、一瞬もためらわず最年少のブラザーとておもむかせることもできようが、神聖なる意義をもたぬ私憤のために、彼らを犠牲にすることはできぬよ。それに、わたしがフェランテ殿に譲ろうとしているものはすべて、彼自身が――しかも簡単に――手にいれられるものばかりなのだからな」

「でもフェランテは公爵さまを殺したわ！」

「おのが身を守ったことを非難してもしかたあるまい。サンドリノさまが斬りつけてきたので、フェランテ殿もしかたなく応戦したのだ」

「わたしは見ていたのよ。サンドリノさまは、たしかに喧嘩《けんか》腰ではあったけれど、怒鳴りつけただけだったわ。さきに剣を抜いたのはフェランテのほうよ、しかもすぐさま公爵さまを刺したわ」

モンレアレが改めてフィアメッタにむきなおった。

「わたしが聞かされた話とはちがう」

「どうせフェランテの使者が伝えてきたのでしょう？　ピア卿の奥さまもいっしょだったわ。ふたりで見たのよ。わたしが信用できないなら、ピア卿の奥さまにきいてみればいいわ！」

「ここにはおられない。わたしの知るかぎり、城代《じょうだい》御夫妻は、奥方さまやユリア姫といっしょに捕らわれておいでのようだ」

モンレアレは首が痛むかのようにこすりながら、開き窓に近づき、外の闇をにらんだ。

「おまえを信じないわけではない。だが実際のところ、だからといってさしたるちがいはないのだよ。ロジモ軍はいま現在もこちらにむかいつつあるのだし、あれが到着してしまえば、フェランテ殿に対する抵抗は、よりひどい結果を招くことになる。わたしは包囲戦というものも、兵が人々に何をするかも、数多く見てきたのだよ」

「でも、フェランテは黒魔術を使っているのよ！　院長さまは宴の席で赤ん坊の死体を見なかったの？」

「何を見なかったって？」

モンレアレがスズメバチに刺されたかのようにふり返り、ゆっくりと近づいてきた。

「箱の中に赤ん坊がはいっていたのよ。刺される直前に、ウーリがフェランテの足台を壇上から蹴り落としたら、その蓋《ふた》があいて……」

フィアメッタは懸命に、あの恐ろしい瞬間の正確な情景を思い出そうとした。モンレアレはひっくり返ったテーブルのむこうで、おしよせる敵と味方を司教杖《づえ》でさばきながら、アスカニオを守り、脱出路をさがして壇の奥から退却しようとしていた。

「足台ならばわたしも見たが、蓋があくとは知らなかった」

「でもわたしは見たのよ。足もとで中身がこぼれたんだもの。わたし、スカートがテーブルの端にはさまれてしまったの。足台の中には岩塩がいっぱいにつまっていて、その中に、あの恐ろしいかさかさに干からびた赤ん坊がはいっていたのよ。フェランテは右手に、キューピットをかたどった不細工な銀の指輪をはめていたわ。その指輪に、赤ん坊の霊を封じこめていたんですって。院長さまは何もお感じにならなかった？　フェランテはその指輪を使って男の目を見えなくさせたし、父にむかっても使おうとしたわ。でも父のほうで——何かしたら——反対にフェランテのほうが焼かれたのよ。赤ん坊の霊を解放したんだって父は言っていたけれど、どうやったのかはわからないわ」

モンレアレが動揺もあらわに書記官にむきなおった。

「ブラザー・アンブローズ、おまえは見たか？」

「わたしは反対側におりましたので。ロジモ人が剣で院長さまの首をはねようとしておりますのを、椅子でかわしておりました。申し訳ありません」

「謝ることはない」モンレアレはうろうろと歩きまわった。「指輪か。指輪か！　もちろんそうだ！　なんということだ！――つまり、ああ、主よ、救いたまえ。ではあれはそういうことだったのか」

「それじゃ、院長さまも感じてらしたのね」フィアメッタは胸をなでおろした。

「そうだ、だがなぜあれほどにも微弱だったのか！　あれを隠すために、いったいフェランテはどんな手を……」モンレアレは糸にひかれるように巨大な本棚にむかい、頭をふりながらまたむきを変えた。「あとにしよう。おまえの父上がいまここにいてくれれば、どれほど助かることか」

「院長さまはあの指輪をどう思われたの？」

「誰もが懐に忍ばせているような、ノミ・シラミよけの単純な魔よけに見えたのだ。たしかにそのようなつまらぬものを銀でつくるとは、妙な虚栄心だとは思ったがな。奇妙な感触はあった――だがそれも、施術《せじゅつ》が下手なせいだろうと思っていた。しかし害虫よけがべつの術を隠すためのもので、人の目をそらすためにかけられていたのだとすれば……その下には……」モンレアレは吐き気をこらえるように息をしぼりだした。「フィアメッタ、おまえは何を感じたのだ？」

「醜さを」

「〝幼児《おさなご》の口より教えられ〟か。わたしはおのれを恥じねばなるまい」と哀しげな微笑を浮かべ、「だがそれをいうならば、おまえはあの父上の娘なのだからな」

「そうよ、まだお話しすることがあったんだわ。わたし、父の遺体を埋葬しなきゃならないから、助けてもらおうと思って街道ぞいの宿屋にいったのね。そしたらそこへもフェランテの兵が追いかけてきて――」

宿の亭主カッティとの不愉快ないきさつ、その貪欲さ、宿の燻製《くんせい》小屋、ごろつきどものおぞましい盗み、そして煙と枯れ枝を使ってあらわれたベネフォルテの幽姿のこと――フィアメッタはすべてを手短に語った。旅の細かい話については、トゥールが言葉を添えてくれた。それからフィアメッタはためらいがちに、以前死霊の指輪《スピリット・リング》をつくったという父の打ち明け話をくり返したが、ロレンツォとフィレンツェの名は伏せておいた――それはメディチ公みずからが告白すべきことだ。そして最後に、フェランテがベネフォルテの亡霊を、より強力な新しい奴隷《どれい》として使役するつもりなのではないかという、恐ろしい疑惑について説明した。話が進むにつれて、モンレアレの肩は力を失っていった。

「父は院長さまの名を呼んだの」フィアメッタは締めくくった。「院長さまの助けを求めたの。ねえ、わたしたちはこれからどうすればいいの？」

モンレアレは深いため息をついた。

「おまえがやってくる前、わたしはひざまずいてなんらかの導きを――休戦が正しい決断であることの証《あかし》を与えたまえと、祈りを捧げていたのだ。だがこれほどに危険な祈りはあるまいよ。主の、答えを与えたもうことがあろうとはな」そして書記官にむかって疲れたようにうなずき、

「休戦はとりやめだ、ブラザー・アンブローズ」

大男の修道士は優雅な手つきで、ふたりがはいってきたときに書いていた紙をとりあげ、ゆっくりふたつに引き裂いて床に落とした。モンレアレにむけられたその目は、院長の決意を肯定しながらも、恐怖の色をぬぐい去れずにいる。

「降伏は論外として。では院長さま、いったいどうなさるおつもりなのです？」

モンレアレはぎゅっと目を閉じ、しわの寄ったひたいをこすった。

「時間を稼ぐのだ。ほどよく愛想のよい返事をしておいて、時間を稼ごう」そしてトゥールとフィアメッタに目をむけ、「この疲れきった若者たちを宿舎に連れていってあげなさい。わたしは早暁祈禱まで礼拝堂で瞑想にはいろう。夜の聖歌を捧げられるほど暇な者はおるまいがな」それからため息をついて、「わが教団がなぜこれほどまでにも不眠の行に重きをおいていたのか、ようやくわかった気がするよ」

書記官はアーメンとつぶやいて蠟燭をとりあげ、さきに部屋を出るよう、フィアメッタとトゥールをうながした。

宿舎は正門の近くにあり、途中で通り抜けた中庭に、屋根のついた井戸があった。真夜中を過ぎているというのに、ふたりの修道士と、ひとりの兵士と、ひとりの女が、水をくむ順番を待っている。修道士の手は巻き上げ機にかかったままとまっていた。

「どんなぐあいですか、ブラザー？」アンブローズが通りすがりに声をかけた。

「よくありません」巻き上げ機のそばの修道士が答えた。「ずいぶん濁っています。一度くむたびに、それがおさまるまで待たなくてはならないのですが、待ち時間は長くなるいっぽうです」

やがて修道士は巻き上げ機をまわし、あがってきた桶《おけ》から、兵士と女がかかえている器に水を注いだ。そしてロープをおろし、また待ちにはいった。アンブローズは兵士のあとについて歩きはじめた。

「水が足りないのですか?」トゥールがたずねた。

「雨が降って貯水槽を満たしてくれなければ、いずれそうなるでしょう」アンブローズが答える。「ここにはいつも、およそ七十人の修道士が住んでいます。ですがいまは、サンドリノさまの近衛兵が五、六十人。その多くは負傷していますし、それに彼らの家族や、町で乱暴されて逃げてきた人々もあわせると——およそ二百人以上の人々があふれかえっていることになります。診療所はとうに定員を超えていますよ。これ以上増えるようならば、宿舎はご婦人がたにあけわたし、負傷者は礼拝堂に運びこもうかと院長さまは考えておいでです」

水を運ぶ兵士は診療所にはいっていった。通りすがりにのぞきこんでみると、石づくりのアーチになった細長い部屋だ。木枠の寝台のあいだに藁《わら》布団が敷かれ、そのほとんどに毛布をかぶった人間が横たわっている。薄暗い二台のオイルランプの光に照らされ、不精髭だらけの顔の中で熱っぽい両眼が鈍いきらめきを放っている。寝台のあいだをフードをかぶった修道士が動きまわり、奥のほうからは絶え間なく、牛のような苦痛のうなりが聞こえてくる。

アンブローズの案内で、ふたりはまたべつの扉を抜けて宿舎にはいった。修道院を訪れる客は、通常ならここまでしか通ることを許されないのだ。フィアメッタはここで、疲労の色濃い年配の女性にあずけられた。黒いローブや背中に垂らした灰色の三つ編みから察するに、町の大聖堂教務院からきた平修女だろう。アンブローズとトゥールは、さらに来客用食堂を抜けて、男たちの寝所にむかった。トゥールは肩ごしに不安そうな視線を投げかけ、左手をふってから、角を曲がっていった。

女性用の宿舎は、診療所と同じような石づくりのアーチになっていたが、診療所よりもせまく、混み合っていた。二十五人から三十人ほどの女性と、そのおよそ二倍の幼児や少女を収容しているため、ここでも据えつけの寝台だけでは足りずに、藁編みの布団と、積みあげた藁の上に毛布を敷いただけの急ごしらえの寝床が、いたるところにならべられている。年長の少年はおそらく、男たちの部屋にいるのだろう。

フィアメッタは転がる身体を踏まないように気をつけながら、奥の壁の扉までたどりつき、悪臭を放ってあふれそうなトイレにはいった。たとえフェランテの歩兵増強部隊を迎撃する必要がなくとも、長期にわたる籠城に、なぜ院長がいい顔を見せないのか、その理由がようやく納得できた。昨夜のいまごろは、モンレアレに会うことさえできれば、彼がすべて解決してくれるだろうと信じていた。そう考えていたモンテフォーリア人はフィアメッタひとりではなかったらしい。だがいまは……

トイレを出ると、平修女が、すでにふたりの少女が眠っている敷き藁の寝床に案内してくれた。フィアメッタはぼろぼろになった靴を脱いで、ふたりのあいだにもぐりこんだ。いまはとにかくこの寝床だけで充分だ。

第八章

〈ウーリ〉

トゥールはかすむ目をまばたかせて男性用宿舎の丸天井を見あげ、藁《わら》の上に毛布を敷いただけの薄い寝床の上で身体《からだ》をのばした。目覚めをうながした悪夢は、思い出そうとするそばから霧のように消えてしまった。薄い藁はほとんど役に立たず、かたい石床に寝ていたかのように身体じゅうが痛むが、正確にはこの打ち身のほとんどは、昨夜戦った恐ろしいロジモ兵によって与えられたものだ。だがいまこの瞬間も、打ち身以上にひどい傷を負ったウーリは、敵の牢《ろう》獄《ごく》でどれほどの痛みに耐えているのだろう。どれほどの恐怖にさいなまれているのだろう。トゥールには藁と毛布と自由がある。だがウーリに与えられているものは、おそらくむきだしの石床だけだろう。

起きて動きはじめている者、まだ眠っている者、さまざまだ。数日分の乾いた汗の匂いをこびりつかせて隣に横たわった不精髭《ひげ》のモンテフォーリア兵が、かたく目を閉じたまま毛布をひっぱって寝返りをうち、屁をひり、またいびきをかきはじめた。トゥールはきしむ身体で起きあがり、便所の行列にならんだ。少なくともウーリの牢獄も、これより混んでいるということだけはないだろう。

着の身着のまま眠ったので、服を着る手間はいらない。それに昨夜の戦いで荷物をなくしてしまったため、着替えはひとつもない。誓いを立てたわけではなく事故によるものだとはいえ、いっさいの私物をもたない修道士たちにまじっているのが、いまのトゥールにはなんの違和感もない。ではブラザーたちのようにこの貧困を神に捧げ、そしてできるだけはやくそこから脱出させてくださいと祈ろう。

食堂にいくと、ひとりの修道士が黒パンとエールと薄めたワインを配っていた。パンは上等だったが量は少なく、この状況ではそれ以上を要求することもできない。だがエールは夜のあいだに乾いてねばつく口の中を洗い流してくれた。

声が出るようになるとすぐさま、ウーリを知っていそうな男たちをつかまえて質問した。彼らはトゥールを歓迎し、身の毛のよだつような戦闘と脱出の話を聞かせてくれたが、その後のスイス人隊長を見た者も、モンレアレやフィアメッタ以上に彼の運命を知っている者もいなかった。恐ろしい疑惑に首が締めつけられるようだ。

食堂には女性たちもきていたが、フィアメッタの姿はなかった。総じて声を押し殺した女性たちのあいだで、ひとり鼻にかかった鮮明な声で不満をあげつらっていた女が、ふいに床にすわりこんで泣きじゃくりはじめ、べつの女に宿舎へと連れもどされた。トゥールは獅子の指輪をこすりながら、誰かにフィアメッタのことをたずねようかと思案した。だが心を決めかねているうちに、アンブローズがあらわれて肩に手をおいた。

「トゥール・オクス。モンレアレ院長がお呼びです」

トゥールは指についた最後のパンくずをなめとってマグを飲み干し、食器を世話係に返して、アンブローズのあとについていった。

書記官をつとめる修道士は中庭と通廊を抜けて歩廊を横切り、まずは石づくりの、つぎには木製の階段をあがっていった。そこは、昨夜院長に会った執務室の真上にあたる、たいらな屋上だった。北には礼拝堂の控え壁がアーチをつくり、一角には木製の鳩小屋が立っている。モンレアレはその横で、フードを背後に落としてたたずんでいた。アンブローズが足をとめ、トゥールにも立ち止まるよう合図をした。

院長の手の上で、灰色斑の鳩が落ちつかなげに羽を動かしている。モンレアレは言いきかせるように鳩の頭にくちびるを触れ、高くその手をさしあげた。鳩は太鼓を連打する動きで翼をはためかせ、クークー鳴きながら空に舞いあがって、礼拝堂の上空で二度輪を描いてから、南にむかって飛び去った。

トゥールとアンブローズが足もとに散らばる乾いた糞を踏んで近づいていくと、院長はその足音に気づいてふり返り、短く笑いかけて空を見あげた。

「まだ一羽ももどらないのでしょうか、院長さま?」

アンブローズのうやうやしい問いに、モンレアレはため息をついて首をふった。

「ああ。一羽もだ!　どうなったことやら」

アンブローズが二重の意味をこめてうなずき、ふたりは手をかざしながら、夜が明けたばかりの青白い南の空を見つめた。やがてモンレアレが未練を断ち切るようにこぶしを握って手をおろし、先立って階段をおり、執務室を抜けて隣の部屋にはいった。

トゥールは魅せられたようにあたりを見まわした。大きく背の高い窓が北からの光をとりこんでいるため、部屋じゅうが明るい。いくつもの箱や櫃《ひつ》には本がぎっしりとつまり、棚には、真鍮《しんちゅう》や陶器や磁器のさまざまな壺、色ガラスの瓶《びん》、ラテン語のラベルを貼った不思議な小箱などがならんでいる。二台の大きな作業テーブルが、ひとつは部屋の真ん中に、もうひとつは壁ぎわにおかれ、使いこまれた布綴じのノートや紙束がいちめんに散らばっている。片隅には小さな樽《たる》があり、種々雑多な木の棒にまじって、革のようなくちびるをまくりあげて半分欠けた歯をむきだしている、カラカラに干からびた細長いワニのミイラが鼻先を上にむけてつっこんである。天井の梁《はり》からはいくつもの袋がぶらさがり、その中のひとつ、赤い絹の網袋には、紙のように乾いた蛇の脱け殻がそっと丸めてはいっている。またべつの隅は漆喰《しっくい》塗りの壁炉になっていて、石の炉床には、ここにふさわしい小さな蜂の巣形の炉が、いつでも使えるようきれいに洗われて待機している。

アンブローズが棚から木枠にはめた大皿くらいの丸い鏡をとりだして中央のテーブルにのせ、そのわきに、白い羊皮紙を張った小さなタンバリンのようなものをおいた。それからモンレアレがテーブルの上を片づけ、ラテン語で小さくつぶやきながら、鏡とタンバリンをかこむ四方位に、乾燥ハーブの束をならべた。アンブローズが鎧戸《よろいど》を閉めると、漆喰壁の部屋はひんやり暗くなる。遠慮と警戒心からひきさがっていたトゥールを、アンブローズがテーブルに近寄るよう手招きし、同時にくちびるに指をあてて沈黙を命じた。

モンレアレが小さな青いガラス瓶から、鏡の真ん中に透明な液体をひとしずくたらした。それが明るく明滅しながら、鏡面全体にひろがっていく。モンレアレが表面に息を吹きかけると、鏡は室内にあるものを映すのをやめ、独自に明るい光を放ちはじめた。トゥールは呼吸も忘れ、首をのばしてそのさまを見まもった。

鏡の中で色とりどりの目のくらむような渦が勝手気ままに踊っている。黄色とオレンジの紙吹雪にしか見えないが――トゥールは目をすがめてその正体をさぐろうとした。そう、これは瓦葺《かわらぶ》きの屋根だ――彼はいま上空から、町を見おろしているのだ。鏡の中の町が人間には不可能な鳥の速度で移動し、黄色い石と煉瓦《れんが》の城壁が弧を描いて視野にとびこんできた。それから急降下して城塔のてっぺんがせまり――ありがたいことにそこで停止した。夢中になって見つめていたトゥールは、かすかな吐き気をのみこんだ。鏡の中で揺れる景色は、精巧な細工をほどこした大理石の階段と中庭に移り、つづいてさっきのものと対《つい》をなす城塔へと変化する。

その塔の頂上で、ふたりの男が石弓のクランクをまわし、もうひとり、赤いローブを着て髭のない痩《や》せた黒髪の男が、黄色い石の狭間胸壁にもたれてこちらを指さしていた。男たちがまっすぐ自分を見ているような気がして、トゥールはあやうく恐怖の声をこらえた。痩せた男の指示で、射手が狙いを定めて石弓を放つ。景色が揺れ、また大きく回転した。鳥の背後、最初の塔にいたもうひとりの射手がぐんと近づき、弦のはじける音と同時に矢が放たれる。そして鏡の中の景色はゆらめいて消えた。いまの音はすべてタンバリンから聞こえていたのだと、トゥールはふいに悟った。それを彼の心が、鏡の中の映像と結びつけて認識していたのだ。モンレアレが腹を殴られたようなうなり声をあげた。

「院長さま、もうこれでやめにしませんか」アンブローズが苦しげな声で提言した。

モンレアレはこぶしを握りしめてテーブルによりかかり、怒りのこもった声で、祈禱とは似ても似つかぬ言葉を吐き出した。

「やつらは待ちかまえておった。準備をして待ちかまえていたのだ。しかもどうやってか、わたしの鳥を見わけられるらしい」そしてむきを変え、いらだたしげに歩きまわりながら、「いずれにせよ今夜、蝙蝠《こうもり》を送りこんでみよう。いかなフェランテとて、闇の中で蝙蝠を落とせる射手をかかえてはいまい」

「暗くては、わたしたちにも何も見えないではありませんか」アンブローズが疑わしげに口をはさむ。

「だが音はよく聞こえる」

「聞こえたとしても、いびきくらいのものでしょう」

「おそらくはな。だがフェランテが訴えのとおり、首までどっぷり黒魔術にひたっているのならば、夜の城内は、われわれが考える以上ににぎやかなものかもしれぬぞ」

アンブローズは顔をしかめて十字を切り、うなずいて鎧戸をあけにいった。

モンレアレがしおれていた背筋をしゃんとのばし、トゥールにむきなおって微笑をつくった。その顔は青ざめてしわが寄り、目の下は疲労でたるんでいる。トゥールは藁を敷いた石の上で眠り、つらいと感じた。だがおそらくモンレアレは一睡もしていないのだろう。寝床のことで、これ以上不平は言うまい。

「おまえたちの――おまえとフィアメッタのおかげで、どうにも身動きがとれなくなってしまった。祈っても考えても解決法が見つからぬ。だからさらなる祈りを捧げながら、疲れきった乏しい思考に、新たな手掛かりを与えようと思ったのだが。しかしおまえも見たとおり、鳥たちはもどってこない」

「魔法のスパイなのですか？」トゥールはたずねた。

鏡はいま、梁の走る天井を映しているだけだ。

「そのようなものだ。発見されれば、スパイとしての運命をたどることになる」と、眉間の深い縦じわをこすりながら、「アンブローズ、塔にいたあの赤いローブの男を知っているか？」

「いえ。院長さまはご存じなのですか？」

「いや……知っているような気はするのだが。名前が思い出せぬ。大勢の中のひとりだったのか、昔のことなのか。ああ、いや、いずれ思い出す。だが鳩はかわいそうなことをした」そこでトゥールにむきなおり、「もっと狡猾《こうかつ》なスパイが必要なのだ。人間のな。志願者がいてくれるとありがたい。モンテフォーリアで顔の知られていない人間だ」

トゥールは室内を見まわした。ここにいるのは彼とアンブローズだけで、どう考えても院長がアンブローズのことを示唆《しさ》しているとは思えない。

「もちろん危険な仕事だ。失われたのは鳥だけではない。修道士もひとり行方不明になっている」

唾《つば》をのみこんでから思いきって口をひらくと、思いがけないほど大きな声が静かな室内に響きわたった。

「おれがいきます。何をすればいいのでしょうか？」

モンレアレが微笑して、トゥールの肩をたたいた。

「よく言ってくれた。そなたに神の祝福があるように」そこで改めて咳ばらいをして、「報告によると、フェランテの兵どもは金属職人をさがしてモンテフォーリアじゅうをまわり、いますぐ名乗り出た鋳物《いもの》職の親方には、報奨が与えられるということだ。兄上の話では、おまえはブルーインヴァルトの鉱山と製練所で働いていたのだとか。鋳物職人として通すことができるかね？」

「職人なら大丈夫です。親方として名乗り出ては長くつづかないでしょうけど」

「職人でよい。謀《はかりごと》は可能なかぎり単純なほうが望ましいからな。とにかくまずは城にはいることだ。小さな品をいくつかわたすゆえ、命じられた仕事をしながら目立たない場所をさがし、それをおいてきてほしい。歩哨の持ち場や食堂や――人が立ち話をしそうなところを選んでな。もし……万にひとつでも、公爵の書斎とか、フェランテがしじゅう出入りする部屋にはいれるならば、そこがいちばんだ。そしてもし奥方のレティティアさまにおわたしすることができれば……いや、鋳物職人が捕虜の塔にはいれるはずもない。だがもしお会いできるならば、ぜひともわたしてほしい」

「それはどういうものなのでしょうか？」

「これから考え準備する。今夜、術をかけてやるゆえ、闇にまぎれて塀をのりこえていくがい い。修道院を離れてしまえば敵の数も減る。夜明けに町の城門がひらくのを待って、モンテフォーリアにはいりなさい」

「フェランテ公はなぜ金属細工師をさがしているのでしょう？」

「わたしにもわからぬよ。答えはおまえが見つけてくれるのではないかな？ まあおそらくは、サンドリノさまの砲を修理したいといったところだろう。そういえばひとつ、ひびのはいった大砲があったな。あれが修理されてしまえば、ちっぽけな聖ヒエロニムスなどひとたまりもあるまい。小型砲はみな、サンドリノさまの傭兵部隊とともにナポリに出はらっている。おかげで、われらを砲撃するのに使われずにすんだがな。それにしても、こんなときに軍を貸し出してはまずいなどと、いったい誰に予見できたろうな。おかげでわが軍はいま現在、教皇さまの軍よりも遠くにいるというわけだ。だがあの時点では、ミラノはなりをひそめていたし、ヴェネツィアはアドリア海でトルコを相手取るのに忙しく、今年はモンテフォーリアを脅かすこともあるまいと思われたし、ロジモとは婚姻の絆《きずな》を結ぼうとしていたのだから——。だがそれでも……」

モンレアレは〝もし——だったら〟のはてしない後悔の迷路にはいりこんで言葉をとぎらせたが、やがてその暗い思いをはらいのけてたずねた。

「まあよい。ところで、着るものは何をもっている？」

トゥールは両手をひろげてみせた。

「これだけです。昨夜塀の外で荷物をなくしてしまいましたので」

「ふむ。たぶんブラザー・アンブローズが、ここにいる男たちの中から何かもう少し……垢抜《あかぬ》けたものを見つけてくれるだろう。もっとその役にふさわしいものをね。ところで」と言葉をとめて、「その指輪はどうしたのだ？」

トゥールは小さな獅子の顔に手を触れた。

「これはおれのじゃありません。ベネフォルテのお嬢さんのものです」

「ああ！　それで納得がいく」モンレアレは晴れやかな顔でつづけた。「ではプロスペロ・ベネフォルテの細工なのだな？　むろんそうだろうとも。だがそれはフィアメッタに返していきなさい。職人がはめるようなものではないからな。不必要に他人の関心をひいてはならぬことはわかるだろう？」

「でもはずれないんです」

トゥールは証明してみせようと、指輪をひっぱった。

「なに？」

モンレアレがトゥールの左手をとってかがみこみ、じっと見つめた。剃髪《ていはつ》した頭頂の端近くは新たな毛が生えかけているが、中心部は剃《そ》ったのではなく、自然のなめらかな艶《つや》で輝いている。やがてモンレアレは微笑を浮かべて身体を起こした。

「ああ、なるほど！　クリューニの大魔術師による真《まこと》の愛の術だな。たしかに作動している」

「そうなんですか。ではお嬢さんにそう伝えてあげてください。きっと喜ぶでしょう。魔法が失敗したと思っているようでしたから」

トゥールはそこで口をつぐんだ。真の愛の術だって？　真の愛の術とはなんだ？

「作動しているって、どのようにですか？」

正体の知れない恐怖が身体を駆け抜けていった。では新たに意識されたこの情熱は、魔法によってつくられたものだったのだろうか。不安にかられながらも、トゥールはすぐさまそれを否定した。だがフィアメッタが自分から奪われるかもしれないと気づいた瞬間、ほんもののパニックに襲われた。しかしフィアメッタは彼のものではないのだ。トゥールは離すまいとするかのように、左手を握りしめた。

「フィアメッタがこれをつくったというのか？　ベネフォルテではなく？　すまぬがもう一度よく見せてくれ」

モンレアレはトゥールの手をとって、今度は凝視するのではなく、じっと目をつぶった。トゥールは眉を寄せた。モンレアレはしばらく無言でそうしていたが、やがて身体を起こして目をあけ、深刻な顔で命じた。

「ブラザー・アンブローズ、フィアメッタ・ベネフォルテを呼んできなさい」

トゥールとふたりになると、モンレアレは腕を組んで作業テーブルによりかかった。考えこむように下くちびるを嚙みながら足もとを見つめ、改めてするどい視線を若者にむける。

「それで、おまえはあの娘をどう思っているのだね？」

「おれは……とても好きです」トゥールははっきりと答えた。「少なくとも……好きだと思っています。好きだってことが自分でもわかっています。でも、この指輪はおれに何をしているんですか？」

「おまえに？　おまえには何もしておらんよ。むしろ、何かしているのはおまえのほうだ。はめることによって指輪を完成させたとでもいうか。クリューニの術は真の愛を明らかにするといわれているが、厳密にはそうではない。正確にいうならば、真の心を明らかにするのだ」

そしてモンレアレはじっとトゥールを見つめながら、奇妙な微笑を浮かべた。トゥールは安《あん》堵《ど》の吐息をついた。では魔法にかけられたわけではないのだ。もちろん、本気でそんなことを信じていたわけではないが。

「だがおまえの意図は正しいものかな？」モンレアレがたずねる。「クリューニの術はしばしばその点が曖昧《あいまい》なのだ」

「意図って？」トゥールは混乱して問い返した。「意図って、なんの意図です？」

「結婚するつもりがあるのか、それともただ肉欲の罪に走るのかということだ」

結婚だって？　岩を砕くハンマーのように、その言葉が背後から頭に襲いかかった。トゥールはまばたきした。おれが、結婚する？　大人の……男みたいに？　ふいに、めくるめく大人の世界が目の前に大きく口をひらいた。

「でもおれは……そんなことは……だってもしほんとうだったら……兄がモンテフォーリアにくるよう手紙をくれたときの話だったら……おれはベネフォルテ親方の徒弟《とてい》になるはずだったんですから。貧しい徒弟には、とてもそんなことは望めません……何年か働けばどうにかなるかもしれないけど、そのころにはお嬢さんだって、どこかの金持ちと結婚してるでしょうし。おれたちじゃ釣り合わないじゃないですか。それでもおれは……お嬢さんを望んでもいいんでしょうか？　もしお嬢さんが誰かを必要としているのなら……」

頭がぐらぐらしてくる。トゥールは言葉をとぎらせた。肉欲だって？　結婚すれば望むがままの肉欲を手にいれることができ、しかもそれを祝福してもらえるのに――

「父親に死なれたいま、フィアメッタには保護者が必要だ。この国にあれの親戚はいない。そして世帯を維持する男なしに、女が――とりわけ若い女が、ひとりで生きることは許されない。フィアメッタ・ベネフォルテの場合はなおさらだ。きわめて危険なことになる。たしかにおまえたちの身分は釣り合わないが、だが……つねならぬこの指輪の証《あかし》がある。もっともいまのおまえでは、所帯をかまえるには貧しく若すぎるという問題があるがな」

モンレアレに言われるまで、所帯をかまえることなど考えたこともなかったのだが。

「だが、危険の中に送りこむには充分な年というわけか……」モンレアレの声はしだいに小さくなり、「神よ助けたまえ」と祈るようにつぶやくと、改めてきっぱりとつづけた。「天職につける者、真の愛を手にいれる者、真の信頼を得られる者は、きわめて幸運でごくわずかしかいない」そして指輪を示し、「この指輪はおまえにいかなる害をもたらすことはあるまいよ」

隣の部屋に足音が聞こえ、アンブローズが、つづいてフィアメッタがはいってきた。くるくる波うつ巻き毛は、今朝は太い三つ編みになって背中にさがっている。そのためいくぶん年かさに、落ちついて見えるが、汚れた赤いヴェルヴェットのドレスに藁の切れ端があちこち刺さっているのがご愛嬌だ。その疲れた不安そうな表情に、トゥールの心は痛んだ。昨日街道を歩きながら、フィアメッタはトゥールの話に一度だけ声をあげて笑った。もう一度笑ってくれればいいのに。彼女の笑いは、暑い日に飲む水のようにさわやかだった。彼女の不安と疲労を気づかう気持ちが、ふいに頭の中で鮮明な映像と混じり合った——なめらかな褐色の四肢を泡のような夜着《よぎ》にくるみ、新床で声をあげて笑っているフィアメッタ……

モンレアレがけわしい顔で獅子の指輪を示した。

「フィアメッタ、これはおまえがつくったのか？」

フィアメッタはモンレアレからトゥールに、そしてまたモンレアレに視線をもどし、かすかな声で答えた。

「はい、院長さま」

「父上の監督のもとにか？」

フィアメッタははっと息をのんだ。

「いいえ。あの、でも、はい、かしら」

モンレアレの灰色の眉があがる。

「どちらなのだ？　はいか、いいえか」

フィアメッタは彫刻のようなあごをつんともちあげて答えた。

「父の監督のもとでではないけれど、でも父はこのことを知っていました」

「あやしげな指輪に手を出すのは、ベネフォルテ家のならいというわけか」モンレアレが乾いた声をあげる。「ベネフォルテはおまえを徒弟として認めていたわけではないぞ」

「でもわたしは何年も貴金属細工を学んでるわ。それは院長さまもご存じのはずよ」

「金属細工はわたしの関知するところではない」

「それに、父が術をかける手伝いもしてきたし」

「鑑札を得た魔術師のもとで、その手伝いをすることは問題ない。だがこれは手伝いというものではなかろう。また、素人細工というほどお粗末な出来でもない。いったいどうやってこのような技術を身につけたのだ？」

フィアメッタはしばらくじっと黙っていたが、やがてしかたなさそうに説明した。

「わたしはしょっちゅう父の手伝いをしていたから。父の本に書いてあるのを見つけたのよ。金の鋳造《ちゅうぞう》はもう教えてもらっていたから、指輪に術を封じるのは簡単だったわ。ていねいに指示に従えばよかったんだもの。たいしたことはなかったわ。光も出なかったし。でもはじめは、失敗したと思ってがっかりしていたの。だって……ウーリがはめてくれなかったんだもの。ウーリにわたそうと思っていたのに」

「なるほどな！」モンレアレはいかにも興味ぶかげな相槌《あいづち》をうってから、さりげない咳ばらいでそれをごまかした。

「でもそのうちに、誰もこれをはめることはできないんだって気づいて――。あの兵士も、泥棒みたいな宿屋の亭主も、金が目当てでこれをとろうとしたけれどできなかったわ」そこでこっそりトゥールに視線をむけながら、「あの……これ、ほんとうに作動しているの？」

「それはあとで話し合うことにして。では、おまえは父上の書物を読んだのだな？　父上の許可なしに？」

「あの……そんなことはないわ」

「フィアメッタ、それは不服従の罪だぞ」

「ちがうわ！　だって禁止されてなかったもの。だからそれは……わたし、きかなかったから。でもあとでわかったんだけれど、父はいつだってわたしを監視していて、それでとめようとしなかったんだから。つまりそれって、許可してくれたってことでしょ？」

彼女の詭弁に、モンレアレはたしかに微笑をこらえたようだったが、その顔は一瞬のうちにもとの厳格さをとりもどした。

「ベネフォルテは一度もおまえの鑑札を申し出たことはない」

「でもそのつもりではいたのよ。ただこのごろはとても忙しかったから——塩入れや、ペルセウスや、ほかにもいろいろな仕事で。でもほんとにそのつもりだったのよ」

モンレアレがまた眉をあげる。フィアメッタはため息をついた。

「いいわよ、わたしにだってわからないわ。でもわたしはもうかぞえきれないほど何度も父にお願いしたんだし、そういう話をしたことがあるのはほんとうよ。モンレアレさま、わたしは魔術師になりたいの！　わたしにはいい仕事ができるわ、できるってことがわかってるの！テセーオなんかよりもずっとその力があるのに。不公平だわ！」

「だがおまえは認可を受けておらず、監督もいない。わたしはそうした傲慢《ごうまん》によって滅びた魂をいくつも見てきたよ、フィアメッタ」

「それじゃ認可してちょうだい！　頼んでくれる父はもういないのだから、わたしが自分でお願いしたっていいでしょう？　だってほかに誰がいるの？　わたしだってちゃんとしたいわ、だからお願い！」

モンレアレは穏やかに語った。

「先走るでない。まず悔い改め、告白し、償うのだ。そこではじめて赦《ゆる》しが得られる。わたしはまだ、悔い改めのお説教すらすませてはいないぞ」

厳格な顔の背後に秘められたユーモアと希望の気配に、茶色い目を期待に輝かせて、フィアメッタははねあがるようにすばやく身体を起こした。

「それじゃすぐに償いをするわ、院長さま、大いそぎで！」

「では礼拝堂にいって聖母さまの祭壇にひざまずき、忍耐と服従をお祈りしなさい。答えがいただけたと思えたら、昼食をとって、それからここにもどっておいで。ブラザー・アンブローズはわたしと同じくらい疲れきっているゆえ、有能な助手がもうひとり、ぜひとも必要なのだ。午後のあいだ、終課の前に片づけてしまいたい仕事がある」

「魔法の？　わたしに院長さまのお手伝いをさせてくださるの？」声が興奮のあまりふるえている。

「そうだ」

フィアメッタは院長のまわりを踊りまわり、僧衣ごとしっかりと抱きついた。院長はそれをおしもどしながらも、微笑をこらえきれないでいる。

「だがまずはお祈りで心を静めてきなさい。だが、『マリアさま、わたしに忍耐をください、いますぐください！』というようなものではだめだぞ」

「あら、どうしてわかっちゃったの？」フィアメッタの両眼がきらめく。

「ふむ、まあ試してみるくらいはよいか。マリアさまの無辺の慈悲を推し量ることなど、誰にもできるものではあるまいからな。おまえがすみやかに忍耐を身につけられれば、わたしもそれだけはやく手伝いが得られるというわけだ。ああ、その前にもうひとつ言っておくことがある。ここにいるトゥールに、ある仕事を頼みたいのだが、あの大きな金の指輪は目立ちすぎるのだ。ちょっとした術を使えばわたしにもはずせるが、おまえならばすぐに抜けるだろう」

「でも……くっついているのよ。わたし、見たもの。トゥールにも抜けないのに、わたしにははずせるわけがないわ」

「簡単にいえば、トゥールがはずしたがっていないのだな」

「でもおれは本気ではずそうとしました！」トゥールは抗議した。

「ああ、もちろんそうだろうとも。こんど時間のあるときに、クリューニの大魔術師による術の、内なる構造について説明してあげよう」

フィアメッタが当惑に眉をひそめたままこちらをむいたので、トゥールはおとなしく左手をさしだした。ほっそりとした茶色い指が触れた瞬間、獅子の指輪は油を塗ったかのようにするりと、彼女の手のひらにおさまっていた。

「まあ」フィアメッタが驚きの声をあげる。

モンレアレが彼女に長い革紐《かわひも》をわたし、なんとも名状しがたい表情を浮かべた。

「フィアメッタ、その指輪は首にかけて隠しておきなさい。返すときがくるまでな」

指輪を失って、指が軽くつめたく、からっぽになったように感じられる――だがあれは彼女の指輪なのだ。獅子に触れて心を落ちつかせるのがすでに癖になってしまったのか、指輪のあった場所をなぞる右手がむなしい。

執務室にサンダルの足音が聞こえ、ひとりの修道士が礼儀正しく戸枠をノックして顔を出した。

「院長さま。フェランテ公の使者が表門まできておりますが」

「いまいく」モンレアレは手をふって修道士をさがらせ、「トゥール、午後はゆっくり休みなさい。時間になったら誰かを呼びにやらせる。フィアメッタ、おまえは昼食のあとでここにきなさい。ではふたりとも、あとでな」

三人でその部屋を出たが、モンレアレは執務室のデスクで立ち止まって、アンブローズ修道士と調べものをはじめた。トゥールはフィアメッタのあとから階段をおり、中庭をめぐる歩廊の陰にはいった。芝生では何羽かの鳩が陽光を浴びながら、生真面目な顔で歩きまわり、少ない食べ物をついばもうとしている。

アーチになった石柱のあいだに、石のベンチがならんでいる。トゥールが誘われるように腰をおろすと、フィアメッタも反対側の端にすわった。彼女の指が新しく首にかかった固い革紐に触れ、くちびるをさぐり、それからつめたい石の上に落ちついた。

近くの木々をそよがせる風のささやき、つぶやくような、そしてときに流れるような鳥のさえずり、修道院から聞こえてくる低いざわめき――いっときの幻にすぎないとはいえ、すべてが平和だ。これが現実のものであればいいのに。この美しい一日が、まるで残酷な冗談のようだ。いまもこの石壁の外には、昨夜彼が戦った、汗とうなりに満ちた愚かな脅威が歩きまわっている。せめてフィアメッタは、そのような脅威と無縁でいてほしい。

母の薬罐《やかん》の蓋《ふた》のように躍動感に満ちあふれたフィアメッタが、瞳を輝かせたまま得意げに口をひらいた。

「モンレアレさまはわたしを一人前に扱ってくださるわ。でもお手伝いって――何をするのかしら？」

「たぶん、遠見《とおみ》の道具をつくるんだと思うよ」トゥールは答えた。

「遠見の道具？」

「おれは職人に変装してモンテフォーリア城にはいり、その遠見の道具をあちこちにしかけてくることになっている。スパイの鳥がうまくいかないようだから」

「外にいくの？　包囲を抜けて？」

「ここにくるときだって包囲を破ってきたじゃないか」――かろうじてだったけれどね――

「暗くなったら、出ることになっている」

フィアメッタがふいに沈黙した。鉱山にいくときいつも母が言ってくれたように、『気をつけてね』と声をかけてくれるのだろうか。だがフィアメッタは、ゆっくりと、まるでべつのことを話しはじめた。

「お城とは反対側の町のはずれに、父の家があるのよ。どうなってるか見にいく機会なんてないとは思うけれど、でももしそんなことがあったら……ノヴァラ通りぞいのいちばん端っこにあるの。大きくて四角い家よ」フィアメッタはそこでいったん口をつぐみ、より不安のこもった声でつづけた。「モンレアレさまの言いつけって、そんなに複雑なことじゃないわよね？」

「ああ、大丈夫さ」

トゥールは彼女から視線をそらし、明るい芝生に目をむけた。厨房《ちゅうぼう》で飼われている子猫がじっと鳩をねらっている。耳が大きく、毛皮は灰色と黒の縞模様で、足は大きくて白い。ヒゲをピンと立たせ、必死でみはった目がまるで怒っているようだ。うずくまったうしろ半身をもぞもぞさせながら、とびかかる瞬間をはかっている。

結婚か。熱くてやわらかなこの少女がおれのものになるというのか。だがもし……いや、もしそんなことがあれば、モンレアレ院長が何か言っていたはずだ。トゥールはふいにたずねた。

「お嬢さん、あんた、まだ婚約はしてないよね？」

フィアメッタはたじろいで不安の色を浮かべた。

「してないわよ。なぜそんなことをきくの？」

「べつに」トゥールはあわてて答えた。

「まあいいわ」

フィアメッタはいくぶん小さな声でささやくと、さっと立ちあがってベンチの背後へまわった。

「もう礼拝堂にいかなきゃ。じゃあね」

そしてすばやく歩廊の奥へと歩み去った。

芝生では猫が襲撃を試みて失敗し、鳩はばたばたと羽ばたいて飛び去った。猫は尻尾をふりたて、歯を鳴らしながら上を見あげていたが、希望が屋根の上に消えてしまうと、ばつが悪そうによたよたと近づき、トゥールの足もとにすわりこんだ。そして彼が市《いち》で興行している手品師で、頼めばポケットから飛ばない鳩を出してくれるとでもいいたげに、哀れっぽい声で大きくニャアと鳴いた。だがいまのトゥールは、手品師からも魔術師からもほど遠い気分だった。

トゥールは猫を抱きあげ、耳をかいてやった。

「つかまえられたとしたって、いったいどうするつもりだったんだ、え？　あの鳩はおまえよりも大きいじゃないか」

猫は気持ちよさそうにのどを鳴らし、トゥールの手に頭をこすりつけている。

「おれの故郷の山にはな、おまえなんか食べちまうような鳥がいるんだぞ。おまえ、もうちょっと大きくならなきゃな」

そしてトゥールはため息をついた。

トゥールは困っている修道士たちの手伝いをして昼までの時間を過ごした。井戸の巻き上げ機をまわして水をくみ、塀で見張っている衛兵たちのところまで運び、昼食のためのテーブルをならべ、食後の片づけをする。

緊張のあまり眠ることなどできそうになかったが、院長の言葉に従って藁の寝床に横になった。午後の暑さの中でも宿舎は涼しく静かだ。つぎに気づいたとき、トゥールは修道士に揺すぶられて悪夢から目覚めたところだった――冷や汗をかいてはいるが、ありがたいことにどんな夢だったのか、内容まではおぼえていない。西の丘陵に沈みかけている太陽が、窓の隙間から最後の赤い光を投げかけ、その中で埃《ほこり》の粒がオレンジ色に踊っている。

夕食はチーズとガーリックを薄くまぶした揚げパンで、それが終わるとアンブローズが、洗濯場に連れていって、いろいろな服を試着させてくれた。トゥールにあうほど大きなものは少なく、結局パッドのはいった黄褐色の短いジャケットと、赤く染めたほんもののニット地のタイツを着ることになった。どちらも新しくはないが、洗ったばかりの清潔なものだ。いままでは〝大きくなる余地を見こんで〟母がつくったバイアス地のレギンズばかりはいていたため、タイツはこれがはじめてだ。視線を落とすと、赤い色は派手だし、身体の線があらわになりすぎるようで、どこか落ちつかない。仕上げとして赤い帽子をかぶった。

洗濯場を出て、迷路のような修道院の中を通り抜けていく。礼拝堂の鐘楼《しょうろう》の下にある、まぶしく夕日に照らされた中庭で、アンブローズがふと足をとめた。ベルトにローブの裾《すそ》をたくしあげて白い脚をむきだしにした修道士がひとり、分厚く繁った蔦《つた》にしがみつきながら、塔の壁をつたいおりようとしている。口にはリンネルの大きな袋をくわえている。サンダルをはいた片足がすべり、アンブローズがはっと息をのんだが、修道士はかろうじて踏みとどまり、無事地面にたどりついた。

危険な仕事を終えた修道士は、息を切らしながらローブをなおし、ごつごつした袋をアンブローズにさしだした。中にはもぞもぞ動くものがはいっている。

「お求めの蝙蝠です。もう食事にいってもよろしいでしょうか？」

「お手数でしたね、ブラザー。あまり苦労をかけていなければよいのですが」

当の本人は修道士にあるまじき目つきでアンブローズをにらみ、かすれた声で答えた。

「つぎの機会には、ご自身でやってみられることです。それをつかまえるために、わたしはもう少しで死にそうになりましたし、二度も嚙みつかれたのですよ」

そしてその言葉を証明するように、指の小さな傷を示して血を絞り出した。

「『歌を聞かせれば、すぐさま袋の中に飛びこんでくる』とおっしゃいましたね。とんでもない！　まったくだめでしたよ！」

「真の愛の心をこめて歌わなくてはなりません」アンブローズが反論する。

「蝙蝠にですか？」修道士が怒りに歯をむきだした。

「主のつくりたもう生き物に、です」

「仰せのとおり」修道士は小ばかにしたように頭をさげて、「ではわたしは夕食にまいります——まだ残っていればですがね——ぼんやりしていると、院長さまが、今度は桶《おけ》いっぱいのムカデをご所望になられそうだ」そして彼は立ち去った。

アンブローズはうごめく袋をそっとかかえて、さきに進んだ。

モンレアレの仕事部屋には蠟燭《ろうそく》が灯され、フィアメッタが中央テーブルのかたわらで、逆さにした樽に腰かけて肘《ひじ》をついていた。トゥールは不安のこもった視線を彼女にむけた。疲れているようだが、機嫌はよさそうだ。歩きまわっていた院長が、アンブローズとトゥールに気づいて声をかけた。

「ああ、よくきたな。トゥール、この部屋をよく見て、新しく気づいたものがないか、さがしてみなさい」

困惑しながらも、トゥールは喜んでテーブルのまわりをまわった。隅では相変わらず干からびたワニがにやにやしている。しかし、がらくたの山が移動しているのだとしたら、トゥールにわかるわけはない。

「何もないと思います」

モンレアレが勝ち誇ったような笑顔をアンブローズにむけた。

「テーブルの、フィアメッタの前には何があった？　いや、見ないで思い出すのだ！」

「ええと……盆です」

「盆には何がのっていた？」

「あの……わかりません」

「よし」

モンレアレがトゥールの目の前で手を動かした。トゥールはすぐさまふり返った。

盆の上には十二個の、白い羊皮紙を張った手のひらサイズのタンバリンがならんでいる。誓ってもいいが、さっきまでそんなものはたしかになかった。トゥールはひとつをつまみあげ、ひっくり返しながらたずねた。

「院長さまが見えなくしていたのですか?」

「そうではない。そうできればよかったとは思うがな。もっと小さくするか、もっとありふれたものに見せかけるとか。プロスペロ・ベネフォルテならば、もっといいやりかたを思いついただろうよ」と落胆の吐息をついて、「いかんせん時間が足りんのだ。それでも、最低限気づかれにくいようにしてはある。だがしかけるときには、できるだけ目につかない場所を選ぶのだぞ。羊皮紙に触れたり、震動をさまたげたりするものがないようにな」

「これはどういうものなのです?」

「小さな耳だよ。それぞれが対になった耳と口だ。耳がモンテフォーリア城内で話を聞き、口がここ聖ヒエロニムスで修道士にその内容を告げる。それぞれの口にひとりずつ聞き手をつけねばならぬのだから、大切な話を聞けそうな場所を選んでほしい」

「心がけます。どれくらいのあいだ効力があるのですか?」

「一日か二日だ。もう少し長引かせる方法を考えねばならないとは思っているがな。だから、隠し場所を見つけるまで作動させてはならんぞ。これは鳥に使った遠見の術をもとにしてつくったのだが、無生物を送りこむ方法をためした者は、これまでひとりも知られておらん。ゴキブリを使うかとも考えてみたのだが、あれらは脚でも折らないかぎりじっとしてはいないし、脚を折ればすぐに死んでしまうからな」

さっきのムカデの話は、冗談だと思っていたのだが――

「もしかすると、これまでにもこうした方法をためした者があるのかもしれぬが――失敗したり、中途半端な成功に終わって、口をつぐんでおるのだろう。魔術師どもの秘密主義にも困ったものだ。ひとりひとりがそれぞれに秘密をかかえこむのではなく、知識をよせあって公開すれば、世の中がどれほど進歩することか！　教会ですら、驕慢《きょうまん》と不安によって分裂している。このアイデアはしばらく前から温めていたのだが、生き物を使わず耳を作動させる方法がどうしても考えつかなかったのだ。だが今日、一枚の羊皮紙を二枚にはがし、融合しようとする本来の力を利用すればいいと示唆された。つまり、二が一であり、一が二となるわけだ」

「院長さまの指示が受けられるよう、おれも口をもっていってはいけませんか？」

「いや、ほんとうにそうできればよいのだが。おまえは魔術師の訓練を受けてはおらぬからな、はっきり聞こえる声で話すよう、口に術をかけつづけることはできぬだろう」そこで不安そうに眉をひそめ、「問題は距離なのだ。院内の端と端で実験はしたのだが。これの力でモンテフォーリア城から聖ヒエロニムスまで声が運べるかどうか。あとは祈るだけだ」

モンレアレがタンバリンの半分を、古い布鞄にいれはじめた――見ると中には、衣類などとともに、求職中の鋳物職人がもっていそうなこまごました品がはいっている。アンブローズはさっきのリンネルの袋を、そっと天井の梁に吊るしている。トゥールはフィアメッタに話しかけた。

「今日はうまくいってる？」

「ええ」フィアメッタは元気よく答えた。「父を手伝ってたときとほとんど同じよ。つまり父は、ずっと認可料を支払わずにわたしに徒弟の仕事をさせていたってことね」

彼女がそれを喜んでいるのか怒っているのかはわからないが、少なくともその目は抑えがたい自信で輝いている。思わず微笑を返すと、フィアメッタがこっそり打ち明けてくれた。

「羊皮紙をふたつにはがすってアイデアは、わたしが考えついたのよ。父が巾着に秘密のポケットをつくるのに、いつも革を剥いでいたのを思い出したの」

モンレアレはつまみあげた最後のタンバリンをぼんやりと見つめている。

「どれほどの利益が得られることか……。もし教会が毎年、その年に発明されたすぐれた術を集めた本を出版し、すべての管区に送るようになれば。そうすれば誰もが、その本に掲載される名誉を競い、喜んでおのが秘密を公開するだろうに……。いやはや」と、トゥールの新しい荷を閉じて、「ところで、ほかに質問はあるかな？」

何もたずねることはなかった。与えられた役目は実に単純だ。腹に不安がわだかまっているが、こればかりはモンレアレにもどうすることもできない。火のもとにいけば生きられると、地精《コボルト》は告げた。地精《コボルト》の言葉にはどれだけの重きをおけるものなのだろう。

「院長さま、悪霊《デーモン》の言葉は信じてもよいのでしょうか？」

「なんだって？」モンレアレがびっくりしてふり返った。「いかなる悪霊《デーモン》のことだ？」

「地精《コボルト》です。おれたちは山の悪霊《マウンテン・デーモン》と呼んでいます。おれ、話したことがあるんです、鉱山で」

「なるほどな」モンレアレが安堵の息を吐いた。「驚かすでない。地精《コボルト》は悪霊《デーモン》などではないぞ」

「ちがうんですか？」

「もちろんだとも。地精《コボルト》は――小妖精《スプライト》や木精《ドリアド》やそうしたものは、なんというか、自然界に生息する超常的な一族とでもいうか。学習して身につけるのではなく、生来的な能力として、それぞれの属性に応じた物質魔術を使うことができる種族なのだ。また人間の魔術師は、霊魔術と物質魔術を結び合わせて生来的限界を超えることを学ぶが、あれらにはそのような真似はできない。教会ではあれらもまた主のつくりたもうた生き物だと考えているが、キリストの肉である人とも、人の支配する、たとえば――馬のようなものとも異なる、いわば……別種の存在とみなしている。人にくらべ長命なものもあるが、死と無縁ではない。その魂についてはさまざまな理論や異説が語られているが、たしかなことはわからない。主がつくりたもうた以上はなんらかの意図があるのだろうが、それをいうならば、ライオンや狼や毛ジラミもまた、主のつくりたもうたものなのだからな。それをわずらわしいと思うことはわれらには許されておらぬよ。そしてありがたいことに、教会の霊魔術は、必要に応じてあれらの物質魔術を打ち消すことができる」生き生きと語るモンレアレからは、明らかな興奮が伝わってくる。

「でもそれじゃ、悪霊《デーモン》というのはなんなのですか？」

モンレアレは口ごもり、重々しい声でつづけた。

「そうだな。われわれにとって悪霊《デーモン》とは、トルコ人のようなものだといえるだろう。つまりは兄弟だ。人間から枝分かれしたものであるがゆえに、悪霊《デーモン》の邪悪さは、内気な一族のささやかないたずらなどより、計り知れぬ危険を秘めておるのだよ」

ふいにフィアメッタが顔をあげ、恐怖に目を細くした。それがいかなる恐怖なのか、トゥールには想像することもできなかったが。

「それじゃ、悪霊《デーモン》ってほんとうはなんなの?」

モンレアレは困惑を浮かべて眉をひそめた。

「フィアメッタ、わかっておくれ。正しい霊的監督を受けずにこの問題について語りあえば、異端や誤謬《ごびゅう》におちいる恐れがある。よく考えてごらん。もしおまえが望みどおりに魔術の訓練を受けるならば、いつかおまえは、無知なる者たちには無縁な、ある種の……誘惑にさらされることになるだろう」

「それって、父のことと関係があるの?」

「ああ、そうだ」モンレアレは口をつぐんでから、「悪霊《デーモン》とは死霊なのだよ」

「お父さまは悪霊《デーモン》じゃないわ!」

「まだな。だがそうなる危険にさらされている。おまえも知ってのとおり、告解を受けた魂は主のみもとにいく。ときにはそのような補助なくして主のみもとにあがる清らかな魂もある。だがまれに——事故とか殺人とかいった、不慮の死に見舞われて——亡霊としてさまよう者があるのだ」

「父もそう言っていたわ」

「そうだ。もちろんそうした霊も、ときがたてば風に吹かれる煙のように、人にとっても神にとっても消滅してしまう。少なくとも、人の目には見えなくなる。だがそうした霊を、死霊《スピリット》・指輪《リング》などの物理的鋳型に縛りつけ、養い、維持することができるのだ」

「維持するって、どうやって？」

「それには非常に多くの儀式が必要だ。いまでは、実際に効果をもたらす儀式と、無害なものや恐ろしいものをふくめ、種々雑多なとんでもない迷信とがいりまじってしまっているがな――死霊の指輪《スピリット・リング》による罪の大半は、魂が主のみもとにあがることをさまたげるということ以外に、指輪を維持するためのそうした儀式によってもたらされるともいえるだろう。魔術師志願の未熟者はよく、大きな罪を犯せばそれだけ大きな力が手にはいると考えがちだが、それはほとんどの場合、ルシファーすら笑いとばすにちがいないとんでもない誤解、まちがいなのだよ。言語道断なたわごとだ。じつにくだらん。儀式が滞《とどこお》れば、指輪に捕らわれた霊は消滅しはじめる」

「地獄にいくんじゃなくって？」

「偉大なる聖アウグスティヌスが明かされたように、地獄というのは場所ではない。永遠なのだ。時の果てにあるのでもない。地獄はいまここにある。そしてある意味では、天国もな」

モンレアレはそこで、トゥールとフィアメッタの完全に混乱した視線に気づき、手をふった。

「いや、いまはそんなことはどうでもよい。とにかく、亡霊にはもう一種類あるのだ。どうやってか、肉体も指輪も、いかなる物質的拠《よ》り所もなくして、この世にとどまる霊がな。その一部が罪食いとして、恐怖や怒りや絶望を餌《えさ》とするようになり――おのが存在を維持するため、そうした罪を増やそうとしはじめる。魔女や魔法使いを誘い、おのれのために利用しようとするものもある。それが真の悪霊《デーモン》のはじまりだよ。ありがたいことに、そんな話はごくまれだ。興奮にわれを失った人々が主張するよりは、はるかに少ないのだよ」

モンレアレは深く刻まれたしわをこすった。

「だがおまえの話によると、プロスペロ・ベネフォルテの霊としての力は、すでにとほうもなく強大だ。煙のような実体のないものからとはいえ、一時的に肉体をつくりだすことができるとはな。もしその彼が、フェランテによって指輪に捕らわれ、育てられれば……糧《かて》として与えられるものによっては、恐ろしい存在になるだろう」

「父は悪いことなんかしないわ!」

「プロスペロ・ベネフォルテはすばらしく立派な男だった。怠惰とも大食とも縁がなく……いくらか傲慢で短気ではあったがな。それといささか強欲でもあった。まあわれらはみな、いかに善良な人間であれ、すべて罪を負っているものだ。彼もしばらくはフェランテに抵抗できるだろう。だがいずれは生への誘惑に、少なくとも、ひとつの意志として生存しつづけられるという誘惑に、屈するにちがいない。わたしの精神力をもってしても、そのような餌に抵抗しきれるかどうか。ただ主の慈悲のみまえにみずからを投げ出し、救いを祈るだけだ」

新たな名状しがたい不安と戦っているのだろう、凍りついたようにじっとすわったまま、フィアメッタがくり返した。

「でも父は院長さまの名を呼んだの」

「そうだ」モンレアレはうなずいた。「だがわたしとて全能なる主ではない。フィアメッタ、おまえも懸命に祈りなさい。そしてフェランテを阻止するため、主がほかにいかなる手段をくだしたもうたか、考えてみようではないか」


モンレアレは洗濯場の屋根を越えて、裏門からも正門からも離れた南の塀ぎわにトゥールを連れていった。月はなく、アンブローズはランタンの火も暗くしている。トゥールは目をこらして、すぐそばの森をながめた。兵士の姿が見えないということは、むこうからも彼を見ることはできないはずだ。

モンレアレとアンブローズは影の修道士のようだ。フィアメッタの白いリンネルの袖《そで》だけが、ほの白く浮かびあがっている。トゥールはずっと、モンレアレが姿の見えなくなるマントを出してくれないかと期待していた。だが院長は、何かの術をかけてくれただけだった。ここしばらくずっと魔法に触れてきたため、感覚が鋭敏になったのだろうか、今回トゥールは漠然とではあったが、モンレアレの呪文によって、自分が何かに包まれるのを感じることができた。

「これでおれはまったく見えなくなったんですか?」トゥールは小声でたずねた。

「そういうわけではない」モンレアレがささやき返した。「あの小さな耳にかけた術と同じようなものだ。その効果も数時間で消える。おまえの姿を見たり音を聞いたりしても、動物か、気のせいだと考えるだけだ。だが昨夜のように真っ正面からむきあってしまえば、この術も役には立たぬ。だから気をつけるのだぞ」

フィアメッタとふたりで聖ヒエロニムスにたどりついてから、ほんとうにまだ一日しかたっていないのだろうか。

「わかりました、院長さま」

トゥールはロープを握って強度をためしてから、脚を投げ出すように石の端にすわり、帽子をぎゅっとかぶりなおした。フィアメッタは屋根の上に立って、寒さをしのごうと身体に両腕を巻きつけている。スカートが黒い影になってひろがっているが、顔は見えない。

「トゥール……。気をつけてね。あの……新しい服、すてきよ」

その言葉に励まされ、トゥールはうなずいて、手の中のロープをすべらせながら塀をくだっていった。

第九章

トゥールは夜明けまでの数時間を、モンテフォーリアの北東門から四分の一マイルほど離れた街道わきの木の下で眠って過ごした。東の丘陵から黄金色の夜明けがひろがりはじめたので、寝返りをうって、埃《ほこり》っぽい街道に目をむける。最初や二番めに門をくぐったのでは、目立ってしまう。三番めならいい。この時間、こんな大きな町の近くで、これほどまでにもひとけがないのは、誰もができるかぎり軍人に近づかないようにしているからだろう。だがようやくロジモ人だろうか、騎馬の男がひとり、それから野菜を手押し車いっぱいに積んだ老人がひとり、通りすぎていった。トゥールは充分な距離をとって、老人のあとから街道におり立った。

町の城壁が目の前にせまり、トゥールは息をのんだ。さまざまな年代の煉瓦《れんが》と四角く切り出した石が、高く、長く、湖畔までつづいて、モンテフォーリアを害悪から守っている。少なくとも一マイルはありそうだ。ローマもこんなふうなのだろうか。明るい朝の光の中で、魔法のような景色に心が躍る——

〈人がこれをつくったのか？　では人は、ほかにどのような奇跡をなしとげることができるのだろう？〉

たしかに修理の必要な箇所もあるし、いまにも転がり落ちそうな石もある。それでも心が昂揚する。街道の果てにこのようなものが待ちうけているというのに、なぜ自分はあんなにも長いあいだ、ブルーインヴァルトにとどまっていたのだろう。ウーリが教えてくれようとしていたのに……

おそらく満足な手当てもされないまま冷酷な敵のあいだで何日も放置されているだろうウーリのことを思うと、しぜん歩幅が大きくなり、トゥールは手押し車に野菜を積んだ男に追いついてしまった。屋根瓦《がわら》が赤く、四角く高い塔の下で、アーチ形の城門がひらいている。手押し車の男を調べている三人の門衛のうち、武器をもたないひとりは町役人の制服だが、残るふたりは剣をおびたロジモ兵だ。華やかな緑と金の縞模様のチュニックに、フェランテの紋章を縫い取りした緑のタバードという、婚約の行列のための派手なお仕着せを着ているが、予期せぬ戦闘と一週間にわたる攻城と占領で、いまはそれも薄汚れている。

モンテフォーリア人の門衛が手押し車の中身をつつきながら、困りはてた声をあげた。

「二十日大根だって？　二十日大根しかもってこなかったというのか？」

実際には春タマネギとレタスも、束になって積んである。背の高いロジモ兵が老人をにらみつけた。

「おまえたちが食糧をよこさんでも、いずれわが国の者が運んでくる。近隣の者たちにもそう伝えるんだな」

老人は表立った反抗をせずに肩をすくめ、そのまま手押し車をおして門をくぐり抜けた。門衛が、今度はトゥールに目をむけた。

「おまえはなんの用だ」

トゥールはおずおず両手で赤い帽子をいじりまわした。

「仕事をさがしにきたんです。ここの城で、鋳物《いもの》職人をさがしてるときいたもんで」

門衛はうなりながら、トゥールの告げた名前——トゥール・ワイルと名乗った——と用件を書き留めた。

「それで、どこからきたんだ？」

「マイセンです。アルテンブルク」と適当に答える。

以前、腐食性カドミウムに侵されて目が見えず、両手も失った、アルテンブルク出身の鉱夫に会ったことがある。出身地としてあげるにはちょうどいい遠方の町だ。

「ドイツの金属職人か、え？　城で喜んで雇ってくれるだろうよ」

答えた背の低いロジモ兵に、トゥールは熱心な声でたずねた。

「どこへいって、誰にうかがえばいいんでしょうか？」

「城にいって——右にまがって大通りをまっすぐだ——それからフェランテ公の書記官ニッコロ・ヴィテルリ閣下にお会いしろ。職人を雇うのはあのかただ」

「ありがとうございます」トゥールは軽く頭をさげて立ち去った。

ひしめきあった背の高い石づくりの家や商店にはさまれて、街路はどこも峡谷のようにせばまっている。見あげると、空は細長く青いリボンのようだ。ここでは色彩よりほかに、町のようすはまるでわからない。今朝はあまり人が出ていないようだ。城でどんな仕事をさせられるかわからないが、自由に歩きまわれるいまのうちに、フィアメッタの家を調べてきたほうがい い。ふと浮かんだ考えに従い、トゥールは重たげな薪《まき》を背負った男を呼び止め、ノヴァラ通りの場所をたずねた。

城とは反対の方角にむかう。丸石を敷き詰めた大通りの真ん中に、乾いた溝が走っている。ノヴァラ通りは東の城壁のそばにあった。トゥールはその端にむかって歩き出した。

あの大きな四角い家だろうか。すべてが切り出した石でつくられ、まるで宮殿《パラーツォ》のようだ。階下《した》の窓は、葉と蔓《つる》をあしらった鋳鉄《ちゅうてつ》の不思議な格子で守られているし、二階にずらりとならんだ大きな窓は、すべて木製の鎧戸《よろいど》で閉ざされている。なんとふさわしい舞台だろう。この家はまるで宝石のように、その中心にフィアメッタをおしつつみ、守ろうとしている――まるで彼女が、ロンバルディアの小さな姫君であるかのように。フィアメッタがこの家のことを心配するのも無理はない。

壁はこの土地産の黄色っぽい石を組んだものだが、その中でまぶしく映える白大理石のアーチの中に、分厚い樫《かし》材の扉がはめこまれている。いま、その扉はひらかれたままで、緑のタバードを着て武装したロジモ兵が、見張りに立っている。近くの街路では、はつらつとした若いロジモ人の馬丁が、二頭の馬の手綱を握っている。一頭は質素な革のおもがいをつけているだけだが、もう一頭の、脚が雪のように白く、ひたいにくっきり星をいただいた大きく艶《つや》やかな栗毛は、軸の長い金メッキのくつわと、金の鋲《びょう》をうった緑の革の手綱と、絹の房飾りのついた胸帯と、それと対《つい》のしりがいで装っている。トゥールは不安げに立ち止まった。

うろうろしている彼に目をとめて、衛兵が疑わしそうに誰何《すいか》した。

「なんの用だ？」

「フェランテさまの書記官、ヴィテルリ閣下が鋳物職人を雇ってくださると聞いたもんですから」北の訛《なま》りを強調しながら答える。

『でも歩きまわっているあいだに道に迷ってしまって』とつづけようとしたとき、衛兵が目に見えて緊張を解き、了解のしるしに手をふった。

「では、はいれ」

トゥールは驚きながらも、衛兵のかたわらをすり抜けて中にはいった。板石を敷きつめた廊下で立ち止まり、薄闇に目が慣れるのを待つ。右手には誰もいない工房があり、作業テーブルのまわりにさまざまな道具が散らばっている——いや、壁の棚がからっぽになっているところを見ると、故意に投げ出されたものだろう。テーブルも乱暴に動かされたらしく、一台はひっくり返っている。ひととおり荒らされてはいるが、すべての道具がもちだされたわけではないので、まだ工房としての機能を失ってはいない。さらに足を進め、まばゆいばかりに明るい、大きな中庭に出た。

もともとは庭園としてつくられたものなのだろう、干あがった泉水のあとがある。だがいまは庭園どころか、邪魔がはいって悪魔の計画が中断し、そのまま放棄された地獄の工房のようだ。起重機や煉瓦の山や掘削の跡や組み立てた足場など、一見混沌とした光景から、トゥールの目はひとつの意味をひろいあげた。

ベネフォルテはこの中庭に小高い盛り土をつくり、その上に製錬炉を築いたのだ。炉の足もとには深いくぼみが掘られ、鉄のたがや梁《はり》を張りめぐらし、細い管をいく本もつきたてた、巨大な粘土の塊《かたまり》が立っている。どことなく人間の形をしてはいるが、もがきながら前進しようとしている沼の怪物のようでもある。これがフィアメッタの話していた、偉大なるペルセウスなのだろう。くぼみの中の焼け焦げは、蠟《ろう》が流れ出て乾いた跡で、つまりこの鋳型はもう、いつでもブロンズを流しこめる状態にあるのだ。像の周囲をかためる粘土《ねんど》の壁には、あちこちに陶製パイプがさしてある。そして万一雨が降っても焼きかためた粘土が濡《ぬ》れることのないよう、そのすべてが帆布の幕でおおわれていた。

中庭をめぐる二階の木製の柱廊《ちゅうろう》から、低い男の声が降ってきた。

「ここもだめか」

こだまする足音に顔をあげると、手すりにもたれて中庭を見おろす男と視線があった。

精力的な容貌をした三十代の男で、パッドのはいった上着に鎖帷子《くさりかたびら》という軍装だが、馬に乗るためだろう、丈夫な革のレギンズをはいている。立派な剣と自信に満ちた態度は、上級将校のものだ。黒い髪は兜《かぶと》の下にかぶる帽子のために短く、髭《ひげ》もきれいに剃《そ》ってあるが、もともと濃い体質なのだろう、あごに黒い影がさしはじめている。だが重苦しい印象にならないのは、平然と値踏みするようにトゥールを観察する、敏捷《びんしょう》な黒い両眼のおかげだろう。手すりにおかれた右手に、白いガーゼの包帯を巻いている。

さらに足音が聞こえ、むかいの柱廊にもうひとりの男があらわれた。トゥールは内心の動揺を悟られないよう、表情をひきしめた。モンレアレの鏡の中で、塔の上に立って石弓の射手に指示を下していた、あの小柄な赤いローブの男だ。

「こちらもだめでしたよ」男は視線を落とし、トゥールに気づいて顔をしかめた。「あれはなんです？」

トゥールはまた帽子を脱いだ。

「すみません。おれは金属職人です。城門の衛兵が、ヴィテルリ閣下にお目にかかるよう教えてくれましたので」

男はいくぶん表情をやわらげた。

「なるほど、連中にここを教わったのか。わたしがそのヴィテルリだ」

どうやらさがし物を見つける厄介な勘は、時と場合を選ぶ能力に欠けているらしい。トゥールにはまだ、ヴィテルリと対決する心構えなどできてはいなかった。いかにも事務官らしいこの優男は、あごが細く、明るい両眼は黒歌鳥のように落ちつきがない。なのになぜ、こんなに不安をおぼえるのだろう。

「おまえは鋳物工場をかまえる親方なのか？」ヴィテルリがたずねた。

「いえ、ただの職人です」

「それは残念。だがなかなかいい体格をしている。まあよい、雇ってやることにしよう。ところで、謎解きは得意か？」

「は？」

「力は強いが頭は弱いというわけか。あがってきなさい」

トゥールはおとなしく柱廊にあがり、赤いローブの男の前に立った。軍装の男もぶらぶらとこちらにまわってくる。

「わたしたちはいま、あるものをさがしている」ヴィテルリが語った。「書物か、紙束のようなものかもしれない。うまく隠してあるはずだ」

柱廊におかれた櫃《ひつ》から、本と紙が山のようにこぼれている。トゥールはそれを指さしてたずねた。

「あの中にはないんですか？」

「ああ。だがああしたものだ。あれもそれなりに貴重な文献だが、わたしたちが求めているものではない」

軍装の男が低い声で口をはさんだ。

「ニッコロ、おまえはいかにも自信ありげだが、ほんとうにそんなものが存在するのか？　どうにも雲をつかむような話ではないか。それにもしかすると、ベネフォルテがもう何年も前に燃やしてしまったかもしれんぞ」

「存在しなくてはならないのですよ、殿。それに、あの男にあれを燃やすことなどできるはずはありません。いかなる魔術師にもそんな真似はできませんよ。ここまで深入りしてしまった以上はね」

『殿』と呼んだ？　ではこれがフェランテその人なのか。いまこの場で短剣を抜いて、暗殺すべきだろうか。だがトゥールの短剣は、もっぱら夕食のパンを切るような仕事にばかり使われてきたしろものだ。いずれにせよこの軍装の男は、想像していたような悪魔の化身には見えなかった。ごくふつうの、どちらかといえば魅力的な男だ。それに鎖帷子を着ているし、けっして他人に背をむけない。すでに習慣になっているのだろう、隣の部屋にむかうにあたっても、ヴィテルリにさえ、背後をとらせようとしないのだ。そのとき、緑の服をきた衛兵がもうひとり部屋から出てきて、好機は失われてしまった。ヴィテルリが衛兵を示してトゥールに命じた。

「あの男の手伝いだ。煉瓦も板も、一枚残らずあたってみるのだ。ひとつとして見逃すなよ」

「わかっております、閣下」

衛兵はうんざりした顔で答え、ついてくるようトゥールをうながした。

そこでトゥールは敷石《しきいし》をつつき、漆喰《しっくい》をたたき、床にうずくまって一インチずつ板の隙間に短剣をすべりこませることになった。ひとつの部屋が終わると、つぎの部屋だ。

ヴィテルリが入口から顔を出して言った。

「この階はこれで終わりだ。わたしたちは地下室を見てくる」

『下じゃなくて上です』と答えようとして、トゥールはあわてて口をつぐんだ。いまはさがし物に関する勘というか、運というか、あの力を明らかにすべきときではない。それだけはたしかだ。彼はあえて天井を無視し、うつむいて床板を見つめた。

隣の部屋にはいって、少なからぬショックを受けた。それはフィアメッタの部屋だったのだ。金細工師の宝をさがす興奮した手によって、木製の寝台はばらばらに分解され、マットレスも切り裂かれている。ふたつある櫃もひっくり返され、中身をすべてぶちまけているが、床の上には古ぼけたリンネル数枚が残っているだけだ。もちろん、フィアメッタの衣装がこれっきりであるはずはない。立派な衣類はすべてもち去られたのだ。トゥールはこみあげてくる荒々しい衝動にとまどいながら、櫃をまっすぐに起こし、肌着類を集め、不器用にたたんで中にしまった。兵士たちはフィアメッタの衣装をふりまわし、おどけてみせたのだろうか。あの、懸命に矜持《きょうじ》を保っている誇り高いフィアメッタを、誰の笑い物にもさせたくはない。トゥールは深く眉をひそめた。

「おい、さっさとしろよ」

逃げ腰な気配を察したのだろう、衛兵にいらだたしげな声でうながされ、トゥールはおとなしく壁をたたきはじめた。この壁の背後に何もないことはわかっているのだが。一方の壁、その隣、さらにその隣……

「お、おい！　あったぞ！」隅で膝をついていた衛兵がさけんだ。

短剣の先で短い床板をこじあけると、その下のくぼみに、絹のリボンで結んだ紙束がおさまっていた。衛兵はそれをつかんで勝ち誇ったようにふりまわし、満面に笑みを浮かべて、あるじをさがしにとびだしていった。トゥールもそのあとを追った。

フェランテとヴィテルリは厨房《ちゅうぼう》で、野菜室からあがってきたところらしく、薄汚れ、機嫌も悪かった。

「公、ありました！」

「よくやった！」

ヴィテルリは興奮した衛兵のさしだす紙束をひったくり、リボンをむしりとって調理台の上にひろげた。表面の板には何本もの傷が走り、これまで山ほどのパンや麵をつくってきたのだろう、小麦粉で黄色くなっている。ヴィテルリは紙をめくりながら熱心に読み進めていたが、やがてその顔に落胆が浮かんだ。

「くそ！ 反古《ほご》ではないか！」

ベルトに吊るしたひらべったい革袋をもてあそんでいた衛兵が、失望の声をあげた。

「これではありませんでしたか？ 床板の下に隠してあったんですが……」

「これはベネフォルテの筆跡ではない。おそらく娘の日記だろう。くだらん！ たしかに魔法の覚書《おぼえがき》ではあるが、素人のたわごとだ。噂話や恋の呪文や、そんなものばかりだ」ヴィテルリは軽蔑したように紙をはらいのけた。

フェランテとヴィテルリが背をむけたすきに、トゥールはこっそり紙をかき集めてリボンで結びなおし、ぼこぼこにへこんだ白鑞《しろめ》食器のはいっている戸棚の、目に見えない場所につっこんだ。厨房から出るときも、フェランテは足をとめて、トゥールとヴィテルリとがっかりした衛兵をさきにいかせることを忘れなかった。

「もう城にもどらねばならんな」中庭に出ながらフェランテが言った。「ニッコロ、まだ諦めがつかんなら、おまえは午後にまた何人か連れてきてあたってみるがいい。だがそれで成果がなければ、なしでやるしかあるまい」

「どこかにあるはずなのですよ。必ず」書記官が頑固に言いはる。

「そうはいうがな。すべてはベネフォルテの頭の中にあったのかもしれんぞ、え？」

ヴィテルリのうなり声を聞きながら、フェランテは漠然とあたりを見まわして言った。

「わたしがこの国のぬしとなったあかつきには、おまえにこの家をやろう」

「ありがとうございます、殿」ほんのわずかに憂いを晴らしてヴィテルリが答える。

「よし」

ヴィテルリは陽光の中に歩み出て、帆布の下をのぞきこんだ。

「この錫《すず》の山も、本とともに城に運ばせてよろしいでしょうか？」

積みあげられた輝く金属棒は、それぞれが百ポンドはありそうだ。フェランテの士官たちがこの家をおさえる前に、略奪者によってもち去られなかったのは、ひとえにその重量のおかげだろう。

「そのままにしておけ。金属は逃げはせん。味方を害せず敵を倒してくれる大砲をつくれる鋳物職人が見つかるまでは、どこにおいておこうと同じことだ」フェランテは肩をすくめ、ふり返ってトゥールを呼んだ。「ついてこい、ドイツ人」

トゥールは荷物をひろいあげた。フェランテが樫の扉のそばで立ちどまり、入口を見張っていた衛兵に声をかける。

「おまえ、この家で宝石を漁《あさ》ったことがあるな」

「とんでもありません、公」衛兵は驚きの声をあげた。

「わたしに嘘はつくな、縛り首にせねばならなくなる。おまえらがガーネットのひとつやふたつ、貨幣のひとつやふたつ、くすねようと、わたしは気にせん。だが誰かが紙を――たとえ便器の目録であろうとだ、一枚でももちだしていたなら、日暮れまでにそいつの首を串刺しにしてやるからな。わかったか?」

「はい、わかりました」

衛兵はフェランテとヴィテルリが馬に乗ってしまうまで、気をつけの姿勢で凍りついていた。胸当てと兜姿のふたりの兵が、馬丁に呼ばれて庭と道具小屋からもどってきて、騎馬のふたりの背後にならぶ。先頭に立ったのは、トゥールの相手をしていた衛兵と馬丁だった。

フェランテの手のひとふりで、トゥールは彼のあぶみのかたわらを進んだ。ささやかな行列で町を通り抜けながら、衛兵は誰彼となく、近づきすぎる市民に疑惑の視線をむけている。だがモンテフォーリア人たちのほうでも、フェランテが近づいてくると、店にもどったり脇道に逃げこんだりして姿を消し、あとずさって壁にはりつく者もいる。罵声も歓声もあがらない。フェランテの周囲にだけ、静寂の幕がはりめぐらされているかのようだ。

たった四人の衛兵で? フェランテはそんなに勇敢なのだろうか。衛兵のようにあたりを見まわすこともなく、背筋をまっすぐにのばして馬にまたがっている。この町には数千のモンテフォーリア人が住んでいる。もしそのすべてが一度に街路にとびだしてきたら、いかに武器で勝るとはいえ、フェランテとその部下に勝ち目はない。なぜ町の人々はそうしないのだろう。サンドリノはそんなに人気がなかったのか。市民にとってはどの暴君も同じなのだろうか。いや、姫君の婿《むこ》から簒奪者《さんだつしゃ》へ、友から敵へという立場の変化があまりにも急激だったため、どうとらえていいのかとまどっているだけだ。それにしてもフェランテは、何によってモンテフォーリアを支配しているのだろう。そのひとつは恐怖だ……怒りにかられた群衆が公爵の仇をうとうと街路にとびだしてくるさまを想像するのは簡単だが、しかし敵の剣の前にいのいちばんにとびだしていきたい者がはたしてあるだろうか。結局のところ、トゥールは局外者にすぎない。これはトゥールの戦いではないのだ。だがほんとうに？

〈ウーリは生きているのだろうか？〉

角を曲がると、切り立った岩だらけの丘にそびえる城が視野にはいり、腹の中を戦慄が駆け抜けていった。

「それでドイツ人」フェランテが馬上から愛想のいい声をかけた。「大砲の鋳造《ちゅうぞう》はわかるか？」

トゥールは肩をすくめ、背中の荷物を背負いなおした。中身のことは考えずにおこう。

「おれは製錬所で鉱石から金属を冶金《やきん》していました。炉を掃除したり、薪や金属を運んだり、ふいごをおこすこともします。砂型鋳造の手伝いをしたこともありますが、飾り板や燭台《しょくだい》みたいな小さなものばかりで……そういえば一度だけ、教会の鐘の鋳造を手伝ったことがあります」

「なるほど。では命じられた場合、ひびのはいった大砲をどう修理する？」

「それは……それはひびのはいりかたによります。もし縦に割れているのなら、鉄の輪金を熱して砲身に巻きつければいいと聞いたことがあります。でも横向きにひびがはいっているのなら、それから型をつくり、熔かして新しい大砲を鋳造しなおしたほうがいいでしょう。炉と樋《とい》で失われるため、金属を新しく足す必要がありますが」

フェランテは穏やかにうなずいた。

「なるほどな。工兵が輪金を使っているのを見たことがある。おまえはなかなか詳しいようだ。よし。ほかに親方が見つからなければ、おまえをそれに命じよう」

「あの……最善をつくします」

曖昧《あいまい》なトゥールの返事に、フェランテはくっくっと笑い声をあげた。

「まあがんばってくれ」

人殺しにしてはひどく陽気な男だ。トゥールは思いきってたずねた。

「公爵さま、あの家で何をさがしておられたんですか？」

フェランテの笑いが消えた。

「おまえの知ったことではない」

トゥールはおとなしく口をつぐんだ。城のある丘が近くなり、道がのぼり坂になった。視野の隅で、ひとりの男がすばやく走ってきて水桶《みずおけ》の背後にうずくまった。十字路に三人の若者が立っている。ひとりはぎらぎらした目でフェランテをにらんでいるが、あとのふたりはわざとらしく顔をそむけている。フェランテは視線に気づきながらも、あえて無視し、あごをもちあげ口もとをひきしめた。包帯を巻いた右手に手綱をもちなおし、左手は剣の柄《つか》にかかっている。脇の路地から、酔っぱらっているのか、五、六人の若者が歌をうたいながらよろめき出てきた。

足もとがあやしく、しじゅうぶつかりあっているが、歌声に酔いは感じられない。衛兵たちは犬のように毛を逆立てながらも、剣は抜かず、命令を待ってあるじに目をむけている。

トゥールは店か路地か、どこでもいいから身を隠すところはないかとあたりを見まわした。だが逃げ場はない。右手の建物は扉も窓もしっかり閉ざされている。前方では、最初の三人に六人がくわわり、街路をふさいでしまった。全員が剣を抜き、もう笑いも冗談も歌もない。その顔には、決意と怒りと恐怖と、そして迷いがちらついている。その中のひとり、どう見てもトゥールより年下の少年は、ひどく青ざめ、いまにもかがみこんで嘔吐しはじめそうだ。

ふたりの若者がついと前にとびだし、仲間がついてこないことに気づいてまたあとにさがった。フェランテと衛兵にむかって罵声を投げつける者もあったが、それは敵を怒らせるためというより、むしろ自分たちの意気をあげるためらしい。フェランテの顔は鉄のように冷静だ。彼の合図で衛兵たちが剣を抜いた。短剣しかおびていないヴィテルリは、手綱をひいて馬をとめた。

わめいている襲撃者より、静かなロジモ兵のほうが恐ろしい。衛兵たちの緊張が感じられる——おそらくは無学だろう彼らにも、少なくとも、六人と十人のちがいくらいはわかるはずだ。それでも彼らから感じられるのは、恐怖ではなく、不愉快だが熟練した馴染みの仕事にとりかかるときの確固たる意志だ。馬丁の少年が短剣を抜いて肩ごしにふり返った。フェランテが安心させるようにうなずきかける。トゥールはのどの奥でつぶやきをこらえた。自分も短剣を抜くべきだろうか。それにしても自分はなぜこちら側にいるのだろう……

リーダーがロジモ兵ではなく、臆病な仲間にむかって多彩な罵声を浴びせはじめたことで、ようやく襲撃者たちも腹をくくり、フェランテにむかって突進してきた。三人の衛兵が先頭を切ってとびだし、鋼《はがね》のぶつかる音をたてて応戦する。

上等な青いダブレットに鮮やかな黄色いタイツを着た若者が、フェランテに視線をすえたまま、立ちはだかる護衛のあいだをすり抜けてきた。馬丁の少年が短剣をふりまわしてとびだしたが、力量の差はいかんともしがたい。あっさりかわされると同時に、モンテフォーリア人の剣が少年の胸に埋もれた。馬丁の少年の悲鳴が響きわたる。黄色いタイツの男は、自分の行為に衝撃を受けたかのように動きをとめた。

「臆病者め！」

フェランテが真っ赤になって怒鳴り、左手で剣を抜きはなって、華やかな栗毛の馬に拍車をかけた。その黒い両眼は炎をあげて、ひたと黄色いタイツの男を見すえている。若者はフェランテの顔を見ると、血しぶきをあげながら馬丁の胸から剣をひき抜き、背をむけて逃げ出した。

男を追ったフェランテが、護衛たちより前にとびだした。歓声とともにいくつもの手がのび、金メッキのくつわをつかもうとする。フェランテは剣をふりまわして、もう一度馬の腹に拍車をいれた。馬はいないないて棹立《さおだ》ちになり、その前足が、少なくとも一度はぐしゃりと生々しい音をたてる。衛兵たちがあわてて前進し、またあるじをとりまいた。

モンテフォーリア人の剣士がひとり、トゥールの前にとびだしてきた。トゥールは短剣を抜いてかろうじてその一撃をかわしたが、結局どうしようもなく、突進して相手をはがい締めにし、もがき暴れる男の利き腕を捕らえた。ふたりのあいだで、ニンニクとタマネギ、激情と恐怖の息がいりまじる。

「おれはちがう、ばかものめ！　おれは味方だ！」

耳もとでうなるトゥールに、モンテフォーリア人が頭突きをくらわそうとする。

視野の隅で鮮やかな色彩が動き――またべつのモンテフォーリア人の剣が襲いかかった瞬間、トゥールは捕虜ごとそちらにむきなおった。剣が男の身体《からだ》を貫き、トゥールの腹にまでつき刺さる。苦痛と驚愕《きょうがく》の悲鳴をあげてあとずさると、はがい締めを解かれた男がどさりと丸石の上に倒れた。剣の持ち主は苦しげな声をあげ、狙いのはずれた恐ろしい一撃を取り消そうとするかのように、あわてて剣をひき抜いている。

腹に触れてみた。新しい黄褐色のジャケットにしみがひろがり、ふるえる手が赤く染まる。だがこの感触では、表皮が切れただけで、内臓にまでは達していない。起きあがり動いても大丈夫だろう――それを実行に移し、よろよろとあとずさった。だがモンテフォーリア人は追ってこようとせず、泣きわめきながら、傷ついた仲間を運び去ろうとしている。

鋼の音が耳をおおわんばかりに大きくなった。ふり返ると、敷石に轟《とどろ》くひづめの音だ。緑衣のロジモ騎兵が六人、主君を助けんと城から駆けつけてきたのだ。騎兵は背後から乱入してモンテフォーリア人を追い散らし、完全に襲撃を終わらせた。若者たちはフェランテ襲撃もそこそこに、懸命に自分の身を守ろうとしはじめる。ばらばらに逃げ出した彼らを追って、騎兵たちもまたせまい路地へと駆けこんでいった。トゥールは自分の状態をたしかめてみた。ありがたいことに、荷物を落としてもいないし、中身を――ばれたら罪に問われることはまちがいない――敷石の上にぶちまけてもいない。

フェランテが激しく息を乱しながら、興奮した馬をなだめた。馬は白目をむき、血臭に大きく鼻孔をひらいている。馬丁の少年が、いまはフェランテの膝の上にかかえあげられている。だがその顔は血の気を失い、両眼はかっと見ひらいたままだ。フェランテが剣をおさめ、何かつぶやきながら、少年の顔を自分のほうにむけた。そしてはっとしたようにその死に顔を見つめ、やがて狼のようなうなり声をあげた。

負傷した衛兵はふたりだ。トゥールが取っ組みあった相手をふくめ、三人のモンテフォーリア人が石の上で息絶えている。そしてふたりの騎兵が馬をおりて、暴れる黄色いタイツの男を捕らえている。

「その男を絞りあげ、共犯者の名を聞き出せ。そしてそやつらを狩りたてて殺せ」

フェランテの顔も、いまは鉛色に血の気を失っている。捕虜を指さし、騎兵隊長にむかって命じる彼の下で、かたくなな気配を察して、栗毛の馬が不安げに身じろいだ。

ヴィテルリが、結局使うことのなかった短剣を鞘《さや》におさめ、馬をフェランテのそばに寄せてきた。

「殿、ひと言申し上げれば」と声を落とし、「この男をつかまえておくのはよろしいでしょう。知っていることを吐かせるのもけっこう。しかしいま、人手をかけて連中を狩り出すのはいかがなものでしょうか。やつらの家族を、殿に対する復讐《ヴァンデッタ》に駆り立てる結果にしかなりませんよ」

トゥールはひそかに安堵《あんど》した。この暴力に満ちた恐ろしい殺戮《さつりく》をおさめんとする、理性と慈悲にあふれた言葉だ……ヴィテルリに対する敬意がひと目盛り上昇した。書記官はさらに言葉をつづけた。

「軍が到着するのを待ち、それから刺客もろともその親族を一網打尽にすればよろしいのですよ。ひとり残らず根絶やしにすれば、復讐騒ぎも起こりません。最初にそれだけ強烈な印象を与えておけば、以後の統治も楽になりましょう」

フェランテは眉をあげ、かすかな困惑をこめて書記官を見つめている。やがて承諾のつぶやきが、その口からこぼれた。

「おまえにまかせる、ニッコロ」

ヴィテルリが落ちつきのない馬の上で軽く一礼する。

「それで思い出しましたが。サンドリノの敵を地下牢《ろう》から出さなくてはなりませんね。いずれ牢が必要になりましょう」

「では手配しろ」

フェランテはため息をついた。戦闘で燃えあがった興奮もエネルギーも、いまは目に見えて消え、疲労だけが残っている。その視線がトゥールを捕らえた。

「怪我をしたのか、ドイツ人」

心から心配している声ではないが、少なくとも気遣いはしてくれているらしい。

「ひっかき傷みたいなもんです」トゥールはかろうじて声を絞り出した。

戦い慣れた目が、トゥールをざっと調べて納得し、軽くうなずく。

「いいだろう。泣き言をもらさぬ男は好きだ」

是認の言葉に、なぜか心が温かくなる。

〈この男が何者かを思い出せ。ウーリを忘れるな〉

こわばった会釈《えしゃく》を返すと、何を思ったのか、フェランテの顔に乾いた微笑が浮かんだ。

フェランテはもう一度だけ悲しげにくちびるをひきしめて、少年の白いひたいから髪をはらいのけてやり、騎兵のひとりにその遺体をあずけた。それから改めて、手をあてたトゥールの腹が赤く染まっているのに気づき、眉をあげて左手をさしだす。

「乗れ。医者まで連れていってやる」

そこでトゥールは、フェランテその人からわずか一インチと離れていない場所で、栗毛馬のたくましい尻に揺られて、城までの坂道をのぼっていくことになった。ロジモ公につかまる勇気はなかったし、つかまりたいとも思わなかったため、その指は彫り模様のある鞍尾をしっかりつかんでいる。フェランテは両側に塔のそびえる城門をくぐると、中庭でトゥールをおろし、衛兵にその案内を命じた。

「腹の手当てをすませたら書記官をさがすがいい。仕事について説明してくれる」

第十章

トゥールは衛兵について、従僕がフェランテの馬をひいていくのとは反対の方角に、中庭を横切っていった。左手には、モンレアレの鏡の中でかいま見た、精巧な大理石の階段がある。フェランテは一段とばしにそれをのぼり、居城内に姿を消した。トゥールは衛兵のあとから庭の北にある粗末な門をくぐり、使用人棟らしい建物にはいった。水漆喰《しっくい》を塗った石敷きの厨房《ちゅうぼう》では、六人ほどの男が汗と罵声をとばしながら薪《まき》や丸ごとの牛と取り組み、怯《おび》えた顔の老女がふたり、小山のようなパン種《だね》をこねている。厨房のさきにある酒蔵は、軍の薬師に占拠されていた。そこから階段をあがって通廊を曲がると、亡きサンドリノの公式正餐用の広間だ。

そこは臨時病院にしたてあげられ、十人以上もの病人や怪我人が、編んだ藁《わら》布団に横たわっていた。壁には頰の赤い半裸の神々や青ざめたニンフのフレスコ画が描かれ、絵の具の目の下でくりひろげられる肉体的苦痛など知らぬげに、アカンサスの葉のあいだで微笑し、たわむれている。

案内をしてくれた衛兵がフェランテの軍医と話しているあいだに、トゥールは不安に満ちた視線をならんだ藁布団に走らせた。知らない人間ばかりだ。ウーリはここにはいない。では……。自分はいままでに、どれくらいの人間を見ただろう。フェランテとともにやってきた親衛隊は五十人だというが、修道院を包囲していた連中もかぞえれば、明らかにそれだけではない。足の速い騎兵が、すでにロジモから到着しているのだ。では歩兵がやってくるまでには、あとどれくらいの時間があるのだろう。なんとかしてさぐりださなくては。

フェランテの軍医はずんぐりした色黒のシチリア人で、騒々しく動きまわるさまは、治療師とか魔術師というより、まるで床屋のようだ。脈をとったり尿の匂いを嗅《か》いでは重々しい話し方をする、学識豊かなローブ姿のパドヴァの医師たちとは似ても似つかない。墓でも掘っているほうがふさわしいのではないか。ジャケットを脱いで傷口を示すと、医師は丸々したくちびるをすぼめて肩をすくめた。最初の激しい出血はすでにとまり、弾力のある皮膚にひかれて傷口がひらいている。ぱっくりとあいた傷の奥で不気味にうごめく赤茶色の筋肉を、トゥールは改めてしげしげとながめた。

医師はトゥールをテーブルに寝かせ、いかにもおざなりに化膿どめの呪文をつぶやきながら、曲がった針で傷口を縫いあわせた。そのあいだじゅうトゥールは、涙のにじむ目を内側に寄せ、ぼろ布を嚙みしめて、くいしばった歯の隙間で呼吸していた。それが終わると、医師はすぐさまトゥールをすわらせ、リンネルの包帯を巻きつけた。

「化膿しなければ、十日ほどで糸を切って抜く」医者が言った。「化膿したら、また見せにこい。ではいってよし」

慣れてきたのか痛みもやわらいできた。

「ありがとうございました」

トゥールはぼそぼそと礼を言って血に染まった黄褐色のジャケットをたたみ、着古した灰色のリンネルのチュニックに着替えようと、そっと荷物をかきまわした。この部屋にも小さな耳をおいていくべきだろうか。ここで何か貴重な話が聞けるだろうか。壁のフレスコ画さえなければ、ここは修道院の診療所とほとんど変わりがない。患者たちの、ショックにぼんやりした不精髭《ひげ》の顔も、熱のために赤らんだ顔も同じだし、乾いた血と汗の匂いや、糞尿の刺激臭も同じだ。ふわりと漂ってくる焼け焦げた匂いは、ついさっき焼灼治療がおこなわれたところなのだろう。

医師は背をむけている。トゥールは小さな羊皮紙の円盤を手のひらに包んで、隠し場所をさがした。へこんだ胴丸、からっぽになった誰かの背嚢《はいのう》、槍《やり》、担架に使う一対の棒など、さまざまな道具が片隅のテーブルの背後に積みあげてある。かがみこもうとしたとたんに、腹の傷がひっつれて動きがとまった。ひと息ついてからモンレアレに教わった作動の呪文をつぶやき、雑多な山の背後に小さな円盤を落とした。さっきよりは慎重に、そっと身体《からだ》を起こす。

医師がもっと大きく恐ろしげな道具のはいった革の小ケースに針をしまい、血のついた布を洗濯袋につめこんだ。トゥールはチュニックの紐《ひも》を結んで、さりげなくたずねた。

「ここにいる人の、どれくらいがフェランテさまの部下で、どれくらいが捕虜なんですか？」

「捕虜だって？　ここに？」医師が困惑して黒い眉をあげる。「とんでもない」

ウーリの名をあげてたずねてみようか？

「捕虜の手当てもずいぶんしたんでしょうね」

「そんなに多くはないさ。ほとんどはあの勇ましい修道院長といっしょに逃げていったし、もう戦線に出てこられそうにない重傷者は、交渉の結果送り返してやったからな。せいぜいむこうの食糧をくいつぶせばいいんだ。けっこうなことじゃないか。おれだとて面倒を見るなら味方のほうがいいからな」

「ああ……それで、先生が手当てした敵はいまどこにいるんです?」

「もちろん地下牢《ろう》だ」

「上級将校もですか? 公爵の隊長や士官も?」

「敵はみんな同じだ」医師は肩をすくめる。

「そんな……乱暴なことをして、フェランテさまに非難が集まりはしませんか?」

医師はおもしろくもなさそうに短い笑い声をあげた。

「公の部下からは出ないだろうな。ところで――おまえさん、字は読めるか?」

「はい、少しなら」

「だろうと思ったよ。でなきゃ、坊さんや女みたいに、そんなたわ言をくり返しはせんだろう。おれがはじめて軍医としてはいったのは、あるヴェネツィアの傭兵隊だった――口が汚れるから隊長の名前はあえて言わんでおくがな。とにかくおれたちは、何日がかりかでボローニャ軍を追ってたんだ。沼のほとりで追いついたと思いな――そしたらわれらが親愛なる隊長殿は、そこでわざわざ足をとめて、おれたちの攻撃に備える時間を敵どもにくれてやったのさ。おかげでやつは騎士道精神の持ち主だと褒《ほ》め称えられ、引退したときはたいした金持ちになっていたよ。そしておれのテントは、本来なら負傷せんでもよかったはずの瀕死の男たちでいっぱいだったというわけさ。とんでもない話だ。ふん！　指揮官ならまず何より、自分の部下を大切にしてほしいもんだ。敵にやる心遣いは、そのお余りだけで充分さ」

「だから先生はフェランテさまを尊敬しているんですか？」

「あのかたは実際的な軍人だからな。年をとれば、そういうもののほうが好ましくなるもんだ」医師は首をふった。

トゥールはとっくりと考えてみた。

「でも、これからのフェランテさまは、単なる軍人じゃなくて、統治者にならなくてはならないわけでしょう？」

「どんなちがいがあるんだ？」医師が肩をすくめる。

「おれには……わかりませんけど。ちがいはあると思います」

「力をもつ者はみな同じさ、お若い哲学者くん、そして従う者もみんな同じなんだよ」

医師の微笑は、苦々しいようでも、おもしろがっているようでもある。

「おれは鋳物《いもの》職人です」

「いかにもらしい考え方だ」そして医師は、フェランテそっくりのやりかたで、トゥールの肩をぽんとたたいた。「それじゃ鋳物職人くん、おまえさんは大砲をつくればいいんだよ。狙いを定めるのは上官にまかせてな」

トゥールは曖昧《あいまい》な微笑を返して荷物をつかみ、壁画の部屋を逃げ出した。

トゥールはあきれるほど多くの部屋をつぎつぎと通り抜けていった。羽目板やフレスコ画で鮮やかに飾られた部屋もあるし、質素で薄暗い部屋もある。うだるような午後の熱気の中、ある小部屋ではふたりのロジモ兵が毛布の上で仮眠をとり、さらにふたりがとりとめもなくサイコロ遊びに興じていた。彼らはトゥールに目をくれようともしない。

〈下だ。下へおりる道をさがさなくては〉

兵たちのむこうは大理石を敷き詰めたかなり大きな部屋で、あけっぱなしの両開きの扉からさらにのぞくと、そよとも風の吹かない、目のくらむばかりにまばゆい庭園だ。高い塀でかこまれた白っぽい午後の光の中で、虫たちが眠たげにかすかな羽音をたてている。石壁の上にすえつけられた小塔では、石弓をもった男たちが数人、けだるそうに見張りをしている。トゥールは影の位置を見て方角をさぐった。この塀は湖岸にそびえる崖ぞいにめぐらされていることになる。なるほど、こちらから敵が襲ってくる可能性は低いわけだ。それをいうならば、どの方角からにせよ敵襲の心配などほとんどないのだが——。だがフェランテはおそらく、そんなことは知らないのだろう。

大きな部屋のつぎは、木の羽目板を張りめぐらした、やや小さめの部屋だった。紙を積みあげたデスク、本がいっぱいの棚、地図をひろげたテーブルなど、見るからに書斎らしい。サンドリノの執務室だろうか。チャンスに心を躍らせ、トゥールはあたりをうかがいながらそっと忍びこみ、荷物から小さな耳をとりだして、隠し場所をさがした。

木の床に独特の茶色いしみが飛び散り、樫《かし》の木目にこびりついている。ならんだ本棚はトゥールよりも背が高い。手をのばして棚の上をさぐったが、埃《ほこり》しかないようだ。そのとき、隣の大理石の部屋から足音が聞こえた。トゥールはいそいで呪文をつぶやき、小さなタンバリンを棚の上の見えない場所におしやって、本棚のそばを離れた。トゥールより頭半分背が高くなければ、あれを見つけることはできないだろう。

書斎にはいってきたヴィテルリは、トゥールを見てうさんくさげに眉をひそめた。

「ここで何をしている、ドイツ人？」

「閣下から仕事の説明を受けるよう、フェランテさまに言われましたので」はずみそうになる呼吸を抑えながら答える。

「なるほど」

ヴィテルリは地図テーブルの上をひっかきまわして目的の紙を見つけると、陽光に熱せられた庭に出るよう、トゥールをうながした。トゥールはいらだちにくちびるを噛みながらそれに従い、煉瓦《れんが》と石でできた居城をふり返った。

〈やっとここまできた。下におりる道をさがさなくては〉

ヴィテルリは庭の奥へとトゥールを案内した。錠をおろした門のむこうは厩舎だ。日焼けした男がふたり、裸の上半身を汗できらめかせながら、ゆっくり穴を掘っている。すぐそばに砂や材木や、割れたものもふくめて煉瓦が積んである。どうやら鋳造場《ちゆうぞう》をつくっているらしい。風雨にさらされて緑色になったブロンズの大砲が、砲架の上で天にむかって巨大な黒い口をひらいている。

「これが問題の品だ」ヴィテルリが指さした。

まるで人食い鬼のシチュー鍋だ。トゥールは大砲のわきに膝をつき、一面に鱗《うろこ》模様をちりばめ、唐草や突起や動物の顔を浮き彫りにした砲身に両手をすべらせた。ひびはすぐに見つかった——ぎざぎざのまま、砲身の半分ほどにわたって螺旋《らせん》を描いている。砲撃のあとで冷えるときに、亀裂がはいったものだろう。もしこれほど大きな傷が砲撃中に生じていたら、ブロンズがばらばらに引き裂けて砲手を殺していたにちがいない。いまこのまま砲撃しても同じことが起こる。だがこの壺から吐き出される鉄の玉は、聖ヒエロニムスの塀のように分厚い石壁でさえ、まちがいなく打ち砕くことができるだろう。

「どれくらいの頻度で砲撃できるんですか？」トゥールはヴィテルリにたずねた。

「一時間に一度と聞いている。前の持ち主はその限度を越えようとしたのだな」

そんな攻撃を昼も夜もつづければ、聖ヒエロニムスは二日ともたずに陥落するだろう。この螺旋状のひびは、鉄輪ですばやく簡単に修復できるものではなさそうだ。さもなければ、サンドリノの砲兵隊長がとっくの昔に実行していただろう。この大砲は明らかに、改鋳《かいちゅう》するためにとりのけてあったのだ。

「おまえの意見はどうだ、鋳物職人？」

気がつくと、ヴィテルリの視線がじっとトゥールを見つめている。

この大砲は鉄を巻きつければなおせると進言して、自爆させてやろうか？　いや、残念ながらそれはだめだ。この準備を見れば、ロジモ人たちが何をどうすべきか心得ているのは明らかだ。だが完全な改鋳には時間も手間もかかるし、フェランテ軍が人手不足であることを思えば、いくらでも不手際《ふてぎわ》が生じる可能性はある。そうした細工なら、トゥールにだってできるだろう。彼は親方になれるほど鋳造に通じているわけではないが、妨害工作をするのに親方である必要はない。いやむしろ、不器用であればあるほど都合がいいくらいだ。ふっと心が明るくなった。

「改鋳が必要です」

「できるか？」

「こんなに大きなものをやったことはありませんが――大丈夫でしょう。やってみます」

「よし。ではおまえにまかせる。必要なものの一覧をつくり、わたしのところにもってくるがいい。それから……」秘密めいた微笑がヴィテルリのくちびるの端をゆがめた。「わが軍の砲兵隊長は、長さ六フィートの鉄の鎖をもっている。新しい大砲がしあがったあかつきには、最初の一撃に点火する栄誉はおまえに授けられる。鎖の片端を弾薬庫に、足枷《あしかせ》のついたもう片端をおまえの足にしっかりとくくりつけてな。それが無事にすめば、すぐさま金貨の袋が与えられるだろうよ」

トゥールは曖昧な笑いを浮かべた。

「冗談……ですよね、閣下？」

「いや。フェランテさまがそう命じられた」

ヴィテルリは皮肉っぽく一礼して、居城にもどっていった。トゥールの笑いが渋面に変わった。

たずねてみると、ふたりの男は砂型鋳造のための穴を掘っているのだった。トゥールは新しい包帯を示すことで、おしつけられそうになったシャベルから逃れ、積みあげた資材を調べた。クンツ親方のように、さりげなく、かつ場馴れしているように見えればいいのだが。煉瓦は充分だが、薪が少ない。ほどよく練った良質の粘土《ねんど》がふた樽《たる》。山と積まれた砂は清潔で乾いているが、雨が降った場合にそなえて帆布でおおっておいたほうがいいだろう。聖ヒエロニムス修道院では修道士たちが、水位の低くなった貯水槽のために雨乞いの祈りを捧げている。トゥールは顔をあげてまばたきした。もやのかかった空には一点の雲もない。いいだろう、だがいずれにせよ、異物が混ざらないためにも帆布は必要だ。クンツ親方が飾り板の鋳造をしているときに、村の猫が砂山にはいりこんだことがある。職人が砂を選り分けないまま穴にいれたため、猫の糞が熔けたブロンズに触れた瞬間、爆発が起こった。鋳造は失敗し、職人たちはぶたれ、以後二週間というもの、クンツ親方の工房のそばにヒゲをのぞかせた愚かな迷い猫は、決まって石をぶつけられたものだった。

それとも、この砂山に、たとえば古い魚の頭でも混ぜてやろうか。

〈おいで、猫ちゃん、こっちだ……〉

ヴィテルリから聞かされた六フィートの鎖の話が頭に浮かび、そのアイデアは却下した。いまはまだやめておこう。

とりあえずの資材調査が終わったので、ヴィテルリをさがしに居城へもどった。それに、小さな耳の隠し場所をもっとさがさなくてはならない。すべての耳をそれなりの場所においてしまえば、こんな場所からはさっさとおさらばだ。大砲の鋳造など、どうなろうと知ったことか。そう、ウーリさえ見つけてしまえば。

残念なことに、いちばん最初にのぞいた公爵の書斎で、ヴィテルリは簡単に見つかってしまった。フェランテの書記官は窓ぎわで、夕暮れの光をたよりに手紙をしたためていた。トゥールがはいってくると、彼は紙を裏返してたずねた。

「なんの用だ、ドイツ人？」

「必要な品の一覧をつくれとおっしゃったので」

ヴィテルリが新しい羽根ペンと紙をとりあげた。

「よし、いいぞ」

「まず起重機ですが、長い木材と工具と鎖があればつくることもできます。樋《とい》にする鉄パイプ数本。作業場全体を保護できるくらい大きな帆布。熔かすときにも、樋に流すときにもいくらかのブロンズが失われるので、それを補うためのブロンズ片か、新しい銅と錫《すず》。薪も足りません。あれでは鋳型を乾燥させるだけで終わってしまいます。炭と、炉の煉瓦を封泥するための上質の粘土。突き槌《つち》ひとつ。牛革でできた上等の大型ふいごがふたつと、微妙な作業のあいだ交代でそれを動かしてくれる強靭《きょうじん》な職人——六人いれば大丈夫だと思います」

「それには兵をまわそう。ブロンズはどれくらいいる？」

「はっきりしませんが——少なくとも二百ポンド」苦々しげなヴィテルリの表情に、トゥールは言葉を足した。「余分が出ればあとから回収できますが、足りなければ鋳造そのものが失敗します。そしてそのときには鋳型も壊れ、もとの大砲も熔けてしまっているわけですから、二度と新しいものをつくることはできなくなります」

「わかった、追加用のブロンズだな」

ヴィテルリはあきらめたように、かがみこんで羽根ペンを走らせた。トゥールの視線はともすると、書斎の奥にある棚の上にひきつけられそうになる。ヴィテルリが彼にむかって眉をひそめた。

「仕事にもどるがいい、ドイツ人」

まだこの茶番劇から逃げるわけにはいかない。トゥールは庭にもどり、穴の縁に建てる炉を頭に思い描きながら、掘り出した土で基礎をつくるよう職人に指示した。やがて黄昏が近づいたころ、職人たちに連れられて厨房にいき、無愛想な軍属の料理人から、揚げパンと肉片と安物の葡萄酒《ぶどう》を受けとった。落ちつくのを待ちきれずにむさぼりくっているあいだに、厩舎の二階にある、職人と馬丁に割り当てられた宿舎に案内された。持ち主のない——少なくともなさそうにみえる——藁布団をさがして荷物をおろし、トゥールは疑わしげに、生き物の気配がないかと藁布団を凝視した。年かさの馬丁がぼろぼろのキルトをくれたので、誰も見ていない瞬間をねらって、小さな耳をひとつその足もとに隠し、残りの三つを灰色のチュニックにおしこんだ。新しい仲間たちが、葡萄酒とサイコロにさそってくれる。

「起重機のことでヴィテルリさまに話があるんだ」

言い訳をし、荷物を残して宿所を抜け出した。

実際のところ、あの正体の知れない小柄な書記官は、いま現在トゥールのもっとも会いたくない相手なのだが。梯子《はしご》をおり、ためらいがちに、ロジモ騎兵の馬で混み合う厩舎を通り抜けた。馬丁が数人、飼い葉と水を運びこんでいるが、どう見ても働きすぎだ。こっそりかぞえてトゥールは気づいた――ここにいるのは、フェランテ軍の馬のごく一部にすぎない。あとは郊外の草地に放牧され、そこにも衛兵が配置されているのだろう。

厩舎を出ると、巨大な対《つい》の塔と大理石の階段のある、城門前の中庭だった。沈みゆく最後の夕日を浴びてエナメルのように輝いていた塔の赤い瓦屋根《かわら》が、やがて涼やかな空を背景に、色を失い影となった。傾斜したその瓦の裾《すそ》に、狭間を刻んだ蓋《ふた》のない煉瓦の箱がつきだし、その中でふたつの兜《かぶと》が動きまわっている。石弓射手の台だ。

片方の塔のなかばあたりで、影になった二本の細長い窓から、かすかな金色の蠟燭《ろうそく》の光がこぼれている。あそこに公爵夫人とユリア姫が捕らわれているのだろうか。あのこじあけたような石の隙間からは、蠟燭の光や石弓の矢くらいしか、抜け出すことはできないだろう。

鼓動のように静かで絶え間ない第六感に導かれて、トゥールは中庭の反対側にある通用門をくぐった。今回は厨房に背をむけて、薄暗い石づくりの通廊にはいる。そのつきあたりに分厚い木製の扉があり、疲れた顔のロジモ兵がひとり、短剣をたずさえ、槍を壁にたてかけたまま、逆さにした樽の上にすわっていた。

槍兵はトゥールに鋭い視線を投げて、剣の柄《つか》に手をかけた。

「なんの用だ」

「おれは……フェランテさまの新しい鋳物職人なんだが。その……下の鉄格子や金属細工を調べて、修理の必要なものをヴィテルリ閣下に報告するよう言われたんだが」

それでいい。考え出せるかぎり、いちばんもっともらしい嘘だ。もしこれがだめなら……。

トゥールは槍に目をむけた。

〈ウーリ、いまいくよ〉

「ああ、そうか。あの牢のことだな。案内しよう」

衛兵は納得したようにうなずき、樽から立ちあがった。

扉をひらくとそこは石段で、地下から大きなさけび声がこだましてきた。ランタンをさげて駆けあがってきたロジモ衛兵が、階段の入口に仲間の姿を認め、立ち止まって息をついた。

「カルロ！　またあの狂人が逃げ出した。上を見張っていてくれ」

「こっちにはきてないぞ」

「わかった。じゃあまだ下に隠れているんだな。さがしてみる」

「やつが見つかるまで、この扉は錠をおろしておく」最初の衛兵がトゥールを示して、「公の職人だ、牢を調べにきた」

「わかった」

ふたりめの衛兵はトゥールを手招きして、また階段をおりていった。トゥールは困惑しながらあとにつづいた。砂だらけの階段を一歩一歩進むたびに、靴革が確信の言葉をくり返し告げる。

〈下だ。そう。こっちだ〉

背後で分厚い扉が閉ざされ、闇の中できしみをあげながら鉄の錠がおろされた。

ふたまわりくだったところで、切り出した石を積みあげた壁が、とぎれのない天然の砂岩に変わった。通路そのものもせまくなったが、もうひとまわりするとまたひろがって、衛兵詰所と便所があった。湖を見おろす鉄格子の窓から、夕方の薄青い光がはいりこんでくる。この窓は、庭園をめぐる塀の下の、崖そのものに刻まれているのだろう。便所のそばの石壁には、汚水落としがある。

通路をさらにくだると、奇妙な戸口がいくつかならんでいた。鉄格子がそのまま扉になっていて、鉄の蝶番《ちょうつがい》が砂岩に深く埋めこまれているのだ。壁にも格子のはまった小さな窓があるため、牢内はトゥールが考えていたほど、湿っぽくも恐ろしくも息が詰まりそうでもない。鉄格子の扉のおかげで、どちらかといえば換気は最高だ。だがどの牢も、四、五人の男がおしこめられて混み合っている。トゥールはそれぞれの顔や姿を見わけようと、歩調をゆるめた――ここの捕虜はぜんぶで二十人。そしてウーリはいない……

「こっちだ」

のろくなった歩みに衛兵が顔をしかめたので、トゥールはあわてて足をはやめた。左手にまたせまい通路があるのは……居城にあがるものだろうか。暗くてよくわからない。衛兵がならんだ扉のいちばん奥にある、無人の牢を示した。

「これだ」

「どこが悪いんですか？」トゥールはたずねた。

誰もはいっていないことをのぞき、ほかのものとまったく同じに見える。

「どこも悪くないことは誓ってもいい」衛兵は暗い声で答えた。「おれは魔法だと思うんだがね。魔法と狂気さ」

そしてむっつりと扉を揺すぶって蝶番を鳴らし、ベルトにさげた鍵をはずして錠をあけた。

「わかるか？　扉は閉まってるんだ、ちゃんとな。なのにあの狂人は――消えちまうんだよ――そう、消えちまうんだ」

トゥールは不安な心地で牢にはいった。衛兵が背後でがちゃんと扉を閉ざし、『ははは！　つかまえたぞ、スパイめ！』とさけぶ光景が心にひらめく。だが衛兵は目を見はって鼻をこすりながら、彼のためにランタンをかかげてくれている。一キュービット四方の窓に近づいて、はめこまれた鉄格子を指でなぞり、揺すってみた。ぴくりとも動かない。外界とここを隔てているのは、二フィートもある分厚い石壁で、おかげでこの窓はまるで小さなトンネルのようだ。見えるものといえば、暮れゆく薄闇の中できらめいている湖の一片と、星がひとつまたたいている小さな空だけ。トゥールはあわてて手をひっこめた。大きなムカデがひび割れから這《は》い出してきて、するすると石の上を進み、トンネルのむこう端へと姿を消した。

水漆喰を塗った壁にも視線を走らせてみた。たしかにせまいが、非人道的なほどではない。ごくふつうの編んだ藁布団は、トゥールより背の高い男でも充分横になれる大きさだし、立ちあがっても、天井に頭がこすれることはない。壁も頑丈そうだ。それにしても、なぜあの衛兵は、じっとこっちを見つめているのだ。

〈いっちまえ〉

ウーリの近くまできたというのに。たしかにそれを感じるのに。ほんのしばらくのあいだ、監視の目を逃れることさえできれば。

通路のむこうから荒々しい声が響いてきた。それに混じって聞こえるひどく奇妙な音は――笑い声だろうか？　甲高《かんだか》い悲鳴のようだ。

「ひいぃぃぃ。おおぉぉぉ」

「ああ、つかまえたな」ロジモ兵が顔をしかめた。「いつだって遠くにはいけない。だがどうやって外に出るんだ？」

衛兵は首をふりながら牢の外に出た。トゥールもあとにつづいたが、ランタンが先に進むたび、隅から闇がにじみ出てきて、つきまとうような気がする。

ふたりのロジモ兵が、荒々しく誰かを牢のほうにひきずってきた。捕らわれているのは、太りぎみの壮年の男だ。ふだんならば、威厳にあふれた立派な人物なのだろう。破れ汚れてはいるが、膝丈の上品なヴェルヴェットのチュニックや絹のタイツを着ていることからも、その地位の高さはうかがい知れるし、灰色の髪は品位を示している。だがいま、その髪はくしゃくしゃに乱れもつれ、ごま塩まじりの髭を生やしたあごは萎縮し、殴打の跡がくっきりと残る眼窩《がんか》からは血走った目がぎょろりとのぞいている。男はまた悲鳴をあげ、衛兵に両腕をがっちりとつかまれながら、身をよじり、両手をはためかせた。

「どこで見つけた？」ランタンをもった衛兵がたずねた。

「また下にいってました」若い衛兵が息をきらして答えた。「いつもの隅です。最初は気がつかなかったんですが、二度目に見たらうずくまってました——くそっ！　きっと蝙蝠《こうもり》に化けてたんですよ」

「その言葉を口にするんじゃない、また騒ぎはじめる」

男を連行してきたもうひとり、看守長をつとめる衛兵が言いかけたが、すでに遅かった。捕虜は興奮もあらわに、身体をふるわせながら、わけのわからないことをつぶやきはじめたのだ。

「蝙蝠、蝙蝠。そう、蝙蝠だよ。黒いヴィテルリはまがいものだが、わたしはほんものの蝙蝠だ。飛んで逃げてやる。わたしが逃げればおまえたちは縛り首だ。妻のところに飛んでいっても、おまえたちにとめることはできん——虫けらめ！　人殺しめ！」

何かを企《たくら》むような笑いが支離滅裂な怒りにとってかわり、男ははげしく暴れはじめた。ふたりの衛兵が男を牢に放りこみ、たたきつけるように扉を閉めた。男がヴェルヴェットに包まれた肩で、くり返し扉に体当たりをする。ふたりの若い衛兵がしっかりおさえこんでいるあいだに、看守長が鉄格子に鍵をさしこんで——二度も失敗したあげくに——がちゃりと錠をおろした。ボルトがしっかりくいこむと、ロジモ兵たちも安堵《あんど》して、扉から離れた。

狂人は扉をたたき、蝙蝠じみた言葉にならない悲鳴をあげたかと思うと、蝙蝠が翼をはためかせるかのように全身をふるわせながら、円を描いて歩きまわっている。常軌を逸した行動ではあるが、なぜか滑稽には見えない。笛にも似た奇妙な悲鳴をあげたとたん吸気にむせ、殴打の跡も生々しい頬に涙がふた筋つたいおちた。

「飛ぶんだ。飛ぶんだ。飛んでやるんだ……」

ようやく声がとぎれた。男は床にうずくまり、疲れはてすすり泣きながら、そのままどさっとすわりこんだ。

「気の毒に、あれは誰なんですか？」

トゥールは格子のあいだをのぞきこみながら、小声でたずねた。取っ組み合いで乱れた息を整えながら、看守長が肩をすくめた。

「死んだ公爵の城代《じょうだい》、ピア卿だ。たぶん戦闘と流血沙汰で頭がいかれたんだろう。牢にいれられても、たいして気にしてはいないようなんだがね」

「だがずっとはいってってくれないってのが問題なんだ」若い衛兵がつぶやいた。「いったいどうやってるんだか。錠に魔法の痕跡はないと、ヴィテルリさまはおっしゃっておられるのだが」

書記官の名に捕虜がはっと目をあげ、やがて何事かつぶやきながらまたうつむいたが、驚愕《きょうがく》をこめたトゥールの視線と一瞬まじわったその両眼からは、赤く燃える憎悪とともに、まちがえようのない明晰さがのぞいていた。

〈この男はほんとうに狂っているのか。そんなふりをしているだけなんじゃないのか〉

いいや、おそらくは両方なのだろう……奇妙な考えかたではあるが。こんなに混み合った牢獄で、この城代ひとり、べつに閉じこめられているのも無理はない。

鉄の扉を調べてみた。格子には錆《さび》と腐食どめに油が塗ってあるし、頑丈な蝶番はかたい岩壁深くに埋めこまれている。長い鉄棒を順に軽くたたいてみたが、こっそりずらせるような空洞はどこにもない。錠も、錠前職人ではないトゥールの見たかぎりではあるが、何も問題はなさそうだ。

「それくらいはおれたちだって調べている」ランタンをもった衛兵が、トゥールを見ていらだたしげに口をはさんだ。

「鍵をもっていないか、身体を調べましたか？　牢の中も？」

「徹底的にな。二度」

「徹底的にですか。うーん……それでここから出られるはずは……ということは、ああ、その――」

「尻の穴にもつっこんじゃいなかったぜ。のみこんで、あとで吐き出した形跡もない」

看守長がおもしろそうに、だがそっけなく説明する。どうやってそれを確かめたのかは、聞きたくもなかったが。看守長はさらにつづけた。

「つまり、昼も夜も見張ってなきゃならんってことなんだろうな」

「晩飯をとってこなきゃ」若い衛兵が神経質そうな声をあげた。

看守長はいかにも看守長らしい意地の悪い視線をむけてから、肩をすくめた。

「とにかく人手が足りない。隊長に、病みあがりをひとりまわしてくれるよう、頼んでみるか。

楽な仕事だものな。扉の前の椅子にすわって、見張っているだけだ。眠ってはならんがな」

「こんなとこで眠れるわけないじゃないか」

若い衛兵の激しい抗議に、ランタンをもった衛兵がからかった。

「蜘蛛が怖くてか？　それともネズミかな？　おれはジェノヴァの牢獄で、ネズミを焼いて食ったことがあるぜ」

「それで、車軸グリースとニンニクで蜘蛛を揚げたって言いたいんだろ」いくどとなく聞かされているらしい蛮勇《ばんゆう》に、若い衛兵がいらだたしげに言い返す。「だがおれがいやなのは蜘蛛じゃない。壁の中に何かいるんだ。薄気味の悪いものがさ」

ふたりの衛兵は、それを否定することも、酒を飲んでいたのだろうと非難することもない。

トゥールは軽い不安をおぼえながら申し出た。

「ランタンをください。しばらくおれが見張ってますよ。もしかしたら、どうやって抜け出したのかわかるかもしれない」

城代は床にあぐらをかき、左右に身体を揺らしながら、石のような無表情で虚空《こくう》を凝視している。

看守長がうなずいたので、部下の衛兵がトゥールにランタンをわたした。

「あんまり近づくなよ。鉄格子ごしに手がとどく」

「そのときは大声をあげます」

「のどをつかまれりゃおしまいだ」

衛兵たちは任務にもどっていった。看守長が打ち金を起こした石弓をかまえているあいだに、ふたりが晩飯のはいった桶《おけ》をもって混み合った牢獄に入り、汚物があふれそうな桶を運び出して便所に流すのだ。だが今夜は、無理やり脱走しようとする捕虜はひとりもいなかった。

トゥールはしばらく身体を揺する城代を見つめていたが、やがて反対側の壁にもたれて目を閉じた。もはやランタンも不要だ。目を閉じてもはっきり目的地がわかる。すぐそこ、頭の中で鳴り響いている。

〈下だ、下〉

通路のむこう端で忙しく働いている衛兵たちが、便所か詰所にはいって視界から消えた瞬間を狙って、トゥールはランタンをひろいあげ、暗い脇通路に忍びこんだ。岩を切りひらいた通路は両肩がこすれるほどにせまく、居城にむかってのぼっているようだ。ランタンの投げるオレンジ色の光が、のぼり傾斜になった床を照らし出したときは、おのが秘密の直感が狂ったのかと疑った。だがやがて階段があり、上にも下にも通じるその階段の、トゥールはくだりに足を進めた。

下までおりるとせまいホールになっていて、今度は頑丈な木の扉が四つならんでいた。鍵のかかっていないふた部屋は、明らかにトゥールの目指すものではないが、とりあえず中をのぞいてみる。倉庫だ。小麦粉の樽、埃をかぶった葡萄酒樽——敵に攻められたり悪天候にみまわれたりしたときに、籠城するための貯蔵品だろう。ランタンの光に驚いて、隅に逃げこむネズミの両眼が、宝石のような緑色にきらめく。天井の隅には花綵《はなづな》のように蜘蛛の巣がかかっている。蜘蛛はネズミよりは小さいが、それでも充分に気味が悪い。

通路にもどった。この扉だ。もう一度ためしに揺すり、今度は肩に力をこめておしてみた。鉄の錠がきしみをあげただけで、やはりあかない。探索をはじめる前に、職人仲間から何か道具を借りてチュニックに忍ばせてくればよかった。もどって道具をとってくるにしても、もう一度口先三寸でここまではいりこむことができるだろうか。上の衛兵たちが彼の不在に気づくまでに、どれくらいの余裕がある？

〈いまだ。いまでなければ二度と無理だ。ウーリ、おれはここにいるよ〉

傷をかばいながらしゃがみ、扉の下の暗い隙間にそっと呼びかけた。

「ウーリ？　ウーリ……？」

〈なぜおれは返事を恐れているのだ？〉

胃の腑がねじれそうなこの感覚は、傷のせいではない。

鼻先の床の上で、埃が渦を巻いて動きはじめた。隙間風など吹いていない。よろめきながら立ちあがると、腹の傷がかっと焼けつくように痛む。あとずさり、氷のように冷たい石の壁に両肩をあずけ、波うつ心臓を抱えたまま、悲鳴をのみこんでじっと立ちすくむ。

〈あわてるな〉

ランタンの光の中で、ひとつひとつの粒子をきらめかせながら、塵《ちり》がまいあがり、お馴染みのおぼろな姿をつくりあげた……大きな布の帽子に、渦巻く髭……

〈幽霊だと考えてはいけない。この人は、そう……未来の舅《しゅうと》なんだ〉

懸命に言い聞かせながら口をひらいたが、恐怖と礼儀ただしくあらねばという焦りで、のどがしめつけられそうだった。

「御機嫌よう。べ……ベネフォルテ親方。おれは……」

影のような帽子が軽くうなずいたので、トゥールは思いきって鍵を指さした。

「力を貸してもらえませんか……」

いまは亡きこの魔術師は、どれほどの力をもっているのだろう。狂った城代の脱走も、彼の力によるものなのだろうか。ピア卿が蝙蝠に変身して格子の隙間から抜け出したというのと、ほとんど同じくらい突拍子もない考えだが。

塵でできた幽霊は、難問を前にした人間のように肩をすくめた。幽霊にも苦痛な仕事なのだろうか。一瞬ののちに塵が凝縮して落下した。錠の中で金属のこすれる音が聞こえ、とまり、また聞こえた。カチリ……扉が指の幅ほどにひらいている。そして、石のような静寂……

トゥールは深呼吸して手をのばし、扉をひらいた。ランタンを握りしめたまま敷居を越え、音をたてないよう、またぎりぎりまで扉をひきもどす。

そこは倉庫よりもひろい部屋だった。上階の牢と同じく、崖側の壁にトンネルのような鉄格子の窓があり、新鮮な空気を採り入れている。壁ぎわには、架台に板をのせたテーブルがひとつおかれ、箱や壺や本や紙や火鉢がところせましとならんでいる……何もかもがモンレアレ院長の魔法の仕事部屋とそっくりで、居心地が悪いほどだ。彫刻をした小さな櫃《ひつ》の形をして、てっぺんに革を張った足台が、紙のあいだに埋もれている。鉄の燭台《しょくだい》も二脚あり、なかばまで熔けた上等の蜜蠟蠟燭《みつろう》が十本以上も立っている。これだけの明かりがあれば、夜間の作業にも不自由はしないだろう。トゥールはランタンからそっと獣脂蠟燭をはずし、何本かの蜜蠟蠟燭に火を移した。そしてはじめて部屋を横切り、反対側の壁ぎわにあるものをとっくりと調べた。架台にのせた長方形の箱がふたつ。粗末な松材の板を使った長さ六フィートほどの箱で、どちらも中央部にロープを一本まわし、松材の蓋を固定している。

慎重に片方のロープに手を触れてみた。魔法のロープではないらしく、とびあがって首に巻きついてきたりはしない。結び目をひっぱると、するりと解けて床に落ちた。マスクがわりに使う布をもっていないので、とりあえず呼吸をとめて、蓋をずらす。

まったく予想していなかったといえば嘘になる。箱の中には魔術師ベネフォルテの遺体が、まだ燻製《くんせい》用のガーゼに包まれたまま、ぎらぎらした岩塩の上に横たわっていた。なぜあの幽姿はいつも死んだときの服装であらわれるのだろう――トゥールはぼんやりと考えた――この薄い経帷子《きようかたびら》のほうが、ずっと幽霊らしく見えるのに。たぶん、あのヴェルヴェットの礼服が、いちばんの気にいりだったのだろう。悪臭も恐れていたほどではなく、まといついたリンゴ材の香りもそんなに不快ではない。それでも――トゥールは夏のように蒸し暑い日がどれだけ過ぎたのかをかぞえてみた――フェランテにせよヴィテルリにせよ、かなり強力な保存の術をかけたにちがいない。髭におおわれた褐色の顔はひえびえとしている。いかにあの霊でも、重さのない塵や煙のようには、このどっしり重い肉体を動かすことはできないだろう。迷信じみた恐怖がこみあげてくるのではないかと心の奥をさぐってみたが、目の前のこの物体は、おぞましさよりむしろ悲哀を感じさせた。すべてを——虚栄すらをも失い、うちのめされた裸の老人。トゥールはまた松材の蓋を閉ざした。

それからしかたなくふたつめの箱の結び目をひっぱり、一瞬じっと立ったままで、勇気をかき集めた——いや、それは勇気ではなく、正確にいえば希望だ。

〈もしかしたらウーリじゃないかもしれない。モンテフォーリアでは今週、多くの人間が死んだんだから〉

もうあと一秒、希望を抱いていられる。そして、そのあとで真実がわかる。

〈おまえはすでに知っている。はじめからわかっていたはずだ〉という思いと、〈ちがう！ウーリのはずがない！〉という思い。

トゥールは心を決めて蓋をずらした。

塩の中からのぞいた兄の顔は、馴染みがあるようでいて、他人のようでもあった。かつてハンサムだった容貌はまったく損なわれていない。だが、生気にあふれたユーモアも、才気や歓声も、渇望や野望も、機知も……そうしたものすべてを失ったいま、この青白くやつれた見慣れぬ顔は、なんとうつろに見えることだろう。

〈苦しみながら死んだのだ〉

こわばった顔からは、それ以外のことを読みとることはできない。

トゥールは裸の身体を見おろした。黒く口をあけた傷が胸にひとつだけ——トゥールの腹を焼く傷は、そのお粗末な複製のようだ。

〈すぐに息絶えたんだ。もう何日も前に〉

少なくとも、いままでの悪夢の半分――ウーリが捕虜となって苦しんでいるのではないかという不安は、これで終わらせることができる。

〈でも兄さん、待っていてくれれば。がんばっていてくれれば。おれがきたのに。おれが……〉

だが、ひとつの悪夢が終わっても、かわりにはいりこんでくる悪夢にはことかかない。それにしてもフェランテは、この部屋で、この奇妙な装置で、いったい何をしようとしているのだ？ 兄と同じくらい表情を凍りつかせて、トゥールはもう一度部屋の中を歩きまわった。部屋の中央部、何もおいていない石の床の上に、チョークと、何かわからないものの痕跡がある。ではほんとうに、死者をあやつる黒呪術をおこなっているのだ。薄気味悪く思いながら、チュニックから小さなタンバリンをとりだして作動の呪文を唱え、爪先立って、高い棚の上の壺の背後におしこんだ。よし。これは懸命に耳をかたむけているモンレアレの修道士たちに、さぞかしいろいろな話を聞かせてくれるだろう。

兄のもとにもどり、はじめてそのつめたい顔に手を触れた。ただの脱け殻だ。ウーリはいってしまった――少なくとも、この肉体にはとどまっていない。しかしどこまでいったのだろう。トゥールはぼんやりと部屋を見まわし、ふいに、自分の悪夢が両方とも文字どおり真実であったことを知った。ウーリは死んだ。そして、この恐ろしい場所に捕らわれている。

〈兄さん、どうすればあなたを解放できる？〉

扉のむこうから、くぐもったような低い声と、石に反響する短い笑い声が聞こえてきた。仰天したトゥールはいそいでウーリの箱に蓋をかぶせたが、音をたてまいとしたため、蓋でいやというほど親指をはさんでしまった。もう部屋から抜け出す時間はない。あたりを見まわして、懸命に隠れ場所をさがす。

風もないのに一瞬にして蠟燭が消え、室内は闇に包まれた。鉄格子のはまったトンネルのような窓から、湖に反射する星明かりがかすかにはいってくる。おそらく昼間でも見ることのできないだろう手がトゥールの肩をつかみ、呼吸をともなわない声が耳もとでささやいた。

「下だ！」

恐怖に反論もできないまま、トゥールはしゃがんでテーブルの下にもぐりこんだ。扉がカチリと音をたてて完全に閉まり、鍵がかかる。壁ぎわまであとずさると、布が手におしつけられてきた。まるで、なでてくれとすり寄ってくる犬のようだ。リンネルのように軽くやわらかなその布で、トゥールは全身をおおった。

実体をもったほんものの鍵が錠の中で音をたててまわり、ボルトがまた鍵穴からはずれた。布ごしにのぞいてみると、手持ちのランタンからこぼれる黄色い光が揺れている。衛兵たちが彼をさがしにきたのだろうか？

床を横切っていく足音はふたり分――片方はブーツで、もうひとりは室内履きだ。トゥールはふいに、胸の悪くなりそうなこの状況を理解した。

〈頼むから衛兵であってくれ〉

そしてヴィテルリの声が、石壁の室内でうつろに響いた。

「殿、蠟の焼ける匂いがしませんか？」

第十一章

フィアメッタはともすると落ちてくるまぶたをこすり、けだるさをふりはらおうと、両腕を高くのばした。薄めた葡萄《ぶどう》酒とパンは眠気を誘うほど立派な夕食ではなかったが、昨夜はあまりよく眠れなかったのだ。トゥールのことが心配で、ちくちくする藁《わら》の上でいくども寝返りをうったし、満員の宿舎につめこまれた女性たちの衣擦《きぬず》れや咳ばらいや身動きの音が気になってしかたがなかった。それにもちろん、ノミのこともある。フィアメッタは肘《ひじ》の赤い斑点をこすった。

モンレアレの仕事部屋は二階にあり、漆喰《しっくい》壁でかこまれているため、まだ昼間の熱気をとどめて暖かく、かたわらに灯された一本だけの蠟燭《ろうそく》が穏やかな金色の光を投げかけてくれる。フィアメッタはすわり心地の悪い樽《たる》の上でみじろぎし、テーブルに肘をついて、両手にあごをうずめた。目の前の盆にのっている三つのタンバリンは、トゥールがもっていった小さな耳に対応する口だが、どれもがまだかたくなに沈黙を守っている。これはいまも働いているのだろうか……？　もちろんだ。一日じゅうこれを作動させつづけてきた結果、いまでは意識せずとも鼻歌をうたうかのように、呪文が勝手に口からこぼれてくるのだから。何も伝わってこないということは、つまり伝えるべきものがないのだ。

隣の部屋ではモンレアレが立ち止まって咳ばらいをし、また歩きながら、アンブローズに手紙の口述をつづけている。サヴォアの司教に現在の窮状を訴え、武力は無理としても、せめて魔術的な援助を送ってくれるよう、懇願しているのだ。書いても無駄だ。そもそもどうやって送るつもりなのだろう。今日は不吉なほど緊迫した静寂のうちに一日が過ぎ、包囲する者と、塀の上で修道院を守る者とのあいだで、いつものように罵声や石弓の矢がかわされることもなかった。新たな使者や伝令が門をくぐることもなく、逃げこんでくる逃亡者もなかった。のどもとにからみつくフェランテの指が、さらにきつくしまったかのようだ。

フィアメッタは何か話してくれないかと期待をこめて、小さなタンバリンをじっと見つめた。今日のうちに三つがしゃべりはじめた。ふたつは午後に、ひとつは夕方、彼女が食事をとっているときだった。訓練を受けた修道士が、重要な秘密を筆記すべく羽根ペンと紙を用意して、それぞれの口をもって個室にこもった。もちろん修道士たちは全員、まだ起きているはずだ。そして何はともあれ、トゥールは少なくともこの夕方までは、生きて、自由の身だったのだ。

ぐっとあくびをこらえた。もしモンレアレがのぞいて彼女が疲れきっていることに気づいたら、さっさと寝床に追いやられてしまうだろうし、そうすればトゥールから伝言があっても聞くことができなくなる。それにしてもあのうどの大木は、作動させるときに耳に話しかけて、自分で何か報告するくらいの機転はきかないのだろうか。またあくびが出そうになったので、歯をくいしばって我慢すると、目の前で白い羊皮紙がぼんやりとにじんだ。

そのとき、なんの前触れもなく、ひとつのタンバリンが——炎をあげて燃えあがった。目に見える現象ではなかったが、そうとしか言いようがない。フィアメッタは期待に息をのんで、背筋をのばした。タンバリンから訛《なま》りの強いトゥールのラテン語が、緊張にそばだてた耳に漂ってくる。

〈わたしに話しかけてよ、トゥール！〉

棚の上の壺をおしやるような音——石の床を横切る足音——そして、息苦しいような沈黙がたれこめた。フィアメッタは懸命に、いまの音からその場の情景を思い浮かべようとした。石の床、反響がきつい——石の部屋だろうか？　岩壁だとしたら——公爵さまの地下牢《ろう》？　あたっている？　それともまちがっている？　フィアメッタは首にかけた革紐《かわひも》をひっぱって、温かな胸のはざまに隠してあった獅子の指輪をとりだし、ぎゅっと握りしめた。トゥールはいま何を見ているのだろう。

〈報告しなさいよ、まぬけなスイス人！〉

だがふいに、トゥールのものではない低いささやきが、タンバリンから聞こえてきた。話の内容まではわからない。それからやや高い笑い声、くぐもった雑音、あわただしげな足音、ガチャガチャという音——

『下だ！』

耳を通さず直接心に響きわたる声に、フィアメッタの全身がパニックを起こしたように硬直した。

〈お父さまなの？〉

扉のひらく音、そしてはじめて聞く軽い男の声。

「殿、蠟の焼ける匂いがしませんか？」

〈殿ですって？〉

トゥールはどこにいるのだろう。もう逃げたのだろうか。心臓が破れそうだ。

「おまえのランタンだろう、ニッコロ」

物憂げな低い声はフェランテだ。ロマーニャ訛りがきつい。それにつづいて、何か重いものをどさりと木のテーブルにおいたような、奇妙にくぐもった音。

「いえ、そうではありませんよ」と答えるこの声がニッコロだろうか？「ほら、蠟燭がまだ温かい」

そして、「うわあ！」という悲鳴と、室内履きであわててあとずさる音。

「ニッコロ、おまえの仕業か？」フェランテのおもしろそうな声がたずねる。

「とんでもない！」

フェランテがそっけない笑い声をあげた。

「どうせまたベネフォルテのいたずらだ」からかうような口調――きっと皮肉っぽく眉をあげているのだろう。「わがしもべよ、明かりを灯してくれて礼を言うぞ」

濡《ぬ》れたような音は――火傷《やけど》した指をなめているのだろうか。

「あれはまだわたしたちのしもべではありませんよ」ニッコロがうなる。

「モンレアレ院長さま」

フィアメッタは必死の思いでささやいてから、この小さな口と耳は一方通行であることを思い出し――そういえば、この一方通行を変更することはできるのだろうか？――改めて大声をあげた。

「院長さま！　はやくきてちょうだい！　フェランテの声が聞こえるわ！」

モンレアレが隣の執務室から駆けこんできた。ガタンと椅子の倒れる音とそれを起こす音につづいて、まだインクに濡れた羽根ペンを握ったまま、アンブローズもやってくる。彼らはタンバリンの盆の上に身をかがめた。

「たしかか？」モンレアレがたずねた。

「宴で聞いた声よ。でももうひとりの声は知らないわ。フェランテはニッコロと呼んでいるけれど。お城の地下室にいるみたい」

「アンブローズ、あとはおまえが引き継ぐがいい」モンレアレが口のタンバリンをあごで示して命じた。

〈わたしだって同じくらいうまく術を使えるわ！〉

フィアメッタはよじれるような胸の痛みをこらえて口をつぐみ、アンブローズにあとをまかせた。アンブローズはしばらく無言でくちびるを動かし、やがて術の維持を安定させたようだった。

「支配を確立するまでに、やつにどこまで力をつけさせればいいのだ？」

フェランテが問い、ニッコロが気難しげに答えた。

「餌《えさ》を与えなくてはならないのですよ。その餌が、やつをいっそうわれわれに近づけてくれるのですから。すべて計算のうえです。たしかに、死霊の指輪《スピリット・リング》に関するやつ直筆の書類を見つけられれば、なによりではあるでしょう。しかしやつだとて、やつ自身の術を使えば、もっともうまくやつを捕らえることができますからね。わたし以上の知識をもっているわけではありますまい。やつを支配できるのも、もうまもなくですよ」

「待ちきれんわ。こんなふうに真夜中にこそこそするのはもうたくさんだ」フェランテがまくしたてる。

「偉大なる仕事には犠牲がつきものです。その三つの袋を、あそこの鉤《かぎ》にかけてくださいませんか。革の袋には気をつけて」

「わかった」

運んできた謎の荷物を動かす音がさわさわと聞こえてくる。フィアメッタはその音からふたりの行動を推し量ろうとした。モンレアレも同じことをしているのだろう、わずかに口をひらいて目を細くし、精神を集中している。

「くそ、もう少し話してくれ」モンレアレがささやいた。

「鳩を使えばよかったですね」アンブローズが悲しげに口をはさんだ。

「鳩は夜には飛ばぬ。蝙蝠《こうもり》を飛ばす時間はなかったし、蝙蝠を使ったとしても、これ以上によく見聞きすることはできなんだろう。しっ、静かに！」

タンバリンがまた言葉を伝えたので、モンレアレが手をふって沈黙を命じた。

「それでは」フェランテの声だ。「ベネフォルテを召喚し、無理やりにもこの塩入れの秘密を白状させるか」

「塩の秘密はすでにつきとめてありますよ、殿。動物と捕虜を使った実験で、ほぼ確証を得ています。毒を探知する能力だけでも食卓の宝となりましょうが、毒を純化するとは――まこと、天才の作ですね！」

「それはよい。だが胡椒《こしょう》の秘密がまだわからん。わたしは正体のわからぬものに生命をあずけるつもりはないぞ。塩は白く、胡椒は黒い。塩が白魔術を、胡椒が黒魔術をあらわしているというのはどうだ？」

「冗談じゃないわよ！」フィアメッタは吐き捨てた。「何をばかなことを！　お父さまがそんなことを――」

モンレアレにしっかりと肩をつかまれ、フィアメッタは怒りをのみこんだ。

「その可能性もあります」ニッコロが答える。「だがそのためには、あのやかまし屋のモンレアレの目をうまくごまかさねばなりませんね」

「モンレアレは異端審問官になるべきだったな。じつに鼻が利く」

「性格的にむきませんよ」

「まわりにはそう信じさせているようだがな」フェランテは不機嫌そうだ。

「この声は聞いたことがある」フィアメッタの耳もとでモンレアレがささやいた。「ニッコロか。ニッコロ……姓はなんだ？」

　アンブローズが答えた。

「フェランテはニッコロ・ヴィテルリという書記官を使っております。フェランテの影とも言われていますが。四年ほど前に雇われたようです。フェランテ配下の者たちにひどく恐れられていて——おそらく陰険さのためだろうとわたしは思っていたのですが、どうもそれだけではなさそうですね」

　モンレアレは首をふった。

「いや、そんな名前ではない……。だがいずれにせよ、傭兵時代には魔法の噂などまるで無縁だったフェランテが、いまやどっぷり首までつかっているらしいのは、このヴィテルリという男のせいだろう」

「動物も胡椒にはなんの影響も受けなかった」フェランテの力強い声がタンバリンから聞こえてくる。

「もちろんよ」フィアメッタはつぶやいた。「動物は話すことができないもの」

「——塩入れの底に彫られた呪文は、塩にみごとな効果をもたらした」フェランテがつづける。「では、もうひとつの呪文は胡椒のはずだ。ユリアの犬などではなく、もう少し精密な報告ができる被験体を使って、われわれでもう一度実験してみなくてはなるまいな」

「わたしたちで、ですか？」ヴィテルリの声に疑念がこもる。

「わたしが呪文を唱える」とフェランテ。「おまえは胡椒を舌の上にのせろ。だがのみこんではならんぞ」

「わかりました」ひややかな沈黙につづいて、「いいですよ。ではさっさと片づけてしまいましょう。今夜はもっと急を要する仕事があるのですから」

つづいて聞こえてくる音から、フィアメッタははっきりその情景を思い浮かべることができた――フェランテが蠟燭の光のもとで塩入れの底をのぞきこみ、それをまた黒檀《こくたん》の台座にもどして、金色の女神の手の下、小さなギリシャ神殿に胡椒をいれている。フィアメッタは早口の小声で、モンレアレとアンブローズに説明した。そしてまもなく、フェランテの声がラテン語で胡椒の呪文を唱え、命じた。

「ではやれ」

一瞬後、舌の上から胡椒を落とさないようにしているのだろう、奇妙にくぐもったヴィテルリの声が報告した。

「何も変わったことはありませんが」

「何も起こらんはずはないのだ。胡椒に――舌――言葉か。弁舌さわやかになったような気はしないか？」

「いいえ」

「ふむ。人の心を左右できそうな気持ちにはなれんか？　何か嘘を言って、わたしにそれを真実だと信じこませてみろ。わたしの髪は何色だ？」

「黒です、殿」

「『赤だ』と言ってみろ」

「あ、あ……黒です」最後の言葉は胡椒を吹き飛ばしそうな勢いで吐き出された。

「だが赤だと言ってみろ」

「でき、き、き、ません。黒なのですから！」

短い沈黙。

「なるほどな」フェランテがささやいた。「この胡椒は真実を語らせるのか」

「いまごろわかったの」フィアメッタはつぶやいた。

「フェランテの頭では、真実というものはなかなか浮かんでこないのでしょう」とアンブローズ。

「だめだ、まだ吐き出すんじゃない」フェランテがきびしい声で命じた。「とにかくたしかめてみなくてはな。おまえの……ああ、年齢は？」

「三十二です、殿」

「生まれはどこだ？」

「ミラノです」

「おまえの――ええと、名は？」

「ヤコポ・シュプレンガー」

「なんだって？」

タンバリンから聞こえるフェランテの声に、驚愕《きょうがく》のこもったモンレアレの声が重なる。院長はテーブルにこぶしをたたきつけた。

「なんだって？　そんなはずはない！」

ものすごい勢いで何かを吐き出し、あわてて布で口をぬぐうくぐもった音が、丸い羊皮紙から聞こえた。

「では、この呪文はほんとうに、真実を語らせるのだな？」フェランテが書記官にたずねる。

「そのようです」

ヴィテルリ／シュプレンガーはいかにも不機嫌な声で答えたが、ロジモ公の燃えるような眼《まな》差《ざ》しでにらまれたのだろう、しばしの間をおいて、しかたなさそうにつづけた。

「ヴィテルリの名は……若いころから使っているんです。ボローニャで……少々まずいことがありましたので」

「なるほど……わが軍にいるならず者どもの半分も同じではある。だがわが寵臣《ちょうしん》たるおまえが、隠し事をしているとは思わなかったぞ」穏やかで寛容な口調の下に、危険な鋼《はがね》が秘められている。

「秘密をもたぬ人間などいませんよ」

落ちつかなげに肩をすくめるさまが目に見えるようだ。だがヴィテルリは穏やかな声でつづけた。

「殿ご自身で、胡椒の効果をためしてごらんになりませんか」

「いや」フェランテは書記官と同じくらい皮肉っぽく答えた。「とりあえずはおまえを信じておこう。ともかく、ベネフォルテの技は信じざるをえまい。だがまったく！　なんという宝だ！　捕虜の尋問において、これがどれほどの役に立つか考えてもみろ。金や品を隠そうとしている人間に対してもな」

興奮のあまり、フェランテの声がいっそう高くなる。モンレアレが、それとはまったく異なる口調でうなった。

「なんということだ。いかに白い魔法も、いかに潔白な意図も、ねじ曲げられずにすむものはないのか。真実そのものすら……」くちびるが苦悶にゆがむ。

「ヤコポ・シュプレンガーというのは何者なのです？」

フィアメッタと同じく、音声がむこうからの一方通行であることがわかってはいても、やはり不安なのだろう、アンブローズがささやくようにたずねた。

「だがまさかそんなことが……。あの塔にいた男――それにしてもひどく痩《や》せたものだ！　だがあれは――いや、あとでな。静かに」

モンレアレがまたタンバリンに耳をおしつけ、フィアメッタと同じく、伝わってくる物音からフェランテとヴィテルリのつぎの行動を推測しようとしはじめた。とぎれとぎれなつぶやきや、命令や、ひっかくような音――今回は、フィアメッタよりも多くの情報を得ることができたのだろう、モンレアレがアンブローズと彼女のために、小声で説明をはじめた。

「床に魔法陣を描いているのだ。線は惑星やその金属の神秘力を包含し……聖なる名で精霊の力を使役・包含する。高等魔術と下級魔術を独特な形で組み合わせたものだ」

「あの気味の悪い天使の指輪に、今度は父の霊を呪縛しようとしているの？」フィアメッタはみじめな思いでたずねた。

「いや……今夜はまだだ。炉の準備をする音が聞こえぬからな。施術《せじゅつ》に際しては、熔解した金属から新たな指輪を鋳造《ちゅうぞう》しなくてはならない。熔けた金属でないと、霊の内的形態をとらえることができないのだ」

フィアメッタは獅子の指輪をつくったときのことを思い出してうなずいた。

「いずれにせよ、おまえの父上のためにあの天使の指輪を鋳《い》なおすことはない」モンレアレはつづけた。「銀の指輪は女性の霊をいれるものなのだ。プロスペロ・ベネフォルテのためには金を使うのが理想だろう。この術を正しく理解しているならばな――残念ながら、彼らはたしかに理解しているようだ。ヴィテルリが事実シュプレンガーであるなら、それも無理からぬことだ……。なにせ彼はめざましい才能をもった――」

羊皮紙がまた語りはじめたので、モンレアレは口を閉ざした。

「妖術使いには黒猫を、軍人には黒い雄鶏を」ヴィテルリの声だ。「殿、わたしが魔法陣の中にはいって線を閉ざしたら、猫の袋をわたしてください」

つづいてヴィテルリの声が、トゥールよりもフェランテよりもはるかに美しいラテン語をつづった。

「剣に術をかけておるな」モンレアレがつぶやく。

「それでどうしようというの？」たずねる声が緊張する。

「猫を殺すのだよ。その生命を――魂を、と言えるかどうかはわからぬが、ともかくその霊を、父上の死霊に与え……力をつけさせるのだ。まあいわば、食事のようなものだ」

「まだ生きていますか？」ヴィテルリの声が不安そうにたずねる。

「かろうじてな」

フェランテの言葉と同時に、苦痛にあふれる哀れな弱々しい鳴き声がそれに答える。フィアメッタはアンブローズと恐怖に満ちた視線をかわし、修道士がたくましい手をよじった。

「かわいそうに」

「あいつら、これから何をするの？」フィアメッタはたずねた。

「まさしく火あぶりにふさわしい所業だ」モンレアレがいらだたしげに答える。

恐怖のこもった猫の悲鳴がヴィテルリのラテン語の詠唱をかき消し、それからふいに静寂が訪れた。

「お父さまがあんな汚れた捧げ物を受けるわけないわ。お父さまはあんなものを……食べたりしないわよ。かわいそうな猫ちゃん！」

モンレアレは花崗岩のようにいかめしい顔で首をふったが、ヴィテルリの詠唱がふたたびはじまると、いぶかしげに眉を寄せた。

「いったい何を……ふたりいるのか？」

謎めいた一場がくり返され、今回は雄鶏の鳴き声とはばたきが、ヴィテルリの黒い祝福を受けた剣によって沈黙を与えられた。ヴィテルリの流麗なラテン語の中に、馴染みのある名前が聞きとれた。

「ウーリ・オクスですって？」フィアメッタは恐怖をこめてさけんだ。「なんてことなの！　それじゃ――オクス隊長は、もう死んでいるの？」

「この術の受けとり手とされるからには、そういうことなのだろう」モンレアレが暗い声で答える。「なるほど、返されてきた死者の中にも、負傷した捕虜の中にもいなかったわけだ……どうやらフェランテは予備の指輪がほしいらしい」

「かわいそうなトゥール……」フィアメッタはささやいた。

それにしても、トゥールはいまどこにいるのだろう。小声で耳を作動させてから、フェランテとヴィテルリがこの恐ろしい部屋にはいってくるまでのあいだに、脱出する時間はほとんどなかった。それでもまだ発見されていないということは、うまく逃げられたのだろうか。

モンレアレが考えこみながら、さっきの自分の言葉を訂正した。

「いや、そうではないな……。フェランテはまず最初に、オクス隊長を選んだのだ。亡くなったその日のうちにな。彼にはこの町に親戚がいないゆえ、埋葬のために遺体を求められることもない。あとから追加されたのは、フィアメッタ、おまえの父上のほうだろう」

「これでいい」

ヴィテルリの満足げな声。それから立ちあがり、ローブの膝からチョークの粉と――もっと恐ろしいものをはたき落とす音。

「いつまでこんな茶番で時間をつぶさねばならんのだ」たずねるフェランテの声は不満にいらだっている。「わたしには指輪が必要なのだ。この国はおまえの魔法遊びのためにあるのではないぞ」

「ベネフォルテの霊を縛《ばく》するのは、恐ろしく危険な仕事なのですよ。敵意にあふれているうえに、博学ですから。ほんのささいな失敗でも……」ヴィテルリは不本意そうに言葉をとぎらせ、さらにつづけた。「ではこの軍人を、明日の夜にでも縛してしまいましょう。手順として、そのほうが賢明です。そうすれば、魔術師を支配するにあたって、これにも手伝わせることができます。指輪のための新しいブロンズは、殿のほうで用意してください。燃料はわたしが手配いたします。そうすれば少なくとも、ひとつの指輪は――ああその、手にはいるわけですから」

フェランテの声がまた生気をおびた。

「いずれにせよ、あのスイス人は欲しいぞ。あれはこの狡賢《ずるがしこ》いフィレンツェ人のように扱いにくくはないからな。軍人として、とうぜん服従の意味もよく理解できるだろう」

「施術が終了いたしましたら、魔術師の指輪はわたしがおあずかりいたしましょうか。指輪はふたつ、わたしたちもふたり――殿おひとりでふたつを御するのはたいへんでしょう」

さりげないつもりだろうが、いささか熱心すぎる声で、ヴィテルリが申し出た。

「いや、それにはおよばん」

フェランテのひややかな答えにつづいて、あからさまにぎごちない沈黙が流れる。やがてヴィテルリがするりとそれを破った。

「仕事を片づけてしまいましょう。おそれいりますが、殿、毒蛇のはいった革袋をとっていただけませんか」

なんとも解釈しようのない騒音が聞こえ――つづくヴィテルリの言葉で、ようやくその意味がわかった。

「殿、今度こそはまちがいなく、頭のほうをおさえてくださっているのでしょうね」

「もちろんだ」フェランテが気短に言い返す。「袋をあけて手をいれてみろ。それともわたしがやるか？」

「ああ――よろしければお願いします。紐をほどきますから」

「うむ……よし！　つかまえたぞ。頭のすぐうしろだ。見ろ、歯をむいているぞ、ニッコロ、どんなもんだ」

「殿――そんなに近づけないでください。その、わたしで毒を無駄づかいしてはなりませんから。さあこちらへ。今夜はこれで終わりにしましょう、もうくたくたですよ」

フェランテの不本意そうなうなり声。板を動かす音。つづいて、フィアメッタにも見当のつかない動きがあって、ヴィテルリがヘブライ語まじりのラテン語を唱えた――もしかすると、彼女にはわからないが、ただのでたらめな言葉だったのかもしれない。

「あいつら、いまは何をしているの？」フィアメッタはモンレアレにたずねた。

「反対律に基づく術のようだが」モンレアレは懸命に耳をすませている。「どうやら彼独自のものだな……どうも毒蛇に……すまぬな、フィアメッタ――ふたりの遺体を嚙ませようとしているようだ。保存の術の一環なのだろう」

さらに物音がつづき、それから突然悲鳴があがった。

「気をつけろ！　はねたぞ――」

「落とさないで――」

すばやい足音。

「つかまえてください、い、い、い！」

「おまえがつかまえろ！」

「テーブルの下にはいりました！」

短い沈黙。

「殿はブーツをはいておいでなのですから」

おもねるようなヴィテルリの声に、フェランテがつめたく言い返す。

「だからなんだというんだ。腕にはブーツをはいておらんのだし、暗いテーブルの下をさぐるのなぞまっぴらだ。自分でやるがいい。それとも魔法でおびきだすか？　おまえも魔術師の端くれだろう」

「もう術を使う体力など残っておりませんよ」

たしかにヴィテルリの声は低く、しゃべりかたものろい。フェランテはまた毒づいたが、否定もできず、やがて妥協した。

「明日の朝、もう一度きて片づけることにしよう。部屋の中が明るければ、つかまえるのも楽になる。もっともそれまでに、扉の下をすり抜けて逃げてしまうかもしれんがな。とにかく、そこからおりてこい」

「はい……殿」ヴィテルリは弱々しく答えた。

ヴィテルリがテーブルから（？）用心深く飛びおりる音。衣擦れと、何かがぶつかる音。足音。そして扉が閉まり、鉄の錠前の中で鍵がまわった——。あとは乱すもののない静寂だ。モンレアレの仕事部屋の窓の外で、ふいに夜啼鳥《よなきどり》がさえずりはじめ、フィアメッタは思わずとびあがった。短くなった蠟燭がゆらめいている。

アンブローズがはっとわれに返り、古い蠟燭が消える前に、新しい蠟燭に火を移した。新たな明かりのおかげで、全員が改めて現実に連れもどされたかのようだ。モンレアレが深くしわの刻まれた顔をこすっている。フィアメッタは緊張にこわばった身体《からだ》をぐいとのばした。タンバリンはもうなんの音も伝えてこない。きっとトゥールは、フェランテとお気にいりの妖術使いがはいってくる前に、部屋を脱出したのだ。兄の遺体と霊にくわえられる恐ろしい冒瀆《ぼうとく》を見ずにすんで、よかったではないか。

「ねえ、院長さま、父はフェランテの恐ろしい捧げ物を……受けとったりしていないわよね？」

モンレアレはすぐには答えず、やがて緊張のこもったかすかな微笑を浮かべた。

「死霊使いどもは、いまの施術が成功したと考えていたようだ。だが必ずしもそのとおりとはかぎらぬ。黒魔術に手を染めた者たちに、自己欺瞞《ぎまん》はつきものだからな」

嘘にならないぎりぎりのところで、なんとかフィアメッタを慰めようとしてくれているのだ。

モンレアレがモンレアレであろうとすれば、その正直さが剣となる。だがいまはその心遣いがありがたい。

アンブローズが院長のために木の椅子を引き寄せ、自分もスツールにどさりと腰をおろして、ひたいに当惑のしわを刻んだ。

「院長さま、ヤコポ・シュプレンガーとは何者なのです？　しかも、ニッコロ・ヴィテルリは明らかに聖職者ですが」

モンレアレは深く心乱されたようすで、ぐったりと椅子に背をあずけた。

「あのときは一瞬、悪魔そのものがあらわれたのかと思ってしまった。すぐに筋の通った説明が頭に浮かんだがな。

十年ほど前、わたしは教団より、カルディニ枢機卿のもとで高度な霊的魔術を学ぶため、ボローニャ大学に派遣されたのだ。つまり、フィアメッタ、おまえの父上のような大魔術師に、鑑札を発行する資格を得るためだな。そのときわたしの学舎に、ヤコポ・シュプレンガーという才気あふれるミラノ出身の若い学生がいた。身分は低かったが、すでに学士課程における自由七科をおさめ、まもなく神学と魔術における最年少の博士になるだろうと目《もく》されていた。若すぎる、とわたしには思えたがな。才気はありあまっているが……分別に欠ける。そういうこともあるのだよ」モンレアレはため息をついた。

「シュプレンガーは異端審問官としての訓練を受けていた。それもまた、彼の年齢には重すぎる荷だったが、彼自身はその知的プライドゆえに、けっしてそのようなことを認めはしなかった。そしてしだいに黒魔術の研究に深入りしていったが、表向きは、悪魔に身を捧げる邪悪な魔女を嗅《か》ぎ出す専門家となり、異端審問を助けるためだと称していた。また教皇猊下《げいか》に捧げるといって、『魔女の鉄槌《てっつい》』と題する論文を執筆していた。異常なほどの熱意でな。異常だとわれわれが気づいたときは——すでに遅すぎたのだ。魔法使いにはしばしばあることだが、彼もまた、おのれの研究課題の誘惑に身をまかせてしまったのだよ。実際に悪魔学の実験をはじめ、やがて自分の手には負えないところまで踏みこんでしまった。そもそも監視者を監視することが誰にできよう」

モンレアレは蠟燭の炎を見つめながら、極度の疲労に表情を失った顔を両手でこすった。

「彼の、なんというか、闇に落ちてからの所業が発見されたいきさつに関しては、わたしも少なからぬ関わりがある。彼は放校処分となり、大学の評判を損ねぬよう、極秘のうちに裁判がひらかれた。わたしはそこで、彼を告発する証言をおこなった。だが彼は判決がくだされる前に、獄舎で自死してはてたのだ。こっそりもちこまれた毒物を飲んで——とわたしは聞かされた。だがつまるところ、医学と魔術をうまく組み合わせて仮死を装い、生きたまま牢獄を出たということなのだろう。

カルディニ枢機卿とわたしと、法学部の博士が委員となって、彼の論文を処分することになった。カルディニ猊下ははじめ、単に禁書目録にいれておけばいいと考えておられたようだったが、じっくり調べてみると、シュプレンガーはすばらしい探究心と驚くべき記憶力をもっていることが判明した——彼が集めた術、逸話、民間伝承、風聞などは、十冊にもおよんだのだ。

だが彼には判断力が欠けていた。文体は平易にして説得力にあふれていたが、学問的基盤は薄弱で、その軽信は想像を絶し、現実の法廷に対する認識にいたっては——法学部博士も匙《さじ》を投げたよ。シュプレンガーは告発された黒い魔女どもを拷問にかけ、共犯者の名を吐かせよと真剣に要請していたのだ！　わたしは聖なる異端審問がどのような拷問をおこなうかも、どのような男たちがその任務にあたるかも知っているが——ひとつの告発によって捕らわれた者が、さらなる告発をもたらし、それが嵐のようにひろまっていくさまが想像できるかね——ごく短期間のうちに、ひとつの地方全域が混乱の渦に巻きこまれてしまうのだ！　ほんのわずかな刺激でヒステリーにまでいたる。おそらくシュプレンガーは——昼間のシュプレンガーは、そうすることによって夜の自我と絶望的な戦いをくりひろげていたのだろう。わたしはその本も、彼の残した覚書《おぼえがき》も、すべて焼き捨てるよう進言した」

アンブローズがたじろいだ——彼もまた、わずかなりとはいえ、やはり学問の道に携わっている人間なのだ。モンレアレは両手をひろげて話をつづけた。

「ほかにどうしようがある。気の毒なまじない婆どもを焼くよりは、そのほうがましだろう。おまえも田舎で仕事をしたことがあるならよくわかっていようが、ああした魔女は十人中九人までが、わけのわからぬことをつぶやいている頭のおかしなただの老いぼれ婆さんか、もしくは、雹《ひょう》が降ってきたとか——これは完全な自然現象だな——牛が死んだとか——自分の世話が悪かったのだろう——そういったどうしようもない事件の責任を、近所の者たちの悪意によっておしつけられた犠牲者にすぎないのだ。しかも彼の本は、神よ許したまえ、キリストの御名の力をないがしろにした、神学としてもゆゆしい――恐ろしく危険なものだった。われわれはそのすべてを焼却した。カルディニ猊下はそこまでの信念をおもちではなかったが、わたしは、手遅れにならないうちに手や脚を切断して壊疽の悪化をくいとめることに成功した外科医のように、得意満面だったよ。

それはともかくとして、シュプレンガーは死亡した――と思われていた――時点で、すでに完全に堕落し、悪魔的な力の探究に全身全霊を注いでいた。それでもわたしは彼が自死したと聞かされた夜、主に捧げる魂をひとつ失い、それがために悪魔に嘲笑されているように感じたものだよ」回想にふけりながら、モンレアレは首をふった。

「それで、これからわたしたちはどうすればいいの？」

部屋を包みはじめた沈黙を破ってたずねると、モンレアレはくちびるをゆがめ、苦渋に満ちた皮肉な微笑を浮かべた。

「神のみぞ知るだ。わたしはただ、主が道を示してくださらんことを祈るだけだ」

「でも、あいつらをとめてくださらなきゃ！」フィアメッタは声をふるわせて訴えた。「あれは黒魔術なのよ。そして院長さまは、黒魔術と戦うと神聖な誓いを立てられたのでしょう！明日になれば、かわいそうなオクス隊長が呪縛されてしまうわ。そのつぎは父の番よ。そしてフェランテの軍が到着すれば、わたしたちには勝ち目なんてまったくなくなってしまうわ！」

「たしかに何か……手をうつならば、ロジモの歩兵隊が到着する前にしなくてはならないでしょう」アンブローズが遠慮がちに加勢する。

「そんなことは言われずともわかっておる」

モンレアレはかっと言い返してから、いらだった神経を懸命になだめて、力の抜けた肩をいからせた。

「問題はそれほど単純ではないのだ。フェランテを阻止できるほど強力で、かつ黒魔術にかかわらぬ力など、そうそう思いつけるものではない。邪悪な意思がにじみ出れば、魂が危機にさらされることになるからな」

「でも……みんなが院長さまをたよりにしているのよ。軍人と同じだわ。軍人はひどいこともするけれど、わたしたちには必要な存在で、わたしたちを……ほかの軍人から……守ってくれるもの」フィアメッタは言った。

「軍人がどういうものか、説明してくれる必要はない」

皮肉っぽい返答に、フィアメッタは赤面した。

「その手の胸の悪くなるような理屈は、いやというほど知っておる。おまえには想像もつかぬような犯罪行為を正当化するため、そうした理論が使われるのも見てきた。だがそれでも……」

フィアメッタはすっと目を細くした。

「何かあるのね。何か考えることがあるんでしょう？　魔法に関係したこと？」

「祈りを捧げなければならぬ」

「いくらでもお祈りしてればいいわ。フェランテの軍がおしよせてきて、聖ヒエロニムスの門をたたき壊そうというときになっても、それでも院長さまはまだお祈りをしているつもりなの? フェランテが手をふって、亡霊に命令を与えても?」フィアメッタは激しい口調で言いつのった。「お祈りするしかないのなら、アスカニオさまも何もかも、いますぐひきわたしてしまったらいいんだわ。昨日のうちにそうしてしまえばよかったのよ!」

「とにかくあと一日をなんとかもちこたえ、フェランテを黒魔術の咎《とが》で訴えましょう」アンブローズがゆっくりと提言した。

「異端者とはいえ、まぎれもなく二国の領主にして支配者となった者たちだぞ、いかに超人的な役人を送りこもうと、逮捕などできるわけがない」モンレアレは炎を見つめながら穏やかに答えた。「わたしが記憶にとどめていたように、シュプレンガーのほうでもまちがいなく、わたしのことを忘れてはいないはずだ。これまでわたしの目に触れぬよう、極力慎重にふるまってきたことからもそれはわかる。だがそれにしても、どこぞに訴えを起こせるまで、わたしの生命がもつかどうか」

「でもそれだったら!」フィアメッタはさけんだ。

モンレアレは膝の上でロザリオをまさぐり、数珠玉をかぞえながら、濃い灰色の眉の下からフィアメッタを見つめた。

「わたしは魔術師としては……さして力をもってはいないのだよ、フィアメッタ。おまえの父上や、モンテフォーリアに住む二流魔術師ほどの力もな……かつては努力をしたこともあるが。だが、能力以上にすぐれた判断力に恵まれてしまったことが、わたしの重荷だった。力ある者は行動するがよい。だが力なき者は……」

アンブローズが両手をひろげ、怒ったように否定した。

「院長さま、そんなことはありません！」

モンレアレはくちびるの片端をつりあげた。

「善良なるブラザー、いかなる基準においてそう判断するのだ？　わたしが禁欲的な使命感からのみ、ここモンテフォーリアにとどまっているとでも思っていたのか？　最高級の才能はローマにおもむき、枢機卿会にはいる。そして劣った者たちは、地方に身を沈めるのだ。若かりしころ、わたしは二十五歳までに元帥《げんすい》になろうと夢みていた。やがて軍人としてのおのれに見切りをつけたが、結局はその野望にかわって、三十五歳までに枢機卿にして大魔術師になろうと試みたにすぎなかった……そして最後に主は、わたしに必要なものを見抜かれ、謙虚な心を授けてくださったのだよ。

シュプレンガーは——ほんとうにヴィテルリが彼なのだとすれば——判断力以上の能力に恵まれていた。十年の歳月をかけ、闇の中で密かにその能力に磨きをかけたうえで、おのれを庇《ひ》護《ご》し、資金と生命力を貸し与えてくれる強力な後援者を手にいれたのだ——フェランテは過《あやま》ちを犯すことのない強靭《きょうじん》な意志をもっているからな。それにくわえて、魔術師ベネフォルテほどの死霊を呪縛するとなると、彼らの力は……」

言葉のとぎれた静寂を縫って、アンブローズが咳ばらいをした。

「実を言いますと、院長さま、わたしはいまのお話で気分が悪くなってまいりました」

「わたしの仕事は生命ではなく、魂を救うことなのだ」モンレアレは指を動かしつづけている。

「魂はあとで救えばいいわ」フィアメッタはすかさず指摘した。「でも生命を救いそこなったら、生命も魂も、両方ともが失われてしまうのよ」

モンレアレが奇妙な微笑を浮かべた。

「おまえはスコラ哲学を学びたいと思ったことはないか、フィアメッタ？　いや、女性には禁じられているな」

その瞬間ひらめいた真実に、フィアメッタは愕然《がくぜん》とした。

「院長さまはご自分の魂が失われることを恐れていらっしゃるんじゃないのね。ただ失敗することを怖がっているだけなのよ」

自分は二流であるという自己認識が、確定してしまうことが怖いのだ。

ぶしつけな侮辱にアンブローズがはっと息をのんだが、モンレアレはいっそう笑みを大きくした。視線を伏せているため、表情は読めない。やがて、院長は口をひらいた。

「もう休みなさい、フィアメッタ。アンブローズ、夜のあいだこの耳を維持し見張る仕事は、ブラザー・ペロットにまかせよう。しばらくは何事も起こらないだろうがね」

そして立ちあがってローブを整え、顔をこすった。

「わたしは礼拝堂にいる」

第十二章

　トゥールはじっとすわったまま、わずかな身じろぎもしなかった。洞窟の岩棚とまちがえたのか、さっきまであぐらをかいた脚の下にもぐりこんでいた毒蛇は、最初の興奮が静まると、こんどはふくらはぎから太股にかけて、しっかりと巻きついてきた。おそらく温もりを求めているのだろう。一インチずつ這《は》いあがってくるたびに、薄い上等のタイツごしに、蠟《ろう》質のひややかな鱗《うろこ》が感じられる。トゥールがこの部屋に残された唯一の熱源であるかぎり、こいつはけっしてそばを離れようとはしないだろう。

　頭からすっぽりかぶったリンネルの布をはがすこともできない。小便がしたいし、鼻がむずむずする。くしゃみが出たらどうしようか。鼻を動かし、くちびるをゆがめたりのばしたりしてみたが、どれもたいして役に立ちそうもない。この岩にうがった部屋からふたりの死霊使いが出ていってから、どれくらいの時間がたつのだろう。永遠？　それでも墨を流したようなこの闇は、夜明けのかすかな気配すら漂わせてはいない。わずかでも目が見えれば、このいまいましい蛇が嚙みついてくるよりもすばやく、頭のすぐ下をつかみとってみせるのだが。しかし闇の中の手さぐりでは……。それでもこんな恰好でずっとすわっていることはできない。つめたい石の床に体温を奪われ、尻はかじかみそうだし、長いあいだ動かしていない脚の筋肉はいまにも痙攣《けいれん》を起こしそうだ。

やがて変化が訪れた――懸命な祈りが功を奏して蛇が立ち去ったのではなく、ふいに錠前の中で鍵のまわる音が響いたのだ。蛇がいっそうきつく巻きついてきた。軽やかなブーツの足音が部屋を横切り、片隅でとまった。瀬戸物のぶつかるかすかな音につづいて、水差しから液体を注いでいるかのような、こぽこぽという音。それから――心臓の鼓動が激しくなり、トゥールはいままで以上に死に物狂いで気配をひそめた――短いラテン語を唱えるヴィテルリの声。蛇がぴくりと反応する。短い沈黙。さらにいらだちをこめて、ヴィテルリが呪文をくり返す。蛇はわずかにとぐろをゆるめたが、それでも足もとから動こうとしない。きっとこの蛇は田舎者で、ヴィテルリの正確無比なラテン語を理解できないのだ。トゥールはこみあげてくるヒステリカルな笑いをこらえた。

ヴィテルリが小声で吐き捨てた。

「いまいましい。もう逃げてしまったか。また明日にでもまぬけな兵をヴェネツィアに送って、一匹手にいれてこなくてはならないな」

怒りのこもった足音が遠ざかり、もういちど扉に錠がおろされた。蛇が不機嫌にシューシュー音をたてる。トゥールはまばたきをして、恐怖といらだちのため、こみあげてくる涙をふりはらおうとした。鼻の奥がぐすぐすしてくる。なんとかして蛇をつかまえなくては……

部屋のむこう端で、かすかな音が聞こえた。石のように静かなこの夜だからこそ、ささくれだったトゥールの五感にもとどいたのだろう。蛇もその音を聞きつけたのか、鎌首をもたげ、左右にふりはじめた。そしてトゥールの脚にまきついた身体《からだ》を少しずつほどき、リンネルの布の下から出ていった。全身が離れてしまうまでに、永劫の時間が流れたような気がした。トゥールはさらに数秒間呼吸をとめ、やっとのことで大きく吐き出した。それからあわただしく、だが流れるような動きで、せまくるしいテーブルの下の牢獄から這い出した。改めてテーブルの上にとびのったはずみで、鉄の燭台《しょくだい》が音をたてて落ちそうになり、よくは見えないまま、手をのばしてつかみとる。長いあいだ布に包まれ、完全な闇の中でこらしていた両眼は、湖に反射して分厚い壁にくりぬかれた窓ごしにはいってくるかすかな星明かりでも、ものの形くらいは見わけることができる。足もとのテーブル、架台の上の箱。だが、蛇をさがせるほどの光源はない。

トゥールはふるえる声で呼びかけた。

「ベネフォルテ親方、蠟燭《ろうそく》を一本つけてもらえませんか？」

答えはない。さらにためらいながら、

「ウーリ、頼むよ」

ふるえる手でテーブルの上をさぐってみた。紙、ナイフ、つめたい金属の道具、小さな箱——火口《ほくち》箱だろうか？　ひらいてみたが、やわらかな粉がはいっているだけだ。なんの粉だか指をなめてみようかとも考えたが、すぐに思いなおし、チュニックで手をぬぐう。床のほうでひっかくような音、舌を鳴らすような音、不気味な甲高《かんだか》い動物の鳴き声が聞こえるが、あえて無視する。蛇はテーブルの脚をのぼることができるだろうか？　木の上に住む蛇もいると聞いたことはあるが……

求めるものは、またべつの、いくぶん重い箱にはいっていた。火打ち石と鋼《はがね》の、お馴染みのずっしりした重みだ。火花をおこし、その明かりの中で火口をさがし、何度か試みて木切れに火をつけることに成功した。芯に近づけると、小さな青い球になって消えそうになったものの、かろうじて蠟が黄色い炎をあげて燃えはじめた。こんなに美しい炎は見たことがないと、テーブルの上に膝をついたまま感嘆する。それからもう一度木切れに火をつけ、短い燃え残りとなった六本の蜜蠟《みつろう》——燭台にささっているぜんぶの蠟燭に、火を灯した。それから、あたりを見まわして蛇をさがした。

そばを離れるのに永遠の時間がかかったように思えたのも無理はない。その蛇は長さ四フィートもあった。部屋の片隅に乳をいれた皿があり、そのわきでとぐろを巻いて、あごを大きくひらき、のどをふくれあがらせ、口から巨大なネズミの下半身をはみださせている。ネズミの後ろ足が痙攣し、尾がよじれる。

トゥールはものすごい勢いで蛇にとびかかり、身体をひねったり嚙みついたりできないよう、いっぱいに頰張ったネズミごと、のどのまわりにしっかりと両手を巻きつけた。そうしておいて窓に駆け寄り、格子のあいだから投げ捨てる。一瞬後、下方の湖でかすかな水音がこだまし、トゥールは床にすわりこんで荒い息をついた。目白おしになったその他の問題について、ふたたび考えられるようになったのは、さらに数分後のことだった。

改めてあたりを見まわした。この乳の皿は、ヴィテルリが蛇のためにもってきたのだろう。

猫のためということはない。床に赤と白のチョークで複雑な模様が描かれ、その真ん中に、おぞましい動物の残骸が積みあげてある。トゥールは顔をしかめ、線を踏まないよう注意深く迂回しながら、扉に手をかけてみた。こちら側からは、鍵がなければあけることはできない。それにしても、どれくらいの時間が過ぎたのだろう。上の階にいる衛兵たちは、トゥールがいなくなっていることに気づき、さがしはじめているにちがいない――だがここにくることはないだろう。フェランテとヴィテルリ以外、ここにすすんでやってこようという人間がいるはずはない。

「ベネフォルテ親方？」トゥールはささやきかけた。「ウーリ？　ベネフォルテ親方？　この鍵をあけてもらえませんか？」

どちらの霊からも返事はない。それでもさっき、トゥールはたしかにベネフォルテの姿を見たのだ。ウーリの存在をはっきり感知して、ここまで導かれてきたのだ。テーブルの上に紙が散らばっている。召喚の呪文を使えば、望もうと望むまいと、強制的に霊を出現させることができるという。だがそんな術式が、つごうよくここに書き留めてあるはずもない。何枚かの紙をひっくり返してみた。ほとんどがラテン語で、知っている単語もいくつかある。

「ベネフォルテ親方、お願いです」

「なんだ？」

いらだたしげな声は、弱々しくふるえてはいるが明瞭で、必死だった前回からくらべると、交信そのものは容易になっているようだ。ふり返って部屋の四隅に視線を走らせたが、蠟燭を揺らめかせるそよ風の中に埃《ほこり》でできた死霊の姿はなく、ただ声が聞こえるばかりだ。トゥール は虚空《こくう》にむかってたずねた。

「おれの……おれの兄はどこにいるんですか？　あなたのおられる場所から、兄は見えます か？　兄はなぜ話してくれないんです？」

長い沈黙。彼ひとりを残し、ベネフォルテの亡霊はもうこの部屋から出ていってしまったの ではないかと不安になりはじめたころ、ようやくためらいがちなささやきが答えた。

「彼はかすかな影にすぎない。わたしは生前からその職業と技を通じ、物質世界において霊を 操作してきたが、彼にはそのような素養が欠けている。肉体が失われたいま、わたしの目は新 たなヴィジョンにむかってひらかれ……ああ、だがあの卑しき肉体の感覚を、これほどにまで 恋うことになろうとは思わなかった……」

緩慢な声は尾をひくように消えていった。どうやらチョークで描かれた模様の中心から聞こ えてくるようだ。

「どうすればあなたを救うことができるでしょう？　おれは何をすればいいですか？　ヴィテ ルリは、明日の夜に兄を呪縛するつもりなんです！」

「フェランテは、あるじとして仕えるにそれほど悪い領主ではないかもしれぬ」ベネフォルテ の声が落ちつきはらって答えた。「フェランテも、サンドリノも、ロレンツォも、君主は君主 であり、宮仕えは宮仕えだ……。公はわたしのペルセウスを鋳造《ちゅうぞう》させると言っておられた」

「フェランテなら、あれを熔かして大砲をつくりますよ！」トゥールはさけんだ。

「そうだな、公は彫刻芸術よりも、戦争技術の保護者だ。だが公も、こうした絢爛《けんらん》たる美と無縁なわけではない。ペルセウスをしあげることにより、公はおのが身に誉《ほま》れをなすと同時に、わが名を不朽のものとして……」

「でもあなたは死んでいるんです」トゥールは虚しく指摘した。「三日前の夜、あなたは魂の救いを求めるみたいに、助けてくれとさけんだじゃありませんか！」

まさしく文字どおり、魂が危機に瀕《ひん》していたのだ。

「そう、魂か、いま……」かすかな声がさらに弱くなる。「だがつまるところ、なぜあの世にいそぎゆかねばならぬのだ？」

「あなたには……あの世が見えるのですか？」トゥールは恐れおののいてたずねた。

「光が見える……痛いほどだ。そう、さきほどまでは、たしかに痛かった」

〈でもあなたはそこへいかなきゃならないんです。ここにとどまってちゃだめだ〉

いま話しているのは、追い詰められていた三日前の幽姿ではない――トゥールは戦慄とともに悟った。死霊使いどもの黒い儀式は、ベネフォルテの意志をどれくらい絞りとってしまったのだろう。

「ヴィテルリは君主ではありませんよ。あの男に仕えたいんですか？」

「あのミラノ人は半可《はんか》通《つう》の素人だ！　二流のクズだ――あのような男、わが力の前には……」

まぶしいものを見たあとの残像のような光が、ジグザグに室内を走り抜けた。これは……怒りの閃光なのだろうか。純然たる意志の？

〈お嬢さん、あんたのお父さんは悪霊《デーモン》になりかけているよ……〉

胃の腑につめたいしこりが感じられる。すでに堕落がはじまっているのなら、この霊はどこまで信用できるのだろう。ベネフォルテはもはや、フェランテに対する抵抗をほとんど示していないのだ。

〈まだ遅すぎはしない、まだ大丈夫だ！〉

しかしトゥールに何ができる？　そう、死体だ——あの邪悪な儀式をしあげるには、死体が必要であるらしい。では死体を盗み出してみたらどうだろう？　だがトゥールひとりでは、塩のつまった箱をふたつはおろか、ひとつだってもちあげることはできそうにない。しかもそれをもって階段をあがり、衛兵をごまかさなくてはならないのだ。部屋に火をつけて死体を灰にしてしまおうかという、とんでもない考えも浮かんだが、それだけの燃料はなさそうだ。死体を一部損なえば、儀式に使えなくなるということはあるだろうか。

絶望のあまり、笑うしかない気持ちで錠の前にうずくまっていると、奇妙に馴染みのあるものが視野の隅でひらめいた。トゥールは首をかしげ、揺らめく蠟燭が部屋のむこう端に投げかける影をじっと見つめた。ベネフォルテか——それともウーリが、物質的な身体をつくろうと奮闘しているのだろうか。壁ぎわで液体のようにうごめいている影は、ネズミではないし、蛇でもない（ぞっとする）。影が壁から歩み出てきながら形をとり、はにかむように架台の脚の背後にすばやく隠れた。二フィートもない小人だ……

「おやまあ」トゥールは驚きの声をあげた。「こんなところにも地精《コボルト》がいるとは、考えてもいなかった」

「町の西の丘陵地帯にささやかな集落をつくっておるよ」かすれたベネフォルテの声が、不気味なほど愛想よく説明した。

「荒れ果てた山にしか住まないものだと思っていました。人間の町には近づかないものだと」

「おおむねそのとおりだ。だがやつらは魔術に引き寄せられるのだ。わたしの家にも大量発生して、工房の地下でわたしの一挙一動をうかがっていたことがある。やたらとものを移動させたがるのが困りものだが、こちらから攻撃しないかぎり、悪意のある連中ではない」

「そうですね。ブルーインヴァルトの地精《コボルト》もそんなふうでした」

小さな影は、ビーズのようなきらめく視線をトゥールにむけたまま、架台の脚の背後をすばやく移動して近づいてくる。

「昔の話だが、一匹つかまえたこともある」ベネフォルテが思い出話をはじめた。「それで、銀と緑柱石の原石をもってこさせた。あのあたりでは、金は手にはいらないと言いおったのでな。最後には放してやったが、それ以後は警戒したのか、一族こぞってわが家の付近は避けるようになった。こちらとしては面倒が減って何よりだったがな」

「地精《コボルト》はもっぱら、地下では手にはいらない乳に引き寄せられてくるのだと思っていました。少なくとも、山ではそうでした。乳搾りのあと、桶《おけ》に見張りをつけていないと、牛や山羊の乳が盗まれるんです。いつだったか、村で乳母をしている女が銀塊をいくつももっているのを見つかって、大騒ぎになったことがあります——盗んだか、鉱山から盗み出してきた鉱夫と寝たのだろうと責められたんですが、女は、乳をやったかわりに地精《コボルト》からもらったのだと言いはっていました」

架台の背後から、期待に満ちたかぼそい声が聞こえた。

「そう、乳だ。われわれは乳が好きだ」

「わたしも、地精《コボルト》をおびき寄せる罠には乳を使った」とベネフォルテ。「やつらは地下の集落でキノコを栽培し、ふだんはそれからつくったパンを食べている。また、葡萄《ぶどう》酒よりは乳のほうが好きらしい。やつらが葡萄酒を盗んだという話は聞いたことがないからな」

「おれの母は万聖節になると、地精《コボルト》のためにこっそり乳を残して、出しておいてやります。そうやって鉱山の安全を祈願するんです。ブラザー・グラルスはあまりいい顔をなさいませんでしたが。でも翌日には、必ず皿はからになっていました」

「人が水の中を泳ぐように、やつらは岩の中を泳ぐ。奇妙な……」そこでふとためらい、「やつらの姿が見えるぞ。わたしの目は……。すべての方位を視野におさめ、岩をも透かし見ることができるのか。ヴィテルリがやってきて……活動を……はじめて以来、城の地下には六人の岩人がうろついている。ヴィテルリの行為が気になるのだろう、いくばくかな」

〈ヴィテルリの行為が気にならない者なんていないよ〉

「罠じゃないな?」

架台の背後から、小枝のような指が乳の皿を指さしてたずねた。

「罠じゃないな? おまえ、ほしがっていないな?」

「あれはおれの乳じゃない」トゥールは答えた。「だから飲んでくれてもかまわない。でもヴィテルリが蛇のためにおいたものだから、毒か何かがはいっているかもしれないよ」

「わたしの塩入れを使えばいい」

尊大なベネフォルテの言葉に、トゥールはテーブルの上に視線を走らせた。

「フェランテがもっていってしまいました」

純金製なのだから、たとえ魔法がかかっていなかったとしても、フェランテがそこいらに放置していくはずはない。

「力の焦点たる塩はいまも必要だろうか……」ベネフォルテの声が瞑想の色合いをおびはじめた。「このひろがった視野をもってすれば、もしや……」

目には何も見えないが、乳の皿のそばに存在を感じとって、両腕の毛が逆立った。乳の不透明な白い表面がさざ波をたてている。ベネフォルテが報告した。

「蛇を麻痺《まひ》させるために、ヴィテルリが阿片を混ぜたようだな。できるか……やってみるか……」

乳の表面から青い炎がたちのぼり、細長くたなびいて燃えつきた。ベネフォルテの声が昂揚する。

「これで純化された。肉体に心曇らされていたときは、このような真似はできなんだがな」

トゥールはすぐそばの床に描かれた模様と、受諾された不浄なる供物に不安げな視線を走らせた。

〈誓ってもいいけど、こんな真似、昨日だったらできなかったでしょうね〉

地精《コボルト》がおそるおそる皿に近づき、どこにいるのか、ベネフォルテにむかって礼を言った。

「ありがとう」

そのわきの石壁から、ふたりめ、三人めの地精《コボルト》がわきだしてきて、節くれだった小さな手を床につき、痩《や》せこけた飼い猫が皿のまわりに群がるかのように、四つん這いのまま乳をなめはじめた。ブルーインヴァルトの小さな人々は花崗岩のような灰色だったが、この丘陵地帯に住む地精《コボルト》は肌の色が薄く、モンテフォーリア砂岩と同じ黄色味をおびている。あとからきたふたりは裸で、長らしい者は山に住む従兄弟たちとよく似た前掛けをつけている。乳はまたたくまになくなり、長が頭ほどもある皿をもちあげて、最後のひとしずくまできれいになめとった。そして皿の縁ごしに黒い目でじっとトゥールを見つめていたかと思うと、ふいに礼もいわず、三人ともが石の中に溶けこむように姿を消した。

トゥールはまばたきをして、また扉の鍵を調べてみた。かたく錠がおりている。

「ベネフォルテ親方？　どうやればあなたを、そして兄を、助けることができるのでしょう？　おれの兄も？」

〈そしておれ自身も〉

「もう疲れた……」吐息のような声が答えた。「もう話せない」

ベネフォルテの影は話をそらそうとしているのだろうか。よくない兆候だ。頭に霧がかかり、顔が無感覚になってくるような疲労と戦いながら、トゥールは必死で思考をめぐらせた。立ったままの身体が揺れてくる。チュニックの内側をさぐってみた。まだ耳はふたつ残っている。

いや、三つだ。もっといい隠し場所があれば、馬丁たちの住む屋根裏に隠したものを回収すればいい。モンレアレははっきりと、もしできるなら、塔の上に閉じこめられている公爵夫人にも耳をわたせと指示した。いいだろう、彼は期待どおり地下牢までやってきた。黒魔術と戦うのはモンレアレの役目だ。そしてトゥールの仕事は、モンレアレの指示に従うことだ——できるならば。トゥールはあごをひきしめた。

まずなんとかしてこの部屋を抜け出さなくては。それから衛兵をやりすごす方法を考えるのだ。テーブルと棚に奇妙な道具が散らばっている。少なくともこれで、いまいましい錠前を壊すことができるかもしれない。錐《きり》を手にしてためしてみたが、鍵穴を刺すことはおろか、釘をえぐることもできなかった。この錠は、不可視の割れないガラスをかぶせてあるかのように、魔法で守られているのだ。もちろんベネフォルテの亡霊は気にもとめないだろう。その気になれば壁を通り抜けることだってできるのだから。トゥールは歯ぎしりをして、悲しげな声で訴えた。

「ベネフォルテ親方、おれをここから出してください」

答えはない。

「フィアメッタのために」

耳の中で脈うつおのが血の音が聞こえるばかりだ。

「ウーリ、おれを愛してくれるなら！」

トゥールはこみあげてくるパニックをこらえた。答えるもののない静寂の中で、死者と黒魔術の余韻とともに牢《ろう》に捕らわれているという恐怖が、ふいに心にふくれあがる。

「助けてくれ！」

今回感知されたのは、冷静で首尾一貫したベネフォルテの力ではなく、もっと荒々しく未熟な存在だった。鉄の錠の上で、ミニチュアの稲妻のような青い光がひらめき、かちりと音をたててボルトがはずれた。そしてそれは、傷ついたかのように——苦痛をおぼえたかのように、消え去った。いまの行為が、苦痛をもたらし、意志を奪ったのだ。それではウーリはほんとうにここにいるのだ。口はきけないが、けっして無力というわけではなく。そして、ヴィテルリの奴隷《どれい》になっているわけでもなく——そう、いまはまだ。

「ありがとう、兄さん」

トゥールは頭をさげてささやき、よろめくようにランタンの獣脂蠟燭に火を灯した。衛兵から借りたこれは、いままでずっと、誰にも気づかれずに、テーブルわきの床の上においてあったのだ。なぜフェランテは、軍の支給品のようなこの粗末な馴染みの品に気づかなかったのだろう。トゥールは蜜蠟蠟燭の火を吹き消し、細心の注意をはらいながら、静かに部屋をすべり出て扉を閉めた。

〈必ずもどってくるからね、ウーリ。計画をたてて。院長さまといっしょに。軍を率いて〉

通路で方向を見定めるのにしばしの時間がかかった。慎重にせまい階段をあがりながら、待ち伏せしているかもしれない衛兵の、かすかな息づかいやきしみを聞きとろうと、懸命に耳をそばだてる。捕虜が閉じこめられている牢のならぶ通路には、誰もいなかった。階段はヴィテルリの蛇のようにうねりながら上昇し、居城へとつながっている。その頂上の墨を流したような闇の中で、頑丈な樫《かし》の扉が行く手をはばんだ。もちろん鍵がかかっている。トゥールは捕虜のいる階層までもどった。

結局、痛みを訴えはじめた膀胱が、つぎの行動を決定することになった。通路の奥の暗がりは、これまで何人もの男が臨時の便所に使ってきたのだろう、刺激臭を放っている。トゥールも同じ場所で、できるだけ音をたてないよう気をつけながら用を足した。それから明かりを消して忍び足で通路をもどり、ランタンをおろし、腕を枕にして石の床に横たわった。目を閉じて眠ったふりをしながら、衛兵に発見されるのを待つつもりだった。今夜の出来事が、恐ろしくゆがんだイメージとなって、頭の中を飛びかいはじめる。これから話さなくてはならない言い訳を頭の中でくり返し練習しているあいだに、いつしか思考は闇の中に埋もれていった……

すさまじい罵声に、まばたきしながら目が覚めた。つめたくかたい石の上に寝ころんでいたため、身体じゅうが痛い。のそのそ起きあがろうとしたが、刺すような痛みに襲われてふたたび倒れこんだ。ブーツの爪先が、それほどきつくではないが、身体にくいこんでいる。

「なに？　どうしたんだ？」

ぼんやりとつぶやきながら、トゥールはなかば本気で混乱していた。ほんとうに眠りこんでしまったのだ。看守長がランタンをかかげ、恐ろしい顔で見おろしている。彼の大声で、もうひとりの衛兵が、短剣を抜き放って駆けつけてきた。トゥールはくしゃみをした。看守長がきびしい声で問いつめた。

「どこからあらわれた？　どこにいっていたんだ？」

つづけざまにとびだしたくしゃみのおかげで、考えをまとめるだけの時間が稼げた。トゥールはしみじみとつぶやいた。

「なんてこった。なんて奇妙な夢だったんだろう！」そして目と鼻をこすって身体を起こし、「おれは……寝てたんですか？　見張りをすると約束していたのに、すみませんでした――あの狂人は逃げ出していないでしょうね？」

たずねながら、看守長のブーツをつかんだ。

「ああ」

「よかった。ありがたい。一瞬、おれは……」

「一瞬、どうしたって？」

「一瞬、あれが現実だったように思えたんです。夢がね。ところで、いま何時です？」

「もうすぐ夜が明ける」

「そんなばかな。ほんの二分ほど前に、小便をしようと通路の奥までいっただけなのに」

「おまえは消えていた。ひと晩じゅう姿が見えなかったぞ」

「なんだって！　あんたたちは捕虜に夕食を配っていたでしょう？　おれは通路の奥までいって、もどってきた。桶のぶつかる音が聞こえていた。それから……それから……」

「それから、どうした？」

「なんだかものすごく疲れちまったんです。何かに襲いかかられたみたいな気分で――それでほんの少し、ここの床で横になろうと思ったんです。そしたらあの突拍子もない夢を見て、そしたらあんたがおれを見つけて、起こしてくれたってわけです」

ふたりの衛兵は不安そうに目を見かわしている。

「どんな夢だったんだ、鋳物《いもの》職人？」若いほうの男がたずねた。

「狂った城代《じょうだい》がおれの目の前で蝙蝠《こうもり》に変身したんです。おれも蝙蝠に変えられちまった。そしてふたりして南へ、ローマまで飛んでいったんです。ばかげてますよね。おれはローマなんていったこともないんだから」トゥールはぼんやりと手櫛《てぐし》で髪をすいた。「空からだと、ひと目でローマ全体が見わたせました。テヴェレ川で警告灯がきらめいていて……全身真っ白なローブをおめしになった教皇さまが、すばらしい宮殿のバルコニーに立っておられた。身体も耳も蝙蝠だけれど、顔だけが人間のままの城代が、教皇さまの肩にとまって、耳もとに何かをささやきかけた。そうしたら教皇さまもささやきを返されて、指輪で蝙蝠にお触れになった。そしてまた空を飛んで、ここまでもどってきたんです」

調子にのった舌が『おかげで腕がくたくたですよ！』とつけくわえたがるのを直前でおしとどめ、トゥールは簡単に話を締めくくった。フェランテの衛兵たちはたしかに超自然的な出来事をすぐに否定したりはしないだろうが、かといって何もかもを無条件に信じこんでくれるわけでもない。

「だがおれたちは、十回もこの通路を通ったんだぞ！」若い衛兵が言った。「それでもおまえは——」

「黙れ、ジョヴァンニ！」

看守長がそれをさえぎり、乱暴にトゥールを立ちあがらせた。背はトゥールよりも低いが、たくましさでは勝っている。看守長は怒りと不安のいりまじった視線でトゥールを凝視した。

「鋳物職人、おまえは自分が魔法にかけられたと思うか？」

「おれは……おれには……わかりません。これまで魔法にかけられたことなんかないんだから。おれは、夢だと思ってたし」

「専門家に調べてもらわなくてはならんな」

そいつは計算外だ。

「もう夜が明けるんですか？　困ったな。おれは仕事にいかなきゃ。フェランテさまは大砲をいそいでおられるんですよ」

「おまえはどこで仕事をしている？」看守長が目を細くしてたずねた。

「庭です。それとも裏庭かな？　なんと呼ばれてる場所か知らないけれど。明日には――ええと、今日じゅうには、炉をつくらなきゃならないんです」

「わかった。居場所がわかっているのならかまわん。ジョヴァンニ、公の鋳物職人を案内してやれ。このことは誰にも話すんじゃないぞ。おれは報告にいってくる」

あまり時間は残されていないと、気ばかりが焦る。昨日から仕事仲間になった男たちが、ちょうど起きて厨房《ちゅうぼう》にいくところだった。朝食はパンにはさんだ羊肉《マトン》だ。いろいろと罪を重ねているフェランテではあるが、少なくとも部下の食事に関してだけは、惜しみなく気前がいいらしい。トゥールは慎重に、昨夜自分がどこで過ごしたかが話題にあがらないよう、気を配った。トゥールと職人たちはつめたい夜明けの霧の中を、城壁にかこまれた庭園の隅の、鋳造所予定地へとむかった。踏みしだかれた芝で足もとがすべる。だがこの湿気もいまだけのものだ。まっすぐ見あげると、霧のむこうで、雲ひとつなく晴れわたった蒼穹《そうきゅう》が、まもなく東の丘陵から顔を出すだろう太陽の光ですでに明るんでいる。陰鬱な夜の仕事のあとで、また光を目にできることがありがたい。時が歩みを遅くしてくれればいいのに。ピンクの光が城塔をかすめている。つぎの目的地はあそこだ——もうまもなく。

職人に機械的な指示を下しているあいだもずっと、どうやって連中を出し抜き、塔までいけばいいか、思案をめぐらせてばかりいた。炉の形に丸く煉瓦《れんが》を積みながら、ずきずきする頭で考える。耳を公爵夫人にとどけ——残りふたつもどこかにおいて——遅くとも昼までに、このいまいましい城を抜け出さなくては。それからなんとかして修道院にもどり、ウーリのために魔法を使ってくれるよう頼むのだ。暗くなってから小舟でこっそり湖にのりだし、消音魔法をかけたオールで、断崖のそばまで漕《こ》ぎ寄せることはできないだろうか。そこから墓場となった部屋の窓まで、崖をよじのぼるか、宙を飛んでいくかして——。そして、それからどうすればいい？

それとも、邪悪な儀式がおこなわれる前、この午後のうちに、ヴィテルリを暗殺するべきだろうか。フェランテのほうは、首までどっぷり深入りしてはいるものの、みずからすすんでこの大がかりな黒魔術にかかわろうとしているわけではなさそうだ。刃を人の胸につき刺す鈍い手応えを想像すると、身ぶるいがする。そもそも、魔術師を殺すなどということができるのだろうか。いや、愚かな問いだ——ベネフォルテ親方のことを思い出すがいい。死は、あらゆる人々と同じく、魔術師にも訪れる……もしかすると、ほかの人々と同じ死ではないかもしれないが。いま新たな殺人を犯せば、また新たな悪霊が、それ以上に恐ろしいものが、生み出されるかもしれない。だがそれも、モンレアレが浄化し、天国へと送り出してくれるだろう。きっとすべての悪霊を浄化してくれるだろう。

トゥールは炉床になる煉瓦をならべながら、この列が終わったら、便所へいくようなふりをしてこっそり抜け出そうと計画した。そのとき、庭園のむこう端にある、厩舎に通じる分厚い木の門から、何かをうちつけるような音が聞こえてきた。誰かが槌《つち》で門をあけようとしているのだろうか。顔をあげると、鋼と革で鎧《よろ》った大柄なロジモ兵がふたり、ロープをひっぱりながらうしろむきにはいってきた。戦闘には不向きなほど、善良そうな大声をあげている。手をとめて凍りついていた職人たちも緊張を解き、シャベルによりかかって成り行きを見まもりはじめた。

ロジモ兵につづいて、荷鞍《にぐら》から端綱《はづな》へとロープをつないだ騾馬《らば》の一隊がはいってきた。先頭の騾馬は特徴のある灰色で、二頭目は蜂蜜《はちみつ》色の身体に鼻面がクリーム色——そしてあざやかな縞模様の鞍敷《くらしき》はいやというほど見覚えのあるものだ。なんてことだ、ピコの騾馬隊じゃないか。正体をばらされたらどうしよう。スパイとして見つかれば、半時間としないうちに城壁から吊るされるだろう。トゥールはつくりかけの炉の中で身を縮め、懸命に目を見はった。くそっ、ピコは丘越えをしてミラノにむかうと言っていた。いったいどんな悪魔にそそのかされて、運んできた銅をモンテフォーリアで売ろうなどと思いついたのだ？　よりにもよって、いまこのときに？

しかし重い足どりで門をくぐってくる八頭の騾馬のそばには、ピコの姿も、ふたりの息子の姿もなかった。馬からおりたロジモ騎兵が四人、綱をひいているだけだ。トゥールは不安と混乱をかかえたまま、身体を起こした。

「おい、鋳物職人！」先頭の騎兵がさけんだ。「こいつはどこにおけばいい？」

『銅ならふたつずつならべてそこにおいてくれ』と答えそうになるのをかろうじてこらえ、トゥールは騾馬の列に近づきながら問い返した。

「何をもってきたんですか？」

馬具につながれた騾馬はみな、汗だくで汚れている。革紐《かわひも》でこすれた新たな擦《す》り傷の上に、緑色に光るおぞましい蠅がたかっている。一頭は足をひきずってきたらしく、いまも慎重に片方の後ろ足をなかば浮かせたままだ。そして八頭すべてが首をたれ、乾いた口を動かして足もとの草を食べている。騎兵が荷鞍の帆布をまくりあげ、誇らしげに分厚い金属棒を示した。

「公の新しい銅だ」

トゥールは疲れ果て汗にまみれた騾馬を見つめた。ピコがいれば、けっしてこんなことは許さなかっただろう――

「ピ——隊商の長はどうしたんです？」

不安のため、たずねる声が耳ざわりなほどかすれる。騎兵はにやりと笑って答えた。

「神のみもとさ。遺産として、おれたちにこれを残してくれたのさ」

トゥールは息をのんだ。

「どこで見つけたんです？」

「昨日、巡察をかねて湖の北のほうまで荒らしにいったんだがね。遠出をしすぎたので帰ろうかと思ったちょうどそのとき、丘陵地帯でその野郎が野営しているのにでくわしたんだ。そしたら副官殿が、こいつは公のお気に召すだろうと言いだしたのさ。それで手にいれたはいいが、ここまで歩かせるのにひと晩じゅうかかっちまったよ。頑固な獣《けもの》だ。剣のひらでぶん殴らなきゃ、とてもここまで歩いちゃこなかっただろうよ」

そう、何頭かの尻に、長いみみずばれが走って血がにじんでいる。フェランテの兵たちは、自分の城内の動物にも、騎兵仲間相手であっても、同じくらい残酷にふるまえるのだろう。汗だくで薄汚れた騎兵の顔には、うなだれた騾馬たちと同じくらい深い疲労のしわが刻まれている。しかしその貪欲さと精力は、騾馬たちには見られないものだ。

「ピ……隊商の長は……その、つまり、隊商の長は、抵抗しなかったんですか？」トゥールはできるだけ落ちついたさりげない声でたずねた。

「隊長のスペイン鋼の一撃で議論はおしまいさ」騎兵はそこで考えるように言葉をとぎらせ、「あのガキのことはまあ、ちょっとやりすぎたかもしれんと思うが。だがすっかり片がついたってのに、いつまでもつっかかってくるもんでな。頭がいかれかかってたんだろうよ。兄貴のほうがよくわきまえていて、ガキをとめようとしたんだが。まあこの前ピサを包囲したときのことを思えば、騒ぎ立てるほどのこともないだろうて」

「それで……その子供はどうなったんです？」

「首を半分とばされちまったのさ。わめき声が消えて、ほっとしたよ」

「殺したんですか？」トゥールは息をのんだ。

「即死だったからな、まだ運がよかったほうだろうよ」騎兵がそくざに言い返す。

トゥールはふるえを隠そうと、背後で両手を握りしめた。

「子供を……ふたりとも、殺してしまったんですか？」

「いや。賢いほうのガキは逃げてったよ」そこで顔をあげて、「ああ、おでましだ」

トゥールは騎兵の視線をたどって、居城の入口へと顔をむけた。フェランテが昨日の朝と同じみごとな鎖帷子《くさりかたびら》と革のレギンズ姿で、ちょうど庭におりてこようとしているところだった。首筋では清潔でまっ白なリンネルのアンダーカラーが輝き、黄金の記章をつけた緑の帽子では、ダイヤモンドが陽光を受けてきらめきを放っている。公の横につきそっているのは、やはり薄汚れてくたびれた騎兵だった。埃っぽい黒髭《ひげ》に縁どられた口もとは、前歯が何本か欠けていて、陰惨な微笑を浮かべている。トゥールは硬直した――が、トゥールがカッティの宿にいたことを、あの男がおぼえているとは思えない。庭は暗かったし、トゥールは最後の局面になるまで、陰にひそんでいたのだから。

〈こんなやりかたをするのはあいつくらいのものだと、おれのほうで気づかなきゃならなかったんだ〉なんだかうんざりしてくる。

「それで、これの価値はいかほどだ、ドイツ人？」

フェランテが歩み寄って、尊大な声でたずねた。トゥールは鞍嚢に近づき、中身を調べるふりをした。

「上質のスイス銅ですね」

「われわれの目的にかなうか？　量は充分か？」

「充分以上です」トゥールはやわらかな赤い棒に刻印されたクンツ親方のしるしに指をすべらせた。「この……製錬所のことは聞いたことがあります。混じりけのない良質のものを出すそうです」

「よし」

フェランテは騎兵たちのほうにふり返り、腰の革袋をはずした。中の金貨をすべて一度手のひらの上にあけ、もちあげて全員に示してからまた袋にもどし、全員で分配するよう、歯の欠けた寵臣《ちょうしん》に袋ごと手わたした。男たちが歓声をあげる。フェランテは副官に命じた。

「荷物をおろしたら、部下に食事をさせろ」「この騾馬どもは、城壁の外にいる需品係長にとどけてくれ」

それから騾馬の列にそって歩きながら眉をひそめ、

「食事の前にまず、こいつらに水と飼い葉を与え、馬具をはずしてやれ。馬丁頭《がしら》に、この灰褐色の後ろ足のひづめを調べるように言っておけ。わたしの騾馬は、そう簡単につぶれてもらってはこまる」

そしてフェランテはきびすを返し、居城にもどっていった。トゥールの不器用な指示のもと、腹をすかした男たちはさっさと荷をおろし、銅塊を炉のわきに積みあげていく。そして報奨の金貨のことで笑いあい、冗談をとばしながら、厩舎へと騾馬をひいていった。

庭園をかこむ城壁ぞいに果樹格子をつくっているプラムの白い花の中で、小鳥がさえずりをあげている。職人たちはまた穴掘り作業にもどり、シャベルでかたい地面をけずりはじめた。太陽が高くなるにつれて地面を移動していく光の筋が、積みあげた銅にたどりついてまばゆく赤い炎をあげる。

「おれ……ちょっと便所にいってくる」

トゥールはこみあげてくる吐きけをこらえ、ころがるように庭園をあとにした。

第十三章

トゥールは実際、馬丁や作業員たちが便所として使っている、厩舎裏の城壁にきざまれた細い割れ目までいった。だが心配したほどぐあいが悪くはならなかったので、またまた抜け出すことにした。ふるえる身体《からだ》を厩舎の仕切りにもたせかけて、馬が飼い葉を食《は》む音に耳をかたむける。大きな動物のそばにいると、いくらか心がなぐさめられる。もの言わぬ動物は無垢だ。だがブラザー・グラルスの話によると、主はバラムのロバの口をひらかせ、不正をいましめさせたもうたという。ではピコの騾馬《らば》だって、いつ話し出すかわかったものではない。

なぜか身体がふるえて息が切れる。憎悪だ。七つの大罪にもあげられる〈怒り〉だ。あまりにも無造作に語られたピコの息子ツィリオの死が、心の中で燃えあがり、ウーリの死以上に怒りをかきたてるのだ。少なくともウーリは大人で、承知のうえで危険に立ちむかっていった。だがなぜ子供を殺さなくてはならない？　殴るなり、縛りあげるなり、なんなりして……。だがそのとき、鞍《くら》の上でフェランテの前に横たわっていた馬丁の少年の青白い顔を思い出し、正義の怒りは消えた。心乱れ、トゥールは当惑をこめて痛む頭をふった。

厩舎の扉を抜けて中庭に出た。ピコの騾馬が外に連れ出され、しだいにせまくなっていく日陰の中で、城壁のそばの環付きボルトにつながれている。ふたりの馬丁が水をやって馬具をはずし、いまは身体をこすりながら、傷口にガチョウ脂を塗ってやっている。騾馬どもは小さな飼い葉の山に食いつきながら、気難しげに長い耳を寝かせ、たがいに嚙みつきあっている。トゥールはすがめた目で、熱気のたちこめる中庭と、目のくらみそうにまばゆい光を反射している球根状の飾りのついた大理石の階段を見つめた。太陽がずいぶん高くなった。太陽はいつもこんなにはやくのぼっていただろうか。敷石《しきいし》のむこう、北の城塔では、ふたりの衛兵が小さなアーチ形の扉のそばで見張りに立っている。

トゥールはチュニックの中で残り三つの耳をさぐりながら、衛兵を観察した。昨夜うんざりした顔で地下牢《ろう》の前にすわっていた連中より、その表情は油断なくきびしい。ここでもまた、錠前と格子を調べたいという怪しげな話が通じるだろうか。

懸命に勇気をかき集めていると、突然小さな扉が内側にひらき、ふたりの衛兵がしゃきっと姿勢を正した。まずロジモ人の士官が、つづいて三人の女性――いや、ふたりの女性とひとりの少女だ――が出てきて、陽光にまばたきした。ひとりは黒髪でふっくらとした、おそらく二十五歳くらいの既婚夫人で、サフラン色のリンネルのドレスを着ている。ふたりめはやや年長の、いくぶん色あせた金髪の女性で、ドレスは黒と白の絹だ。髪も表情も精彩がなく、縁のついた帽子の陰になった顔は、やつれこわばっている。少女はふたりと同じくらい背が高く、淡緑色のリンネルのドレスに、ぴったりしたキャップをかぶり、金髪を三つ編みにしてロープのように背中にたらしている。少女はしっかりと、やつれた女性の腕にしがみついていた。

士官が羊を追うように両手をひらいて、女性たちをうながした。三人は士官をにらみながらも、そそくさと中庭を横切り、大理石の階段をあがって居城の中に姿を消した。トゥールはくちびるを嚙み、いそいで厩舎を通り抜け、裏門をのりこえて庭園にもどった。煉瓦の小山のわきを通りすぎると、職人たちがさぼりとかなんとか、辛辣《しんらつ》な言葉を投げつけてよこした。だがなかばまでも進まないうちに、居城の正面入口に女性たちがあらわれ、士官にともなわれたまま庭におりてきた。トゥールはためらってから、かがみこんで靴にはさまった小石をとりのぞくふりをした。折り重なる新緑の葡萄《ぶどう》の葉が影を投げかけている東屋《あずまや》で、絹のドレスの女性が大理石のベンチに腰をおろした。少女とサフラン色のドレスを着た黒髪の女性は、かばいあうように腕を組んで、丸石を敷きつめた遊歩道をそぞろ歩いている。高貴なる虜囚たちは、運動のため戸外に連れ出されたのだろう。

彼女たちはいつまでここにいる？　このまま無造作に近づいても大丈夫だろうか？　だが士官がすぐ近く、話し声が聞こえるあたりにとどまっている。はたしてこれはチャンスなのだろうか？　トゥールは混乱したまま作業にもどり、庭園に神経を集中しながら、もう一列の煉瓦をならべた。一度公爵夫人の帽子がこちらをむいたが、すぐまた前にむきなおった。散策していたふたりが、夫人のベンチのそばで立ち止まり、それからふたりしてぶらぶらこちらへむかってきた。トゥールは息をのんだ。あとを追おうと一歩踏み出しかけた士官が、結局公爵夫人のそばにとどまることに決めたのだろう、腕を組んで東屋の柱に寄りかかった。

ふたりの若い女性が近づいてくる。少女のほうがユリア姫で、年かさのほうは女官か何かだろう。職人のひとりがこっそり野卑な言葉をつぶやき、相方がひねくれた笑いを浮かべて答えた。

「小羊だろうと大人の羊だろうと、料理が出るのは公爵さまのテーブルだけさ。誓ってもいいが、おれたちゃひと切れだってお相伴させちゃもらえないね」

「やめろ」トゥールは怒鳴った。

職人はむっとしたようだったが、トゥールの巨体に恐れをなしたのだろう、口先まで出かかった反抗的なからかいの言葉をのみこんで、またシャベルと取り組みはじめた。トゥールはいかにも責任者らしく、出来ばえを検分するような顔で、炉床の周囲を歩きまわった。それがどうやらうまくいったらしい、黒髪の女性がそばまできてたずねた。

「わたしたちのこの庭園を掘り返して、いったい何をしているのです?」

トゥールは首をすくめて不器用な会釈《えしやく》を返しながら、すかさず彼女に近づき、緑に錆《さび》をふいた鍋のような大筒を示した。

「炉をつくっています、奥さま。あそこにある大砲を修理するために」

「だれの命令で?」

彼女がたずねながらあとずさる。

「もちろんフェランテさまのご命令です」

一見のんびりとした動きで、トゥールは内緒話のできる距離まで近づき、声を低めてあわただしく告げた。

「おれはトゥール・オクスといって、近衛《このえ》隊長ウーリ・オクスの弟です。モンレアレ院長にいわれてきました。ここではただの鋳物《いもの》職人ということになっていますが」

黒髪の女性がぎゅっと少女の腕を握りしめた。

「ユリアさま、いそいで母上さまを呼んできてくださいませ」

「いけません。だめです。内緒話をしているところを見られては、すべてだいなしになってしまいます」

だが少女はすでに走り出している。トゥールはしかたなく背後をふり返り、各部分の機能を説明するかのように、炉のあちこちを指さしはじめた。職人たちは話の内容を聞きとれないまま、興味津々の視線でトゥールが指さす方向を追っている。トゥールはそっとチュニックから小さな耳をとりだして作動の呪文を唱え、握ったままの手をさりげなく身体の脇にたらし、すばやく彼女に示した。

「これは魔法の耳です。これに話しかければ、聖ヒエロニムス修道院のモンレアレ院長と修道士たちに、奥さまの声がとどきます。いそいで隠してください！」

女性は大砲に視線をむけたまま、熱気にあてられたかのように袖《そで》からハンカチをとりだし、顔にあてた。それが手からはらりと落ちる。トゥールはかがんでひろいあげた。耳とハンカチが、すばやくまた袖の中に消える。彼女は丁寧に会釈をしながらも、田舎者の悪臭に辟易《へきえき》したかのようにあとずさった。もしかすると、ほんとうにトゥールの匂いに気分が悪くなったのかもしれない。昼前の太陽に焼かれて働いていたおかげで、灰色のチュニックには汗のしみがひろがっているのだ。

公爵夫人レティティアが、ユリアのあとからこちらにむかってきた。年の功だけあって、すぐさまトゥールに問いただしたりはせず、まずは作業場全体を見まわす。

「この職人が、モンレアレさまの使者だと言っておりますの」黒髪の女性が小声で告げた。

トゥールは息をのんで、ぎごちなく、だが心からの敬意をこめて頭をさげた。〈公爵夫人に挨拶《あいさつ》する田舎者の職人〉――離れたところから見れば、まさしくそのものに見えるだろう。縁が充血し色あせた青い目が、鋼《はがね》のように凍りついた。レティティアはトゥールに歩み寄ると、その顔を見あげ、袖を握りしめてささやいた。

「モンレアレさまですって？　アスカニオはあのかたのもとにいるのですか？」

「はい、奥方さま。修道院で安全に過ごしておられます」

ふっくらしたまぶたを閉じ、公爵夫人はつぶやいた。

「主よ、感謝いたします。ありがとうございます、マリアさま」

「でも……修道院はロジモ兵にかこまれています。おれは修道院にもどって、助けを呼んでこなきゃならないんです。フェランテとヴィテルリは、殺された兄の霊を死霊の指輪《スピリット・リング》に封じこめようとしているんです。なんとかしてとめなきゃならないんだけれど、おれにはどうやればいいかわからなくて」

公爵夫人はまた目をひらき、淡々とした声で言った。

「彼らを殺せばいいのです」

「でもその……チャンスがなくて」トゥールは口ごもった。

だがそれは半分しか事実ではない。チャンスはいくどかあったが、いずれも確実にやりとげられる自信がなかったのだ。

〈でもウーリだったらきっと、あれだけのチャンスでもうまくやってのけただろう〉

「あの黒檀《こくたん》のロザリオが手にはいりさえすれば、わたくし自身で必ずやチャンスをつくってみせます」

レティティアは親密な会話をかわしていることを悟られないよう、改めて視線をそらした。黄色いドレスの女が腕組みをする。

「どういうことですか？」トゥールはたずねた。

「おまえは——こっそりわたくしの私室に忍びこむことができますか？　わたくしの書き物机に黒檀のロザリオがはいっています。盗まれていなければ、まだあるはずです。金の留め金がついているので、すぐにわかるでしょう。その留め金に、細かい彫刻のはいった小さな象牙の玉がさがっています。それをもってきてくれれば——」

「ひびのはいった大砲を熔かし、それをそのまま金属の一部として使います」

トゥールは大声で彼女の話をさえぎり、目を大きく見ひらいて必死の合図を送った。フェランテが居城から出てきたのだ。あたりを見まわして女性たちのようすをうかがい、手をふって士官の敬礼をしりぞけ、庭園を横切ってくる。随伴の衛兵ははばかるように、声のとどかない帳壁のそばにとどまった。フェランテは小脇に、大きな茶色い目の、どちらかといえば薄汚い小犬をかかえている。トゥールはさらにつづけた。

「不足分の金属は新たに熔かします。フェランテさまは作業に必要なだけのものを惜しみなくくださいますので」

母のそばに身を寄せていたユリアが、小犬に気づいて声をあげた。

「ピピン！」

小犬が狂ったように暴れはじめた。フェランテは落ちつかせようと耳のうしろを掻《か》いていたが、やがて諦め、かがみこんで地面におろした。犬は女主人に走り寄って、キャンキャン鳴きながらスカートにとびつき、それから猛烈な勢いで輪を描くように庭園じゅうを走りまわった。やがて呼ばれて駆けもどった犬を抱きあげ、ユリアはその頭にキスの雨を降らせた。黒髪の女がけわしい顔で叱《しか》りつけた。

「姫さま、犬にキスをしてはなりません！」

「殺されてしまったと思っていたのですもの！」

フェランテにむけられた刺すような視線を見れば、誰に対する非難なのか、はっきりとわかる。ユリアの両眼に涙がきらめいた。フェランテが穏やかな、愛想がいいとすらいえそうな声で答えた。

「ちょっとお借りしたいと申しあげたはずですよ。ごらんなさい、無事に元気なままもどしてさしあげました。これからいっしょにやっていくのですから、わたしの言葉も信じていただきたいものですね、ユリア姫」

三人の女性はそろって、ムカデか蛇を見せられたような嫌悪の色を浮かべた。フェランテがわきをむいて顔をしかめる。公爵夫人がひややかにたずねた。

「いっしょにやっていくとは、わたくしたちのことでしょうか？」

「それによって得られる利のことを考えていただきたいものですな」そこで肩をすくめ、同じくらい冷淡な声でつけくわえる。「そして、それを選択しなかった場合に被る不利益のことも」

「わが夫たる公爵を殺した男と取り引きをせよと？　とんでもない！」

「人生は長いのですよ。それでも人は生きていかねばならない。しかもあなたにはお子がおいでだ。たしかにわれわれのあいだには不幸な事故がありました。しかしあれはわたしの望んだものではありませんでしたし、わたしとしても、たとえ身を守るためとはいえ、自制心を失ったことを後悔しています。怒りは恐るべき罪です！」

レティティアがきびしい声で反論した。

「そういいながらあなたは、ユリアをその脅威のもとに縛りつけようとしておいでではありませんか。わが家よりまたひとり、あなたの怒りの犠牲となる者を出せというのですか。それに、あなたの最初の奥方はどのようにして亡くなられたのです。まこと、正気の沙汰とも思えません！」

フェランテはあごをひきしめてこわばった微笑を浮かべ、ベルトに吊るした華やかな袋から革のボールをとりだした。そしてユリアにむきなおり、つとめて穏やかな声をかけた。

「さあ、ユリア姫。このボールは、そう、ピピンのためにもってきました。むこうの隅で、いっしょにボール遊びをしていらっしゃい。あなたが投げたボールを、きっと上手にとってきてくれるでしょう」

ユリアが不安げに母を見あげたが、公爵夫人はじっとフェランテに視線をすえたまま、かすれた声で答えた。

「そうですね、そうなさい」

少女はしぶしぶ犬をおろし、一、二度ふり返りながら、言いつけに従った。ピピンがとびはねながら、そのあとを追っていく。

「奥方さま？」黄色いドレスの女性が眉をあげ、あごでユリアを示して問いかける。

「いえ、あなたはわたくしのそばにいてくださいな、レディ・ピア。この男がつぎに犯す罪を目撃していてほしいのです、たとえそれがどのようなものであろうとも」

フェランテが腹にすえかねたかのように目をむいた。

「考えてもみてください、レティティア！　起こってしまったことは、誰にもとりもどすことはできないのですよ。過去は過去として、未来に目をむけてはいただけませんか！」

フェランテは片手を握りしめ、それからゆっくりとひらいて、革のレギンズに包まれた太股の、剣のわきにそっとのせた。それから、透明でありたいと願いながら立ちつくしていたトゥールに視線を移し、そっけなく手をふって追いはらった。

「仕事にもどれ、ドイツ人」

トゥールは一礼して、いちばん近くにある煉瓦の山のわきにしゃがみこみ、割れた煉瓦を大きさ別に選り分けるふりをはじめた。フェランテは渋い顔で作業場全体をざっと見わたしてから、トゥールのあとについてきて、低めた声でたずねた。

「それで、わたしの大砲はいつできあがる？」

〈できあがる日なんてけっしてこないさ〉

「今日一日この調子ではかどれば、日暮れまでには炉がしあがるでしょう。そのあと粘土でおおい、乾かして、火をいれるんですが」

「今夜じゅうにできるか？」

「それはできますが、まだ湿っているうちに火をいれると、ひびのはいる恐れがあります」

「かまわん、やれ」

フェランテは命じて、ちらりと太陽を見あげた。彼もまた時間に追われているのだ。

「大砲そのものの鋳型もつくらなきゃなりません。炉はそのあいだにゆっくり乾かせます」

「ああ、そうだな」

フェランテは眉をひそめ、積みあげた煉瓦をぼんやりと見つめている。心の中で、この大砲が聖ヒエロニムス修道院の壁をくずしているさままでも思い描いているのだろうか。そしてそのあとはどうなる？　壁にできた突破口をめぐって戦いがくりひろげられ、修道士たちもサンドリノの近衛兵たちも殺され――。女たちは（フィアメッタもか！）辱《はずかし》められ――。隅に隠れていた者たちも追われ、礼拝堂に逃げこもうとむなしく泣きさけびながら敵の剣にかかっていく――。フィアメッタもそのひとりになるのだろうか。もちろん彼女のことだから猫のように暴れるだろうが、そのためかえって悲惨な死を遂げることになるかもしれない。フィアメッタがおとなしく降伏するとは思えない。そして怯《おび》えきったアスカニオが副院長の寝台の下からひきずりだされ、のどを切り裂かれる……ピコの息子のように。ツィリオは近衛兵にも石の壁にも守られてはいなかった。だがそれでも、迎える結末は同じものになるのか。

『彼らを殺せばいいのです』

いまフェランテのそばには、ほかに誰もいない。ベルトの鞘《さや》にはいった短剣が、行動をうながすかのように、腰にあたる。

〈いま以上のチャンスなんて、二度とないかもしれない〉

たしかにフェランテは鎖帷子《くさりかたびら》をつけているが、首は……子供のように……むきだしのままだ。だがことを起こしたあとで、トゥールに脱出するチャンスはあるだろうか。警報が発せられる前に、たとえば厩舎の門をのりこえ、中庭をつっきっていくことができるだろうか。街道を駆けていく自分の肩甲骨《けんこうこつ》に、歯の欠けた騎兵の槍《やり》がつき刺さるさまが思い浮かび、筋肉がこわばる。この鮮やかな朝に死ぬのはいやだ。きっとフェランテだって死にたくはないだろう。

〈これはおれの仕事じゃない。おれがモンテフォーリアにきたのは、金属から美しいものを生み出すためであって、生きている人間を死体にするためじゃない。なんてこった〉

トゥールは立ちあがった。

しかしフェランテはすでにむきを変えて、公爵夫人のそばにもどっていた。またひとつ、チャンスを逃してしまった――これはよいことなのか、悪いことなのか。天使たちが嘆いているのか、それとも悪魔どもが歯噛みしてくやしがっているのだろうか。トゥールはフェランテを視野にいれたまま、また煉瓦のそばで仕事をはじめ、ひと言も聞き漏らすまいと耳をそばだてた。

「おもてむきの体裁など、いまからいくらでもうまく調えられますよ」感情と声の抑制をとりもどして、フェランテが言葉をつづけた。「サンドリノ殿の死は事故でした。もみあったはずみに、短剣の上に倒れこんでしまわれたのです。わたしどもは宴で葡萄酒を少々きこしめしすぎて、酔っぱらっていたのですな。そしてわたしの副官は状況を見誤ったのですよ」

「それがすべて嘘であることを、少なくともわたくしたちは存じておりましょう」レティティアがにべもなく答える。

ピア卿夫人のこわばった顔を見て、否定しても無駄だと悟ったのだろう、フェランテはなめらかに言い返した。

「しかしそれを知っているのはわたしたちだけです。そしてわたしたち全員が主張すれば、そのときにはそれが、局外者にとっての真実となります。あなたはこの厄介な状況で、ご家族の名誉と地位を保持することができる。わたしがユリア姫と結婚し、アスカニオ殿の後見となれば、サンドリノ殿の死は不幸な事故であったのだと、すべての民が納得するでしょう。あなたはなにひとつ、住む家すら失うことなく、わたしの庇護《ひご》を手にいれることができるのですよ」

「そしてあなたはわたくしの息子の家督をだましとるのですか。いずれおりを見て、息子の生命を奪うのですか」

「あんな子供ひとり、その気になればいますぐにだって殺せるのですよ!」フェランテが反論する。「わたしを信じていただきたい！　なんとかしてあなたがた全員を助けたいと思っているのだ！」

「あなたはただ、ご自分を助けていらっしゃればよろしいのです。主がまだこの世界をお見捨てになっておられなければ、必ずやその頭上に天罰がくだるにちがいないのですから！」

フェランテは鼻孔をひろげながらも、一度は消した微笑をふたたび顔にはりつけた。

「わたしもべつに冷血漢というわけではありません。あなたの好意を得たいと心から望んでいるのですよ。たとえばほら、あなたが望んでおられたロザリオをもってきてさしあげました。部下もわたし自身も、あなたが非難しておられるような盗人ではありませんからね」

フェランテが革袋から磨かれた黒玉の連珠をとりだし、公爵夫人の手のとどかないところにじゃらりとぶらさげた。レティティアは青ざめ、思わず手をのばしかけたが、途中でおしとどめ、軽く腰をかがめて贈り物を受けとった。

「感謝いたしますわ。これがわたくしにとってどれほどの意味をもつか、あなたにはおわかりになりますまい」

「いえ、理解していると思いますよ」フェランテは微笑した。

レティティアはやわらかな白い両手でロザリオを端までたどった――ひとつの黒玉に金の留め金がついている――あわてて逆の端をさぐったが、やはりただの黒玉があるだけだ。レティティアが怒りに目を見ひらいて顔をあげると、フェランテが二本の指で、彫刻のある小さな象牙の玉をかかげ、にこやかにたずねた。

「これをおさがしですか？」

「それを——」

レティティアは衣擦《きぬず》れをたてて駆け寄ろうとし——足をとめ、こぶしを握りしめた。

「じつに興味深い品ですな、これは。ヴィテルリに徹底的に調べさせたのですが」

ピア卿夫人は胸の下でしっかりとサフラン色の腕を組み、頑として公爵夫人の背後をかためている。フェランテは皮肉たっぷりにつづけた。

「いや、まこと魅力的な術ですな。女性が、おのれより数倍強い男を殺すためのものですか。同じ毒とはいえ、食べ物や飲み物にいれるわけではないから、わたしの塩入れも役には立たない。毒をしこんだこの小さな象牙の玉を、舌の下に隠し、敵の男を誘って口づけする。あなたご自身でその役目をはたすおつもりだったのか、それともユリア姫にさせるおつもりだったのかな？　それとも、ここにおられるピア殿とか？　足もとの地下牢にご夫君を捕らえられていながら、この場所でわたしを誘惑するとなれば、それはそれですばらしい見ものになったでしょうな。解除の呪文をささやき、なんの疑いも抱いていない恋人の口に息を吹きかける。煙でできた蛇の形をとって、毒が男の中に流れこんでいく。男は呼吸ができなくなり、窒息死する。もちろんその術がおこなわれているあいだ、女性のほうも息を吸ってはならないのでしょうね？」

フェランテの手が象牙の玉を握りこんだ。

「そのような死に値《あたい》する男がいるとすれば、まちがいなくあなたでしょうよ」ピア卿夫人が吐き捨てる。

「おお、わたしの処刑人は、あなたがつとめてくださる予定だったのですか」フェランテはのどを鳴らした。「おぼえておきますよ。しかしだめでしょうね。鍵をおろした寝室の、奇妙な彩色模様の飾り棚にくわえて、このような証拠まであがるとは。レティティア殿、どうやらあなたには黒魔術の心得があるようだ。このうえに毒をもちいるとなれば、確実にあなたの立場は悪くなるでしょうな。おぼえておかれるがいい」

「あなたが訴えるというのですか？　この偽善者が！　主にその舌を引き裂かれてしまうがいいのです！」

フェランテは厭味《いやみ》たっぷりに言い返した。

「あなたの言い分をうかがっていると、まるで主が、個人的な報復をしてくれるあなたの家来か何かのようですね。それにしてもあなたは秘密を守るのがお上手だ。これを手にいれるまで、あなたが黒魔術に堪能だとは存じあげませんでしたよ。しかしこれは」と、指のあいだで小さな玉をころがしながら、「なかなかみごとな作品ですね」

「わたくしがつくったわけではありません」レティティアが否定する。

「それでは、どうやって手にいれたのです？」

「火あぶりに処せられたある娘がもっていたのです。その娘はヴェネツィアで、ムーア人の魔術師から譲り受けたのだそうです。そしてそれを使って、不実な恋人を殺害しました。わたくしは処刑の前夜、娘の牢をたずねました。異端審問官がいかに焼けた鉄を使っても、娘は恋人の殺害方法を白状しませんでしたが、わたくしにだけは打ち明けてくれました。そしてそれを譲ってくれたのです。ずっと手放さずにいたのは……ただの好奇心からです。このようなものをつくるなど、とてもわたくしの力でできることではありません」レティティアはきつくくちびるを嚙みしめた。

「あなたとしてはむろん、そう答えるしかないでしょうね。しかしわたしの立場になっていただけますか。義理の母をひそかに縛り首にした男は、数多くの親類縁者から手厳しい社会的な非難を受けることになるでしょう。嫉妬深い男たちが、実際にはいかに心の中でその行為に称賛をおくっていようともです。しかし黒魔術に手を染めた義理の母を涙をのんでおおやけの火刑に処した敬虔な男には、おごそかな同情が寄せられるだけです」

「いかに合法的であろうと、殺人は殺人です」

レティティアの氷のような声に、ピア卿夫人が青ざめて息をのむ。

「しかし、それによってわたしの手が汚されることはないのですよ。それにモンテフォーリアでは、すでに大量の血が流されているではありませんか。さあ、もういいかげんに仲直りをしましょう。今日のところはあなたをたて、その自由意志を尊重してさしあげますから」

好意の大安売りだ。だがレティティアはふいと顔をそむけた。

「頭痛がいたしますの。長い時間太陽の光を浴びすぎたようですわ」

フェランテの声が硬化した。

「明日になれば、それなりの手段で協力を要請することになるでしょう。わたしが譲歩しているあいだに、ほどよい条件で手をうっておけばよかったと後悔しますよ」

「部屋にもどります」

レティティアの顔は、遊歩道のあちこちに飾られた大理石の彫像のように無表情だ。

「そして姫の心に、わたしに対する憎しみを植えつづけるというのですね」

フェランテは象牙の玉を革袋にしまい、うやうやしく一礼した。レティティアとピア卿夫人が目をむけると、ユリアは庭のむこう端で、恐怖にふるえながら小犬を抱きしめ、ベンチに腰かけていた。フェランテがなかば伏せた目で彼女たちの視線をたどった。

「そろそろ姫君を、あなたとその忠実な侍女殿から引き離すべきかもしれませんね。さもないとわたしはやむにやまれず、われらが高貴なるローマの祖先たちが、サビニの女性を手に入れたときのような、無謀な求愛行動に走ってしまいそうですよ」

一瞬その脅しの意味が理解できなかったのだろう、しばしの時をおいて、レティティアの両眼が怒りに燃えあがった。

「あなたはまさか――！」

「そのときになっても、あなたは姫君とわたしの結婚に反対なさいますか？」フェランテはその考えをもてあそぶかのように眉をさげた。「おそらく反対はなさいますまい。となれば、これこそがかたくななあなたに対する解決法なのでしょうか。荒療治ではありますが、わたしが残酷になるのも、そもそもはあなたが――」

「化け物！」

ピア卿夫人がかなきり声をあげて、フェランテの顔に爪をたてようと手をふりあげた。フェランテはあっさりとその腕をつかみ、いらだちにくちびるをゆがめながらねじりおろした。その拍子に、白い丸いものがサフラン色の袖からこぼれ、乾いた地面に落ちてはずんだ。ピア卿夫人ははっと息をのみ、いまさらのようにあわてて片足をのせて隠した。オレンジ色の光が上靴の周囲にこぼれ、やがて消えた。

「それはなんだ?」

フェランテは暴れるピア卿夫人をはがいじめにしたまま片手をのばしてたずね、それから彼女の身体をつきとばし、かがみこんでつぶれたタンバリンをひろいあげた。

スパイであることが、いまにも暴かれてしまう。トゥールは立ちあがり、短剣の柄《つか》をさぐった。そういえば今朝、これを使って羊肉《マトン》のローストを切ったところだった。切れ味が鈍くなっている。なぜ研いでおかなかったのだろう。それにしても息が苦しい……

短剣をひき抜いて突進した瞬間、フェランテが身体を起こした。攻撃としてはあまりにもお粗末なやりかただ。塀のそばにいた衛兵が、警告の声をあげて駆け寄ってくる。フェランテがふりむきざま、鎖帷子におおわれた腕をふりあげてトゥールの突きを受け止めた。刃がその上をすべり、フェランテののどのわきをかすめる。なんとかこのチャンスを生かそうと、絶望的な思いで逆向きにふるった刃がうなじにあたった。だが手首をおさえられているため、それ以上深くくいこませることができない。フェランテのいまの体勢を思うと、驚くべき握力だ。ふたりは短剣をとりあって、さらに取っ組みあった。つぎの瞬間、稲妻が神経を走り抜けたかのように、目のくらみそうな苦痛が襲いかかった。戦い慣れたフェランテの膝が、正確にして強烈な一撃を股間に放ったのだ。くずれおちたトゥールのあごに、さらにブーツがくいこんでのけぞらせる。こいつは落盤よりも強烈だ。二発めの蹴りは腹にはいり、縫い目が裂けて、焼けるような傷口に新たな血がにじんだ。

仰向《あおむ》けになったまま、まぶしい青空を見あげてまばたきしていると、きらめく長剣の切っ先がのどのくぼみにつきたてられ、フェランテの浅黒い顔が頭上で揺れた。フェランテは首筋をおさえ、手のひらがねばつく血で汚れるのを見て、悪態をついている。フェランテが剣をはずして、一歩あとずさった。かわりに駆けつけたふたりの衛兵が、いまさらのように蹴りをいれはじめる。

貴婦人たちは悲鳴をあげながらひしと抱き合っていた。フィアメッタだったら煉瓦をひろいあげてフェランテの頭を殴り、せめてもの加勢を試みるだろう。トゥールは自分の臆病さを深く後悔した。どうせ死ぬなら、もう少し積極的に出ていればよかった。キスのひとつくらいもらえたかもしれないじゃないか。もしかしたらもう少しさきまでだって……

フェランテは剣に寄りかかり、荒い息をつきながら白目をむいている。だがやがて、トゥールにもう攻撃の意志がないことがはっきりすると、手をふって衛兵たちをさがらせた。

「ご婦人がたを塔にお連れしろ」

ふたりの衛兵が泣きつづける貴婦人たちを追い立て、士官がすくみあがったユリアと犬を連れて、一行は陽射《ひざ》しの明るい庭園を出ていった。

トゥールは涙のあふれる両眼を狂ったようにまばたかせ、空の映像を記憶にとどめようとした。あそこに、主のみもとにあがっていってしまいたい。この目に最後に映るものがフィアメッタの顔ならばほんとうに嬉《うれ》しいのだが、もちろん彼女はこんなところにいるべきではない。ならば青空がいい。敵たちの顔が身体の上で揺れている。その中で、怒りと恐怖に赤黒く染まったフェランテの顔が、にじんで二重写しになっている。

「なぜだ、ドイツ人？」

フェランテがきしるような声でたずね、輝く剣がまたのどもとにつきつけられた。角度のせいか、光の中で実際よりも短く見えるその剣が、まるで天国への近道のようだ。あの上をすべっていけば、青空にとびこんでいけるかも……

「おれはスイス人だ」

トゥールは感覚を失い、砂でじゃりじゃりになった口で、もごもごと訂正した。

「なぜわたしを殺そうとした？」

なぜ……なぜ？　そう、そうすべきだと思えたからだ。誰も彼もが彼にそれを望んでいた。彼自身はさして望んでなどいなかったのだが。トゥールはフェランテの死よりも、ウーリが生き返ることをこそ望んでいたのだから。

「あんたはおれの兄を殺した」言葉とともに血の塊《かたまり》が吐き出された。

「なんだって？　まさか、サンドリノに仕えていたスイス人の近衛隊長のことか！」

歯をむいたフェランテは、満足そうな、だが気味の悪い笑みを浮かべている。彼の世界において、殺された兄の復讐として人を殺し、さらに兄弟の恨みを買うのはごくあたりまえのことなのだろう。そもそもフェランテには兄弟があるのだろうか？　そうしてこの鎖は永遠につづくのか？

「殿！」

書記官のヴィテルリが、パニックにかられたような悲鳴をあげ、赤いローブをはためかせながら駆け寄ってきた。

「ニッコロ、見かけほど深手《ふかで》ではない」

フェランテはまた自制をとりもどし、物憂げなのんびりした声にもどっている。

「血が出ているではありませんか――」

「たいしたことはない。そこのおまえ。医者を呼んでこい」

「わたしが血止めをしましょう……」

ヴィテルリが手をかざすと、あふれるような出血がほとんどおさまった。フェランテはいらだたしげに顔をゆがめながら、血に染まった指で傷の周囲を慎重にひっかいた。

「危ないところだったな。武器を隠していないかどうか調べろ」

フェランテの合図で、ひとりの衛兵が用心深くトゥールのわきに膝をつき、傷の周囲をさぐりはじめた。チュニックにしまってあった薄い革袋が見つかった。ヴィテルリがそれを受けとり、呆然と、白く丸い羊皮紙を地面にならべた。トゥールはうなり声をあげた。

「これはまさか……？」

ヴィテルリは三度、とっくりとそれをながめてから、かがんでひとつをひろいあげ、一瞬後に呪いの言葉を吐いた。こぶしを握りしめると、羊皮紙のタンバリンがつぶれ、指のあいだからオレンジ色の光がほとばしる。

「これをどこにしかけた?」

トゥールは苦痛の海に身をゆだねたまま、ぼんやりと微笑した。

「お答えしろ!」衛兵がさけんでまた蹴りつける。

トゥールはうなり声をあげ、遠ざかりつつある闇のあとを懸命に追った。あそこまでいけば、これらすべてから解放されるのに。

ヴィテルリが手をのばして、衛兵のこれみよがしな加勢をやめさせた。

「かまわん。ほかにもあるのなら、これを使ってさがしだせる」

「それはいったいなんなのだ?」

フェランテがくしゃくしゃになった円盤をとりあげ、無事なものと見くらべながらたずねた。

「どうやら盗聴のための道具のようです。じつに……うまくできている。ほかにもいくつかしかけてあるようですね」

フェランテがタンバリンからトゥールに視線を移し、くちびるをすぼめた。

「あの男はスパイなのか」

「まちがいなく」とヴィテルリ。

「サンドリノの近衛隊長の弟だと名乗りおったが。もちろん、同時にスパイであってもおかしくはない」そして衛兵を呼び寄せ、「あの男を南の塔に吊るせ。北の塔から見える場所にな」

衛兵たちがトゥールの腕をつかみ、ひきずり起こそうとした。そういえば以前、いまここで助かるなら、いずれ縛り首になってもいいと祈ったことがあったっけ。

〈あれは撤回します〉

もちろん彼は、宙に吊るされてではなく、土と水におしつぶされて死ぬことになっていたはずだ。

ヴィテルリが進み出て、腫《は》れあがり血のにじんだトゥールの顔を見おろした。

「殿、ちょっとお待ちください……。オクス隊長の弟ですと？　まことですか。さして似ているようにも見えませんが。いや、そういえばあごの線が同じかな」

「それがどうかしたのか」

「よいチャンスです……」

「それがどうした」フェランテの怒りが高まった。「いつまでぐずぐずしているつもりだ。こやつはスパイで暗殺者だ。いいだろう、ならばすぐさま処刑して、見せしめにするだけのことだ」

「もちろん処刑はいたしますが……その死を利用しようではありませんか。殺すならば、地下のあの部屋でです。猫や雄鶏など、人間にくらべればくずのようなものです。しかもその人間がほんとうに、ああ……対象の弟であるというのなら……。魔法陣をすべて描きなおさなくてはなりませんね。いや、これはすばらしい！」

「なるほど、そういうことか」

フェランテは考えこむようにあごをこすり、らしくないためらいを見せた。

「ほかにも兄弟がいて、闇の中から襲いかかってくるようなことはあるまいな。だが……こやつはつまるところ、極刑に値する犯罪者なのだからな。残念なことだ。わたしはけっこう気にいっていたのだぞ」

「なおのこと好都合かと」ヴィテルリが両眼をきらめかせた。

フェランテはくちびるをひきしめながらも、ふり返って衛兵に命じた。

「この男を地下牢に連れていけ。あとで尋問し、処刑も内密におこなう」

ふたりのロジモ兵が、無理やりトゥールをひきずり起こした。周囲の庭園がぐるぐる揺れ動き、吐きけがする。着古した灰色のチュニックが血のしみだらけになっているのが目にはいり、無念の涙がこみあげてきた。母さんがきっと悲しむだろう……。ひきずられるように庭園を横切り、光の中から薄暗い居城へとはいりこむ。漆喰《しっくい》塗りの通路に、うつろなこだまが漂っていく。階段をよろめきおりると、そこは石に閉ざされた永遠の夜だ。角を曲がり、見慣れた鉄格子の牢の前を通りすぎていく。いらだたしげな口論が耳にとどいた。

「……満員だ」

「ここはだめだ！」

「いいじゃないか、どうせ四六時中見張ってなきゃならないんだ。これで何か変化があるかもしれない」

「あいつを刺激したくないんだ！」

世界がざらざらしたつめたい石の形をとって、ようやく静止した。顔におしつけられるそれを両手でさぐりながら、痛む頭を慎重に動かして横にむける。頭上の壁にあいたトンネルのような窓から、かすかな青い陽光がはいりこんでいる。遠くで錠のかけられる金属音がひびき、足音が遠ざかっていった。

分厚く温かな手が髪をつかみ、ぐいともちあげた。かすむ視野をふさいでいるのは、赤い目と、白髪まじりの不精髭におおわれたゆるんだあごだ。ふさふさした眉がくいともちあがった。

「問題は蝙蝠《こうもり》だ」

狂った城代《じょうだい》は親切な忠告を与えてそのまま手を離し、トゥールはまたぱたんと石の上に頬を落とした。

第十四章

「これで最後です」ブラザー・ペロットが暗い声をあげた。

目の前のテーブルにおいた羊皮紙のタンバリンの表面から、かすかなオレンジ色の光が放たれた。光はモンレアレの仕事部屋に射《さ》しこんでくるつめたい北国の陽光の中で不安定に揺らめき、やがて消えた。

「せっかくの仕事ですのに」アンブローズがうなった。

沈黙してしまった〝口〟を手に、それぞれテーブルをかこんでいた修道士たちも、渋面でそれに同意した。フィアメッタは自分の前におかれた最後のタンバリンに触れてみた。死んでいる。魔法が未作動なのではなく、結局一度も話しはじめないまま、その痕跡すら消滅してしまったのだ。

〈トゥール、あなたはどこにいるの?〉

ついさっきのことだ。口のひとつが、ときに鮮明に、ときに奇妙にくぐもった声で、ピア卿夫人の袖《そで》の中で聞こえる音を伝えはじめた。フィアメッタがモンレアレにひきわたそうとしたちょうどそのとき、悲鳴のような声をあげて口はふいに沈黙した。モンレアレは口をあずかっている修道士たちをあわただしく一堂に集め、居城じゅうをさがしてつぎつぎ耳を破壊していくヴィテルリの動きをたどった。サンドリノの執務室、診療所……。死の直前に口が伝えた言葉は、どれも短く、事務的だった。

「ここにもひとつあります」

「がらくたのうしろか、ふん！」

そして最後が、黒呪術のおこなわれる部屋の、棚の上に隠されたやつだった。フィアメッタがモンレアレの命令で寝床にはいってからも、昨夜この耳のおかげで、ペロットは落ちつかぬ夜を過ごしたにちがいない。だがペロットは、口の語った出来事を、少なくともフィアメッタには、いらだたしいほど曖昧《あいまい》にしか教えてくれなかった。

最後にヴィテルリ自身が、簡潔にして恐ろしいメッセージを伝えてよこした。

「あなたですね、モンレアレ殿。いかにもあなたらしいやりかただ。それにしてもよけいな真似をしてくれたものです。いずれにせよあなたの運命はすでに定まり、愚かなスパイもまもなく死を迎えることになるでしょう」

破壊音。送信の中断。そしてペロットの前におかれた口から、丹精を凝らして封じこめた魔力が失われた。

モンレアレは青ざめ、ひと切れずつ腹の肉をむしりとられたかのように、身体《からだ》をかがめてすわりこんでいる。ペロットが椅子の背にもたれ、どうしようもないいらだちをこめて両手をひろげた。

「いったい何が起こったのです、院長さま？　すべてうまく運んでいると思っていたのですが、なのに……」

「それにしてもトゥールの身が気がかりだ」モンレアレはうつむいたままつぶやいた。

両腕で身体を抱きしめると、胸の谷間に獅子の指輪が感じられる。温かく音楽的なハミングと、かすかな鼓動はまだとまっていない。もしトゥールのほんものの心臓が停止してしまったら、自分にそれがわかるだろうか。テーブルをずらりとかこむ灰色の修道衣を見まわした……おごそかで、いかめしく、だが無力だ。ふいに怒りがこみあげてきて、フィアメッタはたずねた。

「あなたがたはなんの役に立つの？」

「なんだって？」

アンブローズが鋭い声で問い返したが、モンレアレは顔をあげただけだった。

「あなたがたはなんの役に立つの？　教会はわたしたちを悪から守ってくれるんじゃなかったの？　馬で田舎をまわって、隣人の頭にシラミをわかせたとか、結局はほとんど効かないくだらない媚薬をつくったとか責めて年とったまじない婆を怖がらせたり、いますぐやめないと魂が地獄の炎に焼かれるなんて脅したり、店で働いている男たちを困らせたりするのは上手だけれど、ほんものの悪がやってきたとき、いったいあなたがたには何ができるの？　怯《おび》えてしまって戦うことさえできないじゃないの！　けちな人々のけちな罪は執拗にあげつらう——そうよね、危険がないもの。でも大きな罪が軍を率いてやってきたら、いつものお説教はどこへいってしまったの？　どうして黙ってしまうのよ！　大間抜けの田舎者の——若者たちが——殺されようとしてるっていうのに、あなたがたはただすわって、祈ることしかできないの……」鼻の奥から流れ落ちてくる涙を盛大にすすりあげ、フィアメッタは袖で顔をぬぐってくちびるを噛んだ。

「そうよ、なんの役に立つのよ……」

ペロットが憤慨して、無知な娘に必要な謙譲の美徳について説教をはじめようとしたが、モンレアレが手をふってそれを黙らせた。

「フィアメッタの言葉もあながちまちがってはいまい」かたい声で言って一同を見まわし、つらそうな微笑を浮かべる。「剣の切っ先をつきつけられたとき、いかなる美徳も勇気なくしてはなりたたぬ。だがその勇気は、思慮によって律せられたものでなくてはならない。誤って導かれた勇気は、もっとも無惨な悲劇を生むことになる。もし八つめの大罪があるならば、それは、あらゆる美徳を乾いた砂のようにむなしくする〝愚かさ〟だろう。だがそれでも……どこまでが思慮で、どこからが怯懦《きょうだ》なのだ?」

「院長さまはトゥールをひとりっきりであそこに送りこまれたわ」フィアメッタは息を切らしてつづけた。「黒魔術と殺人の証拠を手にいれるためでしょ。いくらわたしが訴えても、無知な小娘の話だけでは、ウベルト・フェランテのように立派で高潔な領主さまを非難するには不充分だからよ。でもいま、わたしの訴えどころか、それ以上のことまで、あいつら自身の口からたしかめられたじゃないの。なのにいまさら何を待っているの? もう待つ理由なんかないわ、いまこそいそがなきゃ!」

モンレアレが両手を作業テーブルについて、真剣な顔で一同を見まわした。

「そのとおりだ」歯をくいしばったまま息を吸い、「ブラザー・アンブローズ、副院長とサンドリノさまの近衛《このえ》副隊長を呼んできてくれ。ブラザー・ペロットとフィアメッタはわたしを手伝ってほしい。まず、このテーブルのがらくたをすべて片づけてしまおう」

行動を呼びかける情熱的な演説をうちあげはしたものの、突然の手応えに、フィアメッタはかえって面食らってしまった。部屋の中を走りまわっていろいろなものを片づけ、ならべなおし、肩ごしにくだされるモンレアレの指示に従って術に必要な品を手わたしていても、不安のあまり気分が悪くなってくる。少なくとも気持ちのうえでは、モンレアレはすでに覚悟を決めている。礼拝堂で瞑想していた時間も、どうやら祈ってばかりいたわけではなさそうだ。脱出してきたモンテフォーリアの近衛副隊長がやってきて腰をかけると、モンレアレはその前に町の地図をひろげ、魔法と軍の協力態勢についてくわしい指示を与えはじめた。

聖ヒエロニムスをとりまくロジモの包囲陣はきわめて薄い。修道院の塀から敵を遠ざけておけるだけの射手を残し、全軍でその包囲網を突破して、町になだれこんでほしいというのがモンレアレの提案だった。フェランテとヴィテルリは術をかけて無力化しておく。そこを急襲されれば、ロジモ軍もおそらく混乱におちいるだろう。そのすきをついて、サンドリノの近衛で――いや、いまではアスカニオの近衛だ――町の人々を鼓舞し、蜂起をうながすのだ。

「ロジモ兵どもは、町でかなりの悪行を重ねている。報復への恐怖を克服できるたしかな希望があれば、町の人々はおのずから街路にあふれだしてくるだろう。可能ならば、まっすぐ城と公爵夫人を目指してほしい。指揮官が失われれば、閉ざされた城門の中にたてこもったロジモ兵どもも、喜んで降伏するかもしれぬ」

話を聞いているうちに、フィアメッタの身体を戦慄が駆け抜けた。あの冷酷なロジモ兵どもは、おそらくはフェランテに対しても、みずからを犠牲にするほどの忠誠心をもちあわせてはいないだろう。だが他者を犠牲にするのをためらいはすまい。軍事状況の複雑さに心が萎《な》える。このどうしようもなく紛糾した状況を抜け出すには、ただ魔法の杖《つえ》をふるうだけではだめなのだ。だがもし、このばらばらになった糸をひとつにまとめることのできる人物がいるとすれば、それはモンレアレだ。ベネフォルテでさえ、彼に頼ろうとしたのだから。

モンレアレがからになった作業テーブルを祝福して清め、アンブローズが聖歌を詠唱しながら煙の流れる香炉をもって部屋の中をまわった。

「以前の術の名残をふきはらうためです」

アンブローズの説明に、フィアメッタはうなずいた。特に大切な術や微妙な作業や複雑な仕事をする前には、父もよく同じような清めの儀式をおこなったものだ。結果に自信がないときも同じようにしていた。この儀式はつまるところ、部屋を清めるためというより心を落ちつかせるためのものなのだと、フィアメッタは煙にむせながら考えた。

モンレアレがこれからおこなう術の説明をはじめた。

「これは物質だけではなく霊を支配するための霊魔術だ。精神集中に必要な象徴の品は正確に選択されなくてはならない。それでもやはり、髪のひと房とか、実際に身にまとったことのある衣服の一部とか……関連を導くための品もそろえておくほうが望ましい。だがわたしとしては、これにとりくんでいるあいだに、いっそ教皇猊下《げいか》の軍勢が丘の上にあらわれることを願いたいよ」モンレアレはため息をつき、それからいくらか明るい声でつづけた。「それでもわれわれは、ヴィテルリの真の名を知っている。それなしでは、術は必ずや方向を見失い、しかもわれわれにはその理由を知ることができなかっただろう」

モンレアレは新しいチョークをとりあげ、細心の注意をはらってテーブルの上に魔法陣を描きはじめた。

模様を描き終わると、今度は、緑と金の糸をむすびつけた短剣と、赤と黒の糸を巻きつけた乾いた柳の杖を、平行にならべた。フェランテとヴィテルリ、軍人と、霊的に干からびた魔術師の象徴だ。モンレアレが一歩さがって、出来ばえを検分した。

「これでいいかな……？　かなりの距離——一マイル以上さきまで力をおよばさねばならないのだが」

〈交叉させなきゃ。そしてさかさまにするの。ふたりの関係と、邪悪さを示すために〉

しかし口には出さなかった。フィアメッタが人前で意見を口にすると、父はいつもきびしく叱責したものだ。それにむろん、モンレアレだってどうすればいいか、ちゃんと心得ているだろう。

モンレアレが短剣と杖のわきにたたんだガーゼをおいて——修道院の厨房《ちゅうぼう》でチーズを包むのに使っているやつだ——つぶやいた。

「絹のほうがいいのだがな。だが少なくとも、これはおろしたてだ」

いちばんいいのは蜘蛛の糸で織った布だ。この修道院には人目につかない片隅がいくらでもあるから、蜘蛛ならいくらでもつかまえられるだろう。だがフィアメッタは、集めてきましょうかとみずから申し出る気にはなれなかった。あまりにも気味が悪い。

「これは深い眠りの術だ」モンレアレが説明した。「患者がちょっとした手術を怖がるときなどに、治療師がよく使う術を原型としている。かなり強力な術ではあるが、全力をこめて強化しなくてはならない。なんといってもふたりの人間を——どちらもまったく協力する意志がなく、しかも片方ははげしい抵抗力を有しているという条件のもとで、同時に眠らせようというのだからな。それにやつのほうでも防禦《ぼうぎょ》をかけているかもしれぬ……」

〈ひとりずつ術をかければいいじゃないの。もちろん、ヴィテルリがさきよ〉

「いちばん心配なのは」モンレアレがさらにつぶやいた。「この術がどこまで白く、霊的に良質であるかだ。じつに疑問だ」

「あら、どうして？」フィアメッタはたずねた。「この術はふたりを殺すわけじゃないでしょう？　もちろん術がかかったときに、バルコニーから身をのりだしてたりしたら危ないけれど、そんなことはありそうにないし——それに、傷つけるわけでもないわ。ただ眠るだけなんでしょう？　治療師の術がだめだっていうのなら、いったい何が白魔術にはいるの？」

モンレアレはくちびるをゆがめた。

「そして最後には——もしわれらが勝利をおさめたら——あのふたりは杭の上で焼かれること

になる。いかに合法的な手段であろうと、その意図において完全に清廉潔白であるとは断言できまい」

「もしあいつらが勝ったら、そのときは合法的かどうかなんて、考えもしないに決まってるわ」

「手にいれたものを保持するために、彼らは対外的に聞こえのよい嘘でその罪をくるみこまねばならない。だからそれに反する事実を目撃した者は……きわめて危険な立場に追いこまれることになる」

「わたしもそのひとりなのね」そう気づくと、改めてぞっとする。

「いまとなっては、大虐殺を起こさねばならぬほどもいるだろうよ」モンレアレはため息をついて、「よし、わたしの準備は整った。副隊長が部下の集合を報告してくるまで、祈りを捧げて心を落ちつかせよう」

〈そうくると思ってたわ〉

だがフィアメッタは文句を言わず、モンレアレの執務室の壁にかけられた十字架の前にひざまずいた。祈る内容にはことかかない。つまらない願いで無駄に費やしてしまったこれまでの祈りがすべて悔やまれる——レースのキャップをください、マデレーナみたいな銀の腕輪がほしいの、小馬と……そして夫も。だが考えてみれば、願ったとおりの形ではないかもしれないが、それらはすべてかなえられた。キャップと腕輪は父がくれた。あの白馬だって。そして……トゥールもなのだろうか？　この御しがたい世界でおのが望みを実現させる不可解なこの力は、いったいなんなのだろう。

〈だったらわたしは、こんなことすべてが終わればいいと願うわ〉

ようやく、サンドリノの生き残った近衛副隊長がもどってきて、簡単にモンレアレと打ち合わせをした。鋼《はがね》の兜《かぶと》の下の両眼は暗い光を放ち、へこんだ胸当ては鈍く重たげだ。ひきしまったあごは、一過性の熱意ではない堅固な決意を示している。おそらく戦時ともなれば、そうした感情のほうが長持ちするのだろう。十歳の公爵さまのみずから先頭に立って軍を率いたいというお申し出は、うまく説得してとりさげていただきましたと報告しながら、そのことを思うだけで、副隊長の背筋はぴんとこわばってくるらしい。モンレアレは祝福を与えて副隊長を送り出し、胸当てを軽くたたいたその音が、漆喰《しっくい》塗りの執務室にうつろに響きわたった。

それからモンレアレは、ペロットとアンブローズとフィアメッタを連れて仕事部屋にはいった。証人として、副院長がそれにつづく。この副院長は魔術師でも治療師でも、おそらくは修道士ですらなく、管理人のような人物だが、今回の危機においてはモンレアレの右腕として、人々と場所とパンに関してみごとな采配をふるっている。

モンレアレは術のための簡単な準備をしたテーブルのまわりに修道士たちを配置した。それから頭をたれて、ありがたいことにきわめて短い祈禱をもう一度捧げ、右手をアンブローズに、左手をペロットにさしだした。

「おまえたちの力を貸してほしい」

フィアメッタはテーブルをはさんでモンレアレのむかい側に歩み寄った。

「わたしも喜んで力をお貸しします」

モンレアレは眉を寄せて顔をしかめ、おもむろに答えた。

「いや……だめだ。この試みが失敗すれば恐ろしい術返しがやってくるだろう。そんな危険におまえをさらすわけにはいかぬ」

「わたしのささやかな力が、失敗を成功に変えるかもしれないわ。それに、わたしはそんなに無力でもないわ！」

ペロットが不快げに眉をひそめたが、モンレアレは哀しげな微笑を浮かべて答えた。

「おまえはよい娘だな、フィアメッタ。だがだめだよ。これ以上わたしをわずらわさないでおくれ」

モンレアレがすっと片手をあげる。フィアメッタは締めつけられそうなのどの奥にさえぎられた抗議の言葉をおしこんでこらえ、テーブルを離れて副院長の隣にさがり、背中で両手をきつく握りしめた。

「アンブローズ、ペロット、手をつなぎなさい」

モンレアレの指示で、ふたりがテーブルごしに手をのばして輪を閉じた。モンレアレの手に力がこもる。

「シュプレンガーを圧倒するべく、最初の一撃には全力を注がねばならない」

モンレアレはテーブルにおかれた象徴の短剣と杖に視線を落とし、治療師のような低い声で詠唱をはじめた。

テーブルの上にパワーが結集され、目に見えない球が形作られていく。父の大きく流れるような動きにくらべると、モンレアレの制御は非常に精密で、神経質すぎるほど細やかだ。

〈院長さまはひと欠片《かけら》のパワーも無駄にしてはおられない〉

それでも……そうやって節約しているがために、時間と精神力が浪費されている。

〈余裕があれば、もっと大胆にふるまえるのに〉

パワーが構築されるにつれて、球の表面と中心が波のように揺らめき、全体が白いきらめきを放って光りはじめた。これも無駄だらけだ。ベネフォルテはいつだって、正確にかけられた術は熱を発することも目に見えることもないと言っていた。でもきっとこれは、アンブローズとペロットから力をひきだし、結合させるために起こるひずみなのだろう。フィアメッタは息をのんだ。

〈いますぐ攻撃しなきゃ。でないとヴィテルリが気づいて、防禦をかためてしまうわ！〉

なのにまだモンレアレは手を握りあったまま、パワーを集めている。レース状の光球が、修道士たちの影を壁に投げかける。やがて光が水のように動き、短剣と杖の中に流れこんでいった。光に満たされた短剣の刃が、月光のようなきらめきを放つ。ガーゼが音もなくもちあがり、輝くふたつの品の上に漂って静かにおおいかぶさった。

モンレアレが目をひらき、詠唱の最後の一節を口にした。アンブローズは勝利の笑みを浮かべているし、無愛想なペロットの両眼もきらめいている。モンレアレが微笑し、口をひらこうと息を吸った。

その瞬間、乾いた柳の杖が炎をあげ、ガーゼに燃え移って黒い灰の塊《かたまり》に変えた。不発に終わった短銃が閃光を放つように、赤みをおびた白い炎がモンレアレの顔に襲いかかる。下から照らし出された顔が、奇妙にゆがんで見える。フィアメッタは赤と緑の残像に焼かれた目をむなしくすがめながら、両手を口にあてて悲鳴をこらえた。

モンレアレが目をむいて昏倒したが、その身体を支える手はなかった。アンブローズは両手で顔をおおっているし、ペロットもまた倒れていたのだ。転倒するモンレアレのひたいがテーブルにぶつかった。三人とも、炎に焼かれた顔が赤い。

フィアメッタと副院長は、それぞれ相手をおしのけるようにテーブルに駆け寄った。副院長は頭から血を流しているモンレアレのそばに膝をついたが、進行中の術のさまたげになるのではないかと恐れるあまり、手を触れることができずにいる。さまたげるも何も、いまはもう何ひとつ残ってなどいない。フィアメッタにははっきりとわかる。三人がつくりあげた輪も術も、すでに破れてしまったのだ。

「院長さま？　院長さま！」副院長が心配そうに呼びかける。

モンレアレの顔はまるで血の気がなく、ぽつぽつと赤い斑点が浮かび、焼け焦げた眉からは刺激臭がたちのぼっている。ためらいを捨てて、副院長がモンレアレの胸に耳をおしあてた。

「何も聞こえない……」

フィアメッタは戸棚に走っていって割れた鏡の欠片をつかみとり、モンレアレの鼻の下にあてた。

「白くなった。息はしてらっしゃるわ……」

ペロットがうなり声をあげたが、アンブローズは院長と同じように横たわったままだ。

「何が起こったのだ？」副院長がたずねた。「どうやったのかは知らん、ヴィテルリが反撃してきたのか？」

「ええ、でも……ヴィテルリの逆襲もあったのかもしれないけれど。たしかにあったと思うんだけれど。熱が高くなりすぎたのと、柳が火口《ほくち》みたいに乾きすぎていたせいよ。院長さま、熱を蓄えすぎたんだわ」

副院長はフィアメッタの批判的な言葉に顔をしかめながら、モンレアレのひたいにもりあがってきたこぶから血をぬぐい、頭蓋を触診した。

「折れてはいないと思う。そのうち目を覚まされるだろう」

〈それは無理だと思うわ〉

モンレアレが失神しているのは頭を打ったからだけではない。術が施術者《せじゅつ》に返されたのだ。ヴィテルリがどうやったかまではわからないが、一本の黒い手が、敵を水中に沈めるかのように、モンレアレの顔をおさえつけているのが見える。奇妙だ。おぞましい印象をふりはらおうと首をふった。このところずっと、どっぷり魔法とかかわってきたから、魔法に対する感覚がありがたくないほど磨かれすぎてしまったのだろう。たぶん目覚めさえすれば、アンブローズがあの手をとりのぞいてくれる。目覚めさえすれば。

ペロットが身体を起こした。アンブローズもようやく目をあけたが、呆然としてまだ事態が把握できていないようだ。副院長は不安げな視線でさらにあたりを見まわしてから、あわてて部屋をとびだし、古参の治療師ブラザー・マリオを呼んできた。治療師は数人の修道士に命じて、倒れた男たちを寝台に運ばせた。フィアメッタは事情の説明をしようとひかえていたが、いつまでたってもマリオが何もたずねないので、しかたなく自分から口をひらこうとした。そのとき、ふたりの修道士に両脇をかかえられたペロットが、彼女のほうをふり返ってさけんだ。

「おまえだ！　術が破れたのはおまえのせいだ。おまえがこの場にいたからだ！」

「なんですって！　院長さまがここにいろとおっしゃったのよ！」フィアメッタは言い返した。

「この淫売が……」

ペロットのつぶやきに、フィアメッタの怒りが爆発した。

「冗談じゃないわ！　わたしはちゃんとした処女《おとめ》よ！」

〈残念だけどね〉

そしていま、トゥールに与えられた救援があのありさまでは、ずっと処女でいつづけなくてはならないらしい。少なくとも、ロジモ兵がこの修道院を占拠するまでは。聖ヒエロニムスが侵略を受ける前に、みずから生命を絶つべきだろうか。しかしそれもまた、恐ろしい大罪だ。心に憤怒の炎がめらめらと燃えあがった。男どもが犯す罪のために、なぜこのわたしが死んだり、地獄に落ちたりしなくてはならないの？　わたしは爪をふるって戦い、女や孤児のみじめな運命から逃れてみせる。

副院長が腕をつかみ、歩廊を見おろす柱廊《ちゅうろう》に彼女をひきずり出した。

「さあさあ、彼も侮辱するつもりではなかったんだよ。だが実際、おまえがここにいるのはよいことではない。ご婦人がたの部屋にもどって、おとなしくしていなさい」

「いつまで？　ロジモ兵が塀を越えてくるまで？」

「もし院長さまがなかなか回復なさらなければ……」副院長は乾いたくちびるをなめた。

「院長さまは魔法をかけられているのよ。術を解かなきゃ、目を覚まされることはないわ。解除の方法は調べられるはずよ。距離が離れてるって条件は、ヴィテルリのほうだって同じだもの」

「治療師ができるかぎりの手をうつ」

「治療師の手に負えることじゃないわ！」

「だとしても、ここには治療師しかいないのだからしかたあるまい。アンブローズがさきに目を覚ましてくれないかぎりな」

「ふたりともなかなか目を覚まさなかったらどうするの？　もしかして、まったく目を覚まさなかったら？」

副院長は、モンレアレの負っていた重荷がいっせいにのしかかってきたかのように、肩を落とした。

「とにかく……とにかくひと晩ようすを見てみよう。朝になれば何かいい知恵が浮かぶかもしれん。だがもしフェランテの使者がまたもどってきたら……そのときには条件を選んで降伏したほうがいいのかもしれん。手遅れにならないうちにな」

「フェランテと取り引きするっていうの？　五回息を吸ってるあいだに約束なんか忘れちゃうに決まってるわ！」

副院長は力なく身体の両脇でこぶしを握った。

「ご婦人たちの部屋にもどりなさい、フィアメッタ！　おまえは男の仕事というものをまったく理解しておらん！」

「男の仕事って何？　一生懸命悪魔から頭を隠しといて、お尻をとられてしまうこと？　そんなことならよーくわかっているわよ、おかげさまで！」

「おまえは——！」副院長はかろうじて怒鳴り声をこらえ、歯をくいしばるように低い声でささやいた。「自分のいるべき場所にもどりなさい！　そして口を慎みなさい」

「お願いよ、治療師が失敗したときは、せめてわたしに術の解除をためさせてちょうだい」フィアメッタは必死で懇願した。

「ペロットの言うとおりだ。おまえはここにいるべきではない。いきなさい！」

この人はつぎの瞬間には癇癪を起こして彼女を殴り、当然の罰だと主張するだろう。フィアメッタはそう見てとると、歯をむいて身をひるがえし、背筋をぴんとのばしたまま大股に歩廊を立ち去った。黙っているべきだったろうか。はっきり主張するべきだったろうか。どうすればよかったのだろう……どうすれば……

女部屋ではふたりの子供が嘔吐をくり返していて、三人が泣きわめいていて、ふたりの母親が一枚だけ残った清潔な産着をめぐってはげしい口論をくりひろげたすえに、わめきながら髪をひっぱりあっていた。フィアメッタはそこからもまた逃げ出した。診療所のモンレアレに会おうとしたが、マリオに手厳しく追いはらわれてしまった。食堂にいくと、ひとりのモンテフォーリア近衛兵が通りすがりに耳もとで卑猥な冗談をささやき、身をかわす彼女の胸をつかもうとした。カートゥルを着てキャップをかぶった年配の修道女が、鋭い声で叱責しながらその横っ面をはりとばす。フィアメッタは倒れた近衛兵がにやにや笑いながら鼻をおさえているあいだに、子供の悲鳴が響きわたり、吐きけをもよおしそうに混沌としてはいるが、安全だけはたしかな女たちの宿舎へと逃げもどった。

藁《わら》布団に身を投げ出し、顔を埋めて、涙をこぼすまいと歯をくいしばった。首筋に小枝があたるし、ノミが袖にとびあがってくる。つかまえるまもなく、そいつは髪の中にはいりこんでしまった。寝返りをうつと、隣に横たわる少女の肘《ひじ》があたった。

「はみだしてこないでよ、このムーア人！」

ののしる声は怒りに満ちているが、青ざめた顔には悲嘆と恐怖が刻みこまれている。ほかの者たちと同じく、殺されるのを待つだけの緊張にくたびれはてているのだ。

思わず術をかけて少女の髪を燃やしてやろうかと思ったが、くちびるをひきしめて舌から吹き出そうとする熱気をおしとどめ、ふるえる身体を小さく丸めた。

『魔術の訓練を受けるならば』とモンレアレは言った。『いつかおまえは、無知なる者たちには無縁な誘惑にさらされることになるだろう』

そのとおりだ。それにしても、ヴェルヴェットと胴衣の下に隠しているあの銀の蛇には、どのような術が封じこめてあるのだろう。とても良性なものとはいえないが、それでも人を殺すほどの力はない。つまるところお父さまは、魔力とひきかえに、何歩か地獄に歩み寄っていたのだろうか。もしそうなら、わたしが同じことをして何が悪いのだろう。

〈マリアさま、わたしを悪からお守りください〉

モンレアレの命令で、フィアメッタはスカートを整えて礼拝堂の敷石《しきいし》にひざまずき、幼児《おさなご》を抱いた大理石の彫像のおごそかな白い顔を熱心に見あげて、忍耐を授けてくださいとお祈りした。忍耐というやつもまた、女だけに要求される美徳であるらしい。父が忍耐を発揮しているところなど、一度も見たことはないのだから。視線を落とすと、握りしめたヴェルヴェットのスカートは、汚れ破れてしまっている。

〈聖母マリアさま……お母さま、ねえ、お母さまはどういう人だったの?〉

以前これを着ていた女性の面影は、フィアメッタの中でもすでに曖昧になってしまっているが、ドレスそのものはほとんど色あせていない。母はフィアメッタが八歳のときに、ローマで、大勢の犠牲者を出した熱病にかかって生命を落とした。あれはひどい年で、なかでも八月は一家にとって最悪の時節となった。ベネフォルテは恐ろしい罪を着せられてサンタンジェロ城に投獄され……。だがフィアメッタには、母の死についての記憶がまったく欠けている。病気の母にかわって、誰かが面倒を見てくれていたのだろう。ごわごわした心地の悪い服を着て、大きな女性の手を握りしめたまま、安っぽい質素な棺のあとから、悪臭のたちこめる暑く息苦しい街路を歩いていったような、断片的なイメージばかりが残っている。

癪なのは、ローマの記憶がほとんどないことだ。しかしヴェネツィアなら、荷馬の背にのせられてはじめて町にはいったときのことまで、はっきりおぼえている。わくわくするような旅と、尊大で華麗で驚異にあふれた町……。だがヴェネツィアに母の影はない。二階の窓から見たものといえば、華やかなターバンを巻いてゴンドラで運河をくだっていくムーア商人。仕える貴族や貴婦人と同じくらい垢抜《あかぬ》け、誇りにあふれた黒人奴隷《どれい》。酔っぱらったエチオピア大使の随行員を見たこともある。だがその光景のいずれも、母とは――ブリンディジ生まれのしなやかな黒い魔女とはかかわりがなさそうだ……。父はもちろん強力な魔術師だったが、母もたしかに魔力をもっていたのだ。フィアメッタは服の上から蛇のベルトに触れてみた。銀の細工はもちろん父のものだが、かけられた術は……。

〈お母さまがかけたの？　そうよ……〉

だがほんとうに？　慈愛に満ちた白い彫像の背後から、黒い女性が微笑を投げかけてくる。

〈お母さま、どうしてお父さまと結婚することで、力を捨ててしまったの？〉

〈わたしが力を手放したのはあなたのためよ。でも後悔したことなど一度もないわ。魔法は力だけれど、子供は生命そのものなの。そしてそれなくしては、魔法もどんなよいものも、意味を失うのよ……〉

〈お父さまはわたしが男の子じゃないからってがっかりしてらしたわ。お母さまは？〉

〈一度もがっかりしたことなんかありませんよ。心配しないで、フィアメッタ。女の力が満ちるには、時間がかかるものなのよ。自分で道を見つけ、成長し、さらなる生命を手にいれなさ

い……そうすればいずれ、静かなる焦点で、かつてわたしのもっていたすべての力が、あなたのものになるでしょう〉

そう。すべての力が父のものだったわけではない。ベネフォルテは切ることのできない銀の紐《ひも》の端で揺れながら、その焦点の周囲をまわっていたのだ。だがその糸も、死によって切り離されてしまった。穏やかさをとりもどしつつあった心が、ふいにパニックにのみこまれた。

〈でもわたしはいま力が欲しいのよ。忍耐じゃなくて、力が。お母さま、マリアさま……〉

涼やかな白い大理石と、温かな微笑を浮かべた血の通う褐色のものと、よく似たふたつの母の顔が、ひとつに溶けあった。

〈あなたはわたしの黄金の子供……〉

子供の泣き声にはっと驚かされ、フィアメッタはぐったりと疲労にまみれてはかない夢から覚めた。神経をかきむしるような騒音に、いまにも気が狂いそうだ。西むきの壁にあけられた、窓というよりは隙間から、矢のように鋭い夕日が射しこんでいる。フィアメッタは藁布団からころがりおりて、悪臭を放つトイレに逃げこんだ。だがそこでさえもひとりにはなれない。視線をあげると、壁の上のほう、ちょうどひさしの下あたりに、黒く四角い換気窓があいている。あれがもっと大きければいいのに。ふたりの女が立ち去り、隣の部屋でまた甲高《かんだか》い口論がはじまった。めまいを起こしそうなほど緊張しながら、フィアメッタは高く手をさしのべた。汚れた横木を握りしめて身体をもちあげ、上半身を窓にくぐらせ、石の上に腹這《はらば》いになったままあたりを見まわす。

鉛で葺《ふ》いた屋根のひさしがちょうどテントのようにはりだしているため、この小さな窓を外から見ることはできない。天井からのびた梁《はり》が屋根とぶつかって、三角形の空間をつくりだしている。見おろすと、修道院の外壁がはるかな下方で、草と石だらけの荒れはてた地面とつながっている。フィアメッタは苦心の末にせまい窓から全身を引き出し、支柱となる梁の上に寝ころんだ。せまいし危なっかしいが、修道院がロジモ兵に制圧されたときの隠れ場所には、ちょうどいいのではないだろうか。だがそれも、梁が焼け、屋根が落ちてしまえば意味はないが。だがここにいればひとりになれるし、神経が麻痺《まひ》しそうな女部屋の騒音もほとんど聞こえない。フィアメッタはここにいたってようやく涙を流した。だが、屋根の上や下の庭にいる衛兵が気づいて調べにきたりしないよう、声はたてない。夕日にきらめきながらこぼれていく涙は、熔かした金を冷水の中に落として、小さなビーズをつくるときのようだ。雫《しずく》がつぎつぎとはるか下方の塵《ちり》の中に消えていく。だが涙の真珠も、光が失われるにつれて影の中に見えなくなった。声を殺して泣いていたため、頭と胸と腹が痛い。

頼みの綱はすべて切れてしまった。つぎつぎと不利な状況が重なって、信じていた人々はみな失敗した。お父さまも、モンレアレ院長も、トゥールも……かわいそうなトゥール。なにも知らないままに巻きこまれて。トゥールのせいではないのに……。西側の三角形の空間で巣をつくっていた大きな蜘蛛が、糸をひいておりてきたと思うと、しばらくぶらぶら揺れてから、またつたいあがっていった。ぞっとする、まるで縛り首にされた人間みたいだ。金髪で、青い目で、不器用で、恋にも恵まれない若者のようだ。

〈こんな蜘蛛を院長さまにもっていってさしあげればよかった。じかに触らなきゃならなくったって、べつにかまいやしない〉

あのときはっきり意見を述べていれば、もしかすると院長の術もちがうものになっていたかもしれない。

蜘蛛はかすかな風に揺れる巣の真ん中に陣どっている。闇が深まるにつれ、その姿が黒いしみのようににじんでいく。

〈わたしはただの女の子なんだから。誰かが助けてくれたっていいじゃないの。自分でなんとかやっていくだろうなんて、期待しないでほしいのよ。

ましてや、人を助けることなんて〉

この石づくりの修道院に閉じこもっていては、何もできない。大魔術師だろうとただの女の子だろうと、標的のそばまで近づかなくてはならない。危険を冒して。死を賭して。死？ここにいたって生命が危ういことに変わりはない。苦痛は？それだって変わりはない。

では、地獄は？

フェランテがそんなものを歯牙《しが》にもかけていないことは明らかだし、ヴィテルリもそのために行動を鈍らせてはいない。人殺しのあのごろつきどもにしても同じだ。

〈わたしがもし男だったら、剣をもってあいつらと戦えるのに〉

もし男だったら、敵の死体が冷たくなるまもなく、司祭が血塗《ちまみ》れた剣に聖水をふりかけ、フィアメッタに赦《ゆる》しを与えてくれるだろう。でも彼女は男ではないし、剣をもって十歩だって歩けるかどうか疑わしい。

〈男ではないけれど、ほんものの魔術師よ〉

そして、神の与えたもうた唯一の力を使うことで、地獄に堕ちなくてはならないのだとしたら、それもしかたのないことだ。

しだいに濃くなっていく闇の中、決意の炎が燃えあがって腹を焼いた。フィアメッタは手をのばし、鼻さきにぶらさがる蜘蛛の影を握りしめた。手のひらにかすかなもがきが伝わってくる。施術には、単なる意志の力以上のものが必要だ。焦点となる象徴の品があれば、その中に力をたくわえることができる。彼女は蜘蛛にむかってささやいた。

「善《ベネ》……力《フォルテ》」

目をそらしたまま蜘蛛の腹をにぎりつぶす。その手から細い銀の糸が吹き出し、一本の梁に巻きついた。フィアメッタはスカートを蹴って、蜘蛛の糸を頼りに、鉄のようにかたい地面めがけてとびおりた。糸がのびきると同時に腕がひっぱられたが、大丈夫、切れはしない。一度、二度、身体が回転する。どさっと着地した拍子に、バランスを失ってたたらを踏んだ。あそこから落ちれば、両脚を折ってもふしぎではない。即席の術が効いたのだ。右手をひらくと、けばだって、しかもねばねばしたしみがくっついていた。

〈蜘蛛さん、ごめんなさい〉

吐きけがこみあげてくる。温もりの残るざらざらした修道院の石壁に、いそいで手のひらをこすりつけ、残骸をぬぐい去った。

落下の衝撃と魔法の余波で神経が麻痺していたのか、自分が薄闇の中、外壁の前で身を隠すものもなく立ちつくしていることに、フィアメッタはしばらくのあいだ気づかなかった。落下をうまく抑制したさっきのあのジャンプに気づいてさえいれば、どんなロジモ兵でも、簡単に石弓の狙いをつけられるだろう。蜘蛛の糸は魔力を使いはたすと同時に、風に吹かれて散り散りになった。もうあの糸をつたって上にもどることはできない。ぺしゃんこになったかわいそうな蜘蛛に、新しい糸を紡がせることもできない。フィアメッタは地面にばったりと倒れこんで、荒い息をついた。

〈神さま。わたしはもう、傲慢《ごうまん》に対する罰を受けているのでしょうか？　マリアさま！〉

しかし頭上で口論する悪意のこもった声もないし、怒声がふってくるようすもない。涼やかな夜の中を漂ってくるものといえば、ねぐらにむかう鳥のさえずりと、目覚めたばかりのカエルの声ばかりだ。フィアメッタはさらに数分間、恐怖に身をこわばらせたままじっとしていた。闇がしだいに深まっていく。

〈事をはじめた以上、もうもどることはできない。さきに進むだけよ〉

まずはもぞもぞと、胴着の下に隠してあった銀の蛇のベルトをはずし、改めて服の上から巻きなおした。それからひと息ついてはずむように身体を起こし、スカートをたくしあげて、森にむかっていそいだ。

森の中はさらに深い闇に包まれていたが、枯れ葉や草や小枝がかさかさと音をたてるので、できるだけ慎重に足を運んだ。ロジモの包囲網を突破して、町にむかう街道に出られさえしたら――

兵士の革装束に身を包んだ黒い男がとびかかってきたときも、フィアメッタは悲鳴をあげなかった。まったく予期していなかったわけではない。それでも息がとまりそうになり、男にふりまわされたときは心臓が破れそうになった。

「ほーい！　つかまえたぞ！」男がさけんだ。

「ちがうわ。わたしがつかまえたのよ」

フィアメッタは言い返してから、面食らって動きをとめた。薄闇の中、男の頭が皿のようにつるつるで、髭《ひげ》もないことが見てとれたのだ。だが革のチョッキの下には毛織のシャツを着ていて、乾いた汗の匂いがしている。フィアメッタは言い放った。

「燃《ピロ》」

闇の中で男の袖が炎をあげ、オレンジ色の花のように腕に巻きついた。悲鳴をあげて地面をころがる男をそのままに、はげしく揺れ動くたいまつの炎をあびながら、フィアメッタは意気揚々と影の中に歩み去った。走りさえもしなかった。悲鳴をきいて、仲間の兵士どもが駆けつけてくるだろう。もうすでに背後で、繁みをかきわける音が聞こえている。だが、あとを追ってくる者はまずいまい。ロジモの下級兵でも、正体の知れぬ妖術使いを追って闇の中に踏みこみ、つかまえようとするほど愚かな者などいるはずがない。薄めていない葡萄《ぶどう》酒を飲みすぎたときのように思考が定まらず、けだるい気分のまま、ふらふらと歩きつづける。怖くはないが、眠りたかった。指は太いソーセージのようだし、脚はまるで棒のようだ。

修道院の南にあたるこの林は、最後は急斜面となって湖につづき、平坦になった湖畔を街道が横切っている。両手を粗い木の幹にかけてスピードをおさえながら、斜面をすべりおりた。手が血でねばついているが、痛みは感じない。干あがりかけた小川の黒いぬかるみの中に、青白い岩が点々としている。フィアメッタはそのあいだをすり抜けていった。

白い袖の両腕を身体に巻きつけ、倒木のあいだで凍りついたようにうずくまって、剣を抜き放ったふたりのロジモ兵がガチャガチャ通りすぎていくのをやりすごした。丘の上、修道院のほうからかすかにこだましてくる大声に気をとられて、ふたりは彼女に気づかず駆け去っていった。それが街道の見張りだったのだろう、フィアメッタが埃《ほこり》っぽい道にたどりついたとき、そこには誰もおらず、月のない闇の中に白いリボンがぼんやりとつづいているばかりだった。隣にはさながら黒い絹のように湖が横たわっている。

フィアメッタは南の、わが家にむかって歩き出した。

第十五章

何世紀にも思える時間がすぎたころ、全身を貫く苦痛の残滓《ざんし》が薄れたので、トゥールはずきずきする股間をかかえて丸まっていた身体《からだ》をほぐし、起きあがろうとした。この牢獄の窓は北むきで陽光が射《さ》しこんでこないため、時間を計ることができない。しかしわずかに見える濃紺の空を見れば、もう夕暮れの近いことがわかる。腫《は》れあがったくちびると、ぐらぐらになった歯にそっと手を触れて、ぎくっと身をすくめた。舌を噛み切ってしまわなかったのは、ほんとうに運がよかった。またぱっくりひらいた昨日の刀創の痛みも忘れそうなくらい、ブーツで蹴られた脇腹と背中と腎臓が激しく痛む。赤い帽子も、靴もなくなってしまった。ニットのタイツは破れ、修繕のしようもなくほつれている。ななめに身体をおしあげて壁にもたれ、両脚を前に投げ出して、ようやくあたりを見まわす余裕ができた。

ピア卿がぼろ毛布をかぶせた藁《わら》布団の上であぐらをかいて、前後に身体を揺らしながら、爪を噛むように無心に毛布の隅をかじっている。縁の赤くなった目はまばたきもせず、じっとトゥールを見つめている。上等の絹のタイツはやはり穴だらけで、トゥールはわびしい仲間意識をおぼえた。

「おまえは誰だ?」ピア卿がしわがれ声でたずねた。

神経につき刺さりそうな視線は相変わらずだし、身体を揺することもやめようとしない。トゥールは腫れあがった口でもごもごと答えた。

「おれはトゥール・オクスといって、近衛《このえ》隊長ウーリ・オクスの弟です。兄をさがしにきたんですけど、もうフェランテに殺されていました」

何度もくり返されたその話は、彼自身の耳にも機械的に、単調に聞こえる。ピア卿の視線が鋭くなった。

「ウーリの弟だと？　まことに？　そういえば弟がいると聞いたことがある……彼の死はわたしも目撃したよ」

「兄もよく、手紙の中であなたの名前をあげていました、ピア卿ですね」

トゥールは敬意をこめて頭をさげた。同じサンドリノの士官なのだから、ともに働くことも多かっただろう。ピア卿が、今度は宙を見つめながらしみじみとつぶやいた。

「ウーリはいいやつだった。湖の西にある洞窟で、よく蝙蝠《こうもり》をつかまえるのを手伝ってくれた。鉱山にいたから、洞窟も怖くないのだと言っていた」

ピア卿は話しながら、指でチュニックの銀の刺繍《ししゅう》をまさぐっている。目を近づけてみると、小さな蝙蝠が翼の先端をふれあわせ、ずらりとならんで襟《えり》と袖《そで》口をとりまいている。奥方が刺繍したのだろうか。

「そうなんですか」

昨夜ピア卿が、この小さな飛行動物の名を聞いただけでどれほど興奮したかを思い出し、トウールはできるだけさりげなく相槌《あいづち》をうった。

「そう、蝙蝠だよ。あれは賢い生き物だ。軽く、かつ頑丈な翼をつくることさえできれば、羽をもたずとも、人間も蝙蝠のように空を飛ぶことができるだろう……。革は、剣と楯《たて》で鍛《きた》えたウーリの腕にも重すぎた。今度は羊皮紙をためしてみよう……。蝙蝠が、われわれを悩ませる沼地の蚊を食べてくれることは知っているかね？　毛皮はモグラのようにやわらかい。そして訓練すれば、餌《えさ》を与える手に噛みつくこともない。人間とはちがってな」城代《じょうだい》はそこで考えこみ、「夜中に空を飛びまわるというそれだけの理由で、人間はあれらを邪悪だというが、自分たちは白昼堂々人殺しをする――なんという偽善だ！」

「蝙蝠もまちがいなく、神さまのつくりたもうた生き物です」トゥールは用心深く答えた。

「ああ！　くだらぬ迷信に捕らわれておらぬ者に会えて嬉《うれ》しいぞ」

「古い坑道でよく蝙蝠を見ました。地精《コボルト》と同じで、なんの悪さもしませんでした」

「おまえは鉱夫なのか？　ウーリがそう言っていたな。ではおまえも闇を怖がりはしないな？　よしよし」

ピア卿は機嫌がいい。城代の蝙蝠への共感は、熱狂的とはいえ、異常というほどではない。だが蝙蝠の話をするとき、その視線に宿る激しさには、一種独特なゆがみが感じられる。トゥールはためらいがちに口をひらいた。

「今日……奥さまにお会いしました。危害はくわえられていないようでした。公爵夫人とユリア姫のお側《そば》で、勇敢にふるまっておいででした。三人いっしょに、北の城塔に閉じこめられています」

「わたしの居室だ、なるほど」

ピア卿の気配が緊張した。視線から激烈さが薄れ、まばたきをして涙をふりはらいながら、指を噛みはじめる。

トゥールは両手の指を曲げのばしした。狂っていようといまいと、この城代はいままでに二度、この牢《ろう》から脱出しているのだ。

「おれの兄は」

革のきしむ音と押し殺したげっぷが耳にはいり、トゥールは口をつぐんだ。牢の外、むかいの壁ぎわにおかれたベンチに、ロジモ兵がすわってふたりを見張りながら耳をかたむけている。左腕に包帯を巻いて、顔は一週間前の傷で腫れあがっているが、腰には短剣を吊るしている。トゥールはくちびるをひきしめた。それがなんだっていうんだ、たっぷり聞かせてやろうじゃないか。トゥールはいっそう大きな声でつづけた。

「兄の死体はこの真下の部屋にあります。フェランテとヴィテルリは兄の死体を、恐ろしい黒呪術に使おうとしているんです。火あぶりになるほど邪悪な魔法です」さらに大きな声で、

「ああもちろん、手を貸した者も火あぶりでしょうね！」

薄暗がりのためしかとはわからないが、包帯を巻いた衛兵がたじろいだようだ。

「やつらは大魔術師プロスペロ・ベネフォルテの死体も盗んでいます。フェランテのために、彼の霊を指輪に封じこめようとしてるんです」

「ああ、その部屋なら見たことがある」ピア卿の声は、だがどこか現実離れしている。「なるほど、そんなことをしようとしているのか」

「おまえらみんな、火あぶりだ！」

外の衛兵にむかってさけび、トゥールは身体をふたつ折りにして咳きこんだ。彼の言動も外見も、まちがいなく城代と同じくらい狂って見えるにちがいない。それからぐっと声をおとしてささやいた。

「ピア卿、助けてください！　やつらは肉体ごとウーリの魂を手にいれ、恐ろしい運命にひきずりこもうとしてるんです。ウーリは死を迎えてすら、捕らわれ、危険にさらされています。おれは……なんとかしてウーリを解放してやらなきゃいけない。それに、ベネフォルテ親方も」

「ああ」城代は眉をあげた。「解放する。そこが肝心なのだな？」

トゥールは混乱して言葉をとめた。城代は肩を丸め、藁布団の上で背をむけて、また宙をにらんだまま毛布をかじりはじめた。

〈狂ってるんだ。こんなことをしても無駄だ〉

トゥールはため息をつき、ためらいがちにつづけた。

「アスカニオさまは――新しい公爵さまは――いまのところ、聖ヒエロニムスでモンレアレ院長が無事にかくまっておられますが、修道院もまたロジモ兵に包囲されています」

ピア卿は無反応だ。

「……モンレアレ院長は魔法をかけた蝙蝠をスパイに使っています。もしかしたらここにもきたかもしれませんね」

「ああ！　あの善良でやさしい生き物ならば、高徳なる院長さまのお役にも立つだろう。モンレアレさまはよく知っておられる」

ピア卿は重々しくうなずいてまた毛布をかじりはじめた。トゥールは絶望にふるえながら、石の壁にもたれかかった。

通路に響く足音と声で目が覚めた。大柄なロジモ兵がふたり、格子のむこうに立ちはだかっていて、その背後にヴィテルリの赤いローブが見える。ヴィテルリの手には、編み藁でくるんだ小さな緑の瓶《びん》が握られている。小柄な書記官が格子ごしにトゥールを見つめ、あくびをして下くちびるを嚙んだ。

「やれ」

ヴィテルリがわきにさがると、看守長が扉の錠をはずした。ふたりの大男が牢にはいるあいだも、看守長は油断なく片目で城代を見張っている。だがピア卿は、はいってきた男たちに目をくれようともしない。

ひとりのロジモ兵がトゥールの背後にまわり、両腕を背中で固定して、上体をひきずりおこした。ヴィテルリは壁にもたれたまま、あごがはずれそうな大あくびをして、ローブの中をさぐっている。それから濡《ぬ》れた犬が身ぶるいをするように首をふって、

「ちくしょう」とつぶやき、身体をのばして深呼吸をした。

トゥールの中で五感以上に敏感な何かが、ヴィテルリからたちのぼる黒いオーラを感じ、うなじの毛がぞわぞわと逆立った。熱も閃光も、音も匂いもないが、それでも魔法の気配が、鼻孔を通過することなく体内にはいって、腹の中でさざめきを起こしている。補助や規制をもたらす象徴の品も使わず、流れるような思考のみによって、ヴィテルリは圧倒的に強力な術を維持できるのだ。しかもそうしながら、いつもとかわらず平然と、歩いたり話したりできるらしい。だがその印象は、浮かんだ瞬間に消失し、眩惑的なめまいだけがあとに残った。たぶんこれも、殴られた後遺症なのだろう。ぎゅっと目を閉じ、すばやくまばたきをすると、黒いオーラは薄れてヴィテルリの黒い目の中にしか見えなくなった。

背後の兵士がトゥールの艶《つや》のない金髪をつかんで、ぐいと首をのけぞらせた。ふたりめが歩み寄って、歯のあいだに棒をつっこみ、鼻をつまむ。ヴィテルリが瓶の栓を抜いて、ずきずき痛む口の中にその中身を注ぎこんだ。苦味のまじる、濃く甘い葡萄《ぶどう》酒だ。トゥールはむせかえり、暴れながら吐こうとしたが、結局は飲みこむことになってしまった。

「よし」

ヴィテルリが一歩さがって、からになった瓶を逆さにした。最後の一滴がその縁でふるえ、血のしずくのようにしたたって床ではじける。

「ばかでかい田舎者だが、これで充分だろう。半時間後にもどって、下に運びおろせ」

さっさと牢を出るヴィテルリのあとから、部下たちが錠をおろした。ヴィテルリが背をむけた瞬間、黒い不穏な気配が目からひろがり、ふたたび顔全体をおおうのが見てとれた。かつかつと足音が遠ざかり、すわっている衛兵ひとりがあとに残された。どうしようもなく頭が重く、トゥールはつめたい石の床に倒れこんだ。

城代の顔があがり、はっきりと小さな笑いをもらした。それがしだいに高まり、ついには甲《かん》高《だか》い悲鳴になる。ピア卿はばっと立ちあがってさけんだ。

「そう、蝙蝠だ！」

それから牢の隅にあった汚物桶《おけ》をひっつかみ、せまい室内をとびまわっていたが、ふと狡猾《こうかつ》そうな笑みを浮かべて扉のわきに立ち止まると、桶の蓋《ふた》をはずし、悪臭を放つ尿を仰天している衛兵にあびせかけた。

衛兵は怒鳴り声をあげて立ちあがり、かえって真っ正面から汚物を浴びる結果になってしまった。格子の隙間から首をつきだし、両手をひらいたり閉じたりしていた城代は、衛兵が剣を抜いて襲いかかってくると、踊るようにあとずさり、それからその腕にとびかかって剣をもぎとった。ふりまわされた鋼《はがね》が、天井にぶつかって火花を散らす。衛兵は気持ち悪そうにチュニックをこすり、鍵をくれ、何がなんでもあの狂人をぶっ殺してやるんだと泣きわめきながら、通路を駆けあがっていった。

「いそげ」

ピア卿が剣を落としてふり返った。トゥールはぼんやり床の上にうずくまったまま、波紋模様の絹のように奇妙な模様が目の前で渦巻き揺らめいていたため、すべてを眼中におさめながら、何ひとつ理解できずにいた。ピア卿が汚物の桶をトゥールの鼻さきにどさっとおろし、さっきのロジモ兵以上に荒っぽく髪をつかんでのけぞらせ、汚れた太い指をのどの奥につっこんだ。そうしておいて、思いっきり腹に膝蹴りをくらわせる。

「それそれ、ぜんぶ吐いちまうんだ」

城代のはげますようなつぶやきを聞きながら、トゥールは悪臭を放つ桶にむかって嘔吐を試みた。二度目の刺激をもらう必要もなく、胃はからっぽになった。ねばねばする甘い葡萄酒と、胆汁と、薬の不快きわまるえぐみが口いっぱいにひろがる。懸命につばを吐くと、涙と鼻水があふれた。首をかしげて耳をすませていたピア卿が桶をとりあげてふりまわし、おぞましい新しい汚物は正確に一滴あまさず、今度は壁にえぐられた格子窓の外へとんでいった。

「やつらがもどってくる前に、聞きなさい！」

ピア卿がまた、髪をひっぱってささやいた。トゥールの視野はまだ涙でにじんでいる。

「じっと寝ているのだ！　まだ薬が効いているようなふりをしてな。のろのろと脚をひきずって歩き、鉄の針を刺されても悲鳴をあげないようにしていれば、やつら自身がここから連れ出してくれる。わたしが、立ちあがれ、攻撃せよと呼びかけるまで、そのふりをつづけるのだぞ！　聞こえるか？　わかるか？」

赤い目が激烈な光を放っている。トゥールはぼんやりとうなずいた。気が遠くなりそうなふりくらい、造作もないことだ。頭には薄暗いもやがいっぱいにつまっている。だが少なくともそのおかげで、殴られた傷もたいして痛まない。袖でくちびるをぬぐい――そういえばここもまた、腫れあがっているのだった。

「じっと横になって!」

看守長を連れて衛兵がもどってきたとき、ピア卿は剣をふりまわしながら、歓声をあげてとびまわっていた。ひどくいらだった顔で、看守長が格子のあいだから中をのぞきこんだ。

「この間抜けめ、武器を奪われるとは何事だ! わめきちらしている狂人から、とりもどしてくれとでもいうのか? え? それともやつが、おのれののど首を掻《か》き切るまで待つか? そもそも――」

息も切らさず走りまわっていた城代が、鉄格子の隙間からがちゃりと剣をつきだしたので、ふたりはあわててとびすさった。鉄のかすかな響きを残したまま、ピア卿が動きをとめて狡猾そうに首をかしげ、ロジモ兵たちにむかってくちびるを鳴らす。怒り狂った衛兵が看守長の鍵束に手をのばそうとし、逆に殴りとばされた。

「能なしのばか者が。命令に従わんなら鞭打《むちう》ちをくれてやるぞ。おい、よせ!」

最後の悲鳴はピア卿にむけられたものだった。城代は摩訶不思議な笑い声をあげながら踊るように窓に近づき、鉄格子のあいだから剣をつきだして、手を離したのだ。

怒りにわれを忘れて扉を揺すぶる衛兵に、看守長が平手打ちをくらわした。

「このとんまが! とりにいってこい。ついでに湖でひと風呂浴びてくるんだな。少なくとも十フィートは沈んでいるだろうから、ちょうどいいだろう。だが手間どるんじゃないぞ!」

「やつをつかまえるんだ!」

衛兵はみじめなうなり声をあげたが、看守長がたてつづけに投げつける罵倒と暴言に、すごすごとひきあげていった。あとに残った看守長は、城代をにらんで首をふってから、脱走のたくみな狂人から一瞬たりとも目を離すなという自分自身の命令に従うべく、どかっとベンチに腰をおろした。ピア卿は汗を流し息を切らして灰色の髪をふり乱したまま、とぶように藁布団の上にもどり、うつろな目で天井を凝視した。

剣を奪われた衛兵よりもさきに、ヴィテルリの部下の大男どもがもどってきた。ふたりがトゥールのそばで立ち止まっても、城代はひとかけらの関心も示さない。ひとりがためすように軽く腹を蹴りあげてきたので、トゥールは思わずたじろいだが、白目をむいたままぐったりとした姿勢はくずさなかった。べつにたいへんなことでもない。もし立ちあがらなくてはならないのだったら、それこそどうしようもなかっただろうが。

夜がせまりつつある。窓からはいりこんでくるのは、奇妙なサーモンピンクの夕焼けだ。深まっていく闇の中で、看守長が獣《けもの》の目のように煙る金色のランタンをかかげている。ひとりのロジモ兵が肩をささえ、もうひとりが脚をとって、トゥールをかかえあげた。運ばれるのは楽でいい。沼に沈みこんだかのように身体じゅうに力がはいらず、ひと息ひと息の呼吸すら骨が折れるのだ。もちあげられながら、トゥールはかすむ視線をピア卿に走らせた。横むきに寝ころんだまま返された視線は無表情で、毛布を嚙んでいたときと同じく、無意味な強迫観念にかられているかのように、指が石の床でこつこつ奇妙なリズムを刻んでいる。

〈なぜおれはこの狂人の計画に従おうとしているんだ？　そもそも計画などというものがあるのか？〉

だがたしかにいまトゥールは、ピア卿が予言したとおり、牢から運び出されようとしているではないか。手荒い扱いのままませまい石の階段をくだり、四つの扉のあるお馴染みの、闇に包まれた地階へと運ばれていく。葡萄酒樽《だる》といっしょに閉じこめられることを期待するのは、虫がよすぎるというものだろう……そうではない。扉を抜けて連れこまれたのは、あの魔法の部屋だった。

「そこにおろせ」

ヴィテルリが漠然と部屋の真ん中あたりを示し、トゥールは乱暴に投げ出された。

「ほかに何かありますでしょうか、閣下？」衛兵のひとりがうやうやしく、だが腫れ物にさわるような態度でたずねる。

「いや、さがってよい」

二度言われるまでもない。衛兵たちはあたふたと階段を駆けあがっていった。

トゥールは顔を床におしつけて手足を投げ出したまま、片目を細くあけてみた。部屋の中はすでにかなりの明るさだが、ヴィテルリは背をむけて、さらに何本かの蜜蝋蠟燭《みつろうろうそく》に火を灯している。いまは赤いローブではなく、黒いヴェルヴェットのガウンに着替えている。襞《ひだ》のあちこちに金色の刺繍がきらめいているのは、魔術の象徴だろうか。それともただの飾りなのか。

フェランテが小さな革袋をさげてはいってきた。ふりまわしているところをみると、今回は生き物ははいっていないのだろう。首の傷はすでにきれいに消毒し、驚くほど細い絹糸で縫合してある。血のしみのない清潔なシャツに着替えてはいるが、下はやはり黒い革のレギンズで、また鎖帷子《くさりかたびら》と剣帯をおびていた。

「必要なものはそろったか？」フェランテがたずねた。

「新しいブロンズをおもちくださいましたか？」

「ああ」答えながら紐《ひも》のさきで袋をくるくるまわしている。

「では、すべてそろいました」

フェランテはうなずき、かがみこむように錠をおろすと、その大きな鉄の鍵を剣帯にさげた革袋の中にしまいこんだ。トゥールは思わずうめき声をあげそうになった。今回はいったいどうやってここから脱出しろというのだ？

『わたしが、立ちあがれ、攻撃せよと呼びかけるまで、そのふりをつづけるのだぞ』

だがピア卿は、どうやってはいってくるつもりなのだ？

フェランテが塩の箱に近づこうとし、ヴィテルリがそれをおしとどめた。

「しばしお待ちください、殿。この不器用きわまりない眠りの術を、もう少し長持ちするようにいたしますので」

「解いてしまってはいけないのか？　かけっぱなしでは気が散るだろう」

「モンレアレが回復していざというときに介入してくることを思えば、どうということはありませんよ。そのときになって新たな術をかけるよりは、いまの術を維持するほうが簡単なのです。忍耐と辛抱ですよ、殿」

フェランテは顔をしかめ、テーブルの上に腰をおろして黒いブーツの片脚をぶらぶらと揺らした。眉をひそめたままかたわらの小さな足台を見おろしておしやり、それから腰の革袋から、熔けて形が失われた銀の指輪をとりだして慈《いつく》しむように手の中でころがす。右手はもう包帯を巻いていないが、まだ赤く、完治したわけではなさそうだ。

「ニッコロ、おまえがあれほど苦心惨憺《さんたん》したというのに、ベネフォルテは手のひとふりで、いともたやすくこの指輪から霊を解放してしまった。そしてそれ以後、どのように指輪や死体をいじりまわしても、おまえはパワーを呼びもどすことができずにいる」

「ですから申しあげております。ベネフォルテが隠している霊魔術に関する書類を見つけ出さなくてはならないのです。何度も申しあげたはずですよ」

「このようにあてにならぬもろい力のために地獄に堕ちるのは、わりにあわんのではないか」

フェランテが静かな声で言って手を閉じる。

ヴィテルリはついと顔をそむけ、怒りをこめて目をむいたが、つぎの瞬間にはとりすました敬意を浮かべ、改めてあるじにむきなおった。

「そのことはもう話し合ったではありませんか。あの赤ん坊は虚弱で、母親は死にかけていました。ひと晩と生き長らえることはできなかったでしょう。その死を無駄にしたほうがよかったとおっしゃるのですか？　そうすることになんの得があります？　それにいずれにせよ、たかが女児ではありませんか」

フェランテは皮肉っぽく答えた。

「虚弱であろうとなかろうと、後継者たる息子ならば、おまえにもけっしてあのような提案をさせはせんからな」ほうっと息を吐いて、「もうあのように虚弱な娘はまっぴらだ。おまえは魔術師なのだろう、つぎは丈夫な息子を授かるようにはできんのか？」

ヴィテルリが肩をすくめる。

「女の役割は素材を提供することであり、男の役割は種によってそれに形態を与えることだと申します。すべては完全なる形態——すなわち男になろうと努力します。地中のすべての金属が、懸命に金になろうとするのと同じことです。しかし多くの場合は失敗し、その結果女が生まれるのです」

「つまり、形態を与えるわたしの力が足りなかったというのか？」フェランテの眉があがった。「あれはひどくぐあいが悪かったのだ。絶えず吐きもどし、反感で満ちあふれていた。あれ以上苦しめるには忍びなかった。それに女ならば、町にいけばいくらでも手にはいる」

「もちろん、殿の失敗ではございませんとも」

ヴィテルリのおもねるような答えに、フェランテは眉を寄せた。

「もうあのように幼い花嫁はまっぴらだ。だが泣いてばかりの青ざめたユリアでは、子供は望めんだろうな」

ヴィテルリがすばやく反論した。

「ユリア姫には公国がついているのです。もう少し時間をおかけなさいませ」

フェランテは肩をすくめた。

「武力と意志によって、この国はすでにわたしのものだ。ほかにいかなる権利が必要だというのだ？　もしわたしに武力がなければ、いかなる権利も役には立つまいに」

「いかにも。ですが、ミラノのスフォルツァはその双方をそなえておりましたよ」

「おかげで多くのヴィスコンティ一族が生き残り、いまやイタリアの半分におよぶ宮廷で騒動を起こそうとしておるわ」

フェランテはあらぬ方向を見つめたまま手の中の指輪をころがした。その指輪がヴィスコンティ一族のように、ささやかな復讐を企《たくら》んでいるとでも思っているのだろうか。ヴィテルリがふと口をつぐんでから、狡猾そうに言葉をつづけた。

「その銀の指輪をお貸しくださいませ。使える力が残っていないかどうか、調べてみましょう」

フェランテは嬉しくもなさそうな微笑を浮かべ、穏やかに、だがきっぱりと拒絶した。

「断る。わたしが娘の霊を使役しようと、それは何恥じることのない正当な行為だ。だがそれはわたしひとりに限られたこと。わが身に連なるものを、卑しいミラノ人に……素人同然の道楽者の手にゆだねるつもりはないぞ」

ヴィテルリは歯をくいしばって頭をさげた。

「御意にございます、殿。いずれまた、もっとよい機会もございましょう」

ヴィテルリは反対側にあるテーブルの上を片づけて灰色の粉を撒《ま》き散らし、改めてそれをふきとった。そしてその上に、簡単な術具をならべた——うつ伏せた小さな金の十字架と、薄い絹の布だ。精神集中に顔をひきしめて、ヴィテルリが呪文をつぶやきはじめる。まもなく、獲物をさがす蛇の頭のように絹の布がもちあがり、そっと十字架の上におおいかぶさった。つぶやきが消えていく。ヴィテルリが大きく息を吐いて、フェランテにむきなおった。

「終わりました。これでモンレアレを――しばらくはとどめておけるでしょう」

「では炉に火をいれるか？」

「いえ。それはわたしがやりましょう。殿はスイス人スパイの服を脱がしてくださいませ。兄の死体を運ぶときはお手伝いいたしますから」

フェランテがひょいと革袋を投げ、ヴィテルリが片手でそれを受け止めた。窓ぎわの煉瓦《れんが》の上に、宝石職人用の小さな炉がおいてある。燃料はすでにはいっているのだろう、ヴィテルリが火口《ほくち》のそばにかがみこんでささやいた。

「燃《ピロ》！」

青い炎が松と炭をなめ、安定した勢いで燃えあがる。ヴィテルリはこぶしほどの大きさしかない新しい粘土《ねんど》の火壺に、からからと革袋の中身を落としこんで火にかけた。

服を脱がされるあいだも、トゥールはつとめてだらりと手足の力を抜き、ゆったりした深い呼吸を心がけた。フェランテは手早いし――戦場の死体で慣れているのだろうか？――脱がすものといえば、破れた赤いタイツと灰色のチュニックだけだ。裸の皮膚に石の床がつめたい。薬をもられた人間でも身ぶるいくらいはするのだろうか。いつまでこの芝居をつづけられるだろう。眠っているふりをやめてすぐさま攻撃に移らなくては死んでしまう。行動に移っても、死ぬことになるのかもしれないが。ただ一度きりのチャンスだ。ウーリと同じく、彼にも英雄となるべく、ただ一度のチャンスが与えられる……

ふいごをいくどか動かしてから、ヴィテルリはフェランテに手を貸して、ウーリのこわばった灰色の死体を塩の寝床からとりだし、トゥールのそばに仰向《あおむ》けに横たえた。こぼれ落ちた塩の結晶が、石の床を転がって静かにきらめいている。フェランテが、今度はトゥールをうつ伏せに寝かせた。それにしてもここに至って、ベネフォルテの幽霊は何をしているのだ？ そもそもベネフォルテが地獄におとなしくしてさえいれば、このような事態は何ひとつ起こらなかったのだ。トゥールは一瞬、半狂乱になってベネフォルテの登場を願った。だがいま、彼を助けるべく人型をとって床から立ちあがる塵芥《じんかい》はない。

「ふいごをお願いします」ヴィテルリが言った。

本格的な施術《せじゅつ》をはじめようとしているのだろう、声が緊迫している。ヴィテルリは左手で、緑と黒と赤の新しいチョークを扇状にひらいてもち、ウーリのそばにかがみこんだ。ラテン語の詠唱はお祈りのようにも聞こえるが、これは祈禱ではない——少なくとも、神に捧げる祈禱ではない。ローブから粘土でできた指輪の鋳型をとりだし、生者と死者の中間におく。それからトゥールの頭のそばに、長い刃をぴかぴかに磨きあげた、ひと振りの短剣が横たえられた。柄《つか》は骨でできているようだが、いったいなんの骨なのだろう。視線を動かさず、焦点もあわせずにいるのがだんだんつらくなってきた。なのにヴィテルリは、しじゅうちらちらと彼のほうを見てばかりいる……

また呪文をつぶやきながら、ヴィテルリが兄弟ふたりのまわりにチョークで魔法陣を描きはじめた。トゥールは猫と雄鶏のことを思い出した。ここの床はきれいに磨かれ、昨夜の痕跡はもう残っていない。舌を切り取った男でも雇っていないかぎり、ヴィテルリが他人に片づけさせたとも思えないが。ふいごが規則正しくうなり、火の燃える音が深みを増した。

「なんだ――！」フェランテがひょいと首をすくめた。

窓から蝙蝠がはいりこんで、子供が糸についた玩具をふりまわすように、すばやく音もなく部屋の中を旋回しはじめたのだ。ヴィテルリが中断することのできない詠唱をつづけながら、フェランテと蝙蝠の両方をにらみつけた。フェランテは剣を抜いて斬りつけたが、飛びまわる標的を三度までも逃し、それでもさらに罵声をあげながら追いまわしている。

一連の区切りまで詠唱を終え、ヴィテルリがたっぷり息を吸って肩ごしに怒鳴りつけた。

「殿、ただの蝙蝠です。放っておきなさいませ！」

そしてまた詠唱が再開する。フェランテは顔をしかめて立ち止まったが、もう一度蝙蝠が近づいてきた瞬間に、さっと剣をふりあげた。狙いすましたわけでもないそのひと振りが、宙をいく影のような生き物をたまたまのように捕らえた。蝙蝠は翼を折られ、キーキー鳴きながら石の上を這《は》いずり、その身体でヴィテルリのチョークの一部を消した。

ヴィテルリが歯ぎしりをして詠唱を中断した。警告なくリーダーが立ち止まったため、つぎつぎと仲間の背中にぶつかっていく進軍中の兵隊のように、言葉が団子状にからまりあってもつれた。ヴィテルリは両手をひらいて恐ろしいほどの緊張感をあふれこぼしてから、ようやくぎごちなく身体を動かし、正真正銘の激情をこめてさけんだ。

「なんてことをしてくれたのです——！　もう一度最初からやりなおしではありませんか。スポンジをとってこの線を拭き消してください」

顔をひきつらせたまま、大股で傷ついた蝙蝠に近寄り、踏みつぶしてとどめをさす。それからローブに触れないよう、注意深く翼の先端をもって小さな死体をひろいあげ、鉄格子の窓から外に投げ捨てた。

フェランテは部下からおしつけられた卑しい仕事に憤慨しながらも、おそらくはこの複雑な魔術が理解できないためだろう、こわばった顔で指示に従った。それでも彼の仕事はすばらしく手際《てぎわ》がよく、数分後には床も乾き、準備が整った。ヴィテルリが指輪の鋳型と短剣をとりあげ、術を再開した。

今回魔法陣を描くにあたって、ヴィテルリは線の内側、トゥールのすぐそばにフェランテを立たせた。トゥールはうっすらとあけた横目で骨柄の短剣を見やった。何が起ころうと、フェランテよりさきにあれを手にしなくてはならないのだ。せめてもう少しまともな状態だったなら……。立ちあがれるかどうかさえおぼつかないのに、戦うことなどできるだろうか。ヴィテルリの黒いオーラが壁までひろがったかのように、魔術の瘴気が部屋いっぱいに濃くたちこめ、呼吸すら困難な気がする。視野の隅にあらわれたヴィテルリは、火鋏《ひばさみ》を手に、熔けたブロンズをいれて真っ赤に焼けた粘土の壺を運んでいた。その顔は、流れ落ちる汗できらきらと縞模様を描いている。あれを鋳型に注ぎこめば、すぐさま冷えて指輪ができ——ウーリの霊が捕らえられるのだろうか？　詠唱が徐々に高まる。フェランテが革のレギンズをキシキシ鳴らしながらトゥールの背後に膝をついて、短剣をとりあげる合図を待っている。攻撃するならいましかない――そのとき、湖に面した窓から、激しい息づかいともがくような音が聞こえてきた。蝙蝠にしては大きすぎる――

「立ちあがれ、その男どもを殺すのだ！」ピア卿の怒鳴り声だった。

フェランテがふり返って剣を抜いた。『立ちあがれ』といわれても困るが、かろうじてカエルのように這い進んで短剣の上に倒れこみ、そのまま身体を転がした。握りこんだ骨の柄が、苦痛とは異なる痺《しび》れるような衝撃を右腕に伝え、神経をふるわせる。思わず手がひらき、短剣はからからと床をすべって架台の下に消えていった。身体に触れたチョークの線が、鞭のように皮膚を焼く。さっきまでトゥールの横たわっていた場所に、フェランテが剣をふりおろした。石が火花をたてて、白い筋が残る。

ヴィテルリはうずくまり、痙攣《けいれん》したように息をつまらせた。火鋏も手から落ち、その衝撃で粘土の壺が割れて、熔けたブロンズがつめたい石の床に飛び散っている。

せまい窓からはいりこんできた城代が、髪をふり乱し、両眼を炯々《けいけい》と光らせて立ちはだかった。右手には衛兵の短剣を、左手には窓からはずした鉄棒を握っている。そして毛むくじゃらな裸足のまま、野獣のようにくちびるをめくり、歯をむきだした。

トゥールは塩の箱をのせた架台につかまって、ようやく立ちあがることができた。ふるえる脚が、かろうじて身体を支えている。ピア卿にとびかかろうとしたフェランテは、チョークの線を越えるさいによろめいたものの、すぐさま体勢を整えて剣で攻撃をかわし、腕をふりあげて殺人的な鉄棒の一撃を受け止めた。フェランテはさらにあとずさりながら、すばやく正確な防禦《ぼうぎょ》でピア卿の猛攻を受け流している。ピア卿はたしかに軍人であり、剣の技量もフェランテに劣ってはいないが、年をとっているし、太ってもいる。すでに呼吸がふいごのようだ。

ひざまずくようなうずくまるような恰好で、ヴィテルリがウーリの口に何かしようとしている。トゥールはよろめきながらヴィテルリにのしかかり、パッドのはいったヴェルヴェットのガウンの肩をつかんで、壁にむかって投げつけた。

「勝とうが負けようが、おまえに兄貴をわたしはしない！」

傲然とさけんだつもりだったが、かすかなしわがれ声しか出てこなかった。ウーリの硬直した足首をつかみ、窓のほうへとひきずっていく。

目をやると、驚いたことに地精《コボルト》の影が、鉄棒の最後の一本をかたい石の中にひきずりこんでいくところだった。まるで粥《かゆ》の中にスプーンを沈めるようなあんばいだ。にやりと笑いを残して、地精《コボルト》も戦利品のあとから姿を消した。ウーリをかかえて立ちあがると、鉱山の支柱のよように関節がぽきぽきと鳴る。トゥールは破壊槌《づち》をふるう要領で、小さな四角い窓めがけて、兄の身体をおしだした。狙いはあやまたず、遺体はぶつかりもひっかかりもせずにせまい窓を通り抜け、夜気の中にとびだしていった。ほどなく、下のほうで盛大な水音が響きわたる。トゥールは窓辺から離れて身体を起こし、敵を求めてふり返った。

ピア卿はフェランテと剣をまじえながら、ふたりして狂った鍛冶屋のようにすさまじい音をたてている。だが素裸のトゥールには、剣士と戦う術はない。そういえばあの黒魔術師はどうしているのだ？

　立ちあがったヴィテルリは、呪文を唱え両手を動かしながら、ピア卿に近づこうとしていた。トゥールは片手で鉄の燭台《しょくだい》を握り、もう一方の手でテーブルの上の術具――金の十字架と絹の布を、はらい落とした。ヴィテルリが悲鳴をあげてよろめき、こちらにむきなおった。

　ヴィテルリの頭をたたき落とすべく、全身の力をこめて燭台をふりまわした。二度めのチャンスが与えられるとは思えない。だがヴィテルリが身をかわしたため、勢いあまってバランスがくずれた。体勢を整えなおしたトゥールの目に、フェランテの剣がピア卿の右手を貫き、樫《かし》の扉に縫いとめる光景が映った。ピア卿は声をあげていない。フェランテは肉と扉に刺さった剣をそのままに、ピア卿の手から落ちた短剣を受け止めた。そして一瞬の遅滞もなく、むきを変えてトゥールに襲いかかった。

　一度、二度、燭台ではらいのけたが、徐々に部屋の隅へと追い詰められていく。背後に炉がせまり、裸の尻に熱が感じられた。横むきに移動して、窓を背にする。フェランテは悠然たる動きで、余裕たっぷりにトゥールを観察している。ヴィテルリがフェランテの背後から近づいてきて、トゥールに指をつきつけ、ラテン語でさけびはじめた。黒いオーラが頭のまわりで竜巻のように渦を巻いている。

　どのようなものかは知らないが、あの術が襲いかかるまで、ぼんやりここに立っているわけにはいかない。さらに襲いかかってきたフェランテの剣を、残る渾身《こんしん》の力で燭台をふりまわしてたたき落とした。と、いつのまにかフェランテの左手には、さっきの骨柄のものとはまたべつの、新たな短剣があらわれている。トゥールはきびすを返し、ウーリのあとを追って窓にとびこんだ。ウーリのときほど狙いが正確でなかったのか、粗い砂岩で肩と膝をすりむいてしまった。そしてつぎの瞬間、彼は暗い空中でのたうっていた。

『羽をもたずとも、人間も蝙蝠のように空を飛ぶことができるだろう——』

城代はあの部屋まで空を飛んできたのだろうか。それにしても、水面はどこにあるんだ——

腹から水にぶつかった。魔法部屋の息詰まるような熱気のあとでは、すくみあがりそうなつめたさだ。頭まで沈み、呼吸ができなくなる。渦巻く泡をかきわけて浮かびあがり、大きく息を吸いこんだ。つめたいが清浄な空気だ。おかげでようやく手足から、薬のもたらす胸糞悪い麻痺《まひ》が消えてくれた。トゥールは水を蹴ってぐるりと身体をまわし、方角を見定めようとした。

月はなく、星もかすみ、渦巻く霧が湖面からたちのぼって、さらに視界をくもらせている。そびえたつ黒い影の中に、蠟燭の明かりらしいぼんやりした金色の点がいくつか見わけられる——窓をうがった崖と、その上にそびえる城壁だ。あれの反対方向に逃げるのだ。トゥールは暗く静かな水から目と鼻だけを出して、できるだけ音をたてないよう、城に背をむけて泳ぎはじめた。そのとき、漂っている丸太がぶつかってきた。

いや。丸太ではない。ウーリの遺体だ。死に物狂いで戦いながらも、トゥールはなぜかこの死体が湖に沈み、ヴィテルリの手から逃れてくれるだろうと考えていた。だがこんなに浮力のあるものだったとは。ためしに沈めてみようとしたが、すぐに浮きあがってきた。朝になれば、ロジモ兵がボートを出して回収し、ヴィテルリのもとにもどすだろう。そうすればいままでの努力は、すべて無に帰してしまう。

いいや、無ではない。無ではないが。成果があったともいえない。ウーリをとりもどしたかわりに、ピア卿が失われてしまった。狂ってはいたが、賢く勇敢な城代……そう、崇高なるモンレアレ院長、毅然《きぜん》たるレティティア、無垢なるアスカニオ、そしてフィアメッタ……フィアメッタ……。あらゆる人々が、フェランテのはてしない虚栄と野望のための犠牲となる。それらの生命を踏みにじる、フェランテにどんな権利があるというのか。

〈正義も権利も関係ない。彼は生き残るために戦う。そして誤った方向におし流されていくほど、戦いはより熾烈に、より不可避となる〉

理性がそう告げている。だが理性はなんの助けにもならない。

そしていま、トゥールもまた流されている。つめたい湖水に体温を奪われ、身体がふるえはじめた。だが少なくともこの水は、触れただけでも死にそうな、鉱山の水のつめたさではない。いずれウーリの死体も水を吸い、沈んで腐るのだろうか。確信できないままに水を蹴り、自分自身と丸太のような兄の身体をゆっくりおし進めていく。もはや岸がどの方向にあるのかも判然としない。霧をつらぬいて輝く、光もランタンもない。何度かためした結果、身体がひえるほど遅くもなく、かつ息が切れるほどはやくもない、泳ぎのリズムがわかってきた。数時間はこのままでいけるだろう。だが、そのあとはどうなる？

どれほどの距離を泳いだのか、どれくらいの時間そうやっていたのか、まるで見当もつかなくなったころ、ようやく船着場にたどりついた。チェッキーノに至る距離の半分を泳いできたような気さえする。階段と桟橋と石だらけの浜のむこうに、町がぼんやりとひろがっている。水をしたたらせながら立ちあがると、浮力を失った身体が重く、足の裏に石がつき刺さった。ウーリはできるだけ浮かしたままひっぱっていきたかったが、ついにそれもできなくなった。魚のようにすべる死体を、魚のようにひきあげる。ふるえる脚を踏みしめて闇を見透かした。あちこちで、閉ざされた鎧戸《よろいど》の隙間からかすかな光がもれている。ただの村にしては、どの建物も大きすぎる。犬が二度吠え、また沈黙した。なんという町なのだろう……？

〈ちくしょう〉

　こいつはモンテフォーリアじゃないか。まだモンテフォーリアなんだ。泳ぎながら輪を描いてもどってしまったのだろうか。たぶんそうだ。岸辺にそって視線を走らせ、いまは見えない目じるしを心の中に思い描く。右手には城のある丘。左にいけば大きな桟橋。そのさきに低い城壁。それからつきあたりには、町をかこんで港までつづく高い外壁。目の前に、せまく暗い見知らぬ道がうねうねと連なっている。いや、あの道も、いま彼が逃げ出してきた場所ほどひややかではないだろう。

　足もとに水をしたたらせながら、どうすればいいか決めかねて、トゥールは一瞬立ちつくした。何はともあれ、どこにいけばいい？　とにかくウーリを隠さなくてはならない。それから……それからフィアメッタと話がしたい。フィアメッタを見つけたい。ならばまた湖にもどり、聖ヒエロニムスまで泳いでいけと理性が告げている。しかしトゥールは心から理性を締め出し、膝をついてウーリをかつぎあげると、気合をいれて立ちあがり、歩きはじめた。

船着場から石段をあがった。ふたり分の体重がかかるため、足音が大きく響く。見張りは？ 見張りがいるはずだ——ああ、あそこだ。ランタンをさげた男が船着場に近づいてくるのに気づき、いちばん近くの路地にとびこんだ。ロジモ兵ではなく、年老いた町の夜警だ。トゥールはふり返らず、素足を慎重に運びながら、闇の中に歩みいった。町の通りには危険がつきものだが、もしそんな目にあえばどうしたらいいだろう。そこでふいに、自分自身の姿が思い浮かんだ——死体をかついだ、狂った裸のスイス人……。そう、もちろん泥棒にだって選ぶ権利はある。

ここで曲がって。あそこを曲がって。いったい自分はどこにむかっているんだ？ いかに第六感が騒ぎたてようと、城にもどるつもりはぜったいにないが。一本の路地にはいったところで、転がっていた毛布の塊《かたまり》にけつまずき、それがくぐもった悲鳴をあげた。荷物で手がふさがっていたため、あやうく石畳に倒れて膝蓋骨を割ってしまいそうになる。つづいて、悲鳴をあげられるのではないかと恐怖がこみあげてきた。

「ちくしょう！ いや、騒がないでくれ。あんたを傷つける気はない。おれに会ったことは忘れてくれ！ さあ、もう眠りな」

「トゥール？ ねえ、トゥールなの？」

答える若い声には聞きおぼえがある。トゥールは呆然と立ちすくんだ。

「ティッチか？ こんなところで何をしているんだ？」

あわてて起きあがったピコの長男の顔が、闇の中でほんのりと白くにじむ。

「なんだよ、素っ裸じゃないか！　あんた、何を運んでるの？」

「兄のウーリだ。会ったことがあったよな？」めまいがしそうだ。

「死体じゃないか」手を触れてたしかめ、ぞっとした声をあげる。

「ああ。フェランテの黒魔術師から盗み出してきたんだ。で、おまえはなぜこんなところにいるんだ？」

「トゥール、盗っ人のロジモ兵どもが――あいつらが、親父とツィリオを殺したんだ！　犬みたいにのどを切り裂いて――」

興奮に声が高くなっていく――きっとこの二日間、友と呼べる相手にひとりも会わなかったのだろう。

「しっ！　声を落として。知ってるよ。昨日、お父さんの騾馬《らば》を見た。城に連れてこられたんだ」

「そうだよ、おれ、あとをつけたんだ。あれはいまじゃおれの騾馬なんだからな。とりもどさなきゃ。それであいつら、殺してやるんだ！　おれ、なんとかして城にもぐりこもうとしてるんだけど」

「しっ、だめだよ。あの城は忍びこめるような場所じゃない。おれだって今夜、命からがら逃げ出してきたところなんだ」

「それであんた、どこにいくの？」

たずねる声はトゥールの気分と同じくらい頼りなげだ。

「おれにも……わからない。でも夜が明けて人に見つかるまで、裸で通りに立ってるわけにはいかないじゃないか！」

「毛布、使うかい？」

ティッチがすぐさま、しかしいささか心もとなげな声で、申し出てくれた。

「ありがとう」

毛布にくるまると、暖かくなったせいばかりではなく、ふいに気持ちが楽になった。

「なあ……一枚しかない毛布をとっちまうわけにはいかないよ。おまえ、おれといっしょにこないか？」

「でも、どこにいくのさ？」ティッチがくり返したずねる。

「この町で……知っている家があるんだ」

声に出して話しているあいだに、フィアメッタの邸《やしき》のヴィジョンが鮮明になってきた。さっきまでは……ティッチの呼び声が重なっていたため、見えにくかったのだろうか。そう、この闇の中でティッチにつまずいたのも偶然などではない。雪の中で迷子になった小さなヘルガを見つけたときと同じく。そしていま、トゥールは自分のいくべき目的地をはっきりと悟った。

「いまは誰も住んでいない——もしかするとロジモ兵が見張ってるかもしれないけれど」

最後の言葉は、突然の不安にかられてつけくわえたものだ。もしかすると今回だけは、理性を優先させるべきなのかもしれない……

「おれ、短剣をもってるよ。ロジモ兵がいたら、おれが殺してやる！」

「いや……まあそのときは頼むよ。殺す必要なんかないかもしれないし。とにかくまずそこまでいこう、な？　その……」

「おれ……足のほう、運んでやるよ」ティッチがためらいがちに申し出た。

「ありがとう」

結局、毛布はまたあきらめなくてはならないようだ。ふたりはあいだにウーリをぶらさげて不器用に歩きはじめたが、ときどきトゥールが小声で方角を指示する以外、ほとんど言葉をかわさなかった。

「そこを曲がって。この通りをまっすぐ……右だ。その坂をあがって。もうすぐだ……」

「すごく静かなところだね」ティッチが言った。「どの家もみんな砦《とりで》みたいだし」

ようやく、見おぼえのあるベネフォルテ親方の――フィアメッタの家の、そびえたつ壁が見えてきた。大理石のアーチに縁どられた樫の扉が、闇の中でもきらめきを放っている。明かりはない。もちろん見張りがつき、鍵もかかっているにちがいない。荷物をおろし、トゥールはまた毛布を借りてくるまった。

「どうやって中にはいるの？」ティッチが小声でたずねた。

いまのトゥールには壁をよじのぼることはおろか、ベッドまであがることすらできそうにない。彼は進み出て、扉をノックした。

「気でも狂ったの？　見張りがついてるって言ったじゃないか」

そう、もうすでに少しばかり狂っているのかもしれない。だがティッチにそれを言ってはならない。トゥールはただひたすら疲れきっているだけなのだ。

「もし見張りがいたら、これでこっちにくるだろう。そうすれば殺せるじゃないか」

もう一度ノックし、ウーリの死体を寄りかからせるように立たせ、ひんやりしたすべりやすい肩に親しげに腕をまわした。あとは見張りが声をかけてくるのを待つだけだ。そうすればこちらからも挨拶《あいさつ》してやれる。もう一度、さらに強くノックした。

ようやくかんぬきがひき抜かれ、ボルトのはずれる音が聞こえた。ティッチが緊張しきって、抜き放った短剣の柄をいくども握りなおしている。扉が大きくひらかれた。

片手でランタンをさげ、もう一方の手に大包丁を握って、そこにフィアメッタが立っていた。相変わらず赤いヴェルヴェットのドレスを着たままだが、オーバードレスの袖はなくなっている。彼女が半歩あとずさって、ランタンの光を来訪者に投げかけ、大きく目を見はった。ティッチの薄汚れた毛布を腰に巻きつけておいてよかったと、改めて心から安堵《あんど》する。

フィアメッタの視線が、ならんだ兄弟を交互に見つめた。

「まあ、トゥールったら。どっちが死体だかわからないわよ」

一瞬真剣に考えてから、トゥールは答えた。

「ウーリのほうがまだ見られると思うよ」

「ほんとにそうかもね。おはいりなさい。いつまでも道に立っていないで」

そしてフィアメッタの招きに応じて、彼らはあわただしく中にはいった。

第十六章

「見張りはどうしたんだ？」

暗い玄関をぼんやりと見まわして、トゥールはたずねた。ティッチの手を借りてウーリを板石におろしているあいだに、フィアメッタがまた扉に錠をおろし、かんぬきをかけている。

「見張りっていったって、ひとりしかいなかったのよ」フィアメッタがふり返って答えた。

「いまは厨房《ちゅうぼう》の地下の野菜室に閉じこめてあるわ。酔いつぶれてくれればいいんだけれど。わたしでは剣をとりあげることができなかったから」

ティッチのことが気になるのだろう、ちらちらと視線をむけている。

「魔法でそこまでおびきよせたのか？」

トゥールは感心してたずねたが、ティッチはぴくりと眉をあげた。

「ああ、すまない。これはティッチ・ピコ。カッティの宿で会ってるんだが、おぼえてないかな？　騾馬《らば》隊商の長の息子だよ。フェランテのごろつきどもに親父さんと弟を殺され、騾馬を盗まれたんだ。ティッチ、こちらはフィアメッタ・ベネフォルテ。カッティが燻製《くんせい》にしていた大魔術師のお嬢さんだよ。ここはあの人の家なんだ――ええと、あの人の家だったんだ」

「ああ、おぼえてるわ」フィアメッタが答えた。「それじゃわたしたちみんな、フェランテに恨みがあるということね」

「そうだよ、お嬢さん」ティッチがうなずいた。「おれ、地下室にいるロジモ人を殺してきてやろうか？」

「どうかしら。でも、縛るかなんかしなきゃいけないとは思ってるのよ。いつ逃げ出すか心配だもの。ああトゥール、あなたがきてくれてほんとうに嬉しいわ！」

フィアメッタが両腕を巻きつけ、しがみついてきた。トゥールは嬉《うれ》しさのあまり赤面しながらも、傷の痛みにうめきをあげた。同時に、ふいに弱気になってたずねる。

「ほんとに？」

「ごめんなさい、痛かっ——まあ、なんてひどい怪我！　すぐにおさえて包帯を巻かなきゃ！　顔色も真っ青だし」

フィアメッタはとびすさったが、トゥールのほうではその温かい手を離したくなどなかった。湖と夜のせいで、身体《からだ》はまだ凍えきっている。だが毛布がずり落ちてきたため、このままでは品位が保てなくなる。フィアメッタがふいに、当惑したように立ち止まった。

「でも、なぜここにきたの？」

「あんたをさがそうと思って」

「でも、どうしてここにこようと思ったの？　一時間前には、ここまでたどりつけるかどうか、わたし自身にだってわかっていなかったのに。どうして……。やっぱりあの指輪のせいなのかしら？」

フィアメッタが胸に手をあてた。そう、指輪がそこ、リンネルとヴェルヴェットの内側にぶらさがっているのが感じられる。いままで指輪のことなど、頭に浮かびさえしなかったのだが。

トゥールは首をふった。

「わからない。いざ隠れなきゃっていうときに、モンテフォーリアでおれの知っている家といえば、ここしか思い浮かばなかったから。それに——ここにくればあんたに会えるとわかったんだ——そんな気がしたんだ。なぜかはわからないけれど。おれはものをさがすのがうまいんだ。前からそうだった。最近は特によくあたる。おかげでウーリも見つけたし……」

「それはひとつの能力よ。きっとそうだわ。ウーリがあなたを父に推薦したのは正しかったんだわ。ああ、ウーリが生きててくれたら！」フィアメッタが怒りと不安と悲しみに潤《うる》んだ目をこする。

トゥールはあわただしく、モンテフォーリア城での複雑きわまる体験を手短に説明した。そのクライマックス、ウーリの死体を奪っての逃避行談に、ティッチはぽかんと口をひらき、フィアメッタは歯をかみしめた。

「昼すぎにあなたがつかまったことはわかってたわ。ヴィテルリのやつ、最後の耳を壊す前に、これからあなたを殺すって院長さまに伝えてきたんだもの。縛り首にするんだと思っていたんだけれど、そんな邪悪なことを考えていただなんて」

「でも——あんたはなぜ聖ヒエロニムスを出てきたんだ？」

トゥールの質問に、フィアメッタの眉がからかうようにつりあがった。

「あなたをさがしてたのよ。どうやったらいいかはわからなかったけれど、とにかく助けなきゃと思って。どっちにしても、縛り首にされるのは夜明けだろうと思っていたわ」

トゥールはゆっくりくちびるの両端をひきあげた。

「だってほかの人は誰も――あら、たいへん」

何かを殴りつけるような遠い音に、フィアメッタが言葉をとぎらせた。

「あいつが抜け出そうとしてるんだわ。ちょっときてちょうだい」

彼女はランタンをとりあげ、中庭を抜けて厨房にはいった。ティッチをしんがりに従えて、トゥールも足をひきずりながらそのあとにつづく。

厨房は足もとの半分が板敷きになっているのだが、その磨かれた幅広の板が、下からの強烈な力でつきあげられ、はねあがっている。あれが衛兵の頭突きだと思うと、めまいがしそうだ。足音を聞きつけたのだろう、ロジモ兵が床ごしに卑猥な雑言をわめきはじめた。一瞬後、まぐれあたりを狙って、二枚の板のせまい隙間から、剣がつきだされる。トゥールは視線を落とし、足もとがタイル敷になっていることを確認した。

「どうやってここにおびきよせたの?」

同じく慎重に板を避けながら、ティッチがたずねた。

「魔法を使ったんじゃないわよ」

フィアメッタは答えながら、テーブルの上の瓶《びん》にさした蠟燭《ろうそく》にランタンの火を移した。

「でもほんとは使うつもりだったの。火をつけてやろうと思ったのよ。術を維持する象徴の品なしに、純粋に呪文の力だけでわたしにかけられる術っていったら、これひとつなんですもの。もって生まれた能力なのね。でもこいつが扉をあけに出てきたとき、とにかくまず中にはいったほうがいいって考えたの。だから、わたしは以前ここに住んでいた者で、衣類が残っていないかどうか見にきたんだって言ってやったの。そしたら話が……妙なほうに転んでいって……。あいつ、わたしを中にいれて、ドレスをさがすのを手伝ってやるって言い出したの、その……わたしがあいつに……させてやったら……」

ティッチがこいつを殺すというのなら、そうさせたほうがいいのではないか。歯をくいしばると、ぐらぐらしていた何本かが痛みはじめたので、トゥールはあわてて力を抜いた。腰に巻いたみごとな銀の蛇の頭をなでながら、フィアメッタが話をつづける。

「それでわたし……いいわよって答えたの。それから、この野菜室のカブのうしろに、父が特別な年代物の葡萄《ぶどう》酒の樽《たる》を隠してるって教えたの。前にはほんとにあったのよ。まだあるかもしれないわ。そしたらあいつがおりていったので、落とし戸を閉めて、白鑞《しろめ》食器のはいった棚をその上までひきずっていったの」

たしかに彩色された大きな食器棚が壁ぎわから移動している。

「あいつ、食器棚をもちあげて指を出そうとしたから、上にとびのって踏んづけてやったの。そしたらちょうどそこへ、あなたがたがきたってわけ。これでだめだったら、髪の毛に火をつけて――もし、禿《は》げていなかったらだけど――それから、刺し殺してやるつもりだったわ」

床からまた剣がとびだしてきた。フィアメッタはいったん口をつぐんでから、改めてティッチに言った。

「いまから火をつけたっていいのよ。そうしたら、あなたが刺し殺してくれるわね」

トゥールはフェランテとの戦いを思い出した。かよわいフィアメッタが、怒り狂った百戦錬磨のロジモ兵と間近にわたりあうさまなど、考えただけで身ぶるいがする。

「ちょっと……ちょっと待っててくれ」

ランタンを借りて、よろめく脚で中庭にもどった。さっき見たときにたしか……そう、柱廊《ちゆうろう》の下に道具が山積みになっていて、その中にかなり大きな鍛冶屋のハンマーがあった。トゥールはそれをかついで厨房にもどった。

「まず、あいつの剣をなんとかしなきゃ」

慎重に隙間を避けながら、板の上を歩いて敵を誘う。狙いどおり、すぐ目の前の隙間から、剣と罵声がとびだしてきた。もちなれたハンマーを横むきにかまえ、力まかせにふりおろすと、大きな音を響かせてハンマーが剣にぶつかった。トゥールは激しい動きにめまいを起こしてよろめき、またもやすべりおちそうな毛布をおさえながら、ティッチにハンマーをわたした。ティッチはすぐさま了解して、猛烈な勢いで曲がった刃に殴りかかった。懸命に剣をとりもどそうとするロジモ兵の努力もむなしく、三度目の打撃でぽっきりと刃が折れた。ロジモ兵の転がり落ちる音と、さらなる罵声が地下室から聞こえてくる。

「まあ、トゥール。なんて頭がいいの」

フィアメッタのびっくりしたような称賛に、トゥールは眉を寄せた。あまりにも大げさすぎて、本気で褒《ほ》められた気がしない。

ティッチが息を切らしながらにやりと笑い、短剣をふりまわした。

「これで互角だ。さあ、そいつを出してよ」

「待てよ。何か縛るものはないかな？」

フィアメッタがくちびるを噛んで考えた。

「もしあいつらに盗まれていなかったら——銀や金じゃなくて、ただの鉄だから、大丈夫だとは思うけれど——ちょっと待ってて」

そしてランタンをもって駆け去った。ロジモ兵も床をたたくのをあきらめたようだ。数分後、フィアメッタが長い鉄の鎖をひきずってもどってきた。

「公爵さまのために父がつくった手枷《てかせ》なの。鍵がなくて、魔法でひらくのよ」

「あんたはその術を使えるの？」トゥールはたずねた。

「あの……知らないの。父のノートに書いてあったんだけれど、でもフェランテとヴィテルリがみんなもっていってしまったから」

「錠をかけるのにも術が必要なの？」

「いいえ、術は鎖に組みこまれているから、はめるだけでいいのよ」

トゥールは手枷を見つめ、それから戸の外の、アーチ形の石柱が木製の柱廊を支えている中庭をながめた。

「いいだろう」

そして厨房にもどり、床板にむかって怒鳴った。

「おい！　そこのロジモ兵！」

むっつりとした沈黙が答える。

「こっちは武器をもった男がふたりだ――」と、ハンマーの柄を握り、「――それと、怒り狂った妖術使いもいる。彼女はおまえを燃やしたがっている。あがってきて、これ以上面倒をかけずに降伏するなら、殺さずにおいてやる」

　男のしわがれ声が答えた。

「縛っておいてそのまま殺さないと、どうしてわかる？」

「おれが約束する」とトゥール。

「おまえの約束にどれだけの価値がある？」

「おまえの約束よりはたしかだ。おれはロジモ人ではないからな」トゥールは鼻を鳴らした。

闇の中でうずくまってとるべき道を考えているのだろう、長い沈黙がつづいた。

「失敗したと知られれば、おれの首はない」

「あとで逃げ出せばいい」

　ロジモ兵が下品な提案をもちだしたが、トゥールは無視してフィアメッタにささやいた。

「あいつを、その、ほんのちょっとだけ熱くしてやることはできないか？　ほんとうに火をつけちまうんじゃなくて。ちょっと脅してやるだけで」

「やってみるわ」

フィアメッタが目を閉じ、やわらかなくちびるを動かしはじめてまもなく、悲鳴とばたばたたたくような音が地下室から聞こえてきた。

「わかった！　わかった！　降参する！」

ティッチとフィアメッタに白鑞の食器棚の移動をまかせ、トゥールはハンマーをふりあげて落とし戸の前に立ちはだかった。ゆっくりと落とし戸がもちあがり、ロジモ兵が慎重に首をだす。たくましいがもう若くはない男で、白いもののまじった巻毛の中に、まだ小さな赤い火花が光って、焼け焦げたような悪臭を放っている。折れた剣はあっさり捨てたのだろう、男は空手で這《は》い出してきて、立ちあがった。

ティッチが片方の枷を男の手首にはめ、中庭にひいていって鎖を石柱に巻きつけ、さらにもういっぽうの枷をはめた。鎖をひっぱっても枷がはずれないこと、男がちゃんと柱に縛りつけられていることを確認してようやく、トゥールはふりあげていたハンマーをおろした。ティッチが柱に片足をかけて男をおさえているあいだに、フィアメッタが猿ぐつわをかませた。ロジモ兵はぎょろりとハンマーをにらんで、その縛めを受け入れた。

フィアメッタは厨房にもどると、てきぱきとトゥールに命令した。

「ほら、この椅子にすわって。ルベルタが打ち身用の軟膏をもっていたはずよ。まあ、その脇腹ったら、まだらの馬みたい。肋骨《ろっこつ》は折れていない？」

「たぶん。でなきゃここまでこられなかったよ」

トゥールは慎重に腰をおろした。戸棚をかきまわすフィアメッタの声が漂ってくる。

「きっちり縫いあわせないと、そのすごい傷はなおらないわよ。少なくとも、傷口はきれいね。わたしは治療師じゃないけれど、針と糸は使えるわ。あの……わたしもなんとかやってみるから、あなた、縫合のあいだ我慢できる?」

トゥールは先走ってこぼれそうになった泣き声を、のどもとでこらえた。

「ああ」

「軟膏があったわ」

彫刻をほどこしたサイドボードの奥から、フィアメッタがヴェネツィアグラスの壺をかかえてあらわれた。青白いクリームは、野花のような、新しいバターのような、心地よいかすかな芳香を放っている。それがそっと、肋骨の上に塗布された。塗られた場所から、温かく穏やかな痺《しび》れがひろがっていく。

「裁縫道具をとってくるわ。ロジモ兵に盗まれてなければいいんだけれど」

フィアメッタが壺を残し急ぎ足で出ていったので、トゥールはこっそり壺から軟膏をひとかたまりすくいあげ、毛布の下に手をつっこんで、腫《は》れあがってずきずき痛む股間に塗りつけた。抜群の効き目に、ほっと安堵《あんど》の吐息がもれる。

「そこも彼女に塗ってもらえばよかったのに」床にあぐらをかいてティッチがからかう。

「そんなことをしたら……よけいに悪化する」トゥールはうなった。

たしかに魅力的な考えではあるが、ティッチに言われると腹が立つ。彼はまだフィアメッタにキスもしていないし、キスしようとしたことすらないのだ。城で死に直面したときに、それを深く後悔したことが思い出された。

「ちくしょう、身体じゅうが痛いぞ」

数分後、フィアメッタがおおいをした小さな籠《かご》をかかえてもどってきた。

「運がよかったわ。ルベルタが鵞鳥《がちょう》の丸焼きをつくるときに、詰めものをした腹を閉じる曲がった針があったの」

「そいつはすごいや」

ティッチがいかにもおもしろそうに眉をあげたが、トゥールはくちびるが痛むので笑わないことにした。

「テーブルの上に寝てくれたほうがいいんだけれど」

「ほんとに鵞鳥みたいだね」とティッチ。

おもしろがるようないらだったようなフィアメッタの顔を見て、さすがのティッチも口をつぐんだ。

テーブルにあがって横になる場所を定めているあいだに、フィアメッタが針に糸を通し、端のほうにふた針だけ残っているフェランテの軍医の縫い目を調べた。

「大丈夫、できると思うわ」

つきだした下くちびるに決意をこめ、フィアメッタは深呼吸をして仕事にとりかかった。トゥールは息をつめてテーブルの端を握りしめ、天井をにらんだ。

「ねえ、あの見張りを調べに、誰かがくるなんてことはないかな?」

ティッチが立ちあがってのぞきこんでくる。フィアメッタは彼の手に蠟燭をおしつけて手もとを照らし出させ、結び目をつくりながら答えた。

「朝までは大丈夫よ」

フィアメッタの仕事はていねいだが、フェランテの外科医よりもずっと遅い。

「まったくこないかもしれないさ」トゥールはこわばった声をしぼりだした。「やつらは人手不足だし、この家にはもう貴重品はほとんどないからね。ただヴィテルリがもう一度、捜索にくる可能性はあるな。やつは——わあ！——」

「ごめんなさい」

「大丈夫だ。やつはあんたのお父さんが、この家のどこかに霊魔術に関する秘伝書かノートを隠していると信じているんだ。一昨日、おれがここで連中にあったときも、家捜しをしていた」

「秘伝書ですって？」フィアメッタは大きく眉をひそめた。「お父さまが？　そうね……そんなものもあるかもしれないわね」

「何か心当たりはある？」

「いいえ……もしあったとしても、わたしなんかに教えてくれるはずもないし」

トゥールは苦痛に涙のにじむ目で、厨房の天井を凝視した。

「きっとあるはずだ。たぶんどこか……上のほうだよ。板をはがして調べろってヴィテルリに言われたとき、そう感じたんだ。もちろん——う！——ヴィテルリには話さなかったけれど」

フィアメッタが眉を寄せて考えこんだ。

「上ねえ」

もうひと針縫って、天井を見あげる。これでようやく半分。ゆっくりだが確実だ。だがとにかく、ゆっくりなのだ。

「ヴィテルリはのどから手が出るほどそれをほしがっている。きっともどってくるだろう」話そうとしても声がかすれる。「でも明日ということはないと思う。術が破れたとき、ひどくぐあいが悪そうだったから」

「そんなに複雑な術の……終了まぎわってところで……」フィアメッタは納得したようにうなずいた。「いまごろきっと半病人ね」

沈黙の中で、フィアメッタが細心の注意をこめて傷を縫いあわせていく。ようやく最後のひと針が終わった。〝青ざめる〟という言葉とは無縁なようだが、彼女の褐色の皮膚は明らかに血色が悪い。フィアメッタはくちびるをすぼめ、軟膏をたっぷりと傷口に塗りつけてから、トゥールをすわらせ、包帯を巻きはじめた――それにしてもこれは、彼女自身のペティコートだった布ではないだろうか。

「どうも……ありがとう」トゥールは息をきらしながらも、礼儀正しく謝意を表した。「フェランテの軍医よりも上手だ」

ふっくらとしたくちびるが、嬉しそうにほころびる。

「ほんとに?」

「ああ」

テーブルから足をふりおろして立ちあがると、ピンクと黒の影が視野の隅にわきあがり、部屋がかしいだ。気がつくと身体がふたつ折りになって、テーブルにしがみついている。

「ティッチ、手を貸して！」

駆け寄ってくるフィアメッタを、トゥールは手をふって追いはらおうとした。もしもこのまま倒れたら、おしつぶしてしまうじゃないか。だが彼女は断固としてそれを無視し、彼の腕を自分の肩にまわしてしっかりと支えた。

「すぐ寝台にはいりなさい。ルベルタの部屋がいいわ。厨房を出てすぐだから。それにほかの寝台はみんな、宝探しのロジモ兵どもに壊されてしまっているし。ティッチ、ランタンをもって」

どうにか頭が働くようになったのは家政婦の寝室に運びこまれてからで、トゥールは懸命に抗議した。

「だめだ！　お父さんの秘伝書をなんとかしなきゃ。さがして、ヴィテルリの手から守らなきゃならない。ぜったいに大切なものなんだ。フィアメッタ、おれもさがすから」

「あなたはここで寝ていなさい」

数週間ぶりに出会ったほんものの寝台で、フィアメッタが毛布をめくった。リンネルのシーツが敷いてある。

「ああ」

トゥールは疲労に圧倒されてつぶやき、吸い寄せられるように横になった。少しばかり小さいが、すばらしくやわらかい。フィアメッタが上掛けをかぶせ、手をさしいれて、すみやかな一動作でティッチの毛布をひき抜き、持ち主に返した。

「でもノートは」トゥールは弱々しく言いつのった。

「わたしがさがすわよ」

「上だ。二階よりも上」

「でもこの家は二階建てじゃないの？」ティッチが天井を見透かそうとするように、首をのばしてたずねる。

「ちょっと思いついたことがあるの。トゥール、あなたは眠りなさい。そのままじゃどうせ役に立たないわ」

おしきられた形で寝床に沈みこむと、フィアメッタとティッチは爪先立って部屋を出ていった。身体はこれまでにないほど疲れきっているにもかかわらず、頭の中ではこの数日間の映像がめまぐるしく渦を巻いている。ウーリは助け出せたが、ベネフォルテはまだ危機にさらされたままだ。公爵夫人。ピア卿夫人。蝙蝠《こうもり》に奇妙な執着を抱いているピア卿は、血を流したまま樫《かし》の扉に縫いつけられている。そして、ヴィテルリの黒いオーラは、ますます恐ろしい力を増して……

数分後、フィアメッタが大きな素焼きのマグをもってもどってきた。トゥールがようやく身体を起こすと、ランタンをおろしてたずねた。

「食事はしてるの？　とてもそうは見えないわね。この家にもいまじゃ、小麦粉と乾いた豆としなびたカブしかないんだけれど。でもほら、葡萄酒を見つけたのよ」

　フィアメッタが寝台の端に腰をおろして、彼の手にマグを握らせた。水で薄めていない芳醇な赤葡萄酒で、かすかに甘い。トゥールはありがたくそれを飲み干した。

「ありがとう、助かったよ。死にそうに腹がへってたんだ」

「ふるえていたもの」

　フィアメッタが心配そうに見つめている。トゥールもマグごしに視線を返した。モンテフォーリアにおけるこの背信行為によって、獅子の指輪の予言によって、ふたりの運命はもつれからみあっている。クリューニの大魔術師の授ける予言は、自己達成するたぐいのものなのだろうか。トゥールははじめフィアメッタの美しさに感嘆し、彼女が自分を愛するだろうと示唆《しさ》してくれるあらゆるものに率直な好意を抱いた。だがいまは、指輪がなんと語ろうと、フィアメッタに愛されているという自信がない。彼女はいったい何を考えているのだろう。残念ながら自分は、まだ彼女の心を半分も勝ち得てはいない。何もかもがあまりにも混沌としているし、フィアメッタ自身もひと筋縄ではいかない複雑な少女だ。彼女とともに送る人生は、いつもこのように錯綜したものになるのだろうか。たぶんきっとそうだろう。

　城の庭でフェランテの輝く剣を見あげたときのことを思い出す。いまにして思えば、あれはなんと単純な出来事だったのだろう。

　おそるおそる片手をフィアメッタの腰にまわし、かがみこんでそっと口づけた。鼻がぶつかり、くちびるの端にしか触れることができなかった。彼女の茶色い瞳が大きく見ひらかれる。これでは逃げ出されてもしかたがない。

だがなんと、フィアメッタのほうからキスを返してきたではないか。勢いよく。しかも正確な狙いで。トゥールは嬉々として、いっそう強く彼女を抱きしめた。フィアメッタの片手は銀の蛇の頭をしっかりと握りしめている。傷だらけの口でキスをするのも妙なものだ。身体を離すと、彼女は両眼をきらきらと輝かせていた。

〈うん、おれはまちがっていなかったみたいだ!〉トゥールは喜んだ。〈でも、何が正しかったんだろう?〉

フィアメッタがぱっと立ちあがったため、それ以上つきつめて考えることはできなくなってしまった。ぼろぼろの身体のことを思うと、それも当然の配慮だ。フィアメッタがかがみこんで、彼のひたいにくちびるをあてた。

「もうお休みなさい、トゥール」

だが立ち去る彼女は少なくとも微笑を浮かべていた——少女らしい謎に満ちた微笑だ。トゥールはまた横になった。そして今度こそ、部屋が闇に包まれるのとほぼ同時に、深い眠りにおちいっていた。

半開きの鎧戸《よろいど》から射《さ》しこむ弱々しい灰色の光で目が覚めた。起きあがると、身体じゅうがぎしぎしきしむ。これほどの痛みは、鉱山で落盤と洪水にあったあの翌日以来だ。だが昨日よりはずいぶんましだし、気分が悪くなるようなめまいもおさまっている。それでも、あの軟膏がもうひと塗りほしいところだ。トゥールは素足のまま、小さな寝台からおり立った。

少なくとも、この掛け布団を巻きつける必要はなさそうだ。寝台の上に、すりきれそうなほど着古してやわらかくなった、男物の黒い毛織《けおり》のガウンがおいてある。トゥールはそれを頭からかぶった。おそらくプロスペロ・ベネフォルテは、彼よりずっと小柄だったのだろう。威厳あふれる学者らしく床にひきずるべき裾《すそ》はふくらはぎまでしかないし、袖《そで》はまったくサイズがあわない。袖を寝台の上に残したまま、ガウンの腰に紐《ひも》を巻いて、チュニックのように着ることにした。窓の外に目をやると、塀にかこまれた裏庭が見える。あそこにあるのは屋外便所だ。空は灰色だが、夜明けなのではなく、すでに午前中もなかばがすぎているのに、つめたい灰色の靄《もや》がたれこめているらしい。寝すごしてしまったかと心配しながら厨房にはいり、トゥールははたと足をとめた。

キャップとエプロンをつけた見知らぬ女が、青いタイル張りの焜炉《こんろ》のわきから、木の匙《さじ》を握ったまま驚いたようすもなく彼を見つめている。

「あら、お目覚めですのね」

むけられた会釈《えしゃく》は温かくはあるが、推し量るような色をふくんでもいる。この反物——トゥールのことだ——を買いたいのだけれど、染めがすぐに褪《あ》せてしまうのではないか心配だとでもいいたげな感じだ。太ってはいないが、がっちりとした中年の女だ。

「あの」トゥールは口ごもった。

女が匙で、焜炉にのっている黒い鉄鍋を示した。

「すぐにお粥《かゆ》ができますからね。それを食べたら、蜂蜜《はちみつ》いり干しリンゴのパイをさしあげますよ。パイ地ばかりであまりリンゴははいっていませんけれどね、がまんしてくださいましよ。それから、ハーブいりのミルク酒をわかしてますからね。朝っぱらからあんな強い赤葡萄酒を飲むわけにはいきませんよ。ところがこの家には、あれっきゃないときてるんですから。エールなんて一滴も残ってやしない」

女はきっぱりうなずいてかがみこみ、匙の柄で焜炉の火室の蓋《ふた》をあけ、石炭を軽くつついた。おいしそうな匂いに唾《つば》がたまる。

「まずお手洗いにいってらっしゃいまし。外に出てすぐそこですよ」女が匙で、庭に通じる鉄枠いりの扉を示す。

「ええ、そのつもりだったんです」トゥールはためらってから、改めて名乗った。「おれはトゥール・オクスです」

「お気の毒なウーリ隊長の弟さんで、ブルーインヴァルトからいらしたんですってね、聞いてますよ」

「あの、もしかして、ルベルタさんですか?」

「ええ、親方の家政婦ですよ。盗っ人で人殺しのロジモ兵たちが襲ってくるまでは、家政婦をしていたんですよ」と、きりりと眉をあげ、「罪また罪ですわね……たしかにプロスペロ・ベネフォルテは気難しい主人ではありましたけれどね、ほんとうに立派なかただったんですよ。

あのようなかたはモンテフォーリアにふたりといやしません。いまじゃもうひとりもね。もどったらあそこの水盤で手を洗って、食事だとお嬢さまを呼んできてくださいましな」

「その……お嬢さんはどこにおられるんです？」

「家じゅうをうろうろして、盗っ人どもが見逃したお父さまの道具は残っていないか、さがしておられますよ」

トゥールは言われたとおりに用を足してから、厨房を抜けて中庭にはいった。捕虜は猿ぐつわをはずされ、安っぽい葡萄酒の革袋をかかえたまま、毛布の上で眠っていた。たぶんあの上等な赤葡萄酒とはべつものだろう。昨夜あれから、誰かが食糧調達のため外に出たのだ。おそらくはフィアメッタが。そしてルベルタを連れてもどったのにちがいない。護衛のため、ティッチを連れていくくらいのことはちゃんとしたのだろうか。もちろん、短剣をもっただけの子供ひとりが、剣士に抵抗できるわけもないが。

板石を敷いた玄関ホールまでくると、昨夜おいたウーリの遺体がなくなっていた。のぞきこんだ右手の部屋は、大切な客を応対する場所らしく、敷物と椅子があり、片隅には暖炉までつくられている。そこに、二本の架台の上に板をのせた間に合わせの棺台がつくられ、シーツをかぶせたものが横たえられていた。トゥールはため息をついて中にはいり、腐敗しはじめていはしないかと、シーツをめくってみた。驚いたことに、ウーリはもはや裸ではなかった。ニットのタイツとシャツと短いチュニックは、新しくも上等でもないが――そういうものはロジモ兵がもっていってしまったのだ――それなりに心のこもった装束が調えられている。たぶんフィアメッタとルベルタの心遣いなのだろう。ヴィテルリがかけた保存の術はまだ効いているようだ。トゥールはシーツをかけなおし、廊下を隔ててむかいの工房をのぞいた。

フィアメッタが高いスツールにすわって、作業テーブルに肘《ひじ》をついていた。時間を惜しんで着替えなかったのか、袖のない破れたヴェルヴェットのドレスを着たままだ。そもそも彼女は眠ったのだろうか。目の前のテーブルには、大きな革装丁の本がひらかれ、そのまわりに紙と羊皮紙が散らばっている。フィアメッタは恐ろしいしかめ面で、それを読み進めていた。

足音を聞きつけ、げっそりやつれた顔がもちあがった。

「トゥール。あなたの言ったとおりだったわ。見つけたわ」

「どこにあった?」トゥールはテーブルに歩み寄った。

「父の寝室の隣に、窓がふたつついた小さな角部屋があるの、知っている? 書斎に使っていたんだけれど」

「ああ。ヴィテルリも気がついて、徹底的に調べていた。おれも――あそこでものすごく強いものを感じたから、あまり熱心にさがさないようにしたんだ」

「あそこの天井板にはみんな、薔薇の彫刻がはいっているでしょう?」

「一枚一枚たたいてみた。中がからになっているような音はしなかったよ。二枚ほどはがしてもみた。おれはそれで、いっしょに仕事をしていたロジモ兵に、残りもみんな同じだろうと言ったんだ」

「ぜんぶはがしてたら見つかったわよ。薔薇のひとつをひねれば、掛け金がはずれて板が落ちてくるの——それが箱の底になっているのよ。それほど大きな箱じゃないわ。そこにこれがつまっていたの。からっぽの音なんかするはずがないわ」と山のような紙を示し、「もしこれが見つかっていたら、父はとんでもないことになっていたでしょうね」

トゥールは咳ばらいをした。

「火あぶりになるようなこと？」

「いいえ……そんなことはないと思うけれど。担当の異端審問官がフィレンツェ人にどれだけの偏見を抱いているかによるわね。でも鑑札をとりあげられる危険は充分にあるし、そうなったら暮らしていくこともむずかしかったでしょう。これはいくつかの術式と……実験の記録と……二日間墓地に通ったという覚書《おぼえがき》なんだけれど、そのときは満足のいく結果は得られなかったみたいなの。それからこれは、メディチさまのために死霊の指輪《スピリット・リング》をつくったときのものでしょうね。報酬記録まで調った、完全な報告書よ。頭文字だけで、名前ははっきり書かれていないんだけれど、日付は父がフィレンツェに住んでいたときと同じよ。まだ生きている人々にとっては、とっても危険な証拠になるわね。それから父は動物を使って……ものすごく危険な実験をやっていたみたいなの。指輪だけじゃなかったのね。指輪なんかよりずっとひどいのよ！かわいそうなウサちゃん——ほら、これ」

フィアメッタはぎっしりとラテン語が書きなぐられたページを示した。

「わたしのウサギの霊を呪縛して、真鍮《しんちゅう》のウサギに生命を与えたって。鼻をひくひくさせて、動きまわって……」

その指がある一行でとまり、彼女は翻訳しはじめた。

「『作業テーブルの上ではねていたが、十五分もすると霊が消耗し、術の効力が失せてきた。真鍮がひえてかたまってきたのも、疲弊をはやめたようだ。次回は可動性を維持するため、像を熱く保っておかねばなるまい』って。まあトゥール、信じられないわ！　そんな話、ひと言だって――つまり、このテーブルでなのよ！　そしてそのあと、わたしたち、そのウサギのシチューを食べたのよ！　それにあの真鍮のウサギのことなら、毛のひと筋までおぼえているわ――一年半も父の部屋の窓ぎわにおいてあったのですもの、結局ロジモ兵に盗まれてしまったけれど」

彼女の顔には恐怖と誇りと疲労がいりまじっている。しっかとノートを握りしめたその両手は、所有権を主張しているのだろうか、それとも遺棄したがっているのだろうか。

「それで、そのノートはどうするつもりなの？　院長さまにおわたしする？　お父さんはもう、この世の訴えのとどかないところにおられるんだし」

「できればね。もしわたしたちみんなが生きのびられたらそうするわ。でもわたし――ここに書かれていることは――ここには生涯をかけた思索と努力がおさめられているのよ。これが破棄されるかもしれないなんて、我慢できないわ。でもね、トゥール――恐ろしい可能性だってあるの。ヴィテルリならきっと、ウサギだけではすまさないわ！　あいつが真鍮の兵隊に霊を呪縛して、軍隊をつくろうとしたらどうなると思う？　そんな軍隊のことは父も思いついたらしくて――〝ゴーレム〟の軍って呼んでいるわ。わたし、その言葉は知らないんだけれど、ラテン語でもなさそうだし。とにかく父は、異端におちいることがないよう、細心の注意をはらいながらこの魔法を研究していたのよ。だけどほかの連中が見るのはきっとその力だけで、何も考えず手にいれようとするんだわ……」と、深呼吸をして、「この本が破棄されるのを見るくらいなら、モンレアレさまにおわたしするわ。でもフェランテやヴィテルリの黒い手に落ちそうになったら、そのときはわたしがこの手で燃やしてやるわよ」

「モンテフォーリアすべてが、もうすぐ連中の手に落ちようとしているんだ」トゥールは苦々しい声をあげた。「そして誰もそれをとめることはできそうにないし、とめようともしていない。おれはやってみたけれど、失敗してしまった。背中から短剣で襲うなんて卑怯な手口さえ通用しなかった。もしあのときもっていたのがハンマーだったら、少しはましなことができたかもしれないけれどね。あんたに必要なのはおれじゃないよ、フィアメッタ。剣士として訓練された、ウーリみたいな英雄だ。ウーリとおれが入れ代わっていたらよかったんだ」

「トゥール、そんなふうに言わないで！　フェランテは二十年も戦場に出ていた軍人なのよ！　一対一の戦いで勝てだなんて、誰もあなたに期待しやしないわ！」

「ピア卿は少しのあいだは互角に戦っていたよ。もう少しで勝てたかもしれない！　だけど結局おれは、殉教者みたいに壁にはりつけになったピア卿を、敵の真っただ中に見捨てて逃げてきてしまったんだ。ピア卿はいい勝負をしていたと思う。フェランテだって無敵ってわけじゃない。でもそれも、やつの軍が到着するまでのことだな。今夜か、明日か……」トゥールは顔をしかめた。

「今夜ってことはないわ。ルベルタが市場で聞いてきた噂では、ロジモ軍は国境の浅瀬で、大砲をわたすのに手間どっているんですって。でも明日には――明日には到着するかもしれないわね」フィアメッタは疲れきったように顔をこすった。「わたし、今朝ルベルタに会いにいったのよ。もし生きているなら、きっと妹さんの家にいっていると思ったから。この家で何があったか、話してもらったわ。ロジモ兵がやってきたとき、あの間抜けなテセーオが、あわてふためいてかんぬきをはずしてしまったんですって。ルベルタは生命からがら裏の塀を乗りこえて逃げたのよ。でもおかげで扉を壊されずにすんだわ。どっちにしても、やつらがはいりこんできたことに変わりはなかったでしょうしね」

「ルベルタといえば、食事の支度ができたって」

フィアメッタはため息をついた。

「それじゃいかなきゃ。体力をつけるためにね。最後の最後に逃げるためにだって、体力は必要なのよ」

だがつぎの瞬間には顔をくしゃくしゃにして、ノートがはねとぶほどの勢いで、握りしめた両手をテーブルにたたきつけた。

「いやよ！　わたしは逃げたりしないわ！　フェランテのごろつきどもが盗めるものをみんなもっていってしまって、わたしにはもうこの家しか残っていないのよ。わたしは物乞いの子供や奴隷《どれい》じゃない、持参金なしで結婚なんかできるもんですか……」

そしてひたすら泣きつづける。

「フィアメッタ……フィアメッタ……」トゥールは両手をひらいたが、そのふるえる肩に触れることはできなかった。「あんたには才能があるんだから、金属細工と魔法の力がそのまま持参金になるよ。まったくのばかでないかぎり、どんな男にだってわかることさ。あんたほどの人がばかと結婚するわけもないんだし。おれだって、できるものならすぐに求婚したいけれど。おれも一文なしで。そういえば、服や靴さえもってないんだ！　でももし……ブルーインヴァルトにきてくれるんなら、鉱山か鍛冶場にもどれるから。あの、もちろん、ブルーインヴァルトでは、金細工の仕事はあまりないと思うけれど」

フィアメッタが涙で汚れた顔をあげた。

「でも……トゥール、ここに住んではくれないの？　わたしが父の店を引き継ぐわ。もちろん最初はささやかなものになるけれど、道具はほとんど残っているのだから——あなたは薪《まき》を運んだり炉を燃やしたり、大きな仕事をしてくれるでしょ。それでわたしの、その、お……夫になってくれれば。ギルド評議会もあなたにならいい、すぐに認可を出してくれるわ。わたしは未成年の孤児だから、ギルドが財産の管理をすることになるのよ。でも結婚すれば、その権利はあなたのものになるの。ルベルタもまた料理をしにきてくれるでしょうし、そうすればわたしたち、みんなここで幸せに暮らせるわ！」

この娘はなんと堅実かつ具体的に、幸せな結婚という絵を描いているのだろう。何度もくり返し思いをめぐらせてきたのにちがいない。それにひきかえトゥールはといえば、曖昧《あいまい》な肉体的欲求よりさきのことは、考えようともしていなかった。たしかにここはすばらしい邸《やしき》だ——

ここくらべれば一介の鉱夫の小屋など、モンテフォーリア城と金細工師の邸ほどにも隔たりがある。もちろん略奪を受けたせいで、多くの修理が必要だ。だが彼の手と目があれば、それくらいは何ほどのことでもない。

「それもすてきだ」

トゥールがこんなにもはやく、こんなにもすばらしい相手と結婚するなんて、母はさぞや驚くことだろう……

「お袋もいっしょに暮らしてかまわないかな。ブルーインヴァルトの冬はとてもきびしくてさびしいんだ」

そう、いずれにしてもウーリのことを知らさなくてはならない。そう思うと、胃の腑がぎゅっとひきつれる。

フィアメッタがまばたきをした。

「もちろんよ、部屋はいくらでもあるんだし……」それからいささか不安そうに、「お母さまはわたしのことを気にいってくださるかしら?」

「もちろんさ」

請け合いながら、トゥールは心に思い浮かべた——膝の上で孫をあやす母。優雅な金製品を細工するフィアメッタ。料理をしているルベルタ。そして彼自身は炉を燃やし、白鑞の大皿や燭台《しょくだい》などの頑丈な実用品をつくるのだ。

鮮やかな映像は、だがおしよせてくるロジモ軍のことを思い出すと同時に消失した。フィアメッタも同じ不安に捕らわれたのだろう、双眸から光を消してため息をついた。

「もしフェランテが勝ったら、みんなおしまいね」

「そうだな……食事にいこうか」

ためらいがちに、それでもフェランテとすべての運命に抵抗するがごとく、トゥールは彼女の手をとって中庭に出た。その手がそっと握り返される。

鋳造《ちゅうぞう》用に掘られた穴の縁で、フィアメッタが立ち止まって大きな粘土の塊《かたまり》を見おろした——偉大なるペルセウスのための、もろい鋳型だ。

「ずいぶんたくさんの仕事が未完成のままになっているのよ。父の魂の安らぎのために何かひとつしてもいいというなら、わたしはこの像をつくりたいわ。鋳型がロジモ兵につぶされたり、時がたってくずれたり、不注意で壊れたりしてしまう前に。でもいまでは金属が手にはいらないわね」

トゥールは暗い声で答えた。

「真鍮のウサギみたいに、あの古代ギリシャの英雄にウーリの霊を封じこめることができればいいのに。そうしたらきっとフェランテを追いはらってくれるよ」

フィアメッタの全身が凍りついた。

「なんですって？」

トゥールもはたと動きをとめた。

「だって、おれたちには……それともできるのかな？　でも、だって、恐ろしい黒呪術なんだろう？　異端の罪とどっちが罪深いかしら？」

　熱に浮かされたような彼女の顔を、トゥールは不安をこめて見つめた。

「それにもし……もしその呪縛が、霊の——ウーリの霊の意志に反していなければどうかしら？　奴隷としてではなく、ロレンツォさまの指輪の霊のように、自由意思でみずから進んで呪縛されてくれるのだったら？」フィアメッタはかすれた声でつづけた。「ヴィテルリの邪悪な儀式のおかげだけれど、ウーリの霊はもう、呪縛に必要な力を備えているわ——そしてここには鋳型も炉も薪もあるのだし、術だってしっかりと書き留めてあって、わたしはそれを理解している、のよ。ねえ、トゥール！　あれは単なる言葉じゃなくて、内的構造が……」と、そこで肩を落とし、「でもブロンズがないわね。ヴィテルリだって、英雄ひとり分の銅を空中から生み出すことはできないもの」

　稲妻のように、トゥールの心にめくるめくヴィジョンがひらめいた。地精《コボルト》がにやにや笑いながら、粥に沈めるように、かたい岩の中に鉄棒をひきいれていく……

「たしかに空中から生み出すことはできないな」

　自分自身のはりつめた声が、はるか海の彼方《かなた》から聞こえてくるみたいだ。

「でも地面からなら、生み出せると思うよ」

第十七章

「それでね、これはほんとは、はっきり禁止されている術なのよ」

フィアメッタは表の工房に集まった仲間を見まわした。友人であり、同志でもある人たちだ。ルベルタとティッチは、床にチョークで描かれた二重魔法陣のむこうにすわっている。一方の陣の真ん中には、ウーリの身体《からだ》が横たえてある。フィアメッタはさっき、なんとも言いようのないばかげた衝動にかられて、その頭の下に枕を敷いてやった。これはただの眠りにすぎないと信じたかったのだ。だが灰色に硬直したウーリは、まちがいなく死体だ。もう一方の陣の中心には、恐怖と決意をみなぎらせたトゥールが、あぐらをかいてすわっている。鎧戸《よろいど》を閉ざして錠をおろした室内では、魔法陣の各ポイントに立てた蠟燭《ろうそく》が、象徴的な光を投げかけると同時に、実際の照明の役目もはたしている。

「もし手をひきたいなら、いまのうちよ」

ティッチとルベルタが、ともにくちびるをひきしめながら、首をふった。

「おれは大丈夫だ」トゥールがはっきりと答えた。

〈わたしたちみんな、気が狂ってるにちがいないわ〉

もし狂っているのならば、それはフェランテのせいだ。こうやって悪は悪を生むのだ。

〈まったくの悪じゃないわ。わたしはウーリの魂に無理強いはしないもの。お願いするだけよ〉

もう一度、父のノートに書かれた降霊の術式に目を通した。父はすべてを書き記してくれている。ならば自分も何ひとつ逃すまい。

「ほんとにおれは何もしなくていいのか？」トゥールが悲しげにたずねた。

「何もしないで――自分からは何もね。それって、思っているよりたいへんなことなのよ。身体の制御を放棄しなくてはならないんだもの」そこで考えこむように、「心から……〝客〟を信頼しなくてはならないの」

トゥールは悲しげな微笑を浮かべて首をふった。

「ほかのどんな――〝客〟もいやだ。ウーリだけだ」

「もちろんよ」くちびるをすぼめ、「モンレアレさまはどんな術の前にも、必ずお祈りを捧げられるの。いまのわたしたちにはちょっと偽善的かもしれないけれど……」

何と言えばいい？　この計画に祝福をお願いするわけにはいかない。頭《こうべ》をたれると、仲間たちもそれにならった。

「イエスさまとマリアさまの御名においてお願いいたします。主の恵みをわたしたちにくださいますよう。主の恵みをわたしたちにくださいますよう」

「アーメン」

全員がつぶやくと同時に、声をもたない存在が、不安そうに唱和するのが感じられた。最後にもう一度だけ、父がノートに記した流れるようなラテン語に目をむけた。口で唱える言葉はごく短い。一語一語を嚙みしめながら心の中で復習し、ふいにフィアメッタは悟った。この術の本質はラテン語にあるのではなく、思考の下部構造ともいえる場所に宿っているのだ――ラテン語にこだわるのは、無学な人間に力をもたせないためだろうか。いずれにしてもウーリは、ドイツ語とイタリア語と、兵舎でおぼえた片言のフランス語を話すだけで、ラテン語は知らないはずだ。でもいまは実験している時間などない。

くちびるが言葉をつづり、絶えず心の中に維持される形象を越える橋をつくりあげた。床に描かれた線は、その記憶を補強するためのきっかけにすぎない。

「ウーリ、はいりたまえ！」

こんなにもぶっきらぼうで簡潔な言葉に魔力が宿るだろうか。直情に走りすぎた。もう一度はじめからやりなおしだ――

トゥールがぴくりと身じろぎし、大きく目を見はってくちびるをひらいた。疲労のためか、おそろしく天井の低い坑道で絶えずかがんでいたせいだろうか、いつも前かがみになっている背筋が、観兵式に臨む軍人のようにしゃきっと伸びた。飢えと熱意のほとばしる、狂気すら感じられそうな憑依《ひょうい》現象だ……

「フィアメッタ、わたしはここだ」

トゥールの声ではあるが、アクセントと口調は、長く南で暮らし、上品でやわらかに洗練されたウーリのものだ。そしてその目は――目は熱く燃え、激しい怒りをたたえている。

「とどまっているのは容易ではない。いそいでほしい！」

「ああウーリ、あなたが死んでしまって、わたし、とても悲しいのよ！」

「わたしはその倍も悲しいよ」

この意地悪なユーモアは、まちがいなくウーリのものだ。そしてその怒りは、フィアメッタにむけられているわけではない。

「だってわたしのせいだわ。わたしが悲鳴をあげたから、気をとられたのでしょう？」

「あなたではない。あのいまわしい足台から転がりでてきたもののせいだ。なんとおぞましい」

フィアメッタの胸にしこっていた悔恨と罪の意識がほぐれていった。ウーリ／トゥールが目を閉じた。

「弟よ、死霊使いどもの手からわたしを奪い返してくれたことに感謝する」苦悶の名残をおし殺すように、いっそうかたく目をつぶって、「わたしも抵抗しようとはしたのだ。だが彼らは……面とむかって戦おうとしない」

「そうよ」フィアメッタはおそるおそる口をはさんだ。「主の恵みがあなたにありますように」

「あの闇の中で主を思うのはひどく困難だった。人生の楽しみや色彩や騒音に目をくらまされ、闇の中でのみ明確な視覚を得るがごとく、地下牢《ろう》や坑道ではじめて主の恵みを見つける人々もいる。だがわたしは誤った地下牢に、遅れてやってきてしまったのだ。ヴィテルリの影は、神すらも存在しない空虚なる闇だった」

その空虚と闇を思い出したのだろう、ウーリ／トゥールの顔がこわばった。

「黙って……もうみんな終わったのよ」

まあものは言いようだから——灰色の遺体に目をむけて、フィアメッタはつづけた。

「でもウーリ、もう一度あいつに立ち向かうことができる？　その勇気がある？」

ウーリ／トゥールはたじろいだ。

「ヴィテルリとか？」

「そうよ。でも今度はそんなに不公平な勝負にはならないわ。ウーリ——わたしたち、父の術を——すばらしい術を見つけたのよ。その術を使えば、あの指輪に封じこめるかわりに、あなたの霊をあの偉大なるペルセウスに導きいれる道をひらくことができるの。だってつまるところ、あのペルセウスはあなたなのだもの——顔とあばただけはべつだけれどね。血肉ではなくブロンズでできた身体だから、傷を負うこともないし、とてつもなく強いわ。火の術で温めて、できるだけ長い時間動けるようにはするけれど、そんなに長い時間はもたないと思うの。でもそのあいだに、フェランテとヴィテルリに逆襲できるわ。一度きりのチャンスよ。わたしには無理強いしたり、縛りつけたりすることはできないし——そんなつもりもないわ。ただ、お願いしたいの。ウーリ、わたしたちを助けてちょうだい！」

「そこまでの道をひらいてくれさえすれば、わたしはいつでもその中にとびこもう。偉大なる魔法使いよ！」ウーリ／トゥールはささやくように答え、両眼を燃えあがらせた。「サンドリノさまは生命をかけてわたしを信頼してくださった。なのにフェランテがその生命を奪ったとき、わたしは田舎者のようにぽかんと口をあけて、その場につっ立っていることしかできなかった。あの奇襲によってわたしの誓いは破れ、恥辱にまみれた——はじめからフェランテを信用していなかったわたしならばこそ、よりすばやい行動をとるべきだったのに。おお、フィアメッタ！　フェランテの血によってこの不名誉をすすぐためならば、わたしは魂を捨ててもそのチャンスをものにするぞ！」

「そんなこと言わないで！」フィアメッタは恐怖にかられてさけんだ。「わたしがしてほしいのはそんなことじゃないわ！　十字軍は主のための戦士でしょう？　あなたにもそうなってほしいのよ。ヴィテルリはイスラム教徒より邪悪なんですもの。それから、わたしたちにはほかにも助けが必要なの。父はこの鋳造《ちゅうぞう》のために十人の屈強な職人を雇うつもりでいたわ。でもここには四人しか人手がないの——いえ、わたしはずっと術にかかってなきゃいけないから、実際には三人よね。あなたはずっとあの城にいたんでしょ——ピア卿がどうやって地精《コボルト》の手を借りたか、知っているかしら？」

「ピア卿と小さな岩人たちは、長年にわたって友情を温めてきた。だからあの城には大勢の岩人が住みついている。彼らには、洞窟とそこに住む生き物という、共通の関心事があるのだ」ウーリ／トゥールは両手をあげて、蝙蝠《こうもり》の翼のように軽くはためかせた。「わたしも一度、卿につきあって、地精《コボルト》の集落を訪れたことがある。だがどうやれば彼らに協力を強要できるかはわからない。とりわけ働かせるのはむずかしいだろう。彼らは怠惰で気まぐれで、いたずらを好むからな。不用意に苦しめれば、とんでもないいたずらをしかけてくるだろう。地精《コボルト》に何かを無理強いするというのは、よい考えではない」

　眉のさがったウーリの顔がふいにゆがみ、混乱を浮かべた。ゆっくりとまのびしたトゥール自身の声が、絞り出すように口からこぼれ出てきた。

「母親の乳で。誘うんだ。そのためなら、彼らはなんでもする」

あごがひらき、また閉じ、それから驚いたような表情を浮かべてウーリがもどった。

「山羊の乳を盗むよりはそのほうがずっといい——そうそう与えられるものでもないしな！きっと群がってくるぞ！」

「でもいったいどこで——なんだか何もかもこんがらかってきたわ！」

　ウーリ／トゥールの視線が遠くなった。

「現在のわたしは奇妙な視覚を得ている。よりよく見えるようになったものもあり、見えなくなったものもある。またまったくべつのものが見えるようにもなった。壁はガラスのようで、石は水のよう。岩の中の地精《コボルト》は確固たる実体をともなって見えるが、そのいっぽうで人々は——あなたがたのような肉をもった人間は、かつての影のように、ゆがみ、遠く、手がとどかない。だがいま、この目を通して見る世界はもとどおりだ。もう一度あなたを見ることができて嬉《うれ》しいよ、フィアメッタ」

　ウーリ／トゥールは一瞬笑みを浮かべてから、また真面目な顔でつづけた。

「だがヴィテルリだけはちがう。彼の影は肉の中で実体をともなって見える。黒い実体だ。わたしはあいつが怖い」長い押し殺したため息をついて、「いそいだほうがいい。いまこの瞬間にも、ヴィテルリはあなたの父上を指輪に封じこめようと働いている。まるでレスリングの試合のようだが、ベネフォルテ親方の旗色は悪い！　親方の霊を意のままに従わせることができれば、その力と知識のすべてがヴィテルリのものになってしまう。そうなったら、いかに親方の術を使おうと、わたしやあなたが魔術師ベネフォルテに太刀打ちできるわけはない」

「ヴィテルリはいつ指輪をつくるつもりなの？」フィアメッタは懸命にたずねた。「あなたにわかる？　教えてくれる？」

「今夜だ」

「今夜ですって！　ねえ、父に会える？　話すことができる？　お願い――」

ウーリ／トゥールの顔が苦しげにゆがんだ。

「もうとどまれない！　さようなら――」

最後に悲しげな声を響かせ、彼はあえぎながらひきもどされていった。あとには半泣きのトゥールだけが残された。

「神さま、神さま」

「どこか痛むの？」

心配になってたずねたが、トゥールはうろたえたように首をふり、くもった目をひきつらせている。

「痛むかって？　気分が悪い。ウーリが――ウーリが苦しんでいるんだ。ヴィテルリが苦しめている」

「もう動いてもいい？　もう大丈夫かな？」ティッチがかすれた声でたずねた。

「ええ、もう終わったわ」

ティッチが両足を前につきだして屈伸し、ルベルタもからまったスカートとペティコートの中でもぞもぞ身動きをはじめた。

「いいえ。まだはじまったばかりよ。そして時間はほとんどないんだわ！　なんだかものすごくややこしくなってしまったわね。フェランテの兵隊は、いつここを襲ってくるかわからないし、それに——」

山積みの問題におしつぶされそうな気がして、フィアメッタは思わず身ぶるいした。

「ひとつずつ片づけていこうよ、フィアメッタ」トゥールが言った。「最初のひとつが片づけば、最後の問題だってそれほどたいへんじゃない。最初はなんだ？　銅だな。そのためには地精《コボルト》が必要だ。そのために必要なのは……うーむ」

彼は顔をしかめて天井をにらんでいる。フィアメッタはその視線をたどって皮肉った。

「乳母は空から降ってきやしないわよ。少なくとも、薄気味悪い岩の悪霊《ロック・デーモン》に胸を貸してくれるような乳母はね。その気のない人を無理やり巻きこむことはしたくないわね。でもそれには計画を打ち明けなきゃならないわけで、話してはみたけれど協力してくれないとなると、裏切られる可能性もあるし——」

ルベルタが鼻を鳴らした。

「まあまあ、お嬢さまがたときたら」

そのてきぱきした口調に当惑して、フィアメッタは顔をあげた。

「このとんでもない状況で、苦しんでいるのはご自分たちだけだとでも思ってらっしゃるんですかねえ。フェランテの兵どもはここ何日ものあいだ、ふんぞりかえって町を歩きまわっては、反感をかきたててるんですよ。あのふるまいときたら、新しい領主さまの衛兵じゃなくて、単なる占領軍です。あいつらに一矢報いるためなら、もっとひどいことにだって耐えてみせようって気の毒な女性は、十人じゃきかないでしょうよ。まあこれはわたしにまかせてくださいましな」

ルベルタは請け合い、腰に手をあてて立ちあがった。

「わたしにできることなら、すぐにでもお引き受けするんですけれど、四年前に旦那さまの家政婦になってからってもの、乳母はやめちまいましたんでね。どっちにしても、もう年をとりすぎてますしね。それはそうと、神経質な女性にはむかない仕事ですね。しかしなんだって世間さまは、娘さんたちを神経質に育てようとするんでしょうかねえ。手を汚すことを怖がってるようじゃ、女の仕事なんてつとまりゃしませんのにねえ」

そしてきびしい表情で軽くうなずきながら、勇ましい足どりで部屋を出ていった。その軍隊ふうのしぐさに、ティッチがおもしろがるような、とまどうような顔で眉をあげてみせる。フィアメッタはきっぱりと抗議した。

「ルベルタをそんな目で見ないでちょうだい。二日前の夜に、酔っぱらったフェランテの部下どもが姪《めい》ごさんを強姦したのよ。家族のために食べ物をとりにいこうとして、通りに出たところをつかまったの。今朝わたしがルベルタをさがしにいったときは、傷だらけでうちのめされたまま、まだ寝床で泣いていたわ。家じゅう大騒ぎだったのよ」

ティッチは後悔したように身を縮めた。トゥールが深呼吸をして、のそりと立ちあがった。

「ティッチ。待っているあいだに炉に薪《まき》をいれようじゃないか。それから、錫《すず》の角丁《インゴット》も移動しておこう」

「そうだね」ティッチも立ちあがって答えた。

疲労困憊が極限に達したのか、身体じゅうの力が抜けていくようだ。

「ねえ、トゥール。わたし、山のてっぺんから小石をひとつ蹴とばしたみたいな気分よ。そしたらそれがふたつの岩にあたって、それから五つを動かして——今夜、山ひとつがくずれるはずなんだけれど。それにつぶされるのはわたしたちのほうなのかしら」

「できるなら、フェランテにしてほしいな」

トゥールが手をさしのべている。それを握ると、まるで藁《わら》人形のように軽々とひき起こされた。フィアメッタはかがみこんで、貴重な本をひろいあげた。

「もうすこし術の勉強をするわ。それから象徴の品も集めなきゃ。これからはできるだけ、家を出入りしないほうがいいわね。ルベルタの料理の煙は見張りのせいですませられるとして、炉に火をいれて匂いはじめたらどうなるかしら？　さぞや人目をひくでしょうね」

「そのころにはもう日が暮れているよ。もう昼をすぎているんだし」トゥールが指摘した。

「あんたもそれまでに少し休んだほうがいい」

「そうね」

疑問をさしはさんだり、中途半端な努力でつぶしている暇はない。フィアメッタは肩をそびやかした。彼女がこのくずれる山のてっぺんで踊らなければ、全員がその下敷きになってしまうのだ。

〈主の恵みをわたしたちにくださいますよう〉

大きく一度、小さく三度、玄関をいらだたしげにくり返したたくあの音は、まちがいなくルベルタのノックだ。表の工房にいたフィアメッタは、いそいで扉をあけに駆け出した。午後ももう暮れようとしている。用向きの複雑さと微妙さを思えば、ルベルタの帰宅もそれほど遅いとはいえないが、時間が流れていくにつれて狂おしい焦燥がわきあがってくる。大がかりな施《せ》術《じゅっ》を前にした大魔術師に必要な、冷静で整然たる精神状態などかけらもない。しかしそれをいうならば、フィアメッタだって大魔術師というわけではないのだ。それにしてもルベルタは、乾燥ヘンルーダを忘れずに買ってきてくれただろうか。

ルベルタ特有のノックを知らないティッチが、短剣をつかんでとびだしてきた。フィアメッタは手をふって仕事にもどらせ、樫《かし》の扉からかんぬきをはずした。扉がひらくと、キャップをつけてショールを巻いたルベルタが、籠《かご》と大きな瓶《びん》をもって立っていた。そのうしろに、長いケープにくるまり、頭まですっぽり大きなフードをかぶって顔を隠した、背の高い女性が静かにたたずんでいる。

『お求めのものですよ。ちゃんとやってのけましたよ』

とでも言いたげに、ルベルタが短くきっぱりうなずいてみせる。フィアメッタはふたりを中に通し、扉に錠をおろしてかんぬきをかけた。

「こんにちは」

見知らぬ客に挨拶《あいさつ》した。若くはない大人の女性だ。灰色の混じった黒髪を三つ編みにしてうしろで束ねている。貴婦人だ、と評価を改める。この客がまとっている衣装は、ほとんどロジモ人に盗まれてしまったフィアメッタのものと同じくらい上等だった。

「おいでいただいてありがとうございます。心から感謝しますわ。ルベルタが説明したと思いますが――あら、申し訳ありません、わたしは――」

ルベルタが指をあげてそれをさえぎった。

「おたがい名なしで通しましょうと約束しましたんですよ」

たしかにもっともなことだ。

「わたしは名なしの誓いを立てたわけではありませんけれど、ではあなたのお名前はおたずねしません。わたしのことはフィアメッタと呼んでください」

女性がうなずいた。

「お願いの内容は、ルベルタがお話ししましたでしょうか?」

この貴婦人が乳母として働いていたはずはないが。

「はい。子供は義母にあずけ、こちらにうかがう前に充分な食事もしてまいりました」

「元気をつけていただくために、上等のエールをもってきたんですよ」ルベルタが瓶をもちあげてみせる。

「何にお乳を与えていただきたいのか、お聞きになっていらっしゃいますか?」フィアメッタはくり返し確認した。

「ええ。岩の悪霊《ロック・デーモン》であろうと、地霊《ノーム》であろうと、地精《コボルト》であろうと、悪魔そのものであろうと、ウベルト・フェランテに永遠の悲痛を与えることができるならば、わたくしは平気ですわ」

その両眼には、近ごろ多くのモンテフォーリア人に共通して見られる、熱い炎が燃えさかっている。

「わたくしの夫は、最初の日にロジモ人に殺されました。まだ花の盛りだった長男も、二日前に町でのいさかいで生命を落としました。数年前、流行《はや》り病でふたりの赤ん坊を失っていますので、いまわたしに残されたのは、ようやく歩きはじめたばかりの赤ん坊ひとり。そしてもうつぎを授かることはないのです」

フィアメッタは膝をついて、かたく握りしめられた彼女の両手に口づけた。

「ではわたしと同じ、いつでもはじめられますね」そしてまた立ちあがり、「こちらにどうぞ」

フィアメッタはさきに立って中庭を抜け、厨房《ちゅうぼう》にむかった。鎖につながれたロジモ兵のまわりは大きく迂回して通った。すでに目を覚まし、ふたたび猿ぐつわをかまされたロジモ兵は、とびかかって威嚇しようとしたが、鎖にひきもどされて歯をむきだした。長身の貴婦人は恐怖からではなく、毒蛇を避けるかのようにマントを引き寄せ、まっすぐ射抜くような視線を男に浴びせた。ロジモ兵はつながれたままの両手で卑猥な仕種を返したが、ハンマーをかついだトゥールがあらわれると、むっつりとあきらめてすわりこんだ。トゥールとティッチは女たちにつきそって厨房にはいり、トゥールが落とし戸をもちあげた。

フィアメッタはランタンを灯し、厨房の半分ほどのひろさで、棚や石の壺がならんでいる野菜室へと貴婦人を案内した。トゥールもほとんど梯子《はしご》のようなせまい階段をおりてきた。上に残ったルベルタとティッチが、心配そうにのぞきこんでいる。フィアメッタが木箱をひっくり返すと、貴婦人はそれがヴェルヴェットにおおわれた椅子であるかのように、優雅に腰をおろした。

壁は丸石でおおわれている。床はならした土だが、ひとつだけ大きな岩が顔を出している。モンテフォーリアの表土は薄いのだ。フィアメッタはランタンを地面におろし、トゥールの横にしゃがみこんだ。トゥールは透かし見ようとするかのように、じっと岩を凝視している。ウーリの亡霊にはガラスのように見えるのかもしれないが、やはり岩は岩だ。トゥールが両手をひろげてざらざらした表面におしあて、耳を澄まそうとするように首をかしげた。

「この石に少し乳を塗りつけてください」しばらくしてトゥールが言った。

名なしの貴婦人は立ちあがり、胴着をはだけてかがみこむと、彼の指さした場所に乳をこぼした。フィアメッタはそれをこすってひろげ、少しばかりやけになって呼びかけた。

「おいで、地精《コボルト》、地精《コボルト》、地精《コボルト》!」

「野良猫を呼んでるんじゃないんだよ！　何か呪文でも唱えたら？」

上からティッチが酷評する。同じことを考えていただけにいっそう傷ついて、フィアメッタは言い返した。

「あら、そんなによく知ってるんだったら、あなたが何か唱えたら？　おいで、地精《コボルト》、地精《コボルト》、地精《コボルト》！」

薄闇。揺らめくランタンの光。静寂。ネズミやゴキブリの走る音も聞こえない。彼らは待った。ひたすらに待った。

「ぜんぜんだめじゃないか」

ティッチは神経質に指を噛んでいる。フィアメッタは気づかうように長身の貴婦人を見やった。

「もう少しかかるかもしれませんけれど……」

「わたくしはいそいではおりませんから」

答える貴婦人の声からは、復讐にかける執念が硫酸のようにしたたり落ちている。さすがのティッチも沈黙した。

「おいで、地精《コボルト》、地精《コボルト》、地精《コボルト》」

フィアメッタはもう一度呼びかけた。魔法の片鱗も感じられず、どうしようもないほど日常的な成り行きにうんざりしたのだろう、顔をしかめていたティッチが、ふいに目を見張った。

壁に、そして斜めになった岩の上に、黒いものがうごめいている。あれはランタンの光がつくりだす影ではない。ふたつ、三つ、四つ……六つ……。影を落とすのではなく影によってつくられたかのように、枝のように細い小さな男たちが立ちあがった。そして箱に腰かけた長身の貴婦人のまわりに、音もなく這《は》い寄ってくる。大胆な者が手をのばしてスカートに触れ、首をかしげておずおずとはにかんだ微笑を浮かべた。

「ねえ、レディ」甲高《かんだか》い声が言った。「親切なレディ……」

貴婦人はたじろぎもせず、生真面目に視線を返している。

「乳をやってもいい。でもまだだめだ」

トゥールの言葉に、地精《コボルト》の長が痩《や》せた胸をつきだして顔をしかめた。

「金属を司《つかさど》る者、なぜおまえが話す？」

「あのかたはわたくしを代弁してくださっているのです」

長身の貴婦人が静かに答えると、地精《コボルト》の長は、『悪気はなかったんだ』とでも言いたげに、肩をすくめてうずくまった。きらめく黒い目が、熱心に彼女を見つめている。

「モンテフォーリア城の庭園に、銅の塊《かたまり》が積んである。地面を通ってそれをこの家の中庭まで運んでほしい。その手伝いをしてくれた者には腹いっぱい乳を飲ませてやる。ただし銅をみんな運んでしまってからだ。それまではだめだ」

「たいへんすぎる。重すぎる」地精《コボルト》が鼻を鳴らした。

「全員でやればそれほどでもないだろう」

「太陽のもとでは走れない」

「今日はくもっているし、もう日が暮れる。それにいまごろ銅のあるあたりは、城壁の影にはいっている」

「ほんの少しなめるだけ、くちびるを湿すだけ」

トゥールは石にこぼした乳を指でこすりとり、地精《コボルト》の鼻さきにつきつけた。

「これが好きか？　うまそうか？　ならばまず銅をもってこい。そっちがさきだ」

「おまえ、われわれをだますか？　嘘をつくか？」

長身の貴婦人がかわって答えた。

「このかたの言うことを果たしてくれたなら、必ず褒美は与えましょう。わたくしが、そう約束します」

貴婦人の視線を受けて、地精《コボルト》の長は火傷《やけど》をしたようにあわてて目をそらし、甲高い声で仲間たちに告げた。

「レディが約束した。おまえたちも聞いた」

「だが気をつけてくれ、小さな人たち」トゥールが警告した。「ヴィテルリと呼ばれる黒い男は避けたほうがいい。たぶん、あいつはおまえたちを害することができる」

地精《コボルト》はくちびるをゆがめ、傷ついたように視線を返した。

「知っている、金属を司る者」

「おまえたち――」トゥールの目に、ふと熱がこもった。「ピア卿を見なかったか？　殺されてしまったのか、それともまだ生きているのか」

地精《コボルト》は首をすくめてうずくまった。

「友人ピアは生きている。でも起きあがれない。目に涙がいっぱいたまっている」

「ピア卿の奥さまは？　公爵夫人とユリア姫はどうしておられる？」

「空の高いところに閉じこめられている。地精《コボルト》はそこまではいけない」

「わかった。ではいけ。はやくもどってくれれば、それだけはやく褒美にありつけるぞ」

トゥールはため息をついて、頭上の梁《はり》に頭をぶつけないよう、慎重に立ちあがった。全員でまた厨房にあがると、ルベルタがていねいにぬぐったヴェネティアグラスにエールを注ぎ、のびてきたティッチの手をはらいのけて、長身の貴婦人にわたした。貴婦人はおとなしく腰をおろし、それをすすった。フィアメッタとトゥールとティッチは、中庭に出ていった。

モンテフォーリアにきてまもないころ、彼女と父は、よくこの中庭に丸木づくりのテーブルを出して朝食をとったものだ。噴水が軽やかな音をたて、鉢植えの花が咲き、ここはまるで庭園のように涼しく心地よかった。だがいま、この中庭は端から端までペルセウスのための作業場になっている。古い朝食用のテーブルは柱廊《ちゅうろう》の下におしこめられ、山をなす道具やがらくたに埋もれている。地面には大きな穴が掘られ、かためた盛り土の上には、トゥールの背丈ほどもある蜂の巣箱のような煉瓦《れんが》づくりの炉がそびえている。きれいな敷石《しきいし》もはがされて、炉の土台に組みこまれてしまった。

炉の中をのぞきこんでみた。トゥールの仕事だろう、すでに乾燥した松が敷き詰めてある。炉の基部から鋳型の頂上の門までをつなぐ、分厚く粘土《ねんど》をかぶせた木製の樋《とい》は、ティッチがきれいに洗い清めておおいをかぶせてある。穴の底に鋳型をおろすたいへんな作業に活躍し、いずれはしあがった像をひきあげるために使う大型起重機は、いまは邪魔にならないよう反対側をむいている。そして巨大な粘土の塊には、熔けた金属が注ぎこまれて多大な重量が加わったときに破裂しないよう、鐘をつくるときと同じように、鉄のたがが巻きつけてある。

フィアメッタは施術のやりかたを考えながら、穴のまわりをまわった。ウーリの遺体は炉の反対側におこう。魔法陣の中に炉を組みこむ必要はない。薪をつぎたし、金属を攪拌《かくはん》し、ふいごを動かしつづけるトゥールとティッチが、絶えず線を横切って行き来することになる。それにブロンズを熔かすという純粋に物理的な作業に、魔法のはいりこむ余地はない。トゥールが炉の基部にある鉄の栓を抜き、熔けた金属が魔法陣の線を越える瞬間――そのときにこそ、心はやるウーリの亡霊をこの像に導きいれる術がはじまるのだ。そういえば、像の冷却にはどれくらいの時間がかかるのだろう。あの鉄のたがを壊して……ウーリを解放しなくてはならないのだが、はやすぎれば鋳型が爆発して像が熔け落ちてしまうだろうし、遅すぎればかたまってしまう。いちばんむずかしいのは見積もりだ、と父はいつも言っていた。そしていま、フィアメッタはその見積もりを、復讐の念にかられてやろうとしているのだ。

〈わたしはきっと狂っているんだわ〉

突然、鎖につながれたロジモ兵が、猿ぐつわに押し殺されたまま、大きな悲鳴をあげた。見ると、恐慌をきたして鎖の長さいっぱいにあとずさっている。柱の反対側では、銅の棒をひきずった地精《コボルト》がふたり、甲高い悲鳴をあげながら、こちらもロジモ兵からあとずさろうとしている。ロジモ兵が不自由な手で十字を切り、口におしこめられた布の奥で声をあげた。

「悪霊《デーモン》だ！　こんなまっ昼間に悪霊《デーモン》が！」

「醜い！　醜い人間！」地精《コボルト》が言い返した。

見あげると、もう夕刻に近い。この中庭はすでに日陰になり、紫の空には分厚い雲が流れている。空気もひえてきたし、雨の匂いも漂っているようだ。

「そこにおいてくれ」

トゥールが地精《コボルト》に、炉のそばに荷物をおくよう指図した。ティッチはニュースを知らせに厨房に駆けていった。彼がルベルタと名なしの貴婦人を連れてもどったときには、トゥールの足もとから、ふた組めの地霊《ノーム》がわきでてくるところだった。地面が地精《コボルト》を吐き出すさまはまるで生き物のように厭わしく、フィアメッタは市場で見たことのある、頬をふくらませていくつもの卵を口から出す道化の芸を思い出した。とにかくこれで二本めの銅が手にはいった。最初のふたりがくすくす笑いながら土の中にとびこみ、蟬のように騒がしく三組めがあらわれた。

トゥールは慎重に銅を炉の中に積みあげ、さらに薪をくわえた。ベネフォルテは階下《した》の貯蔵庫に選び抜いた松をいっぱいに集め、この仕事のため特別に乾燥させていたが、その一部はロジモ兵にもちだされてしまった。父はどこまで正確に、燃料を見積っていたのだろう。答えはいずれわかる。つぎの地精《コボルト》が——それともさっきの地精《コボルト》だろうか、イタチのようにぴょんととびだしてきた。何組めになるのか、フィアメッタはやがて考えるのを放棄した。それでもずっとかぞえていたのだろう、やがてトゥールが結論した。

「それで最後だな」

角丁《インゴット》と燃料を積みあげた鉄の扉を閉ざし、炉からあとずさったトゥールの横に、フィアメッタはならんで立った。汚れた手の甲で、目の前にかぶさる髪の毛をはらいのけている彼は、大きく温かく、青い目は陽気にきらめいている。小さすぎるローブをチュニックのように着て、裸の脛《すね》をむきだしにしていても、ちっとも滑稽になんか見えはしない。

この術のことが知れれば、トゥールは火あぶりになるかもしれない。それもフィアメッタのせいだ。だがいまこの瞬間この場の彼は、フェランテとはなんの関係もない熱意に動かされている。感じられるのは、内側からほとばしる芸術家の衝動、最後までやりとげたいという決意だ。その衝動のため、自分自身と同じく他人までをも平気で燃やしつくそうとする父を、かつてフィアメッタは憎んでいたはずだ。その同じ憎悪のもとを、いま自分自身の中に見いだして、フィアメッタはむしろとまどっていた。

「怖い?」トゥールにたずねた。

「大丈夫さ。いや、やはり怖いかな。このすばらしい準備をだいなしにしてしまうんじゃないか、それが怖いよ。つまり、この炉ひとつとったって、芸術作品なんだもの。こんな完成間近で中断されてしまったんだ、お父さんの亡霊がさまよっているのも無理はない。このあたりで大声をあげて泣きわめいていないのが不思議なくらいだ。これを最後までしあげることができたら——お父さんはきみにふさわしい結納だと認めてくれるかな。くそっ、貧しい鉱夫の息子なんて地獄に落ちろだ!」

〈だめよ！〉

「トゥール、わかってると思うけれど――術が切れたときにこの像がどうなるか、わたしには見当もつかないのよ」

〈ウーリがどうなるかもね〉

「小さな真鍮《しんちゅう》のウサギは無事だったんだろう？　こいつはすばらしい作品になるさ。きっとね」一瞬の間をおいて、「それじゃ炉に火をいれよう」

「それはわたしの仕事よ」一抹の感傷をおぼえながら、フィアメッタは明るく言った。「父のために火をつけるのは、いつだってわたしの仕事だったの」

ふたりはしっかりと手を握りあった。トゥールがうしろにさがり、フィアメッタは目を閉じた。

〈お父さまのために〉

モンレアレ院長のために。アスカニオさまとそのお母上のために。気の毒なピア卿とその奥さまのために。ティッチとルベルタとその姪と名なしの貴婦人のために。そして、すべてのモンテフォーリアの民のために。

「燃《ピロ》！」

炉が轟々とうなりをあげ、ほどなくかすかな音に静まった。トゥールが片方のふいごに取り組み、ティッチも巣箱の反対側でもう一台を動かしはじめた。炉のむこう、柱廊の陰になった奥まった場所では、名なしの貴婦人が腰をおろして、興味深げにこちらを見つめている。炉からこぼれた最初の光の中で、黒い瞳を満足げにきらめかせながら、彼女は足もとに群がった地精《コボルト》のひとりを、そっとマントでくるみこんだ。それが敬慕の念をこめて、しわだらけの顔で彼女を見あげる。黄昏の中で見ると、彼らの姿はまるで幼児《おさなご》のようだ。まるでほんとうに……

炉の通気孔から、熱気にのって火花が散る。だが煙はあまりあがらない。乾いた薪が、高温できれいな炎をあげているのだ。あまり……あまり目立たなければいいのだけれど。

〈それでも、あまり時間をかけないほうがいい〉

ルベルタを呼んで、夕闇せまる中庭にウーリの棺台を運び出した。炉からもれる明かりでつまずく心配はない。それでもつぎの手続きのあいだは、ルベルタにランタンをかざしてもらったほうがいいだろう。

「魔法陣を描いて象徴の品をおいたら、わたしはブロンズができるまでしばらく休むわ。みんな、線を踏まないように気をつけていてね。魔法陣はできるだけ棺と穴に近づけて描くの。線がとぎれたりしないよう、明かりをもっていてちょうだい」

「チョークはどこですの、お嬢さま？」ルベルタがたずねる。

「この術にはチョークは使わないのよ」

フィアメッタは膝をつき、準備してきた道具や象徴の品をいれた籠から、小さな鋭いナイフをとりだした。右手の袖《そで》をまくりあげ、手のひらを上にむけて手首をさらし、血管をさがす。

「このへんかしら」

ルベルタは仰天して片手を口もとにあてたが、かすかな声で忠告した。

「切るなら腱に平行になさいまし、垂直はだめですよ。そのあとでまだ、何かを描いたり、いろんなことをなさるおつもりでらっしゃるんでしたらね」

「なるほど……そうね。たしかにそうだわ。ありがとう」

さてこれからが問題だ。

〈お産の予行演習だと思えばいいのよ〉

魔法陣の線は、魔術師自身の血で描かなくてはならない。ほかのものではだめなのだ。父の記述を信頼するならばだが……。いずれにしても容易なことではない。ナイフの先端を肉に埋めて、すっとひいた。もう一度試みてようやく、人差し指で線が描けるほどの血がつたいおちてきた。

呪文をつぶやきながら魔法陣を描き終わり、出発点にもどって輪を閉じたときは、貧血でふらふらになっていた。ここでも見積もりに失敗したみたいだ。腕をおさえてじっとしていると、やがて血はとまった。それでももうしばらく地面にすわりこんだまま、体力がもどるのを待つ。

「まだ熔けないの？」ふいごを動かしながら、ティッチが息をきらしてたずねた。「そろそろ錫をくわえなくていい？」

トゥールは炉の横から彼に笑いかけた。

「まだだ。錫をいれるのがはやすぎると、うまく混ざらなくて、手間も金属も無駄になっちまうんだ。まだ数時間は覚悟してくれ」

ティッチはうなり声をあげた。そのとき小声で短い会話がかわされ、ふたりの地精《コボルト》が顔に笑いをはりつけたまま貴婦人のいる片隅からとびだしてくると、ティッチのふいごにとびのり、ハンドルから猿のようにぶらさがって仕事を引き継いだ。汗をしたたらせたティッチが、フィアメッタの横にすわりこむ。残りの地精《コボルト》も影のような姿のまま、歓声や笑い声をあげて、かわるがわる炉に出入りしはじめた。オレンジ色に燃えあがる炎が、悪夢のような景色を照らし出す。すべてが地獄の光景に見えるのだろう、ロジモ兵の捕虜は傲慢《ごうまん》な嘲笑を消し、鎖をいっぱいにひっぱって、怯《おび》えたようにめそめそすすり泣きながら光の中で白目をむいている。ルベルタが薄めた葡萄《ぶどう》酒とパンとガーリックのきいたソーセージをもってきて、全員に配った。フィアメッタもありがたく腹ごしらえをした。

〈でももっといそがなきゃ〉

お父さま。『このあたりで大声をあげて泣きわめいていないのが不思議なくらいだ』と、何も知らないトゥールでさえが言ったのだ。そう、たしかに不思議だ。ベネフォルテはいまどこにいるのだろう。なぜ彼の亡霊はこれに——心魂をかたむけていたこの作業に、引き寄せられてこないのだ？　これ以上に有効な召喚方法はないだろうに。聖ヒエロニムスにまであらわれることができたのだから、距離の問題ではない。フィアメッタは目を閉じ、心を空白にして、耳と感覚を研ぎ澄ませた。

〈お父さま？〉

何もない。彼がこの場にこない理由はただひとつ、それが不可能だからだ。全存在を、もしくはその一部を、呪縛されてしまったからだ。ヴィテルリが父をどんどんせまい場所に封じこめていくさまが心に浮かぶ。まずはひとつの部屋に、魔法陣に、そして最後には指一本の幅しかない場所に――。自分たちにはいったいどれだけの時間が残されているのだろう?

〈あと少ししかない〉

そう思うと気分が悪くなった。そしてヴィテルリはどうしているのだろう。できるだけ静かにしたつもりではいるが、もしヴィテルリがそのつもりで目をむけていたら、この準備が彼の超感覚的知覚からまぬがれられるはずはない。この場にいないということは、父もヴィテルリも、たがいのことで手いっぱいなのだろう。

『まるでレスリングの試合のようだが、ベネフォルテ親方の旗色は悪い……』

フィアメッタは目をあけ、立ちあがって、炉のほうへと歩いていった。トゥールはローブの上半身をはだけて腰まで裸になり、熱気と光の中で身体をきらめかせながら、長い鉄の火かき棒をのぞき窓につっこんでいる。

「まだ熔けないの?」フィアメッタは不安げにたずねた。

「熔けはじめたところだ」

フィアメッタは目を閉じ、精神を集中して、唱えた。

「燃《ピロ》。燃《ピロ》。燃《ピロ》」

めまいがしたので口をつぐんだ。もう一度ひらいた口に、どっと熱気がおしよせてくる。炉がうなりをあげていた。オレンジ色の火花が通気孔から夜空へと渦を巻いて舞いあがり、たちのぼる風にあおられて飛びかっている。

「フィアメッタ、力は温存しておいてくれ」

トゥールの大きな手が心配そうに肩にかかる。

「あまり時間がないのよ。それが感じられるの」

〈わたし、怖いのよ〉

肩におかれた手に力がこもり、トゥールが耳もとでささやいた。

「大丈夫、やりとげられるよ。きっとすばらしい像になるさ」

明るい青い目を見ていると、信じられそうな気がしてくる。

ティッチがよろよろとふたかかえもありそうな薪をかかえてきて、足もとにどさりと落とし、あえぎあえぎ報告した。

「これで最後だよ」

「なんだって？　そんなばかな」

トゥールが困惑をこめて炉窓をのぞきこむ。

「ごめんよ。でももうひとっきれも残ってない」ティッチが答える。

「わかった、とにかくそれをくべちまおう」

ふたりが炉に薪をくべているあいだは、地精《コボルト》がふいごを動かした。トゥールが鉄の棒を動かしながら言った。

「そろそろ錫をいれたほうがいいな。そうしたら、あともうすこしだ」

フィアメッタはうなずいてうしろにさがった。熔けた金属を一心にかきまぜる憑《つ》かれたような顔に、熱い炎が反射する。

〈この人も、ものをつくりだす情熱につき動かされているんだわ〉

心が温かくなり、ふいにこみあげてきた喜びにくちびるが微笑を形づくる。

〈いまこの瞬間、この人は美しい。まるで象牙の彫刻のよう。わたしの騾馬《らば》追いさん。誰にこんなことが想像できたかしら〉

ふいに、トゥールがくちびるをまくってうなり声をあげた。

「だめだ！　凝固してしまう！」

熔けた金属をかきまぜる手にいっそうの力がこもったが、やがて熱気に耐えられずにあとずさった。

「どういうこと？」

困惑したティッチが、それでもトゥールの絶望的な表情に怯えてたずねる。

「つまり、鋳造が失敗しそうなんだ！　固まっちまう。ああ！」

トゥールは足を踏み鳴らし、火かき棒を地面に投げ捨て、身体をふるわせて立ちつくした。

フィアメッタは息がとまりそうになった。ティッチはぐったりとくずおれ、ルベルタはうめき声をあげている。地精《コボルト》たちまでもが混乱したようにさえずりをかわしている。

だがそのとき、トゥールがまたぐいと首をもたげて大声でさけんだ。

「いや！　何かこの場を切り抜ける方法があるはずだ！　錫がもっとあれば――薪がもっとあれば――」

「もうないよ」ティッチがおどおどと答える。

「ああ、そうだろう。それじゃおれがつくってやる！」

トゥールは猛烈な勢いで中庭を横切り、古い丸木づくりのテーブルをひっくり返した。上にのっていたものが大きな音をたてて転がり落ちると、狂人のような声をあげながら、テーブルにむかってハンマーをふりおろす。

「乾いた樫だ。いちばん高温で燃える！　もっとだ、ティッチ！　フィアメッタ、ルベルタ！　樫のものならなんでもいい！　ベンチも、テーブルも、棚も、椅子も、なんでももってこい！　急げ！　地精《コボルト》、こっちへきてくれ！　ふいごを動かしてくれ！　この板を、灰が落ちてくる格子の下につっこんでくれ、熱気が上にあがるようにな……！」

つづく数分はまるで破壊神の祭りのようだった。トゥールが狂戦士じみた力で工房の大きな作業テーブルをひきずってきたときには、フィアメッタも、ていねいに縫いあげた傷口がまた裂けるのではないかと心配になった。トゥールもティッチも、地精《コボルト》たちまでもが、家具の破壊に手を貸している。地精《コボルト》は甲高い歓声をあげて喜んでいるらしい。ルベルタも木の匙《さじ》を供出した。火花と炎が轟音をあげて通気孔から噴き出し、川のように空へとのぼっていく。外からはきっと狼煙《のろし》のように見えるにちがいない。

トゥールが息を切らしながら炉の窓をあけ、また中をかきまわした。やがてその顔が悲しみに沈み、肩から力が抜けた。彼は火に焼かれ煤《すす》で汚れた顔を膝におしつけるようにうずくまった。

「まだ足りない。もう終わりだ……」

トゥールは宙を見つめたまま、丸くなっている。それに同調したのか、フィアメッタも腹に痛みをおぼえてうずくまった。ここまできて、いまになって失敗するなんて……。主は彼らの死を待つまでもなく、いまこの人生において、永劫の苦しみを与えたもうのか……

「白鑞《しろめ》だ」煙だけがたちこめる静寂の中で、トゥールがささやいた。

「なんですって？」

「白鑞だ！　この家にある白鑞をひとかけ余さずもってきてくれ！」

返事も待たず、彼は厨房にとびこみ、さまざまな大きさと種類の古い皿を腕いっぱいにかかえてもどってきた。そして矢つぎばやに炉の口から放りこみ、また厨房にもどっていく。フィアメッタも柱廊の階段を駆けあがって二階の部屋をまわり、マグと、へこんだ洗面器と、一対の薄汚れた古い燭台《しょくだい》をもってきた。これは誰が呪文を唱えても自動点火する魔法の燭台なのだが、ロジモ兵にはその価値が見抜けなかったのだ。ルベルタもさらに多くの匙をもちだしてきた。ぜんぶで百ポンド以上になるはずだ。トゥールは大声でわめきながら、そのすべてを炉につめこんだ。かきまぜ、火格子にさらに樫材をつっこみ、またかきまわす。何もかもを食いつくす不吉な炎が、モンテフォーリア湖の彼方《かなた》で鳴りわたる雷鳴をもかき消して、轟々と燃えさかる。

「熔けているぞ！」

くちびるをまくりあげ、狂ったような笑いを浮かべて、トゥールが歓喜の声をあげた。

「液化している、ああ、なんて美しい！　きれいじゃないか！　フィアメッタ、さあはじめてくれ！」

フィアメッタはあわてて予定の場所――ウーリの頭部からも鋳型をいれた穴からも等距離の、三角形の頂点にあたる焼け焦げた地面にひざまずいた。この地獄のような悲鳴がとびかう混沌の中で、どうやって思考し、大魔術師に必要な心の平静を呼び起こせというのだろう。

〈だから記憶してしまわなきゃならなかったのよ。考えないで、ただ動きなさい〉

配置した六種類のハーブとナイフと十字架に触れ、ひたいとくちびるに粉をつける。それから思いついて、すばやく十字を切った。父と子と精霊の御名において。主よ！

〈主よ……すべての奇跡を主の御名においてほめたたえん〉

目を閉じ、心と精神を解放する。すぐそばを漂っているウーリの、圧倒的な力が、そびえるような意志が感じられる。彼を支配する感情の四分の三は怒り、四分の一は恐怖で、なつかしいユーモアはどこにもない。

〈ほんとにわたし、あなたのことが大好きだったのよ〉

目をあけ、トゥールにうなずきかけた。

ティッチが樋にかぶせた布をはずし、トゥールが曲がった鉄棒をつかんで炉の底から栓を抜いた。白熱した火が流れ出し、影を追いはらう。それはフィアメッタの乾いた血の線を越えてほとばしり、熱した油ほどにもすみやかな光の川となって、巨大な粘土の入口へと注ぎこまれていった。

フィアメッタの中にウーリが流れこんできた。百万もの記憶、その最高潮ともいうべき死の苦悶によじれる闇、すべてが激動のただなかにあり——。口がひらき、苦痛で背中が弓なりにそった。

〈燃える。ああ、燃える！　マリアさま。お母さま……〉

うなりをあげて立ちのぼる熱気で頭上の柱廊に火がつき、黄色い炎が手すりをなめはじめた。道に面した扉がはげしく打ち鳴らされ、怒鳴り声も聞こえる。だが体内に灯った火はなおも血管を駆けめぐり、フィアメッタは動くことも、中断することもできずにいた。いまにわたしはあの柱廊のように火を噴くだろう……人間たいまつのように爆発するだろう……。ティッチが役に立ちそうもない小さな手桶《ておけ》に水をいれて階段を駆けあがり、トゥールもハンマーをひろいあげた。

石敷きの玄関で乱暴に扉がひらき、破壊槌《づち》をもったロジモ兵が三人、扉を打ち破った勢いのままに転がりこんできた。その背後から、剣を抜き放った上官がわめきながら大股に進んでくる。猛烈な勢いで怒鳴り散らしているのは、あの前歯のない髭面《ひげづら》の野蛮人だ。樋では輝く金属の最後のひとしずくが、鋳型の中に吸いこまれていこうとしている。同時に、手をひらくかのような唐突さで、術が体内から解き放たれた。フィアメッタは自分が成功したのか失敗したのかもわからないまま、動くことも、呼吸すらできずに、地面に倒れていた。

目の前でくりひろげられる信じがたい光景に度肝を抜かれたのだろう、中庭に駆けこんできたロジモ兵が足をとめた。柱廊は燃えあがり、女たちはわめき——ルベルタと名なしの貴婦人も水をかかえてティッチのあとを追っていた――地精《コボルト》はいたるところをとびまわり、鎖につながれた衛兵は猿ぐつわの奥で悲鳴をあげながらひきつったようにもがいている――。フィアメッタは地面の上で顔を横にむけ、小さく笑い声をあげた。トゥールがゆったりとハンマーをふりあげる。四人の剣士に対して、こちらは職人の道具をかまえた男がただひとり。フィアメッタは笑いをおさめ、身体を転がして、かすむ目で穴をのぞきこんだ。ペルセウスはいったいどうなったのだ？

〈出してくれ〉

何かが、耳には聞こえない声で呼びかけてきた。

〈出してくれ！〉

「トゥール」フィアメッタはかすれる声をあげた。「下におりて、たがをはずして。鋳型にはめてある鉄のたがよ」

トゥールの視線がフィアメッタを、鋳型を、そして目に見えない敵をさぐるかのように剣を前につきだして慎重に進んでくるロジモ兵を、順にとらえた。そして彼は穴にすべりおり、鋳型を補強する鉄帯のとめ金をたたきはじめた。心臓が破れそうだ。もしはやすぎたら――。もし鋳型が砕けたら――。熔解した白熱のブロンズがあふれだして、彼をのみこんでしまう……。一本のたががはずれた。二本めが、そしてもう一本が。そのとき剣の切っ先がのどに触れ、フィアメッタは地面から動けなくなった。頭上におおいかぶさる黒い髭面には、ユーモアの欠片《かけら》も、知性も、人間性すら感じられない。

「槌をおいてそこから出てこい。さもないとこの女を殺すぞ」ロジモの副官が怒鳴る。

トゥールはハンマーを投げ捨て、転がるように反対側の縁にあがると、四つん這いになってカエルのようにうずくまったまま、両眼を輝かせてにやりと笑い、呼吸を整えた。

穴の中では瀬戸物が割れるような音をたてて、ひびのはいった粘土が崩れはじめた。鱗《うろこ》をはぐように破片が、粉が、こぼれ落ちていく。そしてその奥深くで、血のように赤いものがきらめきを放った。

犬が雪をはらい落とすように、何かが粘土のチュニックを脱ぎ捨てようとしている。その頂上からまず、強靭《きょうじん》な手につかまれふりまわされながら、切り落とされた首があらわれた。真っ赤なブロンズの蛇をのたくらせた、神話の怪物の首だ。肩がのぞきかけて、またひっこんだ。つづいて、反った剣をもったたくましい腕がとびだしてくる。翼のついた兜《かぶと》が、それからあごのひと振りで男の顔が――。だがあれは物静かなギリシャ人の顔ではない。

〈ウーリだ。あばたまでそっくり、ウーリそのものだ〉

あのあばたをもう一度見ることができるなんて――感無量だ。

熔けた金属の視線がもちあがって歯の欠けた副官を捕らえ、燃える両眼が無言でさけんだ。

〈わたしをおぼえているか？　わたしはおぼえているぞ〉

ブロンズのくちびるが、恐ろしい未来を約束するように微笑を形づくる。

ついに限界を越えたのだろう、ロジモ兵の口から悲鳴がほとばしった。

第十八章

フィアメッタは手と膝をついて身体《からだ》を起こし、ぺたんとすわりこんだ。ふたりのロジモ兵が、わめきちらす歯なしの副官をおさえこんでいる。このふたりには、穴の底での出来事は見えていなかったのだろう。三人めのロジモ兵が石柱に剣をうちつけて、捕虜の鎖を切ってやった。だが捕虜は、恩知らずにも救い手をつきとばして、出口へと突進した。頭上の、真夜中の空で雷が轟《とどろ》き、家全体を揺るがせている。

反り返った剣を握る右手と、燃えるメドゥーサの首をつかんだ左手が穴の縁にかかり、まっ赤なブロンズの筋肉を波うたせて、神々《こうごう》しいばかりの英雄の裸体があらわれた。火のついた柱《ちゅう》廊《ろう》のせいばかりでなく、彼自身が暗赤色の光を放っている。その中で、両眼だけが黄白色にきらめいている。この温度で像が維持できるのは魔法の力にちがいない——フィアメッタは麻痺《まひ》した頭で考えた。父がつくったみごとな蠟《ろう》の像よりも、この身体はさらにひきしまり、完璧な輪郭を有している。からっぽになった穴の底にトゥールが身軽くとびおりて、彼にとってはこのうえなく頼もしく、はたで見ている敵にとってはこのうえなく恐ろしい武器、ハンマーをひろいあげた。

熱いブロンズのウーリが、つめたい肉のウーリを見おろし、それから顔をあげてトゥールを見つめた。兄弟の視線がまじわる。表情を伝えない熔けた金属の黄色いきらめきの中にも、後悔と、悲しみと、そして愛情のようなものが、決意と怒りに混じってかいまみえる。青い目いっぱいに涙をたたえ、トゥールがハンマーをもちあげて重々しく敬礼した。

「オクス隊長、おれらを導いてください。神と、ブルーインヴァルトと、サンドリノ公爵の名において」

ウーリがゆったりと微笑しながら答えた。

「ついてこい、弟よ。すばらしいショウを見せてやろう。必ずわが甥《おい》や姪《めい》たちに話してやるのだぞ」

ブロンズの声はパイプオルガンのように低く大きく、死者をも呼び起こしかねない倍音を秘めている。それでもこれはウーリの声だ。その黄色い目が、ようやく立ちあがったフィアメッタをとらえた。

「あまり時間がない。いそがねば」

「さきに立ってちょうだい。ついていくわ」

答えるにも息が切れる。そしてフィアメッタは燃え落ちようとしているわが家にあえて背をむけた。そう、それがなんだというのだ。

ウーリが四人のロジモ兵に視線を落とした。いくらか気をとりなおし、慎重に玄関ホールを背にしてかたまっている。剣の柄《つか》を握りなおしながら、ウーリが四人に近づいた。歩くたびに地面が黒く焼け、深く刻まれた足跡から湯気と煙がたちのぼる。

歯なしの副官が虚勢をはって剣をとり、近づいてくる幽姿にむかって突進した。裸の脇腹に剣ががきんとぶつかり、逆に腕のほうを痺《しび》れさせる。ウーリがメドゥーサの首をふりあげ、おのれを殺した男の頭蓋に打ちおろした。ロジモ人はどうと地面に倒れ、痙攣《けいれん》するように脚をひきつらせて動かなくなった。残った三人は身を縮めてあとずさり、むしろ整然とした動きでかばいあいながら、砕かれた樫《かし》の扉を抜けて街路へとびだし、その後は見せかけの統率をかなぐり捨てて、われさきに駆け出していった。フィアメッタは万一に備えて、死んだロジモ人の剣をひろいあげようとした。ウーリの灼熱の武器はたしかに印象的だが、ブロンズが、それも熱してやわらかくなったブロンズが、鍛《きた》えた鋼《はがね》を相手にどこまで戦えるものだろう。だがそこでフィアメッタははたと気づいた。ウーリには剣をとりかえることなどできはしない。あの武器は手と熔けあっているのだ。

トゥールに肩を抱かれ、ウーリにつづいて通りに出たところで、フィアメッタは集まった群衆に驚いて足をとめた。大人も子供も、女性までまじえて二十人以上もの人々が、なかば裸や夜着《よぎ》のままのものもふくめ、さまざまな服装でおしかけていたのだ。近所の住人の顔もいくつか見わけられる。

隣に住んでいる公証人のロレンツェッティが駆け寄ってきた。やはりロジモ兵に家を荒らされたさい、軽率な抵抗をしたため、まだ頭に包帯を巻いている。

「フィアメッタ！　何があったんだ？　何をやったんだ？」

「うちが燃えているの」フィアメッタはぼんやりと答えた。

人々は恐怖の声をあげてウーリから身をひいたが、完全に逃げ出してしまうわけでもなく、驚嘆に目をみはって質問を投げかけてくる。

「わたしたち、ブロンズの英雄を——ロジモ人と戦って、モンテフォーリアを解放してくれる戦士をつくったのよ。そしてこれからフェランテを殺しにいくところなの。だからお願い、さがっていてちょうだい」

生き残った三人のロジモ兵は、群衆からずっと離れた暗い街路のむこうで立ち止まってふたたび整列し、爪先立ってこちらをうかがいながら待ちかまえている。隣人のひとり、蠟燭《ろうそく》商人のベンボがたいまつを高く掲げると、どこからともなく木が配られ、つぎつぎと火がつけられていった。

ロレンツェッティが目をすがめ、息をのんで口ごもった。

「ありゃ、サンドリノさまの近衛《このえ》隊長、スイス人のウーリ・オクスじゃないか。サイコロで半ダカット貸しがあったままなんだが……。おい！　ウーリ！」

ウーリもロレンツェッティに気づき、剣をもった手で陽気に敬礼を返した。

ロレンツェッティは両眼を爛々《らんらん》と燃やして一歩あとずさり、両手をひろげて一礼した。

「おれの祝福を受けとってくれ。おい！　そこ、道をあけろよ！」

彼の指図で群衆がわかれ、気がつくとロジモ兵は、獲物だとみなしていた住民たちの輪に二重にかこまれていた。なんのはずみか、奇妙な沈黙がふいにあたりをおし包んだ。つぎの瞬間、怒りにかられた若者の手から放たれた丸石が、がつんとロジモ兵の胸当てにあたってよろめかせた。ウーリが人々のあいだを抜けて、街路を進みはじめる。フィアメッタとトゥールも、暗闇を歩く子供のように手を握りあったまま、そのすぐあとにつづいた。モンテフォーリア人たちのあげるどよめきは、まるで完全熔解状態の炉のようだ。ロジモ兵どもは背をむけて、今度こそは立ち止まりもふり返りもせず、脱兎《だっと》のごとく逃げ去っていった。

歓声はいくつもの通りでこだまを呼び、頭上でばたばたと鎧戸《よろいど》がひらいた。どこの窓にもナイトキャップをかぶった頭が鈴なりで、恐怖と好奇の声を降らせてくる。フィアメッタは肩ごしにふり返ってみた。人々がついてくる——はじめは二、三人ずつ、それが小さな流れとなり、やがては大河のような怒濤となって。いくつもの扉がひらき、さらに大勢の人々が行列にくわわった。ナイフや短剣があらわれ、剣も何本かもちだされたが、あとはほとんどが間に合わせの武器にすぎない。斧やハンマー、棍棒や鍬《くわ》、つるはしや錆《さ》びた鎌——ひとりの恰幅のいい女性などは、大きな鋳鉄《ちゆうてつ》製のフライパンをかまえている。さらに多くのたいまつが灯され、掲げられる。それにしても、あとからくわわった人たちは、自分が何のあとに従っているか、理解しているのだろうか。行列半分。突撃半分。陽気で、物騒で、決意と混乱をこめて。

ひそかに音もなくモンテフォーリアの街を抜けていこうという、最初の思惑とはかけ離れた道行になってしまった。いずれにしても、闇の中に煌々《こうこう》と燃えるウーリが、人目につかずに進めるはずはない。今夜のことで異端審問の審理を受けることになったら、証人は千人をくだらないだろう。

稲妻が空を切り裂き、大粒のつめたい雨がぱらぱらと、仰向《あおむ》いたフィアメッタの顔にふりかかった。ウーリは身体に触れる雨粒をすぐさま蒸発させ、背後にうっすらと蒸気の渦をたなびかせている。濡《ぬ》れてきらめく足が丸石を踏むたびに、シューシュー音が聞こえる。フィアメッタは雨にむかって訴えた。

〈つめたすぎるわ。ねえ、降らないで、やんでよ。まだだめよ！〉

つまずいてころびそうになった彼女を、さらなる力をこめて、トゥールの手が支えてくれる。丘のふもとにたどりつき、城に通じる坂道をのぼりはじめた。こっそり忍びこんで急襲できる可能性はゼロ——皆無だ。ロジモ兵はすでに、城壁ぞいに走りまわってたいまつを灯している。錆びた落とし格子がおろされるきしみも聞こえてくる。そして一行の目の前で、黒い湖でこだまする雷鳴にも似た不吉な音をたてて、重たげな樫の大扉が閉ざされた。フィアメッタは苦悶の声をあげた。

「だめだわ。わたしたち、どうすればいいの？　フェランテはただあそこで待っていればいいのよ、そうすればいずれ……」

「見ていてごらん」

ウーリが肩ごしに微笑を投げ、城門から数ヤードの場所で立ち止まった。頭上から石弓の放つ鉄製の矢が飛んできてつき刺さる。ウーリは肩をすくめて蠅を追いはらうようにその矢をはたき落とし、城門を調べた。

「フィアメッタ、わたしを温めてくれ」

「燃《ピロ》」

混乱しわきかえる心で術を使うのは至難のわざだったが、馴染みある行為にかえって平静がとりもどせたようだ。

「燃《ピロ》。燃《ピロ》」

「いまはそれで充分だ」

ウーリが右腕をふりあげて樫の扉に近づき、寄りかかった。木の板が焼け焦げ、炎をあげて燃える。そうしてできた穴に両腕をつっこみ、肘《ひじ》をはり、足で蹴る。朽木のように扉が引き裂け、火のついた木片が飛び散る。フィアメッタとトゥールは溝にうずくまって首をひっこめた。

ウーリが両側に塔のそびえる暗い通路にはいりこんだ。数歩さきの、中庭に通じる入口には、落とし格子が立ちはだかっている。頭上の落とし穴から、恐怖にかられたロジモ兵が、煮えたぎる油をウーリの頭に注いできた。

ウーリが首をのけぞらせ、巨大なブロンズの喇叭《らっぱ》のような哄笑をほとばしらせた。ふりそそぐ炎が気持ちのよいシャワーであるかのように、滝の中で裸でたわむれているかのように、くるりとターンする。どのような熱狂にかられたのか、ロジモ兵はさらに二杯め、三杯めの油を浴びせかけたが、やがて士官のひとりが、その手の攻撃がまったく無益であることに気づいた。きらめく身体の上で踊る炎を揺らめかせながら、ウーリは火竜《サマランダー》のように傲然と、鉄格子に近づいていった。

右手を鋳鉄の格子の隙間につっこみ、鉄棒を握ってぐいとひっぱった。ぼきりと音がして、鉄棒が折れる。隣の棒に、さらにその隣にと取り組んでいくうちに、ウーリが肩を怒らせたまままっすぐ通り抜けられるほどの穴があいた。フィアメッタはスカートをたくしあげてあとを追い、ちろちろと残り火がくすぶる通路を走り抜けた。つづくトゥールは正確にハンマーをふるい、あとからくる人々のために穴をひろげている。男たちは混乱しきったフェランテの兵がぱらぱらと放つ石弓の矢をかわしながら、数人ずつの小集団にわかれて、モンテフォーリアを苦しめていた敵を狩りたてるべく、城内に散らばっていった。さらにその背後からおしよせ、城門でかたまっていた群衆も、やがてどっとはいりこんできた。

フィアメッタは息をきらして丸石の上にうずくまり、じっと成り行きを見まもった。ウーリが人間たいまつのようにあたりを照らしながら、中庭にはいっていく。吹きつける雨に、噴火口のような蒸気がたちのぼる。

「**ウベルト・フェランテ！**」

石壁が、轟くうなりをこだまさせる。

「ウベルト・フェランテ！　出てこい！」

ロジモの剣士が五、六人、居城をとびだして大理石の階段を駆けおりてきた。だが自分たちを呼ばわったものの正体を知ると、その勢いは衰えて守勢に転じ、恐怖に満ちた視線をかわしあって凍りついたように足をとめた。

フェランテが出てきて中庭を睥睨《へいげい》した。踊る炎の中で銀色にきらめく鎖帷子《くさりかたびら》をまとい、黒いレギンズとブーツをはいている。帽子も兜《かぶと》もかぶっていないので、頭上を飾る黒髪で雨粒がダイヤモンドのようにきらめいている。彼は彫像のように一瞬たたずんでから、故意にだろう、歯がうずくようなきしみをあげて、永遠につづくかと思われるほどゆっくりと剣を抜き放った。それからふり返って、肩ごしに声をあげた。

「ニッコロ！」

つづいて、あごをあげて北の城塔に視線を走らせ、『この死をあなたに捧げよう』とでも言うように、フィアメッタには見えない誰かにむかって礼をとった。そして油断なく剣をかまえたまま、ゆっくりと階段をおりはじめた。

怯《おび》えを隠しきれない衛兵たちが、それでもあるじの前にずらりと立ちならんだ。だがそれも、ウーリが両手をあげてむかってくるまでの、わずかのあいだにすぎなかった。たちまちのうちに列はくずれ、全員が逃げ出した。フェランテは驚いたふうもなく、皮肉っぽい微笑を浮かべて逃げ去る部下を見送っていたが、やがて口をひらき、大声をあげた。

「ニッコロ！」もう一度、さらに大きな声で。「ニッコロ！　わがもとにこい、すぐにだ！」

フェランテは自分の劣勢を危惧しているのだろうか。きっとそうなのだろう。だがそれでも、彼は逃げもせず、雨に濡れて銀色に光る大理石の最後の一段に立っている。

「彼は邪悪だ。でも……」トゥールがささやいた。

それはフィアメッタも同感だった。

「勇敢だわ。それとも狂っているのかしら」

多くの男が彼につき従うのも無理はない。フィアメッタはよく、なぜ天使が罪人のためにあれほど多くの涙を流すのか、不思議に思ったものだ。

〈天使は罪人の犯した悪のために泣いているんじゃない。悪の中に埋もれて失われた善を惜しんで泣いているんだわ〉

フェランテがくちびるを湿して口をひらいた。

「では、サンドリノの無能なる近衛隊長どのが、ヴィーナスのごとく、波間より甦《よみがえ》ったというわけか。たしかに殺したものと思っていたのだがな」

ウーリが同じだけの皮肉をこめようと努力しながら、誘うように赤い剣をもちあげた。

「では、無能なるわが殺人者どの、もう一戦まじえてみるか？」

だが皮肉合戦はフェランテの勝ちだ。彼の皮肉にはそれなりのセンスがある。切れ味で欠けた分を力でおぎなうがごとく、ウーリの怒りは目に見える熱気となってたちのぼっている。

フェランテが首をかしげ、口もとをゆがめながら最後の一段をおりた。

「おまえは……わが書記官にまかせるべきものなのかもしれんが。あれがくるまでは、わたしが最大級のもてなしをしよう」

そしていらだちにくちびるをふるわせ、眉をさげて、肩ごしに怒鳴った。

「ニッコロ！」

「すぐさま駆けつけてこないなんて、やつは何をしているんだ？」トゥールがささやく。

「わたしだって知りたいわよ」フィアメッタも無念をこめてささやき返した。

父をさがして城じゅうを走りまわりたいのに、いまはウーリのそばにとどまって、熱を送りつづけなくてはならないのだ。フェランテが攻撃にうつった。

すばやい第一撃は、ウーリの防禦《ぼうぎょ》をみごとにすり抜けたものの、金属的な音をたててブロンズの皮膚にはじき返されてしまった。フェランテはあとずさって、痺れる指で剣の柄を握りなおした。その顔から皮肉の色が消え、恐ろしい集中力を示す無表情にとってかわる。フェランテはもう一度接近して、今度はウーリの黄色い目に突きを送ろうとした。ウーリのふりまわすメドゥーサの首が頬をかすめ、一瞬のうちに白い火ぶくれが生じる。フェランテは歯をくいしばり、苦痛に息をもらしながらあとずさった。

「あいつに勝てるわけはない、逃げるしかないわよ。なのになぜ逃げないの？」

フィアメッタは激しい口調でささやいた。逃げればいいのに。そうよ、怖じけづいて、完全な卑怯者になってしまえばいい。なのにあいつはまたウーリに挑みかかり、突いて、かわして、かわして――

「あいつは自分をためしてるんだよ」トゥールがふいに口走った。「あいつは最高の男になりたいんだ。自分が最高の男であるとたしかめたいんだよ。そしてみんなにも、それを知らせたいんだ」

「狂ってるわ」

「ウーリは何をしているんだ？　フェランテをつかまえて、おしつぶしてしまえばすむことなのに」

ついにウーリの目的が明らかになった。追いつめられたフェランテが、大理石の階段につまずいてうしろざまに倒れたのだ。ウーリはすさまじい勢いで剣をくりだし、ウーリ自身が致命傷を受けたその同じ場所を、鎖帷子の上から圧迫してフェランテを釘付けにした。そして怒りに顔をこわばらせたまま、人ならぬ体重をかけてずいと剣にのしかかった。

「ニッコロ！」フェランテがついに、混じりけのない恐怖に声をふるわせてさけんだ。

〈これであいつはおしまいよ――これであいつもおしまいよ〉

だが喜びはわいてこない。

鎖帷子がはじけて剣がフェランテの胸につき刺さり、肉を焦がすと同時に刃が急激に冷えていった。ウーリはその場にフェランテを縫いとめたまま、じっとその姿勢をくずさなかった。

象徴で飾った黒いローブをなびかせながら、ヴィテルリが居城からとびだし、大理石の欄干に駆け寄ってきた。勝ち誇ったようにふりかざした右手の人差し指に、髭《ひげ》の生えた男の顔を象《かたど》った金の指輪がきらめいている。

「殿、ついに成功いたしました！」

フィアメッタは絶望にこぶしを握りしめ、声をあげずにすすり泣いた。

〈間に合わなかった……〉

フェランテが視線だけをあげて、かすかな声で答えた。

「遅すぎたぞ……ニッコロ。それも故意にか？」

「殿、とんでもない！」

ヴィテルリは釘付けになった主君を見て恐ろしげな声をあげたが、真実にしては鼓動ひとつぶん遅すぎたようだ。

「わたしに……嘘をつくな、ニッコロ。わたしは嘘つきは嫌いだ。おまえがあそこでうろうろしているのが見えたぞ。待っていたのだろう？　白いお前の目が見えた。残念だったな。ニッコロ……」

ウーリが胸に片足をかけて剣をひき抜き、フェランテは口をひらいて苦悶に顔をゆがめた。それからウーリは一瞬のためらいを示し、まるでほんものの銅像であるかのようにこわばった奇妙な表情で、妖術使いをそっと見あげた。それから大理石を砕くようにふたとびで階段を駆けあがり、ヴィテルリと扉のあいだに立ちはだかった。だがヴィテルリのほうは片手をついて欄干をのりこえ、丸石を敷き詰めた中庭にとびおりていた。落下の衝撃に膝を曲げてうなり声をあげたが、すぐさま立ちあがり、背後に余裕をもってあとずさりながら、両手でヴェルヴェットのローブを整えなおす。そしてヴィテルリはきしるような声でさけんだ。

「おまえも終わりだ、この銅像め！　ひえて凍りつき、両耳に鳥の巣をかけられて、そこに立ちつくすがいい！」

妖術使いが呪文をつぶやいて印を切る。決然と階段をおりていくウーリの動きが鈍くなり、赤いきらめきが薄れ、鼻に、耳に、爪先に、できたてのブロンズ色がのぞきはじめた。腕をもちあげる動作もひどく苦しげだ。

「燃《ピロ》、燃《ピロ》、燃燃燃《ピロピロピロ》！」フィアメッタはさけんだ。

身ぶるいとともに全身を赤く燃えたたせ、ふたたび動きをとりもどしたウーリが、敵にひと太刀あびせようと、猫のような足取りで石の上をわたっていく。フィアメッタは手と膝をついて地面に倒れこんだ。

〈おまえはこのあとだ。生まれてこなければよかったというような目にあわせてやる〉

ヴィテルリの視線が告げている。が、妖術使いはすぐさま全神経をウーリにむけなおし、あとずさって新しい指輪をこすりながら、呪文を唱えた。小さなつぶやきがしだいに熱をおびて、高らかなさけびとなる。

「かくしてわれ汝を解放す。解き放たれ、自由の身となりてとびたてよ！」

ブロンズのウーリがふと動きをとめる。ヴィテルリは勝ち誇ったように目を細め、凍りついた英雄に堂々と近づいていった。

「だめだ」トゥールがうなった。「きみのお父さんの術を手にいれたんだよ、フィアメッタ！フェランテの最初の銀の指輪から、赤ん坊の霊を解放したときに使ったやつだ。もうだめだ。神さま、おれたちを、そしてウーリをお助けください！」

トゥールはヴィテルリをにらんだまま、深く息を吸って、勝ち目のない勝負に出ようとハンマーをもちあげた。死霊使いは薄笑いを浮かべながら、沈黙した像のまわりをまわっている。

「だめよ、待って」フィアメッタはささやき、立ちあがったトゥールの腕をつかんだ。「そうじゃないわ。ちがうわ、だから待って――！」

ブロンズのウーリがにやりと笑い、そのささやきが城壁のあいだに反響した。

「おまえにわたしを解放することはできない。わたしは呪縛されてはいないいいいいのだからな」

そして渾身《こんしん》の力をこめた激烈な一撃が、風を切りながら弧を描いてヴィテルリの首に襲いかかった。ウーリの言葉を聞き理解する時間はあったのだろう、くるくると宙を飛んだ黒い眉の首は、最大級の驚愕《きょうがく》と狼狽《ろうばい》を浮かべていた。

首が地に落ち、転がり、静止した。

静寂の中で、雨だけが激しく降りそそいでいる。周囲を見まわすと、中庭の縁にそって百人もの人々がじっと彼らを見まもっていた。北の城塔の細長い窓からは、青ざめた女の顔が三つ、ぼんやりと見わけられる。目撃者の大半はモンテフォーリアの町の民だが、剣をつきつけられて呆然としているロジモ兵もまじっている。群衆が残されたフェランテの部下を狩り出しているのだろう、城内のあちこちから、悲鳴や怒号やさまざまな騒音が漂ってくる。ヴィテルリの血だまりが丸石の上で夜気にひやされ、かすかな湯気をあげている。少し離れて雨の中に立ちつくすウーリからも、水蒸気はあがっている。きらめく赤が黒ずみ、先端や表面がブロンズの金属的な色あいをおびはじめた。冷気と孤独の予兆が、その両眼から勝利のきらめきを消し去っていく。ウーリはまもなく、一時的に与えられたこの金属の身体を離れなくてはならない。そのあとはどこへいくのだろう？

そして、父はいまどこにいる？　フィアメッタは走り出した。そう、ヴィテルリの手にはめられた新しい金の指輪だ。あれをとりもどさなくてはならない。あれをどうすればいいか、たぶんモンレアレならわかるだろう。父の霊を指輪から、指輪をヴィテルリの意志から、解放する方法があるはずだ。そもそも、死者が死者に呪縛されることなどあるのだろうか。

驚いたことに、フェランテもまた首のないヴィテルリの死体に這《は》い寄ろうとしていた。ロジモ公がまだ生きていたとは。肉を切り裂き肋骨《ろっこつ》を折った燃える剣は、だが同時に傷口を焼いて失血をふせぎ、フェランテはウーリのようにすぐさま死に至ることがなかったのだ。だがその顔は、決意と苦痛を刻みこんだ土色の仮面だ。

フェランテに先んじようと、フィアメッタは指輪に突進した。トゥールもハンマーをもってそれにつづいた。いまのフェランテがこれ以上の脅威を与えられるはずはない。だがそれでも、自由にならない身体で雨に濡れた石の上を這いずっていく不屈の意志は、不思議と感動的ですらある。

ヴィテルリの右手にむかって手をのばした瞬間、フィアメッタはこん棒で殴られたほどのつめたい衝撃にはじきとばされた。フェランテもまた、目に見えない打撃を避けようと、片手をあげてあとずさっている。その動きですでに負傷していた何かが壊れたのだろう、フェランテは一度だけあえぎをもらして宙をにらみ、そして二度とその黒い目を閉じようとはしなかった。

フィアメッタはうずくまったまま口をひらき、信じられない光景を凝視した。

ヴィテルリの死体の上に、夜が触感を得るかのように、ひとつの〝形〟が凝縮しつつあった。黒い男——たいまつに照らされたこの中庭の、いかなる影よりも濃い闇の色だ。その黒い男の中に、なかば融けかけた何十もの小さな死霊が、形を失い苦悶しているさまが透かし見える。

「なんてこった」トゥールが息をつまらせてささやいた。「また新しい幽霊が生まれちまった！　こいつは永遠につづくのか？」

フィアメッタは恐怖でつぶれそうな胸をおさえてささやき返した。

「ちがうわ。もっと悪いものよ。はるかに邪悪なもの。わたしたち、悪霊《デーモン》をつくってしまったんだわ」

お父さまはどこ？　あの黒い男の中にいるの？　あいつの中に、苦悶にのたうつ新しい死霊が一体見えるけれど――

黒い男の顔が形をとり、明らかに見慣れた容貌をつくりはじめた。黒い目がひらき、あの独特の赤いきらめきを宿す。ヴィテルリ自身、フィアメッタに負けず劣らず驚いているらしい。両手をひっくり返し、不思議そうに見つめている。その黒い指の一本に、きらめく光が巻きついている。ヴィテルリはおのが存在とパワーがいまだ失われていないことを認め、頭をのけぞらして哄笑をほとばしらせた。

「うまくいった！　わたしは生きている！　いまや不死なる身となったのだ！」

黒い男は踊りまわり、ひえて立ちすくんだウーリにむかって、皮肉っぽく大きな一礼を送った。

「きさまに感謝するぞ！」

フィアメッタは絶望にうちのめされた。もう終わりだ。以前モンレアレがお説教で、罪とは恒久的な結果をともなう取り返しのつかない過《あやま》ちを犯すことだと説明したことがある。フィアメッタは自分の犯した巨大な過ちを見つめた。

〈八番目の大罪は〝愚鈍〟だ〉

そして〝無知〟だ。フィアメッタは悪霊《デーモン》と戦う方法など知らない。皆目見当もつかない。だがヴィテルリが外に出たら、恐ろしい事態がひきおこされるだろうことだけは疑う余地もない。

「父をどうしたの？」

フィアメッタはふるえる声でたずね、赤い両眼がむけられた瞬間、悪霊《デーモン》の関心をひくべきではなかったと後悔した。ヴィテルリは氷のような声でささやいた。

「あやつの意志はいまやわがものとなった。もはや手遅れだ。たとえあの男が駆けつけようともな」

身の毛もよだつ微笑を浮かべ、その顔が城門のほうにむけられる。

丸石の上を走るひづめの音が聞こえてきた。フィアメッタは心躍らせ、勝利と安堵《あんど》の凱歌《がいか》をあげたくなった。白馬に乗ったモンレアレが救援に駆けつけてくれたのだ。

「フィアメッタ！　トゥール！」モンレアレの声だ。

だが怪しげな現実を目のあたりにして、フィアメッタの歓声はのどもとで消えていった。まず第一にあの馬だ。あの馬ならよく知っている。どこかから借りてきたらしい騎兵隊の鞍《くら》をつけていても、あの曲がった背は隠しようもない。いまにも倒れそうに息を切らし、灰色の鼻面で赤く大きな鼻孔をひらき、顔いっぱいに憂いをあふれさせて、脚をふるわせている。この馬に坂道を駆けあがらせてきたとは、モンレアレは神に祝福された奇跡的な騎手であるにちがいない。

そしてモンレアレだ。いつもの灰色の修道服を着てはいるのだが、裾《すそ》をたくしあげて裸の脛《すね》はむきだしだし、老いぼれ馬の脇腹を蹴ってきたためサンダルはゆがんでいる。手には司教杖《づえ》と手綱と二本の瓶《びん》をいっぺんにかかえ、ふさふさした眉と同じく髪を逆立て、ひたいには大きな紫色のあざがくっきり鮮やかだ。

「フィアメッタ！」

モンレアレはさけんでから、中庭の劇的な光景を目にして息をのみ、奇妙に穏やかな、語りかける口調であとをつづけた。

「言おうと思っていたのだ。フィアメッタ、何をしてもいいが、ヴィテルリを殺してはならんとな」

灰色の視線が黒い男の赤い目とからみあう。フィアメッタはとりあえず、ヴィテルリの危うい注視が自分からそれたことに感謝した。モンレアレの姿はまさしく滑稽そのものだが、その両眼だけは例外だ。

一瞬たりとも視線をはずさず、モンレアレはうなだれた白馬の首の上に右脚をすべらせ、身軽くとびおりた。そして瓶をローブの中におしこみ、まっすぐに立てた司教杖をゆっくりとなぞる。そのまま前進したモンレアレは、だがさっきのフィアメッタと同じく、つめたい打撃を受けたかのように、ふいに立ち止まった。

「ヤコポ・シュプレンガー。霊となりて肉より離れながら、まだその一部を意志の世界にとどめおくか。その意志が自由であるいまならばまだ間に合う、悔い改め、罪を懺悔《ざんげ》し、新たなる信仰を誓え。おまえがなしうるいかなる悪よりも、主の愛は偉大だ。さあ、もうよせ。そしてこちらをむくのだ！」

モンレアレの声は真摯さにあふれ、苦しげですらある。

彼がこの夜中に馬をとばしてきたのは、ヴィテルリを滅ぼすためではなく、救うためだったのだ。そしてそれが恐ろしい危険を秘めていることに、フィアメッタは気づいた。ヴィテルリはモンレアレの防禦を解くべく、偽りの改悛《かいしゅん》を申し立てることもできる。そしてそれがどれほど疑わしかろうとも、モンレアレの良心は、ヴィテルリの誠意を信じようとするだろう……

しかしおのが力を誇るヴィテルリは、そのような姑息な手段に頼ろうとはしなかった。黒い男が嘲《あざけ》るように冒瀆《ぼうとく》の十字を切る。つづくしぐさはさらに力にあふれ、フィアメッタの目から渦巻く色彩が、耳から轟音が消えたとき、モンレアレは祈禱のためではなく膝をついていた。だがなおも司教杖をふりかざして反撃に出——ほんの一瞬だが、ヴィテルリがもとの姿にもどったのではないか。

ウーリはもはやなんの助けにもならない。見ているまにも、ひえてつめたいブロンズになっていくのがわかる。しかしフィアメッタの中にはもう、ふたたび彼を熱するだけの火が残っていなかった。立っていることすらできず、膝をつき、さらに手までついて、濡れた丸石の上にうずくまる。いま通りすがりのロジモ兵がのどをかき切ろうとしても、フィアメッタにはぼんやりとその男を見あげることしかできないだろう。トゥールが心配そうにかたわらに膝をつき、肩を抱きしめてくれた。

死霊の指輪《スピリット・リング》だ。二ヤードと離れていない場所で、死体の指で金色にきらめいている。死霊魔術が稀《まれ》にしかおこなわれないのも無理はない。完成にいたるまでの困難にくわえ、縛《ばく》する力のなんともろいことか！　父の使った解縛の術さえわかれば――。あの一瞬を心に思い浮かべてみた……フェランテが片手をもちあげ、銀の指輪から閃光と破裂音が放たれ、肉の焼ける匂いがして……

だがとにかく、指輪のことならよく知っている。獅子の指輪をつくるときにも、自我のほんの一部を黄金の中に封じこめたのだから。あれを維持していたのは……維持していたのは……〝構造〟だった。染物職人の使う種晶が明礬《みょうばん》水に溶けこむように、術は熔解した金属に融け、そこから複雑で美しい構造が霜のように芽生えてくる……。それを逆転させるには……逆転させるには……

フィアメッタは敷石《しきいし》の上で寝返りをうち、指輪をはめた死者の手のすぐそばにうつ伏せになった。ウーリをもう一度動かすだけの力はもうない。だが、少しならば……。金はブロンズよりもやわらかいし、この指輪はほんの小さなものだ。大丈夫。やれる……

「燃《ピロ》」すすり泣くような声だった。「燃《ピロ》」

黄金の顔がゆがんでくずれ、したたりおちると同時に、指輪の巻きついた肉が焼け焦げて溶け、煙をあげて黒くなった。肉を焼く異臭が鼻をつく。

影の手から光の指輪が失われ、黒いヴィテルリが悲鳴をあげた。怒りに燃える赤い目がふり返ってフィアメッタをつらぬく。彼女は動くこともできず、トゥールにかかえられたまま、作り笑いを浮かべてみせた。

ヴィテルリが深呼吸したかと思うと、おぞましい黒い煙の渦となって細長く頭上にのびあがり、凍りついたウーリが左手に高くかかげている、ブロンズのメドゥーサのひらいた口の中にすべりこんでいった。頭蓋をおおう小さなヘビが真っ赤に燃えてのたくり、両眼が白熱した二本の線となって首全体がゆっくりとむきを変える。そして恐ろしい両眼がかっとひらいて、フィアメッタを見つけた。

〈ここに横たわったまま、焼かれて灰になってしまうんだわ〉

「トゥール、逃げて！　逃げてよ！」

抱きしめてくれる腕から逃れようとしたが、混乱しているのか、トゥールはかえって力をこめてくる。

そのとき、彼女とそのいとわしい首のあいだに、雨でできた人影が立ちはだかった。全身を形づくる水滴は宙に浮いたダイヤモンドで、たいまつの光をうけて小さな虹のようにきらめいている。濃い闇を秘めた影のヴィテルリとは対照的に、まばゆいばかりに輝かしい存在だ。なんという美しさだろう。襞《ひだ》のある燦然《さんぜん》たるチュニック、雨紋織の大きな丸い帽子。髭は霧で、両眼は明るく澄みわたっている。

「お父さま」フィアメッタは幸せな気分でつぶやいた。

父がキスを投げてくれた。それともこれは、ただ雨粒が頰にあたっただけなのだろうか。フィアメッタはいぶかりながら頰をぬぐい、身ぶるいした。

メドゥーサの両眼から、白熱した炎の光線が二本、発射された。光の進路にあった雨は一瞬のうちに蒸発して雲となったが、雨でできた身体はただ霧をくわえてより白さを増しただけで、傷ついたようすもなくすぐに再生する。

「そこから出てこい。それはわたしのものだ」

ベネフォルテが気短に命じてかがみこみ、両手をすぼめた。メドゥーサの口からタールのような黒いものがゆっくりとひきだされ、雨の身体の中にとりこまれていく。雨の中で、黒い人影が痙攣し、声もなく悲鳴をあげているのが透かし見える。

ベネフォルテがモンレアレにふり返った。

「いそげ、モンレアレ！　わたしが抑えていられるあいだに、ふたりまとめて送り出してしまえ！　それほど長くはもたぬぞ」

モンレアレは呆然としながらも、司教杖にもたれて立ちあがった。

「おまえの……おまえの身体はどこにあるのだ、プロスペロ？」

「スイス人の若者が知っている」

モンレアレがトゥールをふり返って命じた。

「トゥール、すぐにいってくれ――その者たちを連れて」――モンレアレを追って、ようやくふたりの修道士が息をきらしながら到着したのだ――「ベネフォルテの残された肉体をとってこい。急いでな！」

トゥールはうなずいてハンマーをひっつかみ、ついてくるよう修道士たちに手をふって、中庭を横切り、わきの入口から居城へととびこんでいった。

モンレアレは用心しながらヴィテルリの首に歩み寄り、ひろいあげたそれを、切り離された胴体のそばにおいた。それから膝をつき、儀礼にのっとって瓶の水をふりまき、頭をたれて祈禱を捧げた。雨の中でのたうっていた黒い人影が、やがて静かになった。

立ちあがったモンレアレに、ベネフォルテが声をかけた。

「さっきの、意志に関するちょっとした説教は気にいったぞ。だがそれを言うならば、モンレアレ、わたしはおまえの説教はみんな好きだった。あれを聞いたあとは、半日ほど気分よく過ごせたものだ。まあ、たまにの話だがな」

「ならばもっとしょっちゅう聞きにきてくれればよかったのだ」モンレアレの口もとにかすかな微笑がよぎる。

「おまえはよく、死がいかにして予告もなく訪れるか、警告してくれたな。だがわたしは、死がこのように奇妙な中途半端な形でやってくるとは考えてもいなかったぞ」

見物人たちが畏怖と驚愕にあふれながらも勇気をふりしぼって近づいてきたため、ベネフォルテははたから聞かれないよう、きらめく水の身体でモンレアレに歩み寄った。そして鎧戸をつたいおちる雨音のように、低い声でささやいた。

「わたしに祝福を、わたしは罪を犯した……」

モンレアレはうなずいて深く頭《こうべ》をたれた。その声が嫋々《じょうじょう》と流れる中で、やがてトゥールが松材の箱の蓋《ふた》と思われる間に合わせの棺台に、薄布にくるんだこわばった遺体をのせてもどってきた。モンレアレは雨のベネフォルテを祝福し終え、まだ絆《きずな》を断ち切れていない肉体にも同じ儀式をくり返した。

フィアメッタは雨粒でできた父に近づき、おずおずとたずねた。

「ねえ、わたしたちの鋳造《ちゅうぞう》、ちゃんとできていた？　偉大なペルセウスはどう？」

「そもそも初心者ふたりがなんという危険な真似を――」

とびだした批判の言葉はだが途中でとぎれ、ベネフォルテははじめて娘を見るかのような好奇をこめて、かたむけた帽子の影で微笑をひらめかせた。

「まあまあだな」

〝まあまあだ〟って、それだけなの？　それは……たしかにお父さまらしい言いかたではあるけれど。

そしてベネフォルテはつけくわえた。

「もしその気があるならば、あのスイス人の若者と結婚するがいい。無骨だが誠実な男だ、おまえを裏切ることはないだろう。金はそれほど儲《もう》からんだろうがな。金といえば、ルベルタに百ダカット譲ってやってくれ。公証人のロレンツェッティに遺言状をあずけてある。ではお別れだ、いい子で――」

体内の黒い人影が暴れ、ベネフォルテの姿が揺らめいた。

「フィアメッタ、いい子でいられないとしても、せめて慎重でいるのだぞ！」

そしてモンレアレにふり返り、

「説教の効果が切れそうだ。いそいでくれ。まだ彼を抑えておけるだけの意志が、わたしに残されているうちにな」

「では友よ、神のみもとにいくがよい」

モンレアレがささやいて、最後の祝福を与えた。

雨が降っていた。そしてそこには、雨よりほかに何も存在しなかった。

トゥールが懇願するように両手をあげた。

「院長さま、ウーリの——兄のための祝福は残っていませんか?」

モンレアレはまばたきをして、われに返った。

「もちろん大丈夫だとも」

ふり返った身体ががくんとよろめく。トゥールがあわててその腕をささえ、ふたりはじっとブロンズ像を見つめた。その身体は最初に鋳造されたときの姿勢でかたまり、両眼には知性のひらめきが、徐々に薄れつつはあるが、まだかすかに残っている。この金属の身体はいったいどのような感覚をウーリにもたらしているのだろう。この身体が動くためには熱を必要とし、だがそうなれば、ウーリは別れをつげるために弟を抱くことも、フィアメッタに口づけることもできなくなる。

フィアメッタは膝立ちのまま、その力が残っていることを祈りながら、最後の力をこめてつぶやいた。

「燃《ピロ》!」

ブロンズのくちびるだけが鈍い赤に染まり、フルートのようにうつろな声が弱々しくささやいた。

「院長さま、わたしに祝福を。わたしは罪を犯しました。わたしが望んだ罪には、ほど遠いものにすぎませんが」

モンレアレは口の端をつりあげながら、ささやき返した。

「冗談はおいておきなさい。残されたわずかな時間が無駄になる」

「わたしのささやかな時間は、すべて無駄に費やされたのです」

かすかなため息を肯定するように、モンレアレは頭をたれた。

「まさにまったき懺悔だな。だが絶望に身をゆだねるのはよしなさい、それは罪だ。希望を抱きなさい」

「安息を望んでもよいのでしょうか？　わたしはとても疲れてしまいました……」

「永遠の安らぎにつくがよい」

モンレアレの両手が通りすぎたとき、彼らの前には、生命のないブロンズ像がたたずんでいるばかりだった。

だが最初に鋳造したままの姿ではない、と顔をあげてフィアメッタは気づいた。穏やかなギリシャ人の顔はもどらず、ブロンズにはウーリ独特の、完璧な美貌ではないが快活な表情が、永遠に刻印されていたのだ。口もとには、古典的な題材にそぐわない、ユーモアの気配まで漂っている。

そして、メドゥーサの首もまた変化を遂げていた。フィアメッタは身ぶるいした。黒い眉のヴィテルリは、切望した不死を、ある意味で、手にいれたのである。

第十九章

トゥールはブロンズ像の顔に手を近づけてみた。さっきのようにみずからの光を放ってはいないが、まだ触れられないほどの熱をもっている。だがたとえ触れることができたとしても、もはやここにウーリはいない。降りそそぐ雨が、すみやかに金属をひやしてくれるだろう。トゥールは空を見あげ、見知らぬ人々の前で悲しみを見せまいと、まなじりをつたう熱い液体をつめたい水滴の中に隠した。この世界にウーリはもはや存在せず、彼が生きて笑ったことも、いずれは忘れ去られてしまうのだろう。

〈だがおれはけっして忘れないよ〉

まばたきをして涙をふりはらうと、兵士たちが――モンテフォーリアの兵士たちが、壊れた城門からはいってくるところだった。そのふたりがいまは亡き隊長の面影を認め、驚愕《きょうがく》をこめて銅像を指さしていたが、すぐさま全員があわただしく仕事にとりかかった。疲れはて、降りそそぐ雨の中に立ちつくすフィアメッタは、いつもよりいっそう小さく、三つ編みからほつれた黒い巻毛が肌にぺったりはりついている。マントを着せかけてあげたいと思ったが、トゥール自身、身につけているものといえば、腰のまわりでびしょ濡《ぬ》れになった古いローブ一枚きりだ。しわになったローブをひっぱりあげて腕を通し、裸足のまま水たまりの中に立っていると、半分は寒さのために、半分はいままでの反動で、身体《からだ》がふるえた。

フィアメッタが青ざめた顔をモンレアレにむけてたずねた。

「院長さま、どうしてここにいらしたの？　ヴィテルリの術にかかって修道院の診療所に運びこまれたときは、死人みたいに真っ青で、身動きもできずに横たわっていらしたのに。ブラザー・マリオはどうしてもわたしに診《み》させてはくれなかったのだけれど」

モンレアレはサンダルをはいた足を踏みしめ、司教杖《づえ》によりかかった。そして悲哀のこもった視線を冷めつつあるブロンズ像からひきはがして答えた。

「あの術は昨夜遅くに破れたよ。おまえの仕業ではないのか、トゥール？」

「それは……そうかもしれません。どの術を破ったのか、あのときは自分でもわかっていなかったんですが、テーブルの術具をはらい落としたら、ヴィテルリはひどく混乱していました。兄の死体をもって、城の地下牢《ろう》から脱出する前のことです」

「たしかに目は覚めたが、わたしはひどく弱っていてな」モンレアレはつづけた。「朝になってようやく、寝台に縛りつけておこうとする治療師たちを説得できるだけの体力を回復したのだ。フィアメッタ、おまえが聖ヒエロニムスにいないことに気づいたのは午後になってからで、いついなくなったかは誰も知らなかった。鳥を送り出してみたが、わかったのは、ヴィテルリとフェランテが外を出歩いてはいないこと、そしてトゥールがまだ塔から吊るされてはいないということだけだった。

サンドリノさまの士官たちと相談した結果、昨日の計画どおりに攻撃をかけることになった。

だがわたしは、もう一度ヴィテルリに立ちむかうならば、せめて距離を縮めておかねばならぬと考えた。やつの力は明らかに、尋常でなく強大になっていたからな。数の少なさをごまかすため、われわれは夜襲の準備を整えた」

モンレアレはそこで疲れたようにうなじをこすり、つい先刻のあわただしい記憶にすっと目を細くしてきらめかせた。

「暗くなってから出撃したのだが、修道院をかこんでいるやつらと激戦をくりひろげることになってな、それでまたまた時間をくってしまった。どうにかそこを突破して、町にむかった。修道院にいたわずかの馬は軍人たちに貸してしまったのでな、ブラザーのひとりが羊といっしょに――かろうじて残された羊といっしょにうろついている、あの白馬を見つけたのだ。あれはおまえの父上がチェッキーノで買った馬だろう？　泥棒も同然の売値だな。だが……ともかくあれのおかげで、体力を節約できたよ。

死に物狂いの戦いになるだろうと覚悟していたのだが、町の門を守っていたロジモ兵どもは、すでに人々に襲われていなくなっていた。そこでわれわれは、民衆をひきいるどころか、彼らのあとを追って城にむかったというわけだ。そのときにはもう、フィアメッタ、おまえが何か魔法を使って攻撃をはじめたのだろうと気づいたのでな、わたしひとりさきに立って、懸命に馬を走らせたのだよ。ヴィテルリの悪魔的な力が、死をも克服できるほどすさまじいものに成長するのではないかと、狂わんばかりに気を揉みながらな。結局はそれが現実のものとなったわけだが」と低いため息をついて、「この老いぼれ二流魔術師が、あの黒い力に太刀打ちできるはずもなかったのだがな」

「それでもいらしてくださったのですね」トゥールは言った。

フィアメッタも眉をさげ、しみじみとした口調で言い足した。

「院長さまがいらしてくださらなかったら、わたしたちみんな、破滅していたわ。考えてみれば、ひとりきりでヴィテルリに太刀打ちできる者なんていやしなかったのよ。わたしは父を解放できたけれど、ヴィテルリをおさえこむことはできなかったわ。父はヴィテルリをおさえこんだけれど、浄化することはできなかった。あいつをすみやかに消滅させたのは院長さまで、それは父にもわたしにもできなかったことだけれど……でもそれも、あいつがおさえこまれていたからこそなのよ。そしてウーリがいなかったらわたしたちはお城の中にはいることができなかったし、トゥールがいなかったらウーリをつくることはできなかったのよ。わたしたちひとりひとりは、ささやかな存在かもしれないけれど、力をあわせてすばらしいことをなしとげたんだわ」

モンレアレが半眼を閉じてゆっくり微笑した。

「なるほどな。つまり今回の出来事はすべて、主がわたしに与えたもうた訓戒だったのだな？幼児《おさなご》の口より、というわけか」

「わたしは幼児じゃないわ」フィアメッタが憤然と言い返す。

「半世紀を生きてきたわたしから見たら、おまえたちなどみんな幼児のようなものさ」

モンレアレは司教杖によりかかって苦しげに身体をのばした。それからまたブロンズ像に目

をとめ、

「いや。たしかに幼児ではない。大人の女性としての危険も、考えねばならぬとなればな」

「院長さま」トゥールは声をかけた。「誰かにいじられる前にお見せしておきたいものがあるんです。ブラザーのひとりに見張ってもらっていますが」

モンレアレはうなずいた。

「案内してくれ。やらねばならぬことはまだまだ多いな」

トゥールはさきに立って使用人口から居城にはいり、いまや歩きなれた通路を地下牢にむかった。少なくとも、これで雨には濡れずにすむ。修道士のひとりが、院長のためにたいまつをかかげた。岩をくり抜いた通路なのだから、夜でも昼でも明るさは変わらないだろうに、昼間より暗いように思えるのは気のせいだろうか。執拗な恐怖によって一時的にかきたてられた力が消えつつあるのだろう、トゥールは足をひきずり、何度も壁にぶつかった。身体じゅうの筋肉が砂を噛み錆《さび》を生じたようで、動くたびにきしみ、立ち止まると痛む。

牢の扉だった鉄格子はすべてひらかれ、囚人の半分はすでにいなくなっていた。健康な者たちはとびだして騒ぎにくわわっているし、負傷者はモンテフォーリアの民や親族の者に救出されている。

トゥールはささやかな行列をひきいて、さらに階段をくだっていった。死霊使いの部屋の前、粉々に砕かれた扉の外に、真っ青な顔をした修道士が、トゥールのハンマーをかかえて立っている。モンレアレについて全員が中にはいると、トゥールは一本の蠟燭《ろうそく》から、いくつかの燃え残りに火を移した。

　モンレアレが歯の隙間から息を吐いた。架台が倒れ、塩の箱が壊れて散らばっているのは、トゥールと修道士がベネフォルテの死体をもちだすときにいそいで蓋《ふた》をひきはがしたためだ。そして床には複雑な二重の魔法陣が渦巻くように描かれ、片方の円はからだが――怯《おび》えきった修道士が手を触れようとしなかったので、トゥールがひとりでベネフォルテの遺体を運び出した――もういっぽうの円にはまだ死体が残っている。手足を切断され、のどを切り裂かれた、裸の若者だ。

「この力を使って、あいつらは父を死霊の指輪《スピリット・リング》に呪縛したのね。あの新しい亡霊だわ。ヴィテルリの中に見えたもの。ああ、お父さま」

　モンレアレの背後から恐ろしそうにのぞきこんだフィアメッタが、ささやいて背をむけ、目を閉じてぐっと嗚咽《おえつ》をこらえた。

　だがこれが、彼の運命になっていたかもしれないのだ。トゥールは正面きって見つめることができず、視野の隅からそっとその若者をうかがった。

「この気の毒な人は誰なんでしょう？」

　モンレアレはくちびるを湿し、用心深く死者の頭のわきに膝をついた。この闇の所業によってどのような魔力が生み出されたにせよ、いまはすべて失われているようだ。

「ああ、この若者なら知っている。われらが同胞のひとりで……名はルカという。おまえより二日はやくスパイとして送りこんだのだが、連絡がとれなくなっていた。おまえが脱出したあとで、捕虜の中から選ばれたのだろう。町に家族が……両親と兄弟姉妹がいる……。殺すにしても、なんとむごいことを」

そして彼は深い悲しみに頭をたれ、若者に祝福を与えた。

ようやく立ちあがったモンレアレに、トゥールはたずねた。

「この部屋は封鎖か何かしたほうがいいでしょうか?」

いずれこの事件について公式の報告書を書かねばならないと承知しているのだろう、モンレアレは動揺を押し殺し、いかめしい顔で下くちびるを嚙みながら室内を歩きまわり、冷静かつ徹底的に、さまざまな証拠を調べている。

「なに? いや……」作業テーブルの上のノートと紙束を集め、「いずれにしても、これは残してはおけぬがな。そうではない、トゥール、むしろその逆だ。この部屋は解放し、可能ならばすべての衛兵と市民に見学させねばならぬ。ヴィテルリとフェランテが悪行を働いていた証拠を、集められるかぎり多くの者に公開するのだ」そこでいったん言葉をとめて、「ブロンズの像が立ちあがって歩きまわり、ふたりの人間を殺した光景を目撃した者は多い。少なくとも、それと同じだけの証人をつくらねばなるまいよ」

そしてモンレアレはふり返り、トゥールとフィアメッタにむきなおった。

「おまえたちも、自分が何をしたかはよくよくわかっていようからな、くわしいことはあとで話そう。大司教管区と教皇庁とわが教団総会長への最初の報告書は、わたしが書くことになる。それはともかくとして……今夜の出来事について、とっぴょうしもない噂が人々のあいだでとびかうことになるだろう。そうした噂はできるかぎり、おまえたちではなく、ヴィテルリに関連づけるようにするのだぞ。わかるか？」

　フィアメッタが自信なげにうなずき、トゥールははっきり当惑をこめて首をふった。モンレアレがトゥールをそばに呼び寄せ、声を低めた。

「いいか、トゥール。フィアメッタが異端審問官に尋問されるような事態だけは、けっして招いてはならぬのだ。証拠などなくとも、あの激烈な舌鋒《ぜっぽう》だけで、初日の終わりには火あぶりにされてしまう。わかるな？」

「……はい」なるほど、それならばトゥールにも理解できる。

「あの娘を愛しているならば、危険を避け、口をつぐんでいられるよう、手を貸してやりなさい。教会との駆け引きはわたしがひきうける。必要ならば、そうだな、貸しのひとつやふたつ、なくもないからな。だがフィアメッタ自身が隣人と不和を起こしたり、あまりその……ふつうでなく見えたりしては、わたしも対処のしようがなくなるかもしれぬのだ」

「あの……おれと結婚して、お父さんの家で店をひらくのは、その……〝ふつうじゃないこと〟になりますか？」

「いやいや。理想をいえばそれがいちばんだ。結婚せずに店をひらけば、それこそ危険かもしれぬがな」

　トゥールはほっと愁眉をひらいた。

「もし彼女が許してくれるなら、おれにできるかぎりの手助けをするつもりです」

「それくらいの覚悟ではまだまだ足りぬような気もするがな」モンレアレの答えはそっけない。

「では、全身全霊をこめてがんばります」

モンレアレは軽くうなずき、部屋を出ようとむきを変えた。トゥールは立ち止まって、血だまりの中に横たわる犠牲者に最後の一瞥《いちべつ》をくれた。

「彼は……おれの身代わりになったんですね。ルカか」

けっしてその名を忘れてはならない。みなにウーリをおぼえていてほしいと願うならば。モンレアレがくちびるをすぼめた。

「そうだ、ある意味ではな……だがもしおまえが昨日死んでいたら、彼も今夜生きてはいられなかっただろう。それでもおまえに命じておく。日曜ごとにモンテフォーリア大聖堂で彼のために蠟燭を灯し、その魂のために祈りなさい」

「はい、院長さま」心が軽くなったような気がした。

モンレアレはうなずき、先に立って部屋を出ていった。

一層上の、いまではほとんどからになった牢の前を通りすぎていると、かすかなうめき声が聞こえてきた。

「ちょっと待って……」

いちばん奥の牢をのぞきこむと、案の定、藁《わら》布団の上に丸くなった人影が横たわっている。

「なぜこの扉はあいていないんだ？　鍵はどこだ？」

年配の市民がじゃらじゃら鍵束を鳴らしながら、衛兵詰所からあらわれた。

「この男は気が狂ってるといわれましたので。この鍵をひきとりに、正規の看守長がくるんでしょうか？」

「わたしがあずかろう」

モンレアレが男から鍵束を受けとった。トゥールはさらにそれをあずかり、かがみこんで錠をはずした。

牢では薄い毛布にくるまって、ピア卿がひとり横になっていた。その顔はひどく青ざめ、どんよりした両眼は、トゥールが誰かもわからないようだ。腕の傷は包帯もなく放置されたまま、分厚く血がこびりついている。いくつもの痣は、最後に捕らえられたときに手ひどく殴られたためだろう。トゥールは好奇心にかられ、窓から首をつきだしてみた。端に一本だけ残った鉄棒に留め金が巻きつけられ、そこから絹のタイツをつないでつくったロープがぐっしょり濡れて岸壁にぶらさがっている。なんて単純なことだったのだ。トゥールは安心するとともに、軽い失意を味わってもいた。ではつまるところ、ピア卿は昨夜、ヴィテルリの暗い部屋の窓まで巨大な蝙蝠《こうもり》のように飛行してきたわけではなかったのだ。卿自身はきっとそうしたかったにちがいないが。

モンレアレが助けを呼びにやり、まもなく気の毒な城代《じょうだい》は、屈強な修道士と町の教区民の手によって、厚板にのせて地下牢から運び出された。中庭にもどると、塔から解放された公爵夫人レティティアをとりまいて、人々が歓声をあげているところだった。公爵夫人はサンドリノの生き残った士官たちを集め、改めて組織だて、城の秩序をとりもどすよう命じていた。はじめロジモ兵残党を相手にしていたその仕事には、やがてモンテフォーリアの町の民も対象としてくわえられることになった。モンテフォーリアの住民たちは、亡き公爵の財産を盗むほど恥知らずではなかったが、捕虜になったり殺されたロジモ兵が略奪した戦利品を見逃してやるほど善良でもなかったのだ。モンレアアレもすぐさま、公爵夫人のひき起こす渦に巻きこまれていった。

ピア卿夫人が悲痛な表情で夫のそばに駆け寄ってきた。衰弱し、不安定な精神状態ながらも、ピア卿はどうにか妻を認めて弱々しく微笑し、かたわらに膝をついた彼女の手を握った。ピア卿夫人は通りすがりの男を大声で呼び止め、もはや牢獄ではなくなった城塔のわが家へと運ばせ、ついでにモンレアアレにつき従っていた治療師の修道士を容赦なく徴発していった。

とにもかくにも、この真夜中の混沌の中心は、彼らふたりからモンレアアレへ、そしていままでは公爵夫人へと移行したようだ。むしろそのほうがありがたい。雨もまもなくあがるのだろう、煙るような霧雨に変わっている。トゥールはフィアメッタのふるえる肩に腕をまわした。

「お父さんの遺体を連れて帰ろう」

「家がまだ建っていたらね。でも……ウーリはどうするの?」

「あの像のこと? 放っておいてもいいんじゃないか。いまじゃただの像なんだし。牛の四頭も連れてこないかぎり、あれを盗んでいけるやつなんていやしないよ」

うなずいた彼女の瞳は大きく見ひらかれ、薄明かりに揺らめいている。ふたりはゆっくりと、薄布に包まれて丸石の上で箱の蓋に安置されたベネフォルテの死体のそばへと歩いていった。

「半分手伝ってもらったって、とても運べないわ」

フィアメッタの言葉に、トゥールも正直に答えた。

「おれだっていまはできそうにないよ。あの馬を連れてこようか」

白馬は悲しげに、草一本生えていない丸石のあいだに鼻をつっこんでいた。それほど遠くまで逃げてはいなかったし、モンレアレが背をむけているあいだに盗んでいこうとする者もいなかったようだ。歩み寄って耳のうしろを掻《か》いてやると、頭をこすりつけてきたおかげで、くつわの鋲《びょう》で皮膚が傷つき、濡れた白い毛をべったりとおしつけられてしまった。

手綱をフィアメッタにわたし、ロープをさがしにいった。厩舎の壁にひと巻かかっているのを見つけたが、これならもらっていっても苦情は出ないだろう。一端をあぶみにくくりつけてから、背後にひいていって蓋の縦板に巻きつけ、さらに反対側の端をもう一方のあぶみにくくりつければ、間に合わせの引き橇《ぞり》のできあがりだ。背後からついてくるひきずるような音が気にいらないのか、白馬は鼻孔をひろげて横にそれようとする。トゥールは思わず、田園地帯を駆け抜けていく白馬の背後で、最後の旅路についたベネフォルテの遺体が狂ったようにはずんでいる恐ろしい光景を思い浮かべてしまった。しかし白馬はすぐさま落ちつき、お馴染みの疲れきった足どりで歩きはじめた。もう安全だろうと背中に乗せると、フィアメッタは長いたてがみを両手でつかんで太い首にぐったりともたれかかった。トゥールはその手綱をひいて、壊れた城門をくぐり、丘をくだっていった。

夜明けが近づくにつれて、モンテフォーリアの街路も静けさをとりもどしたようだ。まだ興奮さめやらず、たいまつを掲げたまま通りいっぱいにひろがっている小グループと、二度ほどすれちがった。ささやかな行列を邪魔されるかと不安になったが、疲れきったトゥールには彼らを無視することしかできない。それでもからまれることなく、フィアメッタの家の、壊れた樫《かし》の扉まで無事たどりつくことができた。壁はちゃんとそびえているし、屋根瓦《がわら》も崩れ落ちてはいない。意外だが、ありがたいことではある。

馬からおろしてやると、フィアメッタはよろめくように家の中にはいっていった。トゥールはかじかんだ指でロープの結び目をほどいた。ランタンをもったティッチが出てきたので、蓋の橇をそのままに、背の高い門を抜けて、裏庭に馬を連れていった。

春タマネギとレタスの菜園には首がとどかない場所に馬をつなぎ、ティッチが水桶《みずおけ》をもってきた。白馬はものすごい勢いで水を飲んで嬉《うれ》しそうに鼻を鳴らし、ティッチをびしょ濡れにしてしまった。もっとも彼のチュニックは最初から泥と煤《すす》で汚れきっていたので、いまさらどうということはなかったが。

「朝になったら飼い葉をさがしてやらなきゃな。ここの草だけじゃ長くはもたないよ」

ティッチがいかにも専門家らしく忠告する。

「この食欲じゃしかたがない。明日になったらおまえの騾馬《らば》もさがしにいこう」

ティッチは満足そうにうなずいた。ふたりは裏門に錠をおろしてから、ベネフォルテの遺体を屋内に運び、表の部屋にウーリとならべて安置した。誰が運んだのか、ウーリもまたこの静かな場所にもどされていたのだ。

「すぐにも埋葬しなきゃな、今度こそ礼をつくして」トゥールは言った。

「きっと明日は、モンテフォーリアじゅうでものすごくたくさんの葬式があるよ」とティッチ。

「このふたりのためなら場所を譲ってくれるさ。おれが譲らしてみせる」

「ルベルタが、玄関ホールにおれたちの寝床を用意してくれたよ。騒ぎがおさまるまで、入口の番をしてくれって」

トゥールはかすかな微笑を浮かべて答えた。

「いまさらこの家をどうにかしようなんてやつがいるとは思えないけどな」

〝寝床〟か。なんとすばらしい言葉だろう。誰かが自分のために寝床を用意してくれるなんて、美しい愛情に涙がこぼれそうだ。

ティッチはひえきってしまう前にと寝床にもどって休んだが、トゥールは最後にもう一度、中庭に足をむけた。明かりが見える。蠟燭だろうか、ランタンだろうか——近づくと、その両方だとわかった。フィアメッタがからになった穴のわきに短くなった蠟燭を立て、ランタンをかかげて被害を調べていたのだ。

そこはさながらごみ捨て場だった。放置された炉、からになった穴、壊れた家具、飛び散る道具類。一方の柱廊《ちゅうろう》は中央部が焼け落ちているし、その上の水漆喰《しっくい》は煙で黒く汚れ、端のほうでは焼け焦げた木材が危うげにぶらさがっている。

「火事にはならなかったんだな」トゥールはあえて明るい声を出した。

「そうよ。ルベルタとティッチと近所の人たちが火を消してくれたの。知らなかったわ……わたしにはこんなにたくさんの友人がいたのね」

フィアメッタはぐっしょり濡れたヴェルヴェットのまま、燃えかすの散らばる敷石《しきいし》にぺったりとすわりこんだ。

「ねえ、トゥール！　わたしの家はもうめちゃくちゃだわ！」

そっと彼女の隣に腰をおろし、ふるえる肩をなでてやった。

「でも朝になったら、そんなにひどくは見えないかもしれないよ。おれも修理を手伝うよ。あの柱廊なんか簡単さ。おれは鉱山で支柱を組む仕事もしていたからね。絶対に落ちない柱廊をつくってあげるよ」

ふるえるくちびるから息がもれる。いま彼女は笑ったのだろうか、それとも泣いたのだろうか？

「あなたにできないことって、何かあるの？」

「さあどうだろう」トゥールは考えこんだ。「あらゆることをためしてみたわけじゃないからな」

からかうように、彼女の眉があがる。

「あらゆることをためしてみたいわけ？」

トゥールはひと息ついて、勇気をかき集めた。

「ためしにきみと結婚してみたい」

フィアメッタはすばやくまばたきをして、煤で汚れた手で目をこすった。

「わたし、いい奥さんにはなれないわよ。なんでもぽんぽん言いすぎるって、みんなに言われているもの。あなた、尻にしかれちゃうわ」

トゥールは眉を寄せた。

「それって、イエスなのかな、ノーなのかな？　考えてもごらんよ。ひと言で相手を燃やせるような女の子と、結婚したがるほど勇敢な男が、ほかにいると思う？」

フィアメッタの背筋がしゃきんとのびた。

「絶対いないわね！　でもほんとうよ。わたしはものすごいおしゃべりだし——父がそういってたわ——それにあまり我慢強くないし」

「おれはとても我慢強いよ。おれがふたりぶん我慢強くなるよ」

彼女のくちびるがまくれあがる。

「ブロンズが固まりそうになったときは、ぜんぜん我慢強くなんかなかったじゃないの」

「そうだな……でもしかたないじゃないか。立派な像をつくろうと必死だったんだから」

これからは必死で、ちゃんと話せるように努力しよう。だが精も根もつきはて、まっすぐものも見えないいまの状態で、説明しようとしても無駄だろう。顔をあげると、影になった四角い屋根の周囲を、オレンジ色の光がとりまいている。あれはなんだ？　町が火事なのだろうか？

「なぜ空があんな変な色をしているんだ？」

フィアメッタは顔をあげ、長い沈黙のすえにようやく答えた。

「夜が明けるんだわ。雲が晴れてきたのよ」

たしかにそうだ。アプリコット色の光が、青灰色の塊《かたまり》を縁どっている。トゥールの頭は粥《かゆ》のようにどろどろだった。

「そうか……」

フィアメッタが小さな笑い声をあげて、鼻をすすった。彼女こそ、乾いた夜着《よぎ》に着替えて寝床にはいらなくてはならない。トゥールは彼女を引き寄せ、温めようと抱きしめた。フィアメッタは逆らわず、それどころか、両腕を首に巻きつけてきた。ふたりはそうやってすわりこんだまま、明るんでいく空をながめた。

「よけいひどく見えるわ」フィアメッタが夢見るような口調で言った。

「なんだって？」トゥールははっと目覚めたようにたずねた。

「よけいひどく見えるのよ。朝になったのに」

トゥールはネズミの巣のような彼女の頭ごしに、中庭の惨状をながめた。

「たしかにそうだな」

フィアメッタの鼻にしわが寄った。

「いいわよ」

いまの話題はなんだったろうと一分間考え、やはりわからないと結論して、トゥールはたずねた。

「いいって、何が？」

「わたしもあなたと結婚したいわってこと」

「ああ、嬉しいよ」

トゥールはまばたきして、さらにきつく彼女を抱き締めた。

「たぶんあなたが〝すばらしい〟ってことがどういうものか、わかっているからだわ。だからよ」

「だからって、何が？」

「わたしがなぜあなたを愛してるかってこと」

疲労で麻痺《まひ》したトゥールの顔に、ゆっくりと笑みがひろがっていった。

「もちろん、だからおれもきみを愛しているのさ」

エピローグ

夏至の朝、モンテフォーリア大聖堂では、明かり層《クリアストリー》の窓を抜けてまっすぐ祭壇に降りそそぐ陽光が、ひとつの見せ場をつくりだす。トゥールの指にすべりこませた獅子の指輪のガーネットが、ルビーのような、星のようなきらめきを放ち、黄金の獅子がフィアメッタの手の下で、ミルクをたっぷり飲んで満足しきった大猫のようにのどを鳴らした。トゥールもミルクを飲んで満足した大猫の気持ちなのか、満面に笑みをたたえ、肋骨《ろっこつ》が折れそうなほどにフィアメッタを抱きしめてくる。モンレアレ司教の咳ばらいで、ふたりはあわてて身体《からだ》を離し、おとなしく手をつないで最後の祝福を受けた。いつもの質素な灰色の修道服と、流れる絹の赤いマントに背の高い司教冠をかぶったいまの壮麗な姿と、どちらがよりモンレアレらしいだろう。どちらにしてもその包容力に変わりはない。モンレアレは衣装によってつくられるのではなく、いつだって衣装のほうが彼にあわせているのだから。

トゥールもまた、衣装によってつくられるわけでも、その本質が変化するわけでもない。それでもフィアメッタは頭をたれながら、横目で彼のほうをちらちらうかがわずにはいられなかった。トゥールとルベルタと仕立屋の共謀により、フィアメッタは今朝まで彼の結婚衣装を見ることができなかったのだ。フィアメッタとトゥールは倹約のため、一枚の絹を買ってふたりでわけあった。だからこの緑のチュニックは、彼女のオーバードレスとお揃いになっている。それでも腕のいい仕立屋は、少ない布地をやりくりして、たっぷり襞《ひだ》をとってくれた。袖《そで》や裾《すそ》を飾るささやかなモールも、姿勢のいいトゥールが身につけると、〝地味〟ではなく〝上品〟に見える。白い絹のタイツに包まれた完璧なふくらはぎは、痩《や》せこけた脚しかもたない金持ち貴族たちには垂涎《すいぜん》の的になるだろう。ぴかぴかの新しい靴――トゥールがほかにはブーツを一足しかもっていないなんてことは、誰も知らなくていい。そして輝く金髪を飾る大きくて上等な濃緑色の帽子には、フィアメッタ自身の意匠による銅メッキの記章が飾られている。

〈嫉妬に身を焼くがいいわ、モンテフォーリアじゅうの女性たち。この人はわたしのものなのよ〉

いま彼女の手には、雌獅子の顔をあしらった結婚指輪がはまっている――これも自分で、ただし今度は魔法を抜きに、つくったものだ。小さな金の牙《きば》がくわえている緑の宝石は、このあいだまで銀の蛇の目にはまっていたものだが、調べた結果、ほんもののエメラルドであることが判明した。かわりの石が手にはいるまで、あの貞節な蛇にはしばらくのあいだウインクしていてもらうことになる。フィアメッタはわずかに手を動かして緑の光をきらめかせ、膝にむかって微笑した。

ふたりして祭壇を背に、参列者の心のこもった祝辞と接吻と抱擁を受ける。祝福のやりかたは人それぞれで、公証人のロレンツェッティは握手を求め、ティッチはフィアメッタの頬に軽くくちびるをあて、ルベルタは誰彼かまわず抱擁しては目もとをおさえている。トゥールの母はフィアメッタの手をぎゅっと握って温かな微笑をむけてくれたが、涙のにじむ両眼にはまだ鋭い疑惑が浮かんでいる。いずれ時がその疑惑を溶かしてくれるだろうと、モンレアレがこっそり話してくれた。心からそう願いながら、フィアメッタも微笑を返した。

オクス夫人をブルーインヴァルトから案内してきたのは、二頭の騾馬《らば》は失ったものの、遺産をとりもどしてはじめての隊商の旅に出たティッチだった。ティッチの心をこめた説得と尽力のおかげで、年老いた母もようやく住み慣れた小屋を離れ、ひとりの息子の葬礼ともうひとりの息子の婚礼に参列するという、悲しみと喜びのいりまじった新しい人生に旅立つ心を決めることができた。挙式は母がきてからと約束していたため、トゥールとフィアメッタは首を長くしてその到着を待ち焦がれた。オクス夫人は物静かな女性で、トゥールを深く愛していた。たぶんその思いを共通点とすれば、新しい義理の娘とも心を通いあわせることができるだろう。その母も、トゥールの新しい礼服には度肝を抜かれたようだったが。

大聖堂を去る前に、小礼拝堂のひとつに立ち寄った。その聖なる部屋には一年以上も前から、ベネフォルテの手になるみごとな品が奉納されていた。いまは鉄のかすがいで壁に飾られている、黒大理石の十字架に白いキリストのかかったすばらしい彫刻だ。大聖堂委員会はこれとひきかえに、主の足もとに石碑を安置したいという、ベネフォルテのささやかな願いを受諾していた。当時まだ石碑は注文していなかったのだから、父はべつに死の予兆を得ていたわけではないはずだ。フィアメッタの雇った石工が墓標をしあげたのがようやく一週間前で、かろうじていま、ひざまずいて婚礼の花束をそなえるのに間に合った。

「安らかに眠ってください、お父さま」フィアメッタはささやいた。

かえすがえすも心残りなのは、母のデスマスクが見つからないことだった。ひっくり返された家の中を根気よくさがしても、略奪された品を一部とりもどした隣人たちにたずねても、成果はなかった。トゥールも、精神集中による放心した顔でモンテフォーリアじゅうを何時間も歩きまわってくれたが、今回ばかりは彼の特殊な勘も役には立たなかった。あのブロンズのマスクは、すでに町の外にもちだされてしまったのだ。

〈わたしは魔法使いよ。本気を出せば、見つからないはずはないわ〉フィアメッタは心の中で誓う。〈いつかきっと、さがしあててみせるわ、お母さま〉

立ちあがると、モンレアレが背後に立ってキリストを見つめていた。ただしその思いは、神学的なものではなく、芸術的なものだったらしい。

「すばらしい作品だ。比率はどこか狂っているのに、目と心がひきつけられてやまぬ」

「これにはモデルを使わなかったんですって。その昔、ローマで……その……つまり、無実の罪で投獄されたときにヴィジョンを見て、それをもとにしてつくったんですって」

モンレアレはしみじみと答えた。

「ああ、その話なら聞いたことがある。少なくとも、そのヴィジョンは真実だったのだな。そう、彼はいま、わたしなどよりすぐれた監視の目のもとに休んでいる。このような守護者を得れば彼も本望だろうよ」そこでフィアメッタをふり返り、「そうそう、守護者といえば、おまえに結婚のお祝いがあるのだよ」

モンレアレがローブからたたんだ羊皮紙をとりだした。フィアメッタは喜びにはやる手でそれをひらき、目を通して、二、三度宙にはねあがった。

「すてきだわ！　ギルドの認可がおりたのね！　これでつまらない細工だけじゃなくて、術を売ることもできるんだわ！」

「調査の結果、おまえの鑑札に認められたものだけだぞ」モンレアレが警告する。「公式にはわたしの徒弟《とてい》ということになるのだから、おまえの行動がひき起こす結果は一部わたしの責任になる。ふつうの師匠のように毎日監督することはできないが、店にはできるだけ顔を出すようにしよう」そこでいまさらのようにいかめしく顔をしかめて、「おまえの父上がしかけてきたような、ベネフォルテ流のごまかしは二度とごめんだからな！」

フィアメッタは踊りあがってトゥールに抱きついた。

「それはもうけっして！　わたしたち、ほんとに真面目にお仕事するわ！」

こぼれんばかりの喜びをそのまま反映するように、トゥールもにっこり笑みを浮かべる。モンレアレがフィアメッタの耳にのみとどく声でささやいた。

「ほんとうに真剣な話だぞ、フィアメッタ。あのくそいまいましいヴィテルリの事件に関して、おまえが異端審問にひっかからないよう委員会を操作するのは、とんでもなく面倒な仕事だったのだからな。とにかく公式報告書では、ウーリの霊はヴィテルリの企《たくら》みの結果、偶然みずからあの像にはいりこんだことになっている。二度とあいつらの関心をひくような真似をするのではないぞ」

「あら、ウーリはほんとに自分からはいったのよ」フィアメッタはささやき返した。「わたしは無理強いなんかしなかったもの。道をつくってあげただけよ」

「そのささやかなちがいについて、彼らの心をわずらわせることもあるまい。この問題は結局、おまえの師匠たるわたしの権限によって封印されたのだ。以後、わたしの許可なくこのことを口にするでないぞ、いいな？」

フィアメッタは微笑した。

「わかりました――お師匠さま」

モンレアレは満足そうに、だがいかめしくうなずくと、まわりの者たちに祝福を与えて席を辞した。司教管区の仕事はもちろんのこと、幼い新公爵アスカニオの摂政という慣れない任を負ったレティティアの相談相手をしているうちに、気がつくとモンレアレは宰相のような仕事までをも背負いこんでしまっていたのだ。

婚礼の一行は、美しい朝の光を浴びながら、大聖堂の外へとあふれ出ていった。ルベルタとロレンツェッティは、それぞれテーブルの支度や葡萄酒《ぶどう》の用意を監督するため、あの日火事を消す手伝いをしてくれた隣人たちよりもひと足さきに、徒歩で帰宅した。

「臨時雇いのあの娘は、お菓子に関してはあまり信用できそうにありませんのでね」とルベルタは鼻を鳴らした。

披露宴に地精《コボルト》は招待していない。実のところ、あの狂ったような魔法と鋳造《ちゅうぞう》の夜以来、フィアメッタはあの内気な地霊《ノーム》をひとりも目にしていなかった。それでも毎夜、野菜室の床においている山羊の乳の皿は、朝になると必ずからっぽになっている。

トゥールが手を貸して、母をティッチから借りた白い騾馬に、フィアメッタをいつもの白馬に乗せた。フィアメッタは昨日の午後、二頭の獣《けもの》を徹底的に洗い、こびりついた堆肥のしみをこすり落とした。そしてその成果を守るために、古いシーツを巻きつけてひと晩過ごさせたのだ。どちらのひづめも黒くぴかぴかで、たてがみと尻尾には色鮮やかなリボンが編みこまれている。つめものや花飾りのおかげで、白馬の曲がった背中もそれほどには目立たない。フィアメッタは幸せな気分で、緑の紋織りのオーバードレスと、クリームホワイトのアンダードレスのスカートを、敷物の上にひろげた。そんな心遣いに応えようというのか、老いぼれ馬が首を高くもたげ、堂々と歩きはじめた。トゥールは二頭のあいだを徒歩で進み、一行は曲がりくねった道を抜けて、モンテフォーリア城へと丘をのぼっていった。

陽光を浴びて明るく一行を迎える開放的な胸壁は、六週間前のあの恐ろしい夜、雨に濡《ぬ》れてそびえていた不吉な石の塊《かたまり》と同じものとは思えない。あれはたった六週間前のことなのだろうか。なんだか大昔のような気がする。領主とその邪悪な書記官の死の報《しら》せが伝わると、ロジモ軍は国境の渡し場でくるりとむきを変え、自国の首都へともどっていった。いまあの国では、教皇庁によって後継者に任命されたフェランテの従兄弟が、政治的実権を握ろうと奮闘していて、これ以上近隣諸国に厄介ごとをもちこむ気配はない。

ふたりの女性を乗せた騎獣は、ひづめの音を石壁にこだまさせながら、両脇に塔のそびえる城門を抜けて、せわしなくにぎやかな中庭へとはいっていった。鍛冶屋が落とし格子を修繕しているかたわらで、職人が携帯用の炉に火をおこしている。夏のリンネルとエジプト木綿のシャツを着たピア卿が、杖《つえ》にもたれてそれを監督している。奥方の献身的な介抱によってみごとに回復はしたものの、卿は以前より弱々しくなり、髪にも灰色のものが増え、豊かだった胴回りも細くなった。精神状態も、らしくない躊躇《ちゅうちょ》をときおり見せるようになったことをのぞけば、あの狂気と魔法と殺人の日々のあまりに苛酷な混乱からほぼ脱却できたようだ。卿がフィアメッタに気づいて、大きく手をふってくれた。フィアメッタも手をふり返したが、卿が近づいてきてまたまたトゥールを蝙蝠《こうもり》翼の実験の話でひきとめてしまわないよう、忙しそうなふりを装った。

大理石の階段の正面で、ブロンズのペルセウス／ウーリが石の台座の上に立っている。サンドリノの近衛《このえ》隊長は、こうして永遠に彼の城を守りつづけるのだ。この最後のささやかな仕上げをするにあたって、公爵夫人が彼女ではなくディ・リミニを選んだことを思うたびに、いまでもフィアメッタは悔しさにくちびるを嚙みしめる。この悲しみに満ちた世界からすでに遠く離れたはずの父の霊も、もしこの最高傑作にライバルの手がはいったことを知れば、きっと怒りに青ざめるにちがいない。もっとも、娘が最後の手をくわえることになったと知っても、同じく恐怖におののくに決まっているが。そう……いまのところ、ディ・リミニもちゃんと仕事をやってのけたようだ。少なくとも、像はまだ台座から転がり落ちてはいないのだから。

人は歩みつづけるしかない。新たに未亡人となり、不安な日々を切り詰めはじめた公爵夫人は、足もとに横たわるメドゥーサの身体をつくって像を完成させることをあきらめ、ペルセウスひとりを飾ることにした。その決断のおかげで残りの仕事がディ・リミニの手にわたることはなくなったが、それを口実に、ベネフォルテがサンドリノと約束した支払いは半分に減らされてしまった。

始終こうしたことをわめきちらしてきたため、いまもこわばった表情からそうと察したのだろう、像の前で彼女を馬から抱きおろしたトゥールが、ひたいに口づけてささやいた。

「日々の糧《かて》が得られればいいよ、フィアメッタ」

フィアメッタは諦念をこめてうなずいた。ペルセウスの支払いの半分と、塩入れの代金の残りで、少なくとも父の借金はすべて片づけることができた。店のために新しい道具をそろえ、商売が軌道にのるまでの生活費をとりわけた残りの金を、トゥールはみずから家の修理をすることでさらに節約してのけた。彼がつくった新しい柱廊《ちゅうろう》は頑丈このうえなく、サルタンの象部隊がその上で踊っても大丈夫だろうと思われた。

新しい家具ときれいなドレスはあとでいい。主は日々のパンは約束してくださったが菓子まで約束なされたわけではないというトゥールの指摘に、さすがのフィアメッタも熱い舌鋒《ぜっぽう》をおさめた。そしてまもなく公爵夫人が、ユリア姫のために銀と真珠の宝石細工を依頼してきたのだ。公爵夫人御用達の店ともなれば、いずれはモンテフォーリアじゅうの貴婦人たちがおしよせてくるだろう。

腕いっぱいの花をブロンズのウーリの足もとに供えた。そしてトゥールの母が失われたはずの息子ともう一度最後の予期せぬ対面ができるよう、フィアメッタはうやうやしくあとずさった。お母さまはこの流れるような美しい姿を、雄々しいポーズを、完璧な鋳造を、評価してくださるだろうか。彼の勇気を称えて記念するこの彫像に、感動してくださるだろうか。

しかし年老いた母はかすれた声をあげ、嫌悪のあまり片手で口もとをおおった。

「トゥール。この子、裸じゃないの」

トゥールがなだめるように、だがあっさりと答えた。

「ああ、そうだね、母さん。イタリア人が像をつくるときはいつもこうだよ。たぶん、この気候のせいじゃないかな」

「まあ、なんてことなの」

トゥールは頭を掻《か》きながら、台座にあがって問題の場所を花束で隠し、母の心をなだめるべきかどうか、頭を悩ませている。

やがて母はその嫌悪を克服し、ふるえる声で礼儀正しくつづけた。

「でも……すばらしい像だわ。ほんとうに」

〈でも裸だわ！〉

というすすり泣きが、だがフィアメッタには聞こえてくるようだ。

いまわたしは微笑すればいいのだろうか、それとも怒るべきなのだろうか。フィアメッタは心を決めかねて、無言で指を噛んだ。目をあげると、翼のついた兜《かぶと》の下で、ブロンズのくちびるがつりあがっている。

そう、ウーリならきっと、声をあげて笑うだろう。

著者あとがき

好奇心あふれる読書愛好家のために、『スピリット・リング』における主たる歴史的背景について、ひと言述べたい。

この物語はある本——正確には三冊の本に端を発している。いずれも家族より譲り受け、長年にわたってわたしの本棚で隣りあってならんでいた書物である。わが家より生まれた第一の種は、わたしの霊感の源の中でももっとも珍しい一冊で、プリンストン大学英語教師をしていた大叔父、オックスフォード大学文学士ゴードン・ホール・ジェラルドが一九〇七年に著《あらわ》した、『死者の恩返し、ある民間伝説の歴史』という学術論文である。この本は母より譲り受けた。ぎっしり書きこまれた一七四ページにわたる論文のなかで、ゴードン叔父は、二十の国、二十の世紀にわたって、この名を冠する非常に古い民間伝承の歴史をたどっている。それは簡単に説明すると、つぎのような物語である。幸運を求めて旅に出た若者が、死体をかこんで口論のおこなわれている場に遭遇する。その死者には借金があるため、支払いがすむまで埋葬されずに放置されるのだという。われらが主人公はその借金を肩代わりしてやり（支払いの方法は物語によって大きく異なるが、つねに彼の全財産に相当する）、死者は埋葬される。若者はさらなる冒険を求めて旅をつづけるのだが、その途中、立派なおこないの報酬として、感謝した死者の霊から超常的な力によってさまざまな援助を受けるのである。
論文全体に小さな干し葡萄《ぶどう》のようにちりばめられ、生命を吹き返したいと泣きさけんでいるじつに広範囲にわたる物語群をみていると、偉大なる力というテーマが全世界に共通することはきわめて明白である。

あとの二冊は、技師である父の、種々雑多なものが集まった書棚から受け継いだ。まず十六世紀にアグリコラが著した、採鉱と冶金《やきん》に関するラテン語の論文『デ・レ・メタリカ』の、ハーバート&ルー・ヘンリー・フーヴァーによる英訳版だ(たしかに、先生。彼は政治家になる前は鉱山技師でしたし、彼の妻はラテン語学者でした)。『スピリット・リング』の主人公、ひかえめなスイス人鉱夫の息子トゥール・オクスは、このアグリコラがモデルであり、地精《コボルト》はこの本の脚注より生まれた。そして、プロスペロ・ベネフォルテとその他多くのものを生み出すきっかけとなったのが、『チェッリーニ　わが生涯』(新評論)である。アグリコラは読みやすい本ではないが、チェリーニのほうならば誰にでもお薦《すす》めできる。黄金の塩入れ、ブロンズのペルセウス、狂った城代《じょうだい》、サンタンジェロ城の地下牢《ろう》におけるヴィジョンほか、当時の心躍る話、恐ろしい話が、山積みになっている。そしてもちろんそれらの中心となるのは、すばらしくエゴイスティックな怪物、チェリーニ自身である。

ほかにも二十冊ほどの参考資料があるが(ロレンツォ・デ・メディチの死霊の指輪《スピリット・リング》に関しては、フランコ・カルディニによる豪華図版いり『ヨーロッパ一四九二年』を見てほしい)、おもととなる種はこの三冊である。

チェリーニに娘があったという記録はどこにもない。フィアメッタは完全にわたしの創作である。

訳者あとがき

ビジョルド・ファンのみなさん、お待たせしました、ビジョルドの新作です。そしてマイルズ・ファンのみなさん、ごめんなさい、これは《マイルズ》シリーズではありません。そしてビジョルドもマイルズも知らないけれど、楽しくて面白くてわくわくする冒険物語を読みたいあなた、おめでとう、これはまさしくあなたがお求めの本です。

というわけで、ビジョルドのいまのところ唯一のファンタジイ小説、『スピリット・リング』をおとどけする。

時は十五世紀末のルネッサンス時代、舞台は北イタリアのモンテフォーリアという小国だ。ヒロインは短気で大胆でおてんばで、それでも恋を夢見る十五歳の乙女フィアメッタ。金細工師で魔術師でもある父プロスペロ・ベネフォルテを手伝い、近衛隊長にほのかな思いをよせながら、平穏な生活を営んでいた彼女がまきこまれていく怒濤の運命とは？

フィアメッタという名前はイタリア語で〝炎〟を意味する。これは名は体をあらわすヴァーチュー・ネームの一種なのだろう。彼女は火の気質で、生まれつき火の魔力をそなえてもいる。赤毛……はイタリアではあまりないので、さすがに黒髪だが。

冒頭のフィアメッタはいろいろな点で鬱屈している。自分には魔法の才能があるのに、父親は女の子だというだけで伝授してくれない。友人は婚約したり結婚したりしているのに、父親は結婚相手をさがしてくれようともしない。娘はおとなしく、父親に従順であれと説教されるばかり。しかしその父の庇護のもとを離れ、ひとりで歩いていかなくてはならなくなったとき……。

自分は無力だと感じている若者が、つぎつぎふりかかる苦難にぶつかって道をきりひらいていくというのは、いわゆる成長物語の王道だろう。だが天性のストーリーテラーであるビジョルドは、ここでも期待を裏切らないキャラクターと思いがけない展開を用意してくれる。フィアメッタが夢見ていたものとはちょっぴりちがっているだろうが、それなりに甘いロマンスもある。問答無用、不屈のフィアメッタとともに、冒険の旅を楽しんでほしい。

さて、そのフィアメッタのいまは亡き母親だが、本文中に何度か「ムーア人」という呼び方が出てくる。あまり耳慣れない言葉だが、まっさきに思い出すのはシェイクスピアの『オセロ』だろうか。これは現代のアメリカなどでいわれる「黒人」とは微妙に異なるものだ。歴史をたどって説明するならば、七世紀、アラブ人が北アフリカのモリタニア地方を征服してイスラム教をもちこんだ。八世紀、彼らはスペイン半島の侵略にのりだし、アルハンブラ宮殿などに代表されるイスラム文化を築いた。それ以後、ヨーロッパでは、アラブや北アフリカの血をひくイスラム教徒を、「ムーア人」と総称するようになったのである。

つまり「ムーア人」という言葉は、軽い意味では肌の黒い人種を指すが、その裏にはイスラム教徒（異教徒）というニュアンスがこめられているのだ。フィアメッタの母親のことで、何度か「キリスト教徒だ」とくり返し念がおされているのは、そういう事情をふまえてのことだろう。だが彼らはとりたてて人種的に差別されているわけではない。モンテフォーリアは田舎の小国であるから、肌の色だけで奇異の目をむけられることもあるだろうが、海辺の都会的な国ではそれなりの市民権を得ているはずだ。山育ちの青年は、先入観なしに、その褐色の肌をエキゾチックな魅力ととらえたようであるが。ついでながら、母親の出身地とされるブリンデイジは、イタリア南部の古い港町である。

フィアメッタの母親に関しては、ムーア人であるという以外にも謎が多い。続編への布石かと思われるが、マイルズを求める声のほうが大きいのだろうか、残念ながらいまのところ続きが書かれる気配はなさそうだ。

さて、フィアメッタの偉大なる父ベネフォルテのほうだが、彼は、作者あとがきにもあるように、実在した天才彫刻家・貴金属細工師ベンヴェヌート・チェリーニをモデルとしている。一五〇〇年にフィレンツェで生まれ、ローマ、フランス、フィレンツェなどで活躍した彼は、芸術家として以外にも、決闘、公金横領、投獄など、波瀾に満ちた生涯を送ったことで知られている。ベネフォルテの傲慢で独断的な性格も、いくらか緩和されているとはいえ、チェリーニを模したものだろう。

ただし、チェリーニがロレンツォ・デ・メディチのためにスピリット・リングをつくったことはありえない。ロレンツォがフィレンツェの支配者として君臨したのは一四九二年までで、チェリーニが生まれたのはその八年後にあたる。おそらくインパクトのあるロレンツォをベネフォルテの君主として登場させるため、そしてフランスやスペインをまきこんだ十六世紀前半の複雑な国際情勢を避けるために、ビジョルドはベネフォルテの誕生をチェリーニより半世紀ほどはやく設定したのだろう。

だがベネフォルテ自慢の黄金の塩入れは、チェリーニの代表作として実在している。デザインも、ほぼ本書で描写されたとおりのものであるらしい。これは一五四〇年からの六年間にわたるフランス滞在中、フランソワ一世のためにつくられたもので、現在はウィーン美術史美術館に保管されているという。もちろん（残念ながら）塩入れにも胡椒入れにも魔法はかかっていないことと思う。

そしてベネフォルテが全精力をかたむけた最高傑作、『メドゥーサの首をもつペルセウス』は、モンテフォーリア城の中庭ではなく、フィレンツェはヴェッキオ宮殿前、シニョーリア広場をかこむランツィのロッジアで見ることができる。さらにヴェッキオ橋まで足をのばせば、ベネフォルテ——ではなかった、フィレンツェの貴金属細工の父ベンヴェヌート・チェリーニその人の胸像が立っている。

両親の話ばかりしてしまった。が、フィアメッタ自身の魅力、かわいらしさは、本編を読めば充分にわかってもらえるだろう。そしてもうひとりの主人公トゥール・オクスは……。彼はいいヤツだ。女が男のことを「いい人」というのはけっしてほめ言葉ではないというが、でもほんと、いいヤツだとしかいいようがない。苦労するだろうが、がんばってほしい。

翻訳にあたっては、いつものごとく、ＲＡＹ会のみなさんにいろいろとお世話になった。感謝して御礼もうしあげたい。

訳者紹介　東京女子大学文理学部心理学科卒、翻訳家。主な訳書に、ホブ「騎士の息子」「帝王の陰謀」「真実の帰還」、ウィルソン「無限の書」、ビジョルド「チャリオンの影」「影の棲む城」「魔術師ペンリック」他。

検印
廃止

スピリット・リング

2001年1月26日　初版
2020年3月6日　8版

著　者　ロイス・マクマスター・ビジョルド
訳　者　鍛《か》治《じ》靖《やす》子《こ》

発行所　(株)東京創元社
代表者　渋谷健太郎

162-0814/東京都新宿区新小川町1-5
電　話　03・3268・8231-営業部
　　　　03・3268・8204-編集部
URL　http://www.tsogen.co.jp
工友会印刷・本間製本

乱丁・落丁本は、ご面倒ですが小社までご送付ください。送料小社負担にてお取替えいたします。

ISBN978-4-488-58701-7　C0197